LES ROSES DE FER

Originaire du Limousin, cette province qui baigne dans la Préhistoire et dans l'Histoire, Michel Peyramaure écrivait à douze ans son premier roman historique qu'il illustrait lui-même. Il n'a cessé depuis d'être fasciné par le passé de l'humanité, moins à travers les gestes héroïques des grands personnages que par l'existence du menu peuple. Depuis son premier roman historique, publié par Robert Laffont il y a trente ans, il n'a cessé de s'abreuver aux sources de l'Histoire.
Son métier (il est journaliste depuis 1957, en province) lui permet de mener certains de ses livres comme des enquêtes, avec un souci constant d'approche de la réalité, de la précision, de la découverte, sous la légende ou le parti pris, du courant vrai de l'histoire et de la nature authentique des personnages.

Dans *Les Roses de fer*, dernier volet du triptyque de la guerre de Cent Ans : *La Lumière et la Boue*, c'est encore principalement de Bordeaux — obstinément fidèle à son suzerain anglais — et des rivages lumineux de la Gironde, que Michel Peyramaure nous invite à vivre la fin du grand conflit qui, depuis des décennies, oppose l'Angleterre et la France. Cependant l'action nous entraîne partout où se joue le sort du royaume : à Bourges, à Paris, à Orléans (avec Jeanne la Lorraine), et dans les deux camps, en la compagnie des plus célèbres chefs de guerre de l'époque et des plus terrifiants capitaines comme des paisibles bourgeois et des paysans piétinés. Au cœur de ces tempêtes, quelques plages de paix et de tendresse, cependant : là où sont les femmes, gardiennes de l'amour et de la vie.

ŒUVRES DE MICHEL PEYRAMAURE

Dans Le Livre de Poche :

LA LUMIÈRE ET LA BOUE, Tome I. :
QUAND SURGIRA L'ÉTOILE ABSINTHE.
LA LUMIÈRE ET LA BOUE, Tome II. :
L'EMPIRE DES FOUS.

MICHEL PEYRAMAURE

LA LUMIÈRE ET LA BOUE

★★★

Les roses de fer

ROMAN

LAFFONT

Leur amitié était de celles qui semblent devoir durer le temps d'une vie. Mais elle a éclaté comme éclatent les planètes en fusion. Stephen Blake et Jordan de Pujol sont partis chacun de leur côté. Le premier s'est battu pour garder à l'Angleterre ses terres du continent; le second pour une aventure guerrière sous les étendards de France, à travers l'Europe et jusqu'aux marches d'Asie.

En fait, qui pourrait affirmer qu'une amitié meurt jamais? Séparés, Stephen et Jordan n'aspirent qu'à se rejoindre et, lorsqu'ils se retrouvent, la guerre ou les jalousies de nouveau les séparent et, de nouveau, à travers les batailles et les jeux complexes des passions, ils partent à la recherche l'un de l'autre. Les hasards de la vie les réuniront mais la mort sera entre eux. Une mort atroce, à l'image de cette époque folle.

Que pourrait faire Stephen Blake – sir Stephen – à l'issue de ses campagnes en Angleterre et en France, sinon revenir en Guyenne où l'attendent sa jeune épouse Agnès, ses enfants et ses vignes? Délié de ses obligations envers le roi d'Angleterre, délivré des souvenirs d'Alicia, sa première épouse, qui a sombré dans la folie, de son ardente maîtresse Anthéa, de Jordan, il se dirige à marches forcées vers ce havre dont il rêve, son unique obsession, sa raison de vivre.

Mais la guerre et la peste sont passées par là...

LIVRE PREMIER

1422

I

LES FLOTTES DU VIN

(Bordeaux, 1422)

ELIZA se hissa sans peine par une échelle vermoulue jusqu'aux premières poutres recouvertes de fiente de pigeons. Elle pénétrait dans un domaine interdit, mystérieux, baigné d'une lumière surnaturelle. S'enhardissant, elle escalada les croisillons qui soutenaient les cloches et leva la tête : elle aurait aimé monter encore en se collant à la pierre comme une fourmi ou une araignée, jusqu'à ce pertuis de ciel et de nuages déchiré de vols d'hirondelles, puis plus haut encore, à cet endroit où la flèche du clocher de Saint-Remédy plonge sa lame grise dans le ventre du ciel. Elle aimait se dire que personne n'était monté aussi haut qu'elle. Il allait lui pousser des ailes; elle pourrait se lancer au-dessus de la ville, de cette foule qui avait envahi les abords du fleuve, de ces vents pourris qui montent des paluds des Chartreux. Elle en oubliait la raison de sa présence, si bien que la voix de son frère, Simon, qui venait vers elle à travers la charpente la surprit :

« Alors, Eliza ? Toujours rien ? »

Elle découvrait la Garonne dans son immensité, couverte d'une brume légère, les blanches collines de Lormont sur l'autre rive avec leurs bouquets de cyprès très noirs, la multitude des gabares, gabarots, embarcations de toute nature et de toutes dimensions immobilisées au milieu du fleuve dans le poudroiement du soleil d'octobre, l'immensité des landes, des marais, des vignobles, les lits de nuages violets où somnolaient les dieux repus de l'automne. Sur le lointain de l'estuaire où devait surgir la première flotte du vin, rien d'autre qu'un brasier de soleil.

« Je ne vois rien! » cria-t-elle.

Simon n'avait pas bougé d'un pouce. Il se tenait au débouché de l'étroit escalier de pierre qui menait au sommet du clocher, son bâton au poing, jambes écartées, tenant tête à la vague menaçante qui avançait vers lui avec des cris et des injures. Eliza était rassurée : son frère était de taille à résister à une compagnie. Elle s'installa dans une embrasure, luttant contre le vertige, consciente d'être le point de mire de cette foule qui grouillait autour de l'église. La flotte aurait dû être là déjà; deux heures auparavant, le bruit avait couru qu'elle se trouvait dans les parages de Bourg; la brise portait bien et il y avait encore une bonne heure de montant avant la « renverse » et la « morte-eau ». Eliza imagina le pire et l'invraisemblable : une attaque de pirates saintongeais, un retournement brutal du vent en aval, une tempête qui aurait balayé cette immense flotte venue de La Rochelle, de Bretagne, de Bayonne, d'Angleterre et même de Castille.

Eliza cligna des yeux jusqu'à ne plus distinguer du paysage qu'un tremblement lumineux, les rouvrit brusquement, les frotta du revers des poignets. Ces minuscules papillons qui commençaient à palpiter à la limite du ciel et de l'eau, au-delà de Lormont, c'étaient les premières unités de la flotte. Elle cria :

« Ils sont là! Ils arrivent! Je les vois! Ils sont des centaines! »

Elle s'arracha à son observatoire, se laissa glisser le long des croisillons, saisit à pleines mains un des lourds battants de fer, le poussa à trois reprises contre la panse de bronze. C'était le signal convenu. Encore étourdie par cet orage de son, elle revint à son poste d'observation pour vérifier qu'elle ne s'était pas trompée, se pencha à mi-corps à l'extérieur en brandissant le long morceau d'étoffe rouge qu'elle avait apporté. Un sourd grondement de joie éclata sur la foule. Vaniteuse comme un coq qui s'imagine avoir fait lever le soleil, elle resta ainsi un moment à écouter cette rumeur qui montait vers elle.

« Vas-tu descendre, folle que tu es ! » cria Simon.

Il livrait un dernier combat contre la vague des gueux qui redoublait de violence, les repoussant à coups de pied et de bâton. Une voix profonde monta de l'escalier :

« Place ! Allons, laissez passer ! »

Le curé de Saint-Remédy jaillit de la tourbe, s'avança vers Simon en essuyant son gros visage en sueur.

« C'est toi qui as sonné de la cloche ?

– Non, dit Simon. C'est ma sœur Eliza. Je la protégeais.

– C'est bien, dit le curé. Vous aurez votre récompense. Ton nom ?

– Simon Blake.

– Le maire vous recevra tout à l'heure. Mes enfants, on va vous fêter comme des petits dieux. Suivez-moi ! »

L'église était pleine de monde et les cloches sonnaient maintenant à toute volée comme pour l'Annonciation. D'ici une heure, tout Bordeaux saurait que Simon et Eliza, fils et fille de Sir Stephen Blake, alliés à la puissante famille patricienne des Bagot, avaient été les premiers à apercevoir les flottes du vin, cette gigantesque armada venue des quatre coins de l'Occident remplir ses cales des vins de Guyenne et dispenser à la lointaine Angleterre le nectar des Dieux. On se pressait autour d'eux, on touchait leurs vêtements, on leur prenait la main, on les embrassait, on se les arrachait... Ils se sentaient portés par les acclamations, ballottés de l'un à l'autre, ivres comme Moïse descendant de sa montagne. Ils retrouvaient l'épaisse chaleur de l'automne, les odeurs de la foule et son tumulte, cette forêt d'épines molles qui les accrochait et les libérait sans relâche, et ils regrettaient l'air vif et le silence de leur observatoire, leur tête-à-tête avec les forces mystérieuses qui poussaient dans la « mer de Bordeaux » les nefs du vin.

Précédés du curé et de deux gardes épiscopaux porteurs de lances, ils se retrouvèrent sous la tour Neuve de Tropeyte où délirait une fanfare de tambours et de clairons. La foule qui avait débordé les remparts se pressait sur les graves et dans les embarcations amarrées à des pieux. Le maire transpirait, mal à l'aise dans ses habits de cérémonie, malgré le dais de pourpre qui le protégeait du soleil; il bredouilla un vague discours, une citation latine du poète Ausone qui parlait des « blonds pays de Garonne », fit remettre aux deux enfants par son trésorier deux « léopards » d'or et les congédia de la main. Eliza contempla la pièce comme si le soleil venait de déposer cette goutte de lumière au creux de sa paume; Simon avait glissé la sienne prestement dans sa ceinture, la tête pleine d'un mirage d'armes et de chevaux.

Il prit sa sœur par la main, l'entraîna à travers la foule vers une barge amarrée en aval, au-delà du pont de la Mosca, où se tenait la famille. Tous étaient là, sauf le vieux Stephen, leur père, qui ne quittait son domaine du Médoc que pour des circonstances exceptionnelles. Oswald Bagot fit asseoir Simon près de lui et prit sur ses genoux Eliza, qui venait d'avoir treize ans et qui était légère comme un oiseau. Il leur glissa dans la main une autre pièce d'or.

« Je suis fier de vous, dit-il, mais je regrette que votre père soit absent. »

Depuis la mort de maître Thomas Bagot, son père, Oswald était le véritable responsable de la communauté familiale et l'un des chefs de la faction oligarchique bordelaise la plus importante. La quarantaine passée, c'était un homme puissant, vif, un peu lourd des hanches, au visage rude et buriné. Soldat autant que marchand, il se conduisait dans le commerce du vin, du drap, des chevaux et des esclaves en capitaine d'aventure. Passant outre aux interdictions, sous peine de mort, d'expédier les vins de Guyenne en Allemagne, il dirigeait certains de ses convois vers Damme, l'avant-port de Bruges, d'où ils étaient acheminés vers les ports de la Hanse et jusqu'en Scandinavie. D'autres que lui ne s'y seraient pas risqués mais il avait de solides appuis à Londres et les officiers de la Couronne fermaient les yeux.

La mort de maître Thomas l'avait décidé à revenir de Castille avec sa femme Angela, ses chevaux, ses esclaves, son train de maison qui était celui d'un prince maure. Son retour était très attendu et il n'avait pas hésité longtemps. En Castille, il avait conquis tout ce qui était à conquérir, mais cela ne le satisfaisait plus. Au milieu de ses richesses, il se sentait perdu dans un désert de sel. La mort de son père lui ouvrait un immense champ d'action. Thomas s'était illustré par sa sagesse; il allait jouer d'audace, comme aux premiers temps de son installation en Castille alors que ce pays le rendait fou et qu'il volait les chevaux pour le plaisir dans les pacages de la *meseta*.

Maintenant, maître Oswald était possédé par des ambitions, d'essence plus noble, qui dépassaient son plaisir : il aspirait à figurer au premier rang des familles qui faisaient la loi en Guyenne et à décrocher un titre de noblesse, mais il était jalousé pour ses réussites insolentes, sa façon de vivre au milieu de sa garde noire de Castille et de ses esclaves qu'il appelait ses « filles ».

« Toi, dit-il en caressant les cheveux d'Eliza, tu ressembles de plus en plus à ta défunte mère. Agnès avait ces yeux-là, et ces cheveux. Maudite soit la peste noire qui l'a emportée ! »

Il ajouta à voix basse en l'embrassant dans le cou :

« Tu sais que tu commences à faire tourner la tête des hommes. J'en connais au moins un qui aimerait être à ma place. Regarde à ma droite...

– Je n'aime pas Rodrigue. Il me fait peur.

– Il est pourtant inoffensif malgré les apparences. Il ne voit que toi, le bougre ! On pourrait tirer du canon, il ne broncherait pas.

– On dit qu'il a de mauvaises mœurs.

– Allons donc ! Il jeûne deux jours par semaine, assiste à la messe chaque jour et fait une fois par an le pèlerinage de Saint-Jacques ou de Rocamadour.

– C'est un valet.

– Rodrigue de Villandrando, un valet ! C'est le cadet d'une honorable famille de Castille. Sa mère est française. Lorsque je l'ai pris dans ma maison il était plus jeune que toi et il a suivi ma fortune. Il ne m'a jamais quitté, sauf pour prendre les armes contre les Français, en Normandie. »

Il ajouta :

« Ce que je te disais, c'était pour t'éprouver. Il est vrai que Rodrigue est amoureux de toi et qu'il aimerait bien te faire sa cour à la castillane, avec des grâces de paon. S'il te manque de respect, dis-le-moi. »

On venait de tirer le canon dans les parages des Chartreux pour saluer le premier navire : une jolie nef de Bayonne qui, dans le soleil, paraissait peinte de frais. Les Bayonnais n'étaient jamais les derniers à ce rendez-vous; ils ne seraient pas non plus les derniers à accoster dans les ports d'Angleterre pour y décharger leur cargaison de vin. Derrière, semblant lui faire escorte, se pressaient des navires de toutes nationalités, deux cents, trois cents peut-être, qui avaient attendu le montant, voiles pleines et cales vides si ce n'est quelques pierres de lest. Sur les ponts, les équipages menaient grand tumulte, donnant de la trompe ou de la voix; de la rive, des acclamations leur répondaient, auxquelles se mêlaient tous les carillons de la ville.

« C'est la *Louyse,* s'exclama Eliot. Toujours elle ! »

Eliot Blake revenait de la pointe extrême des remparts, là où l'estey d'Audeyola sert de fossé et de limite nord à la cité. Il avait couru jouant des coudes à travers la foule et les compagnies de francs-archers. La joie rayonnait sur son visage lorsqu'il se trouva devant Oswald. L'oncle et le neveu se regardèrent et éclatèrent de rire. Les affaires nouaient entre eux des complicités qui dépassaient leurs différences de caractères. Oswald considérait un peu comme son frère le fils de Stephen Blake et d'Alicia Bagot. Race de marchands, les Bagot, dont Oswald était l'ultime rejeton, faisaient bon ménage avec les Blake, race de soldats; ils avaient mêlé leur sang à celui des gens d'Aquitaine, depuis près d'un siècle, si bien qu'ils n'auraient su discerner en eux ce qui les retenait en Guyenne et ce qui les poussait vers l'Angleterre, leur terre d'origine, mais ils avaient un sentiment en commun : la haine des Français. L'annonce, deux ans auparavant et cinq ans après la bataille d'Azincourt, de l'entrée dans Paris du roi Charles V d'Angleterre, la quasi-certitude qu'un jour les deux pays seraient réunis sous une même couronne, les avaient réjouis. Ils auraient aimé saluer le retour de Stephen Blake, qui s'était battu à Azincourt et était entré dans Paris à la suite du roi, en organisant une grande fête familiale, mais il revenait écrasé par le poids des batailles et la mort de sa jeune épouse, Agnès, dans leur « bourdieu » du Médoc.

En ce temps-là, chez les Bagot, le cœur n'était pas aux réjouissances. La peste avait fait dans la famille des coupes claires. Cette moisson, on en avait pris son parti, comme d'une dîme à payer à Dieu ou au diable, on ne savait plus.

« Vous êtes pires que des enfants, dit Ralph Blake, fils d'Eliot, qui se tenait à peu de distance, près de sa sœur, Augusta. Cessez donc de rire ainsi. »

Trop sérieux, Ralph et Augusta... Trop sérieux, Simon, toujours en train de compter et de recompter le pécule qui lui permettrait un jour de s'équiper et de quitter le Médoc. Angela et Joan, femmes d'Oswald et d'Eliot, se contentaient de hausser les épaules et de sourire. Ces grands enfants menaient leur vie comme si le traité de Troyes, signé deux ans auparavant entre les deux nations, avait ouvert un champ de paix éternelle et comme si la peste s'était enfouie à jamais, repue, dans les profondeurs des paluds et de l'océan, comme si leurs coffres, leurs chais, leurs entrepôts ne devaient plus pâtir des misères du temps.

Une ribambelle d'enfants venait de se précipiter vers le fleuve et de plonger dans les eaux limoneuses. Accrochés aux câbles, ils s'avançaient le plus loin possible malgré les remontrances des femmes qui leur criaient vainement de revenir. Eliot et Oswald avaient fait ainsi jadis. Ils n'avaient pas oublié ce jour où ils avaient grimpé sur la nef de tête, une galéasse cantabre toute couturée de cicatrices dont le maître d'équipage les avait jetés par-dessus bord.

Le départ d'Oswald pour la Castille avait creusé entre eux un fossé, mais pas suffisamment large et profond pour effacer l'amitié et le souvenir. Cette amitié, plus tard, était devenue une fraternité aussi indestructible que ces ferradures d'airain des bonnes nefs de Bayonne qui durent plus qu'une vie de marinier. Chaque retour d'Oswald sonnait pour Eliot comme un Noël, même si c'était pour se battre contre les Français sur les eaux de l'estuaire.

En matière de commerce, ils se complétaient admirablement. Oswald avait l'audace; Eliot la sagesse. Plus jeune d'un an, Eliot menait ses affaires avec plus de circonspection. Il avait réussi à s'imposer dans le commerce du pastel du Toulousain dont les Anglais teignaient leurs étoffes; il avait installé des comptoirs à Londres et, certaines années, ce négoce rapportait autant que le vin.

Les trêves imposées par le traité de Troyes favorisaient les échanges, mais, depuis la mort du roi Henry, quelques mois auparavant, les nuages s'amoncelaient à l'horizon. Le vainqueur d'Azincourt s'était éteint à Vincennes, à la suite d'une maladie qui lui avait déformé le corps et les membres au point de le rendre monstrueux : le « mal Saint-Fiacre », du nom d'un oratoire qu'il avait pillé. Les cloches de la capitale qui, neuf mois auparavant, avaient salué la naissance d'un fils – un autre Henry – que lui avait donné Catherine, fille de Charles de France, sonnèrent le glas et le départ de sa dépouille pour l'abbaye de Westminster.

Le roi fou, Charles VI de France, le suivit de peu dans la tombe. Il vivait cloîtré dans l'hôtel Saint-Paul, refusant de se laver, de se couper les cheveux, de changer de vêtements, passant des heures devant ses cages à oiseaux. Peu après la capitulation de Paris, Stephen, à la suite d'un conseiller du roi d'Angleterre, lui avait rendu visite. Pour l'obliger à quitter la robe qu'il portait depuis des mois, il avait fallu menacer de faire sortir de derrière les tentures les démons qui le faisaient hurler la nuit. Devant ses visiteurs, le « roi noir », le « roi fou » tremblait comme un enfant pris en faute, tandis que la « reine Vénus », son épouse, paradait dans les salons du Louvre en compagnie de ces jeunes capitaines anglais qui aimaient tant les femmes de France.

Les nouvelles qu'Eliot recevait d'Angleterre n'étaient pas rassurantes. Autour du dauphin âgé de moins d'un an se tramaient des luttes d'influence. On avait décidé que l'un des frères du roi défunt, Jean de Bedford, assumerait la régence pour la France et qu'un autre frère, Humphrey de Gloucester, remplirait le même office pour l'Angleterre, en attendant que le jeune souverain fût en âge de régner sur les deux pays.

Le destin de l'Occident était à la croisée des chemins en ce début d'automne où l'odeur des vendanges flottait encore sur l'Aquitaine, où les vignes commençaient à prendre des teintes mordorées. Une autre menace ajoutait à la confusion : le fils du roi de France, le dauphin Charles, régnait dans son « royaume de Bourges » constitué par les trois quarts du territoire national, plus occupé, il est vrai, de ses plaisirs que du sort de la France.

On ne s'entendait plus. C'était à qui crierait le plus fort le nom des navires et des capitaines. Les premiers chargeurs, alignés à une encablure du rivage, avaient jeté l'ancre au milieu d'un peuple de gabares et de petites embarcations. Tout ce qui pouvait flotter dans le port de Bordeaux était là et des cris fusaient :

« Voici la *Nonne!* Elle n'a pas changé sa voilure depuis trois ans.

– Holà ! maître Carpenter, toujours fidèle au rendez-vous ?

– Green ! C'est encore lui qui commande la *Mary de Portsmouth!* On ne va pas s'ennuyer ce soir...

– Je ne vois pas l'*Etoile de l'Adour.* »

Excédé de ce tintamarre, de ce soleil qui lui chauffait le crâne, Oswald se leva, donnant le signal du départ mais laissant Eliot attendre les nouvelles d'Angleterre. Ralph, Augusta, les enfants restèrent aussi. Oswald, précédé de sa garde noire de Castille, se retira en écartant la foule. Il commençait à se faire vieux. Naguère, il courait les auberges la nuit durant pour s'entretenir avec les capitaines mariniers de Biscaye. Eliot le regarda s'éloigner, les épaules voûtées, la tête en avant, avec la mine d'un lion fatigué regagnant sa tanière.

L'« oustau » de la rue Neuve parut à Oswald froid comme une crypte. Il n'aimait de l'automne que son goût de fruit et de femme. De plus en plus, à l'approche de cette saison, il éprouvait une sorte d'angoisse, comme s'il allait mourir de froid. Le récit que le vieux Stephen lui avait fait de cette nuit de neige à Ventadour, qu'il avait passée nu et attaché à un pieu, le glaçait jusqu'aux os. Il laissa son manteau aux mains de Rodrigue.

« Dès que maître Esteban s'annoncera, dit-il,

fais-le monter, mais que l'on ne me dérange pas avant. »

Dans les bâtiments acquis jadis par Simon Bagot et qui avaient des mines de forteresse, il avait fait aménager une pièce où lui seul ou de rares privilégiés avaient accès. Située dans le prolongement de la demeure, elle était de plain-pied avec le reste de l'édifice grâce à une porte basse aménagée dans la muraille épaisse d'une brasse, construite avec des pierres d'Angleterre qui servaient de lest aux flottes du vin, de même qu'une partie des remparts qui bordaient le fleuve. En caressant le grain lisse et net, Oswald rêvait de ce pays trop lointain, qu'il ne connaissait pas et ne connaîtrait jamais, où les hivers étaient trop longs et trop humides. A travers la pierre il voyait se dessiner des villes grises et des ports immenses, s'étirer à l'infini des espaces de brume et de pluie, rouler dans le ciel des nuages chargés de légende.

Depuis les premières pluies et les brumes précoces d'octobre, un foyer brûlait en permanence dans un vaste cratère de cuivre ramené de Castille. Machinalement, Oswald emprisonna un peu de chaleur et la pétrit dans ses mains. Le silence était parfait, sans une écume de bruit, tel qu'il l'avait souhaité. Tout Bordeaux était sur les graves. Il sonna pour se faire préparer un bain. Des femmes entrèrent, s'inclinèrent, le dépouillèrent de ses vêtements qu'elles plièrent avant de les ranger dans un énorme coffre de cuir clouté. Après avoir enfilé une houppelande fourrée, il fit allumer quelques chandelles et, allongé sur le lit bas, il regarda les petites flammes dégager de la pénombre des armes, des targes, des éperons barbares, des bijoux d'or et d'argent suspendus aux murs nus entre de vieilles tapisseries grenadines. Il appela Teresa, lui demanda où se trouvait Raïssa.

« Elle est alitée, dit Teresa, malade. »

La Circassienne qu'il avait achetée trois ans auparavant à maître Esteban avait beaucoup grossi et devenait paresseuse. Oswald se dit qu'il ne tarderait pas à la céder au vieux Soler qui aimait ce genre de créatures grasses, indolentes et soumises.

La jeune mauresque Zaynab vint le prévenir que le bain était à point. Il s'arracha pesamment à son lit de repos et se rendit dans le petit cabinet attenant, au milieu duquel fumait une grande cuve de bois tapissée intérieurement de linge et ornée de l'extérieur comme une galère réale. Serrant les dents, il plongea d'un coup avec un rugissement de plaisir dans l'eau bouillante. La brûlure passée, commençait le délice, se recomposaient de délicats échanges entre son corps et sa tête, se renouait une entente faite de concessions réciproques entre les vieilles folies endormies dans sa chair et les prudences de l'âge. Plongé dans le bain jusqu'à la barbe, il regardait la poitrine nue et les reins étroits de Zaynab et éprouvait la rigidité de son sexe. Le caquet de ses filles lui parvenait comme à travers un mur d'étoffes. Il décida qu'il ferait l'amour à Teresa qu'il n'avait pas prise depuis une semaine, ou peut-être à Luisa, cette petite Sarde timide et maigre qui refoulait mal ses larmes lorsqu'il la pénétrait. De ses quatre servantes (ses « esclaves » comme on disait dans Bordeaux), c'est Teresa qu'il préférait. Il l'avait échangée à Medina del Campo contre deux charges de cassonade et elle l'avait suivi de son plein gré; maigre comme une chèvre sauvage, elle avait vite pris de la majesté et Oswald lui confiait volontiers la garde du gynécée.

Fier de ses bâtards – Angela était stérile – Oswald ne s'en encombrait pas pour autant. De ceux qu'il avait laissés en Espagne, il n'avait guère de nouvelles et s'en passait; ceux de ses filles, il les confiait à des nourrices mercenaires de l'hôpital Saint-André comme d'autres bourgeois et, dès qu'ils étaient en âge, il les plaçait en apprentissage chez des artisans ou des marchands; lui-même comptait dans ses domaines, ses chais, ses magasins ou sa maison, des bâtards qui portaient le nez un peu fort des Cailhau ou la maigreur des Bios.

Au sortir du bain, Oswald se laissa bouchonner par la main rude des filles qui prenaient plaisir à voir le sang affleurer sous la toison grise. Il hurlait, s'ébrouait, gesticulait sans cesser de rire, se laissait conduire jusqu'au lit de repos. Teresa quitta la pièce, revint avec des huiles et des onguents pour le massage.

« Non, dit-il. Pas aujourd'hui. »

Baissant les yeux pour signifier qu'elle avait compris, elle congédia Luisa et Zaynab et décrocha de son épaule le voile léger mouillé par la turbulence du bain. Oswald aimait la violence de sa chair, l'abrupt de la poitrine, le modelé robuste du ventre, le pubis d'une fraîcheur d'herbe. Elle attendait un signe pour s'allonger près de lui. Lorsqu'il tendit la main et s'écarta pour lui faire place, elle se blottit contre lui. Il la pénétra doucement, resta en elle un moment sans bouger, manifestant sa présence par de légères contractions nerveuses auxquelles elle répondait en se délivrant de ce suc de plaisir qui était sa richesse secrète.

« Vos " filles " sont encore à bord, dit maître Esteban. Il y avait trop d'affluence sur les graves pour les débarquer ce soir. »

Oswald fit servir au capitaine que Rodrigue venait d'introduire une cruche de vin. Maître Esteban raconta le voyage de la *Pucelle*. Il avait dans ses cales trois Espagnoles, deux Italiennes, une Maltaise et trois Libyennes.

« Je n'aime guère les filles d'Afrique, bougonna Oswald. Elles nous apportent toutes sortes de maladies et mes clients n'en veulent pas car ils répugnent à tout ce qui a la peau foncée. Tu peux les réembarquer ou les vendre à quelqu'un d'autre. »

Ils discutèrent âprement, convinrent d'un prix global, maître Esteban refusant de réembarquer ses Libyennes.

« Tu sais où les conduire cette nuit, dit Oswald. Je passerai les voir demain. »

Après que maître Esteban se fut retiré, Oswald s'accorda une courte somnolence. Alors que le soir tombait sur les derniers vols d'étourneaux revenant des paluds et cinglant vers l'Ombrière, il descendit au jardin goûter la première fraîcheur. Eliot était de retour.

« J'ai croisé maître Esteban, dans la rue, dit-il. Tu m'avais promis...

— J'avais promis, soit, grommela Oswald, ainsi que je le fais depuis des années. Je sais que ce n'est pas en persistant dans ce trafic que je pourrai briguer le titre de « Bourgeois de Londres et de Bordeaux » et les éperons de chevalier mais ce sont des ambitions qui ne me font plus rêver. Peut-être aussi finirai-je par me faire prendre et juger. Si cela m'arrivait, je connais d'autres gredins, et des plus huppés, qui auront des comptes à rendre. Je sais aussi que je risque l'excommunication de notre archevêque, David de Montferrand. Qu'importe ! J'ai tant péché dans mon existence que je n'ai plus ma place en paradis. Ne m'enlève pas ma dernière joie, Eliot. Le vieux sybarite que je suis a besoin de cette drogue pour supporter ce climat et ces gens. »

Oswald n'avait quitté la Castille que pour tenter de sauver du naufrage l'« empire des Bagot », comme il disait avec une pointe d'ironie, Eliot n'ayant ni les compétences ni l'audace nécessaires pour faire face à la situation causée par la mort de maître Thomas. Sa tâche accomplie, il avait été sur le point de repartir pour l'Espagne, mais, cet « empire » qu'il avait consolidé, il avait fallu le défendre contre les Compagnies qui écumaient encore la Guyenne et les pirates saintongeais qui bloquaient l'estuaire. Le marchand avait dû revêtir la cotte d'armes du soldat, aller batailler, traînant dans son escorte les gens de la milice et les bombardes des fabres de Bordeaux. En fin de compte, cédant à la fatigue, il avait décidé de rester dans cette ville qu'il n'aimait guère, à condition de ne rien changer à ce que le « frère » Eliot appelait ses « mauvaises habitudes ».

Oswald n'était pas un méchant homme. En affaires, il se montrait impitoyable mais juste et sa parole valait de l'or. Il n'avait jamais refusé son appui à un collègue dans l'embarras. De nombreux bourgeois avaient pu, grâce à ses relations, obtenir pour leurs enfants des postes de secrétaires à la Prévôté, de peseurs de pain ou de gardes de la « billette », qui étaient des sortes de douaniers. Avec ses « filles » il était doux et généreux; après quelques années passées dans sa maison, celles qui le désiraient pouvaient le quitter, mais cela se produisait rarement.

« Renoncer à mes « mauvaises habitudes », comme tu dis, c'est me condamner à crever d'ennui. Si tu avais vécu comme moi en Espagne, tu me jugerais différemment. Ce qu'Angela tolère, tu es mal fondé à me le reprocher. Le « scandale » comme on dit est de ceux qui n'engagent que mon âme pécheresse. Si l'enfer m'attend, j'aurai au moins connu mon paradis sur terre et fait honneur à ses fruits. La femme, Eliot, porte en elle tout ce que le Seigneur que je révère peut offrir à cette race de damnés que nous sommes. Elle est l'eau et le vent, la prairie et le verger, la tendresse du blé vert et l'opulence des moissons, l'ombre sereine de la forêt et la fureur ardente du ciel. Plutôt me passer de pain et de vin que de femmes. »

Cette nuit, Bordeaux ne dormira pas.

C'est chaque fois la même chanson. Les maîtres mariniers doivent donner de la gueule, se menacer du poing pour ranger leur *ship* le plus près possible du rivage, entre les havres de Sainte-Croix et de Tropeyte. Des barques font la navette entre les hauturiers et les pontons des graves, chargées d'hommes d'équipage lavés, rasés, pomponnés, que les filles de joie attendent sur les remparts en agitant leur mouchoir sous l'œil des maquerelles. Ils restent timidement en groupes; les plus jeunes suivent, les mains dans la ceinture, leurs trois sous dans la bourse, les vétérans qui viennent au vin deux ou trois fois dans la saison, connaissent les meilleures auberges, les bordels les plus honnêtes, les maisons de jeux les moins dangereuses, qui savent où aller danser et faire du troc. Ils déambulent gauchement, répondant de la main et du bonnet au salut des filles et des putains, suivis par des ribambelles de gamins morveux sortis des taudis de Saint-Michel ou de Saint-Pierre, qui s'accrochent à leurs manches en leur promettant tous les plaisirs du monde en une nuit. Le crépuscule descend sur le fleuve, les brûlots des navires s'allument qu'il en accoste encore.

Simon vérifia que sa sœur s'était endormie. Il s'habilla, disposa une couverture de manière à faire croire qu'il n'avait pas quitté sa couche et se retira après avoir soufflé la chandelle.

La nuit était claire, un peu brumeuse, lourde des rumeurs qui montaient des quartiers voisins. Il escalada l'échelle appliquée contre le mur d'enceinte et se retrouva dans la rue qui avait son aspect des jours de fête où l'on danse tard. Simon ne lui aimait pas cette mine-là; il l'eût préférée déserte comme une allée de cimetière.

Il ignorait encore où diriger ses pas mais il savait en revanche les endroits à éviter : les mauvais lieux où il s'était fait plumer et malmener, les tripots du quartier Saint-Michel où l'on jouait aux « quartes » avec le couteau sur la table, les arrière-salles d'auberges cossues où l'on tombait sur de gros bonnets, fils de bourgeois, capitaines ou maîtres d'équipages, trafiquants de tout poil qui ne l'auraient pas pris au sérieux avec ses airs de puceau et sa petite monnaie. Rien ne pressait. Il aviserait après une courte promenade. Avec ces patrouilles du guet, ces torches qui brûlaient aux carrefours, que risquait-il? Il remonta jusqu'à l'hôpital Saint-Jean allongé comme un gros chien noir au pied de l'Ombrière, près du fossé du Peugue. Mauvais quartier. Il obliqua par la rue Sainte-Colombe. Des guirlandes de fleurs rouges pendaient aux fenêtres où veillaient des artisans en bonnet de nuit.

Autour de Sainte-Colombe, c'était déjà la fête. On dansait sur la place où brûlaient des bûchers alimentés par des futailles désaffectées qui dégageaient une odeur poivrée de vin chaud. Juché sur une estrade, un groupe de ménétriers joueurs de violes et de tambours dominait un branle un peu fou. Il y avait autour quelques auberges d'apparence honnête. Simon tâta le couteau de Sheffield qu'il avait glissé dans ses chausses et commença sa prospection.

Dans le mouvement de la fête on ne prêta guère attention à lui. Caché derrière un pilier, dans l'angle d'une cheminée où rôtissaient des viandes et des poissons, il surveillait les portes des arrière-salles qui s'ouvraient et se refermaient mystérieusement. Il ressortait, allait se joindre, pour ne pas se faire remarquer, aux buveurs qui pissaient en chancelant contre le mur de l'auberge.

Simon choisit de s'arrêter dans un modeste bouchon à l'enseigne du *Joyeux Léopard* fréquenté d'ordinaire par des sacquiers porteurs de sacs de céréales, des braymen rouleurs de tonneaux, des lamaneurs qui pilotaient les navires dans l'estuaire. Ce soir-là, il s'y mêlait quelques mariniers de Bristol. Il but quelques gorgées de vin, juste pour se donner du courage et, suivant un groupe d'Anglais, accéda au premier étage où des tables étaient disposées, dans des lueurs de quinquets qui puaient fort. On y jouait aux « quartes ».

Un homme lui barra le chemin.

« Ici, on joue à des jeux d'hommes. Retourne chez ta nourrice.

– J'accompagne des gens de Bristol, dit Simon. Ils risquent de se fâcher si tu les prives de ma présence. D'ailleurs, j'ai de l'argent. »

Il plaqua ses deux mains sur sa ceinture.

« C'est bon, mais tu connais la règle. A la moindre incartade, je te fais dégringoler cet escalier plus vite que tu n'es monté. »

Simon observa longuement chaque table, évalua les enjeux, demanda à s'asseoir à l'une d'elles. En sortant les pièces de sa ceinture il tremblait un peu et sentait son ventre se contracter comme s'il allait coucher avec une fille.

« Voilà notre oiseau, dit Rodrigue. Il ne manque pas de cran. Regarde comme il manie bien les « quartes ».

– S'il gagne, dit Salazar, nous mordrons un peu sur la consigne et nous le laisserons faire un petit moment. Il ne faut pas contrarier la chance. »

Simon gagna la partie et empila les pièces devant lui : une jolie somme. Il paraissait assez fier mais ne le montrait pas. Ses partenaires – des Anglais – étaient trop ivres pour bien jouer; ils poussaient à tout instant des *God damn!* et des *By Jove!* en frappant du plat de la main sur la table.

« Tu crois qu'il triche? demanda Salazar.

– Simon en est capable. Il ferait bien pis pour s'équiper et foutre le camp. Il vaut mieux intervenir avant que les « Godons » se fâchent. »

Rodrigue s'avança vers la table, interrompit la donne, jeta le reste du paquet au milieu du tapis, glissa quelques mots à l'oreille de Simon qui se leva, ramassa son pécule, le fit glisser dans son bonnet de laine qu'il noua et suspendit à sa ceinture tandis que les autres joueurs se levaient en protestant.

« Simon, dit Villandrando, toi qui parles anglais, fais-leur comprendre qu'ils ont intérêt à se taire sinon le guet va venir leur dire deux mots. »

Simon s'exécuta et les mariniers se rassirent en maugréant.

« Maintenant, suis-nous, dit Rodrigue. Le coup de la couverture n'a pas pris. Maître Oswald n'est pas tombé de la dernière pluie. Ça fait deux heures que nous te cherchons. C'est une chance que nous t'ayons trouvé. On est en train de chanter matines à Sainte-Colombe. »

La ville paraissait cuver une ivresse vieille comme le monde sous son chapeau de brume froide que commençait à rosir le jour. Une pâle lumière animait les vitraux de l'église où bourdonnait une rumeur de prière. Entre les bûchers qui rougeoyaient encore, des groupes d'ivrognes passaient en se tenant au corps à pleins bras. Des alentours du pont Saint-Jean venait un sourd tumulte : le grand charroi des vins avait commencé en direction des graves; des futailles roulaient sur le pavé, freinées ou poussées par des braymen aux manches retroussées; des chariots passaient en procession; sur le Peugue des convois de barques descendaient des chais du Temple et de Saint-Paulin.

« L'" oncle " Oswald n'osera pas porter la main sur moi, dit fièrement Simon. C'est moi et ma sœur Eliza qui avons aperçu les premiers la flotte du vin.

– C'est juste, dit Rodrigue, il ne te touchera pas. C'est moi qu'il a chargé de te donner les verges devant toute la maisonnée. Et je te jure sur ma part de paradis que je te ferai payer cher la nuit blanche que je viens de passer. »

II

LA TOUR DE L'ABSENTE

(Médoc, 1422)

C'EST surtout des reins dont Stephen souffrait. Cette vieille machine de muscles et d'os paraissait fonctionner à merveille et soudain c'était le coup de poignard dans les lombes, le hurlement de douleur, le vertige. Il fallait s'arrêter, repousser du pied les outils sous l'appentis recouvert de genêt sec et retourner clopin-clopant à la maison. Mariette n'attendait pas qu'il fût arrivé; à peine le voyait-elle poindre, les mains à ses reins, l'échine ployée, qu'elle préparait la flambée, le lit et l'onguent.

« Un jour vous en crèverez, maître! On vous trouvera allongé dans la boue comme un chien et, ce jour-là, je ne pourrai rien pour vous.

– Tais-toi! Frotte plus fort et plus haut. Là... Que je crève comme ça ou autrement... »

Il se relevait, le dos rouge et luisant de graisse, allait s'asseoir sur un escabeau et demander au feu de prolonger son mieux-être. Une nuit de sommeil sur un matelas dur et il serait de nouveau, le matin venu, frais et dispos. Il savait bien, lui, Sir Stephen, qu'il n'avait plus vingt ans, que les années qu'il avait vécues depuis la mort d'Agnès lui étaient données en grâce mais que cette faveur était précaire. Alors, tant que la vieille mule qu'il était devenu ne renâclait pas trop, il se donnerait sans faillir à la tâche qu'il s'était assignée. Ensuite, la mort pourrait venir le surprendre.

« Cette idée est absurde, disait Eliot. Seul, tu n'y arriveras jamais, père. Que veux-tu bâtir : une tour, un phare comme celui du Cordouan, un mausolée ?

– Un peu des trois. »

Agnès avait toujours rêvé de transformer le « bourdieu » de Saint-Estèphe en château. En fait, une simple tour lui aurait suffi, à condition qu'elle fût suffisamment haute pour dominer l'étendue du domaine et l'estuaire. Agnès aurait « sa » tour et c'est Stephen qui la construirait. Seul. De ses propres mains. Il monterait souvent au sommet et Agnès contemplerait le pays par ses yeux à lui. Un mausolée aussi. Le premier soin de Stephen à son retour de Paris avait été d'exhumer les restes d'Agnès, de les envelopper d'un linceul, de les ensevelir dans un caisson de pierre, à l'endroit où il avait décidé de construire la tour. Plus tard, peut-être y allumerait-il un feu, pour servir de repère aux mariniers par les mauvaises nuits.

« Fais-toi aider au moins ! Il ne manque pas de " brassiers " dans le pays, passé les vendanges. Tu trouveras à Lespasse un maître maçon qui s'y entend à construire une tour.

– Un maître maçon ? Tu sais ce que demandent ces gens pour passer quelques heures sur le chantier et le reste du temps à boire le coup en regardant voler les mouettes ? Pour bâtir un simple galetas de bois destiné à un vigneron le charpentier de Saint-Estèphe demande quinze francs, deux boisseaux de froment ou de seigle, un quartier de viande salée et un carton de vin rouge par journée de travail. Et encore il ne compte pas les tuiles et la ferrature ! Je ne suis pas Crésus. Et ces pierres, tu sais ce qu'elles me coûtent ?

– Simon pourrait t'aider?

– Ah! celui-là... Hormis les armes et les chevaux, on se demande ce qui l'intéresse.

– Tu oublies, père, que tu as été soldat avant d'être maître vinadier. Et que ton père, avant toi...

– Justement! Tu crois que ce n'est pas suffisant? Entre le sang et le vin, toi tu as choisi sagement.

– Laisse choisir Simon. Son âge lui en donnera bientôt le droit. »

Stephen secouait obstinément la tête. Il connaissait trop Simon pour savoir qu'il ferait un mauvais soldat : trop impulsif, pas assez réfléchi, vindicatif, sans mesure dans ses désirs et ses ambitions, imprudent... Stephen l'avait confié après les vendanges, pour juger de ses aptitudes, au gouverneur du château de Lesparre. Au bout d'une semaine Simon était revenu la tête basse, dépité, renfrogné. On l'avait traité comme un valet d'écurie, lui faisant balayer la cour, donner l'avoine aux chevaux. Le fils de Sir Stephen Blake, ami et conseiller du défunt roi d'Angleterre, coucher à la paillasse avec les palefreniers!

Au-dessus du caisson de pierre contenant les restes d'Agnès, Stephen avait construit un oratoire. Un mois de travail, mais il ne le regrettait pas. Autour, il avait tracé à la corde le périmètre de base de la tour. La pierre, il l'avait fait venir, toute taillée, d'au-delà de l'estuaire : une belle pierre blanche et unie, douce au toucher, avec ici et là de petits coquillages incrustés, cadeau de la mer. Durant des jours et des jours un charroi incessant l'avait conduite au chantier si bien qu'on se serait cru dans les ruines de Carthage. Stephen avait creusé les fondations sous les pluies de novembre en compagnie d'un de ses vendangeurs saintongeais, maçon de son état, qui avait accepté de prolonger son séjour d'un mois ou deux car il était bien nourri, bien payé, considéré et que chez lui le travail ne pressait pas en cette saison. Stephen avait appris avec ce compagnon en quelques semaines plus qu'en deux ans d'apprentissage. Il savait maintenant choisir, façonner, tailler, ajuster les moellons, préparer le mortier, dresser un échafaudage et une grue... Les fondations terminées, le Saintongeais avait repris la route et Stephen avait connu des moments de désespoir avec l'impression d'avoir entrepris une tâche au-dessus de ses forces et de son courage. C'eût été à refaire, il aurait réfléchi à deux fois, mais il s'était engagé et ne pouvait plus reculer sans trahir la promesse faite à Agnès. Son compagnon lui avait dit, au moment de prendre son balluchon :

« Si, en plus, vous continuez à vous occuper de vos vignes, vous en avez bien pour dix ans ! »

Renoncer aux vignes ? Il n'en était pas question. Elles d'abord. Heureusement, les chais garnis, elles lui laissaient du répit. Les premiers labours débuteraient en janvier. Il faudrait engraisser les graves avec des déchets animaux, des vases de l'estuaire et les " crasses " des cuves. Habilement, Stephen avait abandonné à Simon une part de l'initiative dans l'exécution des travaux, de manière à laisser libre cours à son autorité et à sa fierté naturelles, et Simon entrait dans le jeu sans réticence, persuadé qu'un jour la chance viendrait lui toucher l'épaule et que le monde s'ouvrirait à ses désirs d'aventure. Stephen lui avait assez répété que ces embrassades de rois ou de ministres, à Paris et à Londres, n'étaient que comédie et que la guerre embraserait de nouveau la France dès que cette chrysalide de roi qui vivotait dans son cocon de Bourges se sentirait pousser des ailes.

Eliza venait parfois voir travailler son père et

faisait mine de s'émerveiller des progrès de la construction; elle se hissait en riant sur les chicots de murailles, s'amusait à manier la truelle, à soulever des moellons mais s'arrêtait vite, épuisée.

« Laisse! disait le vieil homme. Ce n'est pas un travail pour toi. C'est bien assez de te rendre utile à la maison et au treuil. »

Il avait redouté qu'elle ne survécût pas à la peste. Lorsqu'il l'avait recueillie, lovée dans un coin du fournil, sur un tas de sarments, elle était maigre comme une renarde allaitant sa portée, les yeux agrandis par la terreur, les mains prêtes à se détendre contre cet inconnu au visage mangé de barbe. Il avait dû lui parler doucement pour l'apprivoiser. Après, tout avait été facile. Elle n'avait pas oublié, pas plus que Simon, pas plus que le père. Parfois, la nuit, elle s'éveillait, tendait l'oreille, croyant entendre le pas lourd de la peste, les coups qu'elle allait frapper à la porte, le rire qui lui retrousserait les lèvres en se roulant dans la poussière ou la boue de la cour comme elle l'avait vu faire à sa mère quelques heures avant sa mort. Ce jeu d'images était son secret, son trésor maudit; elle le déployait dans le noir pour elle seule, en faisait l'inventaire sans quitter de l'œil le fenestron contre lequel bougeait la nuit et passaient des ombres; parfois lui revenait en mémoire un détail retrouvé : les vomissements convulsifs de son frère Edward, de deux ans son aîné, ses cris qui ressemblaient à des rires, la forme et la couleur des bubons qui lui déformaient le corps et jusqu'au grain des matières qu'il rejetait. Elle se disait qu'au lieu de se faire la guerre les hommes feraient mieux de s'unir pour traquer la peste, guetter cette grande femme noire au bord des chemins, mais elle était plus forte que toutes les armées du monde et insaisissable. Il n'y a que de mauvais sommeils pour vous mettre de telles idées dans la tête.

Stephen s'asseyait près d'elle sur la pierre. Elle respirait sans déplaisir son odeur d'homme, regardait ses grandes mains crevassées et brûlées par le mortier reposer sur ses genoux comme des racines mortes. Elle écoutait sa respiration difficile après l'effort et les mots qui tombaient de sa barbe blanche taillée à la diable, sous ces deux petites étoiles de chair rose, d'anciennes blessures dont elle ne savait rien, dont il refusait de parler.

« Tu vois, petite, ça avance plus vite que je ne pensais. Si le temps se maintient au beau j'aurai fini cette rangée dans la semaine. J'en suis presque à la première travée...

– Ces trous, c'est pour quoi faire ?

– C'est le logement des poutres. Simon m'aidera à les placer.

– Elle aura combien d'étages, ta tour ?

– Trois et la terrasse en plus. Je veux que tu sois la première à monter au sommet. De là-haut tu pourras voir, le jour, tourner les moulins et, la nuit, tu apercevras les lumières de Saint-Corbian et peut-être de Vertheuil. Au temps des vendanges tu découvriras dans les vignes tout le peuple des vendangeurs comme des compagnies de grives. Tu verras tout ce que ta mère aurait aimé voir. »

Il la regardait partir, sautant au-dessus des flaques d'eau morte, fouettant de la main les avoines sauvages qui faisaient de belles gerbes dorées dans le soleil et il se sentait rajeuni de dix ans. Elle était presque femme déjà, avec une taille et des épaules qui amorçaient leur épanouissement dans les grâces un peu efflanquées de l'enfance, un visage d'adolescente presque trop beau pour ce corps immature. Sa croissance s'était faite d'un élan. En une année, le petit animal sauvage que Stephen avait recueilli dans le fournil et porté dans ses bras jusqu'à l'âtre était devenu une pousse fluette mais solide dans son ossature et riche de sang. Elle avait les yeux gris-vert de son père, la finesse de traits et la chevelure drue de sa mère. Elle ne ressemblait en rien à Simon qui, lui, rappelait trait pour trait Arnold, le père d'Agnès.

Il y avait des moments privilégiés.

A la fin de la matinée, par exemple, lorsque Stephen, pour éviter de revenir au « bourdieu », dépliait la serviette contenant la tranche de pain, l'oignon, le lard de son repas et tirait de son sac la gourde de vin coupé d'eau. Il mangeait lentement, les reins enveloppés d'une grosse laine calés contre les madriers, la tour devant, plein le regard, une grosse joie crevant en lui comme une fontaine. Il ne regrettait plus ce qu'il appelait parfois une « folie » et priait le Ciel de lui accorder encore le comptant de vie et de force suffisant pour mener son entreprise à son terme. Outre la promesse qu'il avait faite à Agnès, il s'était découvert d'autres motivations. Cette œuvre serait un acte de foi : elle témoignerait de son désir, non seulement de laisser une trace durable de son passage en ce monde, mais encore d'affirmer l'enracinement de sa famille dans cette terre d'adoption qui était la sienne désormais et quoiqu'il arrive, et il murmurait en mâchant son pain : « La tour des Blake... La tour des Blake... » Il lui venait des idées d'orgueil tempérées par le plaisir. Il n'était plus un homme de vanité mais de raison et de modestie. Il trouvait des parcelles de raison jusque dans le mouvement de folie qui l'avait poussé à dresser ce monument, et de la modestie dans son ambition. Ce n'était pas pour lui qu'il bâtissait (on aurait vite oublié jusqu'à son nom) mais pour cette nouvelle race d'hommes venus d'un lointain *border* du Northumberland et qui s'était composé là une nouvelle origine.

Eliza avait observé Simon à la dérobée lorsqu'il avait enlevé sa chemise pour regarder dans un miroir les traces des coups. Il avait la peau striée de rouge des reins aux cuisses par les verges de Villandrando mais la blessure qu'avait éprouvée son orgueil devait être plus cuisante encore. L'« oncle » Oswald avait tenu parole et c'est devant toute la maisonnée, les femmes comprises, qu'on lui avait administré son châtiment, dans la cour, lié au tilleul.

Eliza se demanda ce qu'il pouvait bien faire de cet argent qu'il amassait, et notamment du petit trésor ramené du tripot. Elle n'avait pas tardé à découvrir la cachette : une pierre descellée de l'étable, derrière la résille qui protégeait les bœufs des mouches. Cette petite fortune aurait pu permettre à Simon de prendre le large. Qu'attendait-il ? Elle souhaitait qu'il s'ouvrît à elle de ses intentions mais Simon parlait rarement pour dire autre chose que l'essentiel et savait garder ses secrets. Elle l'avait toujours connu ainsi, taciturne, fermé sur lui-même. Le passage de la peste n'avait rien arrangé.

Eliza n'avait rien dit à son père de la correction reçue par Simon. Elle lui avait simplement parlé des pièces d'or que leur exploit leur avait values, sans révéler la cachette de l'étable, ce qui aurait envenimé les rapports entre le père et le fils.

Peu porté aux amourettes, maladroit avec les putains qu'il possédait ici et là, à Lesparre ou à Vertheuil par besoin de nature, guère enclin aux effusions familiales que le vieux Stephen, d'ailleurs, n'encourageait pas, Simon avait reporté son affection sur Eliza.

Ils avaient vécu ensemble leur enfance. S'ils avaient des secrets l'un pour l'autre, c'était affaire de pudeur plus que de méfiance. « Regardez, disait-on dans les fêtes et les danseries de villages, la jeune Eliza Blake et son chevalier servant... » Ils passaient, la main dans la main, étrangers aux sarcasmes et aux regards malveillants. S'il leur arrivait de danser, c'était tous deux seuls, en marge du branle, et on ne pouvait qu'admirer la parfaite harmonie de leurs mouvements. Ils restaient une heure ou deux sans parler à personne, répondant aux saluts d'un simple hochement de tête, et repartaient sur la vieille horse au poil terne qui avait ramené en Médoc, au lendemain de l'épidémie, Sir Stephen, elle en croupe, sa robe cachant ses mollets, les mains croisées dans le pli de ses cuisses.

Il ne faisait pas bon les approcher de trop près. La familiarité, lorsque rien ne la justifiait ou l'excusait, déplaisait à Simon et un simple regard suffisait à décourager les plus intrépides. Il s'en était trouvé pourtant qui, pris de vin ou désirant honorer un pari, avaient poussé l'audace jusqu'à arracher Eliza à son frère pour un tour de danse. Soucieux d'éviter le scandale, Simon faisait mine de consentir mais, avant de partir, il attirait à part l'audacieux et lui ôtait l'envie de recommencer.

« Il ne nous voulait pas de mal, protestait Eliza. Que lui as-tu fait ?

— S'il nous avait cherché noise, je l'aurais tué. Je me suis contenté de lui donner une leçon. »

Loin de contraindre Eliza, cette tutelle constante lui plaisait. Non qu'elle manifestât un goût congénital pour le licol et le bât, mais elle se sentait encore fragile, sensible à la moindre alerte. Ce bouclier posé en permanence devant elle la réconfortait. Elle en venait presque à croire que, la peste surgissant de nouveau, il suffirait que Simon se mît en travers de sa route pour lui éviter ses atteintes. Elle croissait comme une plante à l'abri du nord derrière un mur. Simon tenait sans faillir son rôle protecteur, plus que le vieux Stephen, trop préoccupé par ses lubies. D'ailleurs tous les coqs de village, fils de paysans, de régisseurs, bâtards de curés ou de bourgeois, cadets de petites familles nobles, sentaient un peu trop à son gré le moût et le fumier. Elle se divertissait de leurs approches maladroites et riait de les voir éconduits.

« Rodrigue, dit Simon, qu'est-ce qu'il te disait tout à l'heure à l'oreille ?

– Rien.

– Tu mens. Je vous observais. Il a touché ton bras et tu ne l'as pas retiré. »

C'était à Bordeaux, le jour de l'arrivée de la flotte du vin, dans la grande salle des Bagot, passé le repas du soir. Simon avait déjà remarqué l'attitude équivoque du Castillan, ses approches timides, ses regards appuyés, ses astuces pour se trouver seul avec Eliza comme s'il tressait autour d'elle un réseau subtil où leurs chemins se croisaient. Simon n'était pas dupe, pas plus qu'Oswald qui avait mis Eliza en garde à plusieurs reprises, sur un ton mi-sérieux mi-plaisant, contre les manœuvres de son garde du corps. Ce manège amusait Eliza et la flattait; elle ne l'encourageait ni s'y dérobait. Malgré ses joues grêlées, Rodrigue était beau d'une certaine manière, avec sa froide élégance, ses yeux d'un bleu de fer, son nez mince, ses cheveux coupés court sur la nuque et au-dessus des oreilles. On ne lui connaissait pas de liaison. Il tenait de sa mère, issue de la famille des Bègues de Villaines, et de son père, le sire de Villandrando (localité située entre Burgos et Valladolid), une certaine aisance et des biens en Castille. Il ne manquait pas d'ambition mais la laissait mûrir. Oswald ne se faisait guère d'illusion : son serviteur saisirait la première occasion sérieuse d'aller courir l'aventure avec son inséparable Salazar. Il était taillé pour la guerre mais la guerre somnolait.

Comment Simon aurait-il pu en vouloir à Rodrigue pour la fouettée de verges? Il n'avait fait qu'obéir aux ordres de son maître et, même si la victime avait surpris chez son tortionnaire une sorte de délectation qu'il attribuait à une revanche sur la vigilance sans défaut dont il entourait sa sœur, il ne lui en tenait pas rigueur.

L'attelage s'arrêta devant le « bourdieu », au milieu d'une de ces ondées de novembre annoncées par des houles paresseuses de nuages épais modelés comme des cuisses de femmes.

Deux bœufs traînaient un chariot précédé de cavaliers aux capes gorgées d'eau. Stephen revenait de son chantier et changeait de vêtements. A travers la fenêtre il regarda les deux cavaliers descendre de cheval, conduire leurs montures sous un appentis et se diriger vers la maison. Il se souvint alors de la démarche de l'un des frères de Montferrand (Bernard, Pierre ou François?), pour obtenir deux pipes de vin (le meilleur : celui de l'Aubarède, près de l'estey) qui, depuis, attendaient qu'on vînt en prendre livraison.

Les Montferrand étaient des gens importants, parmi les plus riches et les plus puissants seigneurs d'Aquitaine, si l'on exceptait le captal de Buch qui vivait dans la solitude de son castel du Puy Paulin, sur une légère éminence, au cœur de Bordeaux, d'où l'on dominait l'étendue du port, et dont on disait qu'il se conduisait comme un « petit roi ». Proche de Saint-Loubès, campé sur la Garonne, au bord des domaines qui s'étendent entre ce fleuve et la Dordogne, le château de Montferrand n'avait pas très belle apparence :

quelques mauvaises courtines battues par les pluies, encadrées de tours qui n'impressionnaient plus que les enfants, mais avec un donjon de belle allure où s'entassait toute la maisonnée. Derrière cette apparence d'abandon, une opulente seigneurie de trente-trois paroisses comptant cent soixante hameaux répartis entre la pointe de Grave et Audenge, entre Lamarque et Mouton. Le chef de la famille portait avec orgueil le titre de « Soudan de la Trau », une petite province originelle, au sud de l'estuaire. Le père, blessé en Périgord dans un combat contre André de Budos d'un éclat de boulet qui lui avait arraché une jambe et l'avait privé des instruments de sa virilité, vivait en ermite au plus haut du donjon, au milieu de ses clercs qui préparaient sa vie éternelle, de ses commis qui tenaient le compte de ses richesses terrestres, de ses chiens qui le consolaient de l'hypocrisie des premiers et de la malhonnêteté des seconds. Il laissait d'ailleurs aux enfants une large part dans l'administration des domaines qu'il n'avait plus ni le goût, ni la possibilité de parcourir. Ils avaient été dans leur prime jeunesse de méchants bougres, voleurs de chevaux, détrousseurs de marchands et de pèlerins; ils avaient eu maille à partir avec le sénéchal et le prévôt de Guyenne et n'avaient accepté de se ranger qu'après les semonces de la Couronne d'Angleterre. Le plus batailleur était le second, Pierre, qui avait l'âge de Simon Blake; ils se connaissaient bien et s'estimaient.

En reconnaissant Pierre de Montferrand, Stephen ouvrit la porte. Deux hommes entrèrent avec une odeur de pluie et de marécages. Ils avaient bien cru ne pouvoir arriver jusque-là et se demandaient comment ils pourraient repartir.

« Si vous pouvez patienter, dit Stephen, Simon

vous livrera votre chargement dès que les pistes seront praticables.

– Nous pouvions attendre, dit Bernard, l'aîné, mais vous connaissez Pierre? A peine a-t-il pris une décision, il faut qu'il l'exécute. Il a eu brusquement envie de ce vin.

– C'est vrai, dit Pierre. J'espère qu'il vaut celui de l'an dernier.

– C'est le même, sauf qu'il est apparu cette année un goût que je ne lui connaissais pas et qui doit lui venir de ses origines. Ces vieilles vignes sont pleines de mystère. Celle-ci est la plus ancienne. Selon maître Arnold, mon beau-père, les Aubarèdes ont été plantées de ce " Biturica " que les Romains faisaient venir de Grèce et que le poète Ausone servait lors de ses réceptions à Bordeaux. »

Stephen envoya Eliza tirer une cruche.

« Fermez les yeux et songez à la Grèce », dit-il.

Ils observèrent un silence d'« élévation », imaginèrent, en se laissant baigner par la flaveur, des collines à cyprès dans une lourde danse de soleil cru.

« Tu avais raison, dit Pierre. Il est fameux. On dirait comme un goût de framboise, tout au fond...

– Ça n'enlève rien au corps, dit Bernard. Ce vin-là est franc et solide comme de l'or. »

Ils ôtèrent leurs capes, s'assirent à la table où Eliza avait disposé du pain et des noix. Ils buvaient en silence, se regardaient en hochant la tête, savourant sans fin le goût et l'arrière-goût, guettant la draperie de chaleur qui tapissait leur poitrine. Ce vin tiendrait jusqu'à Pentecôte sans broncher, et même au-delà. A Noël, il serait meilleur encore, à condition que cette saveur de framboise ne se confirme pas trop. Il tombait un aigre crépuscule de novembre, balayé de vents fous;

les chiens gris de l'estuaire et les chiens noirs de l'océan se battaient dans la peupleraie qui frémissait jusqu'aux racines en éparpillant ses dernières feuilles. Stephen alluma une chandelle.

« Il est bien tard pour repartir et vous risquez de vous perdre dans la palud. Vous pouvez rester pour la nuit.

– Nous acceptons, dit Pierre. Nous coucherons à la paillade pour ne pas vous déranger et nous repartirons à l'aube. »

Il ne quittait pas des yeux Eliza en train de couper les tranches, la boule entre ses deux seins, d'aider Mariette à faire rissoler le lard et à préparer la bouillie d'orge. Stephen avait prévenu ses visiteurs qu'il ne leur offrirait pas un festin, mais Pierre n'avait faim que de ce petit bout de fille. Il était à Bordeaux le jour où les flottes du vin avaient accosté; il l'avait vue de loin descendre de son perchoir de Saint-Remédy, la main dans celle de son frère, des éclats de soleil et de fleuve dans l'œil lorsqu'elle avait passé, fiérotte, près de lui. Il savait qu'il ne faisait pas bon l'approcher et que Simon veillait sur elle comme sur le Saint Sacrement. Le jeu aurait amusé Pierre mais il préférait le voir joué par d'autres à leurs risques et périls.

Sir Stephen parlait intarissablement de ses vignes mais ne se faisait guère prier pour raconter aussi Azincourt et Paris. Il commençait à rabâcher mais il le faisait avec un certain talent et beaucoup de passion.

Pierre observait Simon, Simon observait Pierre et Bernard se demandait comment il pourrait intervenir si une querelle venait à éclater, mais aucun incident ne vint contrarier le repas. Eliza, qui avait surpris l'insistance de Pierre à la regarder, faisait en sorte de se trouver le plus souvent possible dans son dos, devant la cheminée, près de Mariette qui mangeait sa bouillie d'orge dans l'écuelle posée sur la coupelle du landier. Elle s'était attardée plus que de raison pour aller porter sa pitance au pauvre bougre qui pansait les chevaux et préparait la couche de ses maîtres; elle avait même, contrairement à l'habitude, aidé Simon à soigner les chevaux et le bétail.

Ce n'est que lorsque Simon, une lanterne sourde à la main, entouré des chiens, partit pour inspecter les alentours du « bourdieu », que Pierre put approcher Eliza, alors que Stephen écoutait en somnolant Bernard raconter les démêlés de la famille Montferrand avec la chancellerie d'Angleterre à propos du domaine de Lesparre qu'on leur avait confisqué. Il s'assit près d'elle sur le coffre à sel, l'aida à recouvrir de cendres les dernières braises. La lueur du foyer détaillait son visage rude, très brun, aux sourcils épais, aux lèvres et aux joues rouges (ce qu'Eliza mit sur le compte du vin framboisé), ses mains longues curieusement terminées par des ongles recourbés, baguées d'anneaux de fer dont l'un portait une grosse pierre qui ressemblait à un œil de milan. De le sentir si proche d'elle, cuisse contre cuisse, sa main droite effleurant la sienne, lui causait à la fois malaise et plaisir.

« Il faut que je te revoie, dit-il avec précipitation. Est-ce que ça te plairait ? »

Elle faillit répondre d'un « oui » qui venait de très profond comme si quelqu'un d'autre le lui eût soufflé, mais elle se contenta de dire :

« C'est impossible, tu le sais.

– A cause de Simon ? »

Elle hocha la tête, un œil sur la porte. Simon ne tarderait guère à revenir. Pierre ajouta :

« Comment peux-tu supporter cette surveillance ? Pourquoi cette jalousie ?

– La peste... dit-elle dans un souffle. Nous étions restés seuls dans le domaine, lui et moi, en attendant le retour du père. Le pays était parcouru par des soldats perdus, des déserteurs, des vagabonds, des loups et des chiens errants. Je n'avais que lui et lui que moi. Il veillait sur mon sommeil et parfois il pleurait en me regardant dormir. Il refusait d'aller à Bordeaux comme les Bagot nous en priaient. Il voulait attendre le père et, lorsqu'il est arrivé, après des semaines d'attente, nous ne l'avons pas reconnu. Qui n'a pas vécu cela ne peut pas comprendre.

– Pourtant Simon partira. Tout le monde le sait et même ton père ne se fait pas d'illusion.

– Il devrait être parti déjà. Il reste à cause de moi. Il ne m'a rien dit de tout ça parce qu'il n'aime pas parler des choses du sentiment. Il ne me quittera que lorsqu'il me saura en état de me défendre contre les hommes et de faire un choix honnête de celui qui partagera ma vie.

– Aurais-tu plaisir à me revoir ?

– Oui, Pierre, mais ce n'est pas possible.

– Nous verrons bien. »

Simon poussa la porte de son dos, souffla la lanterne qu'il posa dans une niche du mur. Il avait mis deux fois moins de temps que d'habitude. La pluie avait redoublé de violence et l'estey commençait à noyer les vimières. Des ceps des plantiers proches du « bourdieu » avaient déjà les pieds dans l'eau. Il eut un regard noir en direction de l'âtre.

« Votre logement est prêt, dit-il. Vous pouvez aller vous coucher. »

Il ajouta à voix basse :

« Pierre, j'ai deux mots à te dire.

– Demain, dit Pierre. La nuit porte conseil. »

Il s'éloigna avec son frère dans une bourrasque.

III

L'ÉPÉE NUE

(Paris, Bourges, 1422)

CETTE épée, cette grande épée nue, on ne voit qu'elle. Non qu'elle soit plus grande, plus lourde, plus riche d'ornements et de matière que celles que portent à la ceinture les grands barons de France et d'Angleterre qui suivent la dépouille du roi Charles. C'est une épée toute simple, portée à deux mains par un page vêtu de roses et de léopards brodés, la lame pointée vers le ciel gris de novembre comme une flamme étincelante. L'épée de Jean, duc de Bedford, régent de France pour le roi d'Angleterre Henry VI de Lancastre. Le roi, personne ne le verra; cette guenuche vient de rendre son lait entre les seins de sa nourrice et on a dû appeler un médecin car l'enfant est devenu soudain vert comme une larve si bien qu'on l'a cru mort, deux mois après son père, emporté à Vincennes par le mal Saint-Fiacre. Le dauphin de France ne sera pas présent non plus, ce « soi-disant dauphin » qui règne dans les froids palais de Bourges, mort lui aussi, peut-être. On n'a plus de nouvelles de lui. C'est comme si le monde était coupé en deux par un fossé infranchissable. A quelques semaines d'intervalle les deux grands souverains d'Occident ont fait leurs adieux au monde. La France est un continent à la dérive; il n'y a plus de véritable guerre, plus de chocs d'armées depuis Azincourt, mais une profonde misère, une nuit insondable. On se dit qu'il y a un terme au malheur, que Dieu ne permettra pas que soit franchi le seuil au-delà duquel le mal règne en maître absolu, mais le seuil semble franchi et la nuit s'épaissit sur l'Occident, pleine de folie et de mystère. Il n'y a plus de roi en France ni en Angleterre, simplement des régents : Bedford à Paris, Gloucester à Londres. Le destin du monde est suspendu au souffle de cet enfant malade qui vient de rendre son lait tandis que le cortège funèbre du roi Charles, le fou, le « bien-aimé » traverse Paris en direction de Saint-Denis par un temps cru d'hiver.

Pour le découvrir il a fallu fouiller tout l'hôtel Saint-Paul. Les rares domestiques qui hantaient encore la sinistre demeure ignoraient où il se trouvait et la reine Isabeau, la « reine Vénus », dormait encore avec un de ses favoris dans son adorable petit hôtel Barbette. On avait besoin du roi pour une audience avec le nouvel ambassadeur du Portugal venu présenter ses lettres de créance; on avait fouillé la cave et le grenier, les jardins et les écuries et on avait fini par le découvrir mort dans un coffre où il s'était réfugié en proie sans doute à ses terreurs, le couvercle rabattu sur lui, les mains plaquées sur son visage dans une attitude de défense contre ses démons. Il puait tellement dans ses vêtements maculés dont il n'avait pas changé depuis des mois qu'on avait dû faire macérer le corps dans un bain chaud pour lui redonner une apparence convenable.

Où étaient ses conseillers ? Et ses domestiques ? L'hôtel Saint-Paul paraissait désaffecté; tout y était à l'abandon; on y baignait dans des odeurs de cimetière. Ceux des domestiques que l'on put réunir ressemblaient à des palefreniers; quant aux conseillers et aux ministres, ils avaient depuis longtemps renoncé à vivre dans l'entourage du souverain et ne lui rendaient visite que pour quémander une faveur ou faire signer un acte qu'il ne lisait même pas.

Prévenu parmi les premiers, Jean de Bedford s'était rendu au domicile du défunt alors qu'on faisait la toilette funèbre. Il avait froncé les sourcils et s'était bouché les narines. De ce ravissant hôtel qu'il avait connu en sa splendeur, on avait fait une forteresse, toutes les issues sauf une ayant été murées afin que le peuple, pour qui le roi était toujours le « bien-aimé », victime d'une maladie incurable et de ministres incapables, ne surprenne pas l'ampleur de sa détresse.

Jean de Bedford marche seul derrière l'épée nue, symbole de sa puissance et de sa détermination d'administrer la France en chef de guerre prêt à mater toutes les rébellions, à faire ployer toutes les têtes. Lorsque le page porteur de l'épée s'est avancé derrière l'humble catafalque, les gens du cortège ont murmuré et Bedford s'est contenté de hausser les épaules. Il a reçu mission du roi Henry, son frère, peu avant sa mort, de prendre en main les affaires de France au cas où les circonstances l'exigeraient; il s'en acquittera sans faiblesse. C'est un homme de trente ans passés, un peu lourd déjà, d'une rude prestance, plus soldat que courtisan. Il commande la plus puissante armée du monde : celle qui a vaincu devant Azincourt, composée de « retenues », ces compagnies d'effectifs variables, équipées et soldées de manière qu'elles résistent à la tentation de vivre sur l'habitant. Bedford ne se laissera pas intimider par les rodomontades et les prétentions du « roi de Bourges », ni par les complots des partisans français de Normandie qui refusent de reconnaître un roi anglais. Il garde l'œil fixé sur l'épée qui le précède comme une croix de procession et il se dit que le sort des deux royaumes dépend d'elle et de lui.

Pauvre roi. Pauvre cortège. Sur son passage, le petit peuple de Paris se lamente, à genoux dans la boue. Dans la suite composée de quelques barons et familiers du défunt, on a l'œil sec et le visage inquiet car, mort, ce souverain est plus embarrassant que vivant; en rabattant sur son agonie le couvercle du coffre qui lui a servi de cercueil, il a ouvert une ère dangereuse, il a fait basculer la paix pourrie, les compromissions hypocrites, les embrassades empoisonnées dans la grande décharge de l'histoire. Ils regardent l'épée et ils se disent que tout, désormais, est d'une terrifiante clarté, que le maître de Paris c'est l'Anglais, qu'au marécage où s'enlisait la nation a succédé le désert brûlant avec, au-dessus de leur tête, comme un soleil implacable, cette épée nue.

A Saint-Denis, ils se sont rassemblés autour de la tombe pour écouter le hérault de Jean de Bedford proclamer la toute-puissance du roi d'Angleterre. De quel roi ? Du roi Bedford ? Du roi Gloucester ? De cette larve qui vomit son lait ? Pour arracher la France à l'anarchie et à la misère il faudrait la main de Dieu, et l'Eglise prie, fait brûler des forêts de cierges, mais Dieu demeure sourd. Pour se faire entendre de Lui il faut avoir l'haleine pure et celle de l'Eglise est corrompue.

Ce matin, alors qu'il s'apprêtait pour les funérailles, Bedford a reçu des nouvelles d'Angleterre.

Il a raison de se méfier de son frère, Humphrey de Gloucester, ce personnage ambitieux, léger, incapable. Ils ne s'entendaient pas dans leur jeunesse; aujourd'hui un abîme les sépare, et pas seulement celui de la mer. Le frère Humphrey se conduit comme si le trône d'Angleterre était déjà à sa portée. Lorsque Jean lui demande des subsides pour entretenir ses « retenues » – et Dieu sait ce qu'elles lui coûtent – il fait répondre que le trésor est vide, que le pays a payé assez cher le traité signé avec la France, que Bedford doit s'en prendre aux Français. A chacun son apanage ! Il a d'autres soucis en tête, le frère Humphrey. On se bat dans les rues de Londres : les partisans du régent Gloucester qui le poussent vers le trône et ceux du cardinal de Winchester, leur oncle, protecteur de la légitimité. Qu'éclate une guerre civile comme celle qui a déchiré le royaume au temps du roi Richard et l'on ne tardera pas à voir resurgir de Normandie en Aquitaine les bannières aux lys de France.

Jean de Bedford ôta sa cape, s'installa au coin de la cheminée, dans cet hôtel de Bourbon où il s'était installé avec sa maison, le duc étant retenu comme prisonnier en Angleterre. Il réclama sa fille, Marie, et une gouvernante poussa devant lui une fillette fragile, au teint pâle rehaussé aux joues de touches de vermillon, qui tenait pincés entre le pouce et l'index les plis de sa robe, laissant traîner derrière elle des moires glauques de velours flamand. Elle s'inclina, les yeux baissés, et ne leva les paupières qui cachaient un regard vert un peu lointain que lorsque le duc lui adressa la parole en l'attirant entre ses genoux. Elle se laissa faire, les mains croisées sur la poitrine où commençaient à gonfler des pommes d'orange.

« Ma petite Marie, nous allons devoir nous séparer. Ici, vois-tu... »

Une brume noya le regard de la fillette, fit perler une larme.

« Il faut être courageuse. Tu es une Bedford, ne

l'oublie pas. Bordeaux, ce n'est pas le bout du monde. »

Il lui parlait en français, lentement, en cherchant ses mots. Elle devrait apprendre cette langue car elle ne reverrait pas l'Angleterre de longtemps, peut-être jamais. Il caressa les cheveux plats et lisses couronnés d'un diadème en étoffe de Gênes piqué de perles de couleur, cadeau de l'archevêque Louis de Luxembourg. Marie était le seul être au monde qui comptât vraiment pour lui. Il ignorait pourquoi il s'était attaché à cette bâtarde qu'il avait eue d'une dame d'honneur de la reine Catherine de France, veuve du roi défunt. Peut-être parce que cette affection était liée aux souvenirs d'un printemps de pommiers en fleurs dans le Sussex, d'une vieille bâtisse à colombages trônant au milieu d'une futaie de chênes dont la verdure tardive cachait le ciel d'une buée verte. Bedford avait entraîné sa jeune maîtresse à Londres et attendu cet enfant comme s'il allait changer son existence. Il lui avait donné le nom de sa mère : Marie. La dame d'honneur, qui ne supportait pas l'atmosphère de la Cour, étant partie rejoindre son vieux mari dans un manoir du Pays de Galles, il n'en avait plus eu de nouvelles et n'en attendait pas. Marie lui suffisait. Le moment venu de passer en France, il l'avait amenée avec lui. Elle avait mal supporté la traversée et, en débarquant à Calais, il avait bien cru qu'elle ne survivrait pas. Il lui avait fait boire du vin, manger des viandes rouges et elle avait repris santé et couleur. A Paris, elle ne quittait pas l'hôtel de Bourbon, son jardin, ses chiens et ses jouets. Il ignorait si elle était heureuse, ce qu'elle souhaitait d'autre et même si la présence de son père lui était agréable. Marie se livrait peu; une seule fois elle avait demandé qui était sa mère et où elle se trouvait. Son père lui ayant expliqué qu'elle ne la verrait plus, il n'en fut plus question entre eux. C'était peut-être ce qui expliquait ces distances glacées entre leurs deux solitudes, ces regards qui ne parvenaient pas à se nouer, cette intimité fallacieuse, à laquelle il manquait une pièce essentielle. Ils s'aimaient d'une passion froide et distante. Lorsqu'il s'absentait elle refusait toute nourriture comme un chien abandonné; lorsqu'il reparaissait, amer, voûté, elle n'avait pas un élan vers lui mais ne le quittait pas des yeux.

« Il ne faut pas pleurer, Marie. Je souffre comme toi de cette séparation mais elle est nécessaire. »

La capitale devenait dangereuse. La guerre pouvait renaître brusquement, ou quelque épidémie due à la saleté de la capitale, à l'air corrompu montant des ruelles infectées et des cimetières. A Bordeaux, elle serait en sécurité. Il la confierait au sénéchal Gaillard de Durfort son ami qui possédait dans cette ville une agréable résidence. C'était le seul endroit de France où elle serait en sécurité. Jamais il n'aurait accepté de la laisser seule à Londres, en butte aux manœuvres d'Humphrey.

« Tu partiras dimanche prochain, dit-il. Il te reste donc trois jours pour te préparer. C'est le sénéchal lui-même qui te conduira à Bordeaux. Promets-moi d'être sage et de suivre ses conseils. Et ne parle plus anglais, je te prie. Tu es en France, ne l'oublie pas. »

Elle s'appuya des deux mains aux cuisses de son père et se souleva pour se balancer, sans cesser de le regarder, de lui sourire, mais sans un mot. S'il l'avait exigé, elle serait partie sans murmurer pour le royaume de Cathay. Il était le maître de cette maison, de cette ville, de ce pays. On disait même que, s'il le voulait, il serait roi.

Madame Yolande attendait le dauphin. De la fenêtre qui donnait sur la cour d'honneur du palais de Bourges, elle siffla entre ses doigts repliés, et le dauphin se demanda ce que lui voulait sa belle-mère, cette femme autoritaire, de la race des princes d'Aragon dont on dit qu'ils ont la tête si dure qu'ils peuvent s'en servir pour enfoncer des clous. Elle fit un signe impératif de la main pour lui dire de se presser. Il revenait de la chasse dans les forêts des environs et n'aspirait qu'à un bain chaud. « Méduse... harpie... vampire... Tu ne me laisseras donc jamais vivre à ma guise ? » Il inclina la tête sans la quitter des yeux et fit signe qu'il arrivait au plus vite. Il y mit tant d'empressement qu'il glissa sur la borne-montoir et s'érafla un genou. « Maudite femme ! Vipère ! »

« Me voici, mère. Qu'y a-t-il de si urgent ? Ne peut-on laisser le dauphin de France prendre un peu de plaisir ? »

Elle écouta cette voix geignarde, regarda ce petit être pour lequel les portes du palais de Bourges paraissaient toujours trop hautes et trop larges. Le maladroit ! Son genou cagneux saignait sous l'étoffe déchirée. Soudain, comme si la foudre s'était abattue sur elle, Yolande d'Anjou, princesse d'Aragon, reine de Sicile, tomba à genoux, le corps secoué de sanglots, ceignant de ses bras les cuisses maigres qui sentaient la sueur de cheval.

« Ah ! ça... Madame ma mère, qu'avez-vous donc ? Relevez-vous ! On nous regarde... »

Elle se leva péniblement car elle avait la hanche lourde, renifla.

« Le roi est mort, dit-elle.

— Que me chantez-vous là ? Je le sais bien que le roi est mort et que l'Angleterre en porte encore le deuil.

— Sire, dit-elle, il ne s'agit pas d'Henry d'Angleterre – Dieu sauve son âme de l'enfer! – mais de votre père, le roi Charles, sixième du nom. Vous voilà roi de France. »

Pris de terreur, le dauphin regarda autour de lui pour chercher par quelle issue il pourrait bien prendre la fuite. Il grelottait dans ses vêtements de chasse mouillés mais c'était plus de peur que de froid. Coiffer la couronne, revenir à Paris, cette ville qu'il détestait, qui le méprisait, affronter cette tourbe de ministres concussionnaires qui traînaient leur suffisance dans les couloirs du Louvre, s'imposer au peuple après avoir levé une armée et chassé les Anglais? Jamais!

« Jamais! cria-t-il, son long nez soudain rouge de colère.

– Qu'est-ce à dire? demanda Madame Yolande.

– Je refuse de me rendre à Paris! »

Le pauvre sot, le benêt qui ne comprenait rien à la politique, pour qui comptaient seuls ses menus plaisirs, ses petites maîtresses et ses favoris...

« Qui vous parle d'aller à Paris? Il faudrait d'abord vaincre les Anglais et nous n'en prenons pas le chemin. Il n'empêche qu'un dauphin de France dont le père vient de mourir devient roi. Ne comptez pas échapper à la règle et portez je vous prie des robes longues, de manière qu'on ne voit pas ces jambes torses et ces gros genoux. »

Il répéta plusieurs fois « Jamais! » en regardant autour de lui d'un air égaré. Plutôt prendre le large! Il y avait pensé déjà à plusieurs reprises, lorsque Madame Yolande le harcelait pour des questions de protocole et d'étiquette. Il avait le choix entre l'Auvergne, le Dauphiné, le Languedoc, l'Ecosse, la Castille et la Sicile.

« Où allez-vous encore? » cria Madame Yolande.

Elle le rattrapa par la manche de son costume de chasse, tellement élimé qu'elle faillit en garder un lambeau entre les doigts. En se retournant, il aperçut dans l'embrasure d'une fenêtre, assise sur un coussin à cause de ses hémorroïdes, son épouse Marie d'Anjou, les mains sur le visage, le buste secoué de hoquets à faire se décrocher les maigres breloques de sa poitrine. « Surtout, songea Charles, qu'elle ne me montre pas son visage en cet instant. J'en mourrais sur place ! » Elle eut la bonne grâce de lui épargner cette épreuve. On disait de la dauphine qu'elle était « laide à faire peur aux Anglais ».

« Allons, murmura Madame Yolande. La situation n'est pas aussi tragique que vous voudriez nous le laisser croire, gentil sire. De toute manière nous sommes là pour vous soutenir. Pleurez le roi défunt, votre père, mais gardez suffisamment d'énergie pour faire face à l'Anglais. Nous vaincrons, j'en ai la certitude, car nous avons davantage de provinces sous notre gouvernement que ce chien de Bedford. »

Elle énuméra les territoires sur lesquels on pouvait compter pour fournir des armées et faire face à l'invasion préméditée par le régent de France.

« Je vous annonce également, poursuivit Madame Yolande, qu'Archibald, comte de Douglas et son fils, James Stuart, vont arriver à Bourges avec huit mille Ecossais. Pour prix de leurs services, à défaut des soldes que nous serions dans l'impossibilité de leur payer, nous pourrions leur concéder le duché de Touraine... En êtes-vous d'accord ?

– D'accord ou pas... », bougonna le « roi de Bourges ».

Madame Yolande fronça les sourcils; Charles lorgnait avec insistance vers le fond de la salle qu'une jeune servante traversait, portant une corbeille de linge.

« Charles ! dit-elle sévèrement. Votre père vient de mourir, et vous...

– Mon père... Mon père...

– Votre père, parfaitement ! Qui donc pourrait nous démontrer le contraire ? Certes, votre mère, la reine Isabeau, avait la cuisse chaude, et l'on dit qu'aujourd'hui encore, malgré son âge... Je sais ce qu'elle a raconté sur vos origines, mais ce n'était que pure médisance destinée à vous écarter des avenues du trône. Sire, l'heure est grave. Quelle décision allez-vous prendre ?

– D'abord me changer. Je grelotte...

– N'allez pas attraper un méchant mal de poitrine. Ce n'est pas le moment.

– Ensuite, prendre un bain chaud. Il doit être prêt à l'heure qu'il est. Puis dîner...

– Il ne reste que des queues de mouton. »

Le roi fit la grimace. Depuis trois jours, on lui en servait à chaque repas, accommodées de diverses manières. Il suspectait ses ministres de se garder les meilleurs morceaux, les chenapans ! En se retirant, il ajouta :

« J'aurai deux mots à dire à cette servante qui vient de traverser la salle d'audience sans ma permission. Qu'elle me rejoigne dans ma chambre à l'extinction des feux. Telle est la volonté du roi ! »

LIVRE II

1424-1428

I

CONQUE D'AMOUR
ET FONTAINE DE PLEURS

(Rocamadour, Médoc, 1425)

SANS se déplacer d'un pouce, le meunier montra le large de la vallée.

« Ce chemin par lequel vous arrivez, mon père et le père de mon père l'ont connu si encombré de mulets sur deux files, l'une montante, l'autre descendante, que vous n'auriez pu passer au travers. Entre les bruits de la chute et des œuvres vives du moulin, le caquet des femmes et les jeux des enfants, on ne s'entendait plus. Mon père est mort sourd, avec des bourdonnements plein les oreilles, à se jeter contre les murs. Aujourd'hui, à part quelques audacieux qui viennent moudre en serrant les fesses, il ne vient pour ainsi dire plus personne. Je vais finir par fermer boutique. Ce serait dommage : toute cette belle eau qui se perd... »

Il montra la majestueuse queue de cheval plongeant du haut d'une falaise nacrée sous un brouillard humide où s'accrochaient des arcs-en-ciel. Cette « belle eau » aurait pu faire tourner dix meules.

« Si c'est manger que vous voulez, poursuivit le meunier toujours rivé à son banc de pierre, les coudes étalés sur la vieille meule servant de table, il vaut mieux pousser jusqu'à Rocamadour. Vous trouverez de tout là-bas. Un vrai pays de Cocagne. Cette ville, les gens de guerre et les brigands la respectent comme le corps du Christ. C'est le seul endroit de ce foutu pays où vous pouvez dormir sans un couteau sous votre oreiller. Moi, je n'ai plus rien. Si vous trouvez une boule de pain, elle est à vous. Si vous souhaitez simplement dormir, ne vous gênez pas : ce n'est pas la place qui manque. »

Pierre de Montferrand remarqua son œil dur dès qu'il avait parlé de nourriture. Le mot « pain » jeté dans la conversation, c'était comme si l'on parlait d'un trésor mystérieux; il vous venait ensuite un flux de salive aux dents. Le meunier était un homme jeune encore et pas trop maigre pour un affamé, avec même un peu de rose aux joues. Il paraissait surtout s'ennuyer. Pour plus de sûreté, il avait éloigné sa femme et ses enfants; ils étaient à Rocamadour, bien entendu.

« Vous êtes venus par Gramat? dit-il en plissant ses paupières.

– Non, dit Pierre. Par l'autre côté. Nous sommes de Bordeaux et nous allons en pèlerinage à Rocamadour.

– Vous avez « de quoi »?

– Nous avons ce qu'il faut pour voyager sans tirer la langue. »

Le meunier hocha la tête. Un gredin serait déjà descendu de cheval et aurait sorti son poignard. Celui-là restait poliment en selle, de même que ceux qui l'accompagnaient. Le meunier avait l'œil; à l'estime il savait distinguer le gueux prêt à faire un mauvais coup du monsieur prêt à faire briller les picaillons.

« Vous goûterez bien de ma piquette? » dit-il.

Pierre de Montferrand et ceux de sa suite descendirent de cheval. Ils étaient une bonne dizaine, montés sur des destriers à l'encolure lourde de fatigue, mais de bonne apparence; ils portaient des armes mais pas un arsenal; il y avait de la discrétion jusque dans leurs propos, et même une certaine joliesse de mots; certains parlaient anglais, une langue qui avait souvent écorché les oreilles du meunier, mais pas pour l'inviter à danser. Il y avait deux jeunes filles dans le groupe.

« Ma maison n'est pas une auberge mais je ne saurais laisser des gentilshommes à ma porte. Je peux même disposer de quelques paillasses et, si vous le désirez, des draps que je cache à cause des brigands et que ma femme parfume à la lavande. Pour dîner, que diriez-vous d'une omelette aux truffes et de quelques tranches de jambon ? »

Il disparut dans un escalier de pierre qui semblait plonger vers les rives de l'Erebus, resurgit par un autre endroit, en portant son sac qu'il posa sur la meule.

« Faites-moi confiance. Donnez-moi un homme pour m'aider et ça sera prêt en cinq sec.

– Je te donne deux filles, dit Pierre. Le temps pour elles d'aller se rafraîchir le museau.

– Elles peuvent descendre jusqu'à l'Alzou. Il y a une belle cuvette au pied de la cascade. Une vraie piscine romaine. »

Tandis que les hommes s'occupaient des chevaux (le bonhomme avait proposé de l'avoine grise et du gros foin), Pierre, accompagné de Rodrigue de Villandrando et de Simon Blake, inspecta la demeure, plus par curiosité que par mesure de sécurité. Le meunier n'avait pas menti : l'immense bâtisse était déserte. Elle s'accrochait au flanc de la falaise comme Jésus sur le sein de Marie, mais éclatée en une dizaine de cellules autour de la maison mère, comme pour une communauté de moines. Ce grand corps de pierre désarticulé était traversé de couloirs, de passerelles, d'escaliers, de boyaux, de puits où il fallait passer de biais; les murs épais d'une brasse constituaient une bonne défense. La vallée elle-même (plutôt une gorge) semblait ouverte à la hache dans la chair du Causse. De majestueuses fougères emperlées se pavanaient dans une précieuse brume d'eau. Tout dans la maison était en ordre et très propre : pas une toile d'araignée, pas une crotte de souris. De gros chats faisaient clignoter sur les poutres leurs yeux de topaze. L'air sentait l'eau et la farine. On imaginait sans peine le tumulte des meules en travail, la poussière vivante du blé, les coups de gueule du maître moulinier, les chansons des apprentis et des filles, et tout cela donnait des idées de bonheur.

« Je coucherai ici avec Eliza », dit Simon.

Pierre lui jeta un mauvais regard. Il aurait préféré que toutes les paillasses fussent rassemblées dans la grande salle, pour la sécurité, mais il ne chercha pas à discuter. Simon était ainsi : un tempérament de dogue; il avait prévenu Pierre qu'il tirerait son couteau contre quiconque se permettrait quelque privauté avec sa sœur; ils s'étaient querellés naguère en présence du vieux Stephen impuissant à les calmer et avaient même failli en venir aux mains. « Comprends-moi, avait fini par lui dire Simon : je sais très bien qu'Eliza devra me quitter un jour pour se faire sa vie loin de moi, mais ce ne sera pas sur un coup de tête et avec n'importe qui. Amuse-toi tant qu'il te plaira avec les vachères ou les putains de Bordeaux mais ne touche pas à Eliza. Elle est trop jeune encore et trop innocente. » Il ne lui avait pas interdit sa porte mais faisait en sorte d'être présent en même temps que lui.

« Gramat, dit le meunier en taillant dans une boule les tranches pour le repas, j'y étais il y a une semaine. Une ruine, monsieur... Sur cent foyers il en reste sept. Ce n'est que maisons éventrées et rues désertes. Vous n'y trouveriez pas une corde pour faire un licol, pas un bout de bois pour faire du feu. Vous cognez à l'huis et les gens vous montrent les dents ou la pointe de leur couteau. Je les connais presque tous par leur nom ou leur sobriquet, mais eux ne me connaissent plus, comme si quelque mauvaise bête leur avait rongé la mémoire et l'amitié. Il reste bien un curé mais il vit sur la paille, dans le clocher, et se nourrit de corbeaux quand il en trouve. Ça doit être la même chose ailleurs...

– La même chose ou presque, dit Simon. La guerre... »

Il regardait Eliza et Marie, la petite Bedford, jupes retroussées, en train de réchauffer leurs cuisses froides près de l'écuyer de Gaillard de Durfort qui suivait l'escorte avec deux autres cavaliers de la même maison. Les routes n'étant pas sûres, ils avaient décidé de former une caravane pour ce pèlerinage. Les filles étaient endurantes, courageuses, ne se plaignaient jamais, ne tremblaient pas lorsque l'escorte trouvait en travers de son chemin des gueux portant des couleurs anglaises ou françaises barbouillées sur leurs hardes, réclamant le montant d'un péage imaginaire, ou encore des officiers municipaux trop zélés qui menaçaient de mettre les voyageurs en quarantaine sous prétexte que leurs lettres de route ou leurs sauf-conduits n'étaient pas réglementaires. Elles paraissaient même apprécier la vie des grands chemins, le pain dur, l'eau amère des citernes, la poussière ou la pluie.

Elles s'étaient rencontrées un matin du printemps passé, à l'Ombrière, à l'occasion d'un des rares voyages à Bordeaux de Stephen Blake, venu régler un arriéré d'« issac » ou de « petite coutume » que les propriétaires de vignobles devaient acquitter pour leurs vins vendus dans les cabarets et les auberges de la ville.

Eliza Blake regardait, à travers une pluie légère de duvet de saule, tourner dans le manège en plein air le cheval monté par la petite Marie de Bedford qui résidait dans la demeure du sénéchal Gaillard de Durfort. Elle avait envie de lui dire : « Les reins plus souples! La bride moins serrée! Les cuisses moins contractées! » et c'est ce qu'elle lui dit lorsque Marie s'avança vers elle pour lui demander qui elle était et ce qu'elle faisait là.

En comprenant qu'elle avait donné une leçon à la fille du régent de France qui avait dans les veines du sang royal d'Angleterre, Eliza rougit et s'excusa. Marie éclata de rire, s'assit par terre près d'Eliza et lui prit la main par amitié. Elle avait soif et cet exercice l'avait rompue. Elle invita Eliza à la suivre; Eliza déclina poliment cette offre, prétextant qu'elle devait attendre son père mais, étourdi comme il l'était, il l'avait peut-être oubliée. Marie envoya un domestique aux nouvelles : Sir Stephen n'allait pas tarder à revenir. Elle se conduisait comme une petite reine.

Profitant d'un voyage du sénéchal au fief de Lesparre, objet d'un litige entre la couronne d'Angleterre et la famille de Montferrand, Marie de Bedford avait demandé à s'arrêter à Saint-Estèphe; elle était restée deux jours pleins dans le « bourdieu » de Sir Stephen. Un mois plus tard, c'est Eliza qui rendait visite à Marie. Elles firent les folles, poussant si loin à cheval dans la palud de Bruges qu'on les croyait perdues, jouant à s'enivrer dans les voultes du sénéchal et se conduisant ensuite comme des soudards, se levant en pleine nuit pour crier : « Aux Français! », lâchant au milieu du Conseil de Guyenne un lapin sauvage et une meute de chiens. Elles étaient inséparables.

Cette amitié, Simon la voyait d'un mauvais œil. Eliza lui échappait. De retour au « bourdieu » elle prenait des airs d'indépendance, refusait de répondre aux questions, s'absentait souvent pour se trouver seule. Elle laissa entendre un jour qu'on lui avait fait la cour. « On ? Qui, on ? Pierre de Montferrand ? » Elle secoua la tête. « Rodrigue ? » Elle sourit aux anges et Simon la gifla. Elle ne lui en voulut pas de cet acte de faiblesse et d'impuissance; elle le plaignait même et se sentait plus forte, comme délivrée de cette tutelle. « Qu'il parte, songeait-elle, qu'il s'achète un cheval, un équipement et prenne la route ! Le moindre laboureur fera autant de travail que lui. »

Qu'attendait Simon ? Il l'ignorait. Il faut à l'aventure de grands tumultes et les pays autour de Bordeaux étaient trop calmes, tassés sur leur misère, déchirés par des bandes en maraude. Il n'y avait ni argent, ni honneur à glaner. Des noms de batailles récentes sonnaient à ses oreilles : Cravant, La Gravelle, Verneuil, où les armées du « roi de Bourges » avaient été défaites par les Anglais, mais ces coups de tonnerre retentissaient sur des champs de bataille lointains, dans cette Normandie où Bedford bataillait à la fois contre les partisans français et les troupes du dauphin. Il enviait Rodrigue de Villandrando qu'Oswald avait envoyé se battre à Verneuil et respirait en sa présence l'odeur de la guerre.

Une nouvelle fois, Eliza avait gagné. Marie avait insisté pour que tous les gens de l'escorte dorment ensemble dans la salle commune du moulin, et Simon, ravalant son humiliation, avait cédé pour ne pas donner dans le ridicule. Il se disait qu'il aurait mieux fait de rester auprès de son père; ce voyage l'ennuyait et il était las de cette vigilance constante qu'il s'imposait. Il savait maintenant que sa sœur avait deux prétendants : Pierre et Rodrigue, mais Eliza, avec l'aide de Marie, brouillait si subtilement le jeu qu'il ignorait lequel était le plus dangereux.

Lorsque la troupe quitta le moulin du Saut, le matin d'octobre était froid et brumeux. En remontant vers le chemin de Gramat par la piste de roc, les pèlerins redécouvrirent les profondes vallées au fond desquelles l'Alzou coulait sous d'épaisses frondaisons mordorées, au pied des citadelles géantes couronnées de chênes nains.

Ils arrivèrent à Rocamadour à la fin de la matinée et ce fut comme s'ils franchissaient les limites d'un autre monde. L'Hospitalet grouillait de pèlerins qui cassaient la croûte au soleil, chantaient des cantiques, achetaient des images saintes et des sportelles de plomb ou d'argent représentant la Vierge noire.

« Attendez-moi là, dit Rodrigue. Tous ensemble nous ne pourrions pas franchir les barrages. Il y a trop de monde. J'ai l'habitude. »

Il abandonna son cheval, engagea la conversation avec les gardes du château et descendit vers la ville que l'on ne voyait pas, accrochée qu'elle était à la falaise dominant l'Alzou. Maître Baruch, un juif de Cahors qui avait installé un comptoir dans la ville sainte et faisait le commerce du drap, du vin et et des « servantes » avec Oswald Bagot, était prévenu de leur arrivée. Il possédait une vaste demeure et un jardinet où l'escorte de Pierre de Montferrand pourrait trouver place. Rodrigue avait là ses habitudes. Une heure plus tard, la petite escorte emplissait le jardinet plein de roses et de buis. En apprenant que Marie de Bedford faisait partie de l'escorte, le marchand lui offrit sa chambre qu'elle refusa poliment, préférant dormir seule avec Eliza dans un modeste cabinet, en haut d'une tour d'où, par un fenestron où papillotaient des ramures rouges de vigne vierge, elles découvraient un ravissant fouillis de cours, de courettes, de rues et de ruelles, et l'immensité de la vallée où s'échelonnaient des moulins.

Alors qu'elles venaient tout juste de faire leur toilette et de changer de vêtements, Pierre vint cogner à leur porte. Il avait revêtu des hauts-de-chausses bleus, un justaucorps mauve bien serré à la taille par une ceinture en chaîne d'argent où pendait un adorable poignard; une autre chaîne d'argent ornait sa poitrine avec une médaille; il était coiffé d'un chaperon à plumes noires aux bords relevés.

« Nous aurons honte à tes côtés, dit Marie. Nous n'avons que des robes très ordinaires. Allons-nous à un pèlerinage ou à une fête ?

– Un pèlerinage est aussi une fête, dit Pierre. Si vous le permettez je serai votre chevalier servant à toutes deux.

– Et Simon ? demanda Eliza.

– Il est en conversation avec maître Baruch et Villandrando pour affaires. En attendant qu'ils en aient fini, que diriez-vous d'une promenade ?

– Simon sera furieux, dit Eliza. Tu le connais.

– Nous ne ferons rien de mal », dit Marie.

La ville bourdonnait dans un air de soie tiède. On respirait dans la rue principale, entre les deux grandes portes, des odeurs de viande grillée, de beignets frits, de cierge et de crottin de cheval. Ils firent l'aumône à des gueux, stropiats et faux orphelins qui se tenaient en groupe devant la porte du Figuier. Dans la première boutique qu'ils rencontrèrent, Pierre acheta à chacune une sportelle d'argent représentant une Vierge noire qu'elles accrochèrent tout de suite à leur chaperon. Des pèlerins de Limoges venaient d'arriver : dans le chant des cantiques en langue de leur pays ils montaient à genoux les marches du sanctuaire, pieds nus, certains chargés de chaînes ou portant de lourdes pierres à bras tendus. Pierre repoussa les offres d'un cicerone qui se faisait fort de les faire assister à des miracles. Un grondement de cantiques roulait de la Sainte-Chapelle perchée dans une anfractuosité de la falaise, tout là-haut, dans le brasillement et les fumées des cierges.

« Nous irons faire nos dévotions demain, dit Pierre en prenant les filles à la taille. Rien ne presse. »

Il était venu dans sa jeunesse à Rocamadour avec son père qui avait à se faire pardonner un meurtre et des furoncles à guérir. Il se souvenait d'une taverne où l'on menait joyeuse vie : le *Sanglier rouge,* ou peut-être bien *vert,* il ne savait plus mais il était certain de la retrouver. Ils prirent leur temps; tout leur était spectacle : le vendeur d'indulgences à la sauvette, le moine borgne qui chantait des cantiques à la Vierge en agitant sa sébile, le montreur d'ours qui frappait sur son tambourin, les diseuses de bonne aventure venues d'Egypte ou des Indes, les miraculés qui vendaient les recettes pour bénéficier des faveurs de la Vierge et de Zacchée...

« C'est ici », dit Pierre.

La bâtisse toute en longueur était couverte de chaume pourri où se balançaient des touffes de graminées et où gîtaient des légions de rats. La grande salle sentait la suie et le graillon. Des maritornes crasseuses passaient d'une table à l'autre, écartant avec indifférence les mains qui se glissaient sous leurs cottes. De mauvaises viandes grillaient dans la cheminée, tournées à la broche par un gâte-sauce somnolent.

Ils s'assirent à une table grasse envahie par les

mouches, demandèrent du vin, parcoururent du regard la salle où la présence des deux demoiselles n'était pas passée inaperçue. Il y avait là de drôles de pèlerins et uniquement des hommes : joues mal rasées, visages couturés de plaies, mains de corroyeurs. Pierre paraissait s'amuser beaucoup; il retrouvait l'ambiance qu'il avait connue jadis; il ne lui déplaisait pas de s'encanailler et il se mit à parler avec tant d'éloquence de ces mauvais lieux où « l'on se sent de la glace dans le dos », que les filles finirent par se sentir envahies par des émotions délicieuses. Elles tremblaient un peu en portant à leurs lèvres le gobelet de terre d'une propreté douteuse, mais le vin auquel on avait mêlé des épices était de bonne qualité.

« Me ferez-vous une place près de vous ? » dit une voix dans le dos de Pierre.

Sans attendre la réponse, l'homme avait enjambé le banc et croisé ses bras sur la table. Il se présenta comme le capitaine d'une compagnie de cent hommes qui opérait dans les parages de Gourdon pour le compte des « léopards ». Il avait un beau visage un peu buriné, des désirs d'aventure dans le regard qu'il posait avec insistance sur les demoiselles placées en face de lui. Tandis qu'il parlait, ses mains jouaient avec un petit chapelet d'os très blanc. Il manquait deux doigts à sa main droite.

Pierre commanda un autre cruchon de vin et un gobelet. L'homme au chapelet but et parla beaucoup. Il s'exprimait correctement, avec une pointe d'accent du pays. Il recrutait des hommes pour une campagne de printemps dans les parages de Cahors et il avait des clins d'yeux vers Pierre comme pour le convier à cette aventure. Pierre se contentait de sourire. Après s'être montré loquace, l'homme se fit curieux mais se heurta à un mur; il ne saurait pas qui était cet homme avec qui il avait trinqué ni ces « petites demoiselles » qui, fascinées, le regardaient jouer avec ses osselets. Marie n'y tint pas.

« Quel est ce " jouet " » ? dit-elle.

L'homme au chapelet rit, déploya sa main mutilée.

« Mes propres os, demoiselle. Un éclat de bombarde à Verneuil. »

Il ajouta :

« Vous êtes anglaise, je le devine à votre accent. J'ai vécu quelques semaines à Londres. Est-ce là que vous demeuriez ?

— Vous êtes trop curieux, dit Pierre en se levant. Salut ! »

L'homme le força à se rasseoir.

« Etes-vous pressé ? Nous n'avons même pas eu le temps de nous présenter.

— Je n'y tiens pas. Nous en savons assez sur vous.

— Mais moi je ne sais rien de vous, sinon que mademoiselle est anglaise. Alors bavardons. Je suis curieux de nature et je sais que vous n'êtes pas de ces pèlerins qui couchent à l'hospice. Vous, jeune homme, vous êtes Gascon. Je suis difficile à duper en fait d'accent. Nous allons boire encore une cruche, mais c'est moi qui régale. Avec votre permission, je vais inviter quelques compagnons. »

Il fit un signe. Derrière lui des hommes se levèrent pesamment et vinrent prendre place à la table : de franches gueules de truands, de celles qu'on n'aimerait guère croiser à la corne d'un bois.

« Je parie, dit l'homme au chapelet, que vous ne connaissez pas l'Auberge de la Lune. C'est dans la vallée, à deux pas d'ici, près des moulins. Vous nous y suivrez tout à l'heure. Le *Sanglier,* c'est bien pour la rencontre, mais la *Lune* c'est le commencement de l'amitié. Vous vous y amuserez mieux qu'ici. Que dites-vous de ce vin ?

– Je dis que, si vous aimez la bagarre, vous allez être servi. Regardez ce qui arrive... »

La porte venait de s'ouvrir sur Simon et Villandrando.

« Voilà plus d'une heure que nous vous cherchons, dit Simon. Pierre, tu me paieras ça. Quant à vous tous, gueusaille, du vent !

– Pardon, dit l'homme au chapelet, ces gens sont nos invités.

– Invités ou pas, dit Simon, ils vont nous suivre. Rodrigue, occupe-toi des filles. Je me charge de ces gredins. »

Rodrigue se retira vers la porte en poussant les filles devant lui. Il revint précipitamment alors que la bataille battait son plein. Les trois hommes firent front à la meute en se repliant vers la sortie, alors que d'autres gredins venaient prêter main-forte à l'homme au chapelet, mais ils n'étaient armés que de couteaux. L'un d'eux, qui s'était approché de trop près, s'affaissa en hurlant, la main au ventre.

« Simon, dit Pierre, voilà un coup de maître ! Tu t'y entends à manier l'épée.

– Ne t'en réjouis pas trop. N'oublie pas que nous sommes en compte. Gare à ta droite... »

Pierre cueillit le truand à la pointe de sa dague. L'homme au chapelet demanda une trêve qui lui fut consentie; il se replia avec ses compagnons dans le fond de la salle tandis que Pierre, Simon et Rodrigue quittaient les lieux. Les filles les attendaient. Simon prit Eliza par la main, fit signe aux autres qu'ils pouvaient regagner le logis de maître Baruch. Sans un mot il entraîna sa sœur en direction de la vallée d'où remontaient des lavandières lourdement chargées de linge humide et une caravane de mules portant des outres d'eau. Avisant un chemin encaissé qui montait vers une sorte de pigeonnier entre des haies de prunelliers, il s'y engagea. Ils s'arrêtèrent sous un noyer, à l'abri des regards.

« Simon, dit Eliza, je sais ce qui te passe par la tête. Tu vas cogner. Alors ne te gêne pas puisque tu en meurs d'envie, mais je te préviens : tu ne recommenceras pas.

– Pourquoi es-tu partie sans rien dire ? Tu sais que je ne vis plus dès que je te sais en danger ou sur le point de prendre un mauvais chemin. Tu savais que je n'aurais de cesse de te retrouver, que j'y aurais passé des heures, la nuit même, que j'aurais fouillé toute la ville. Il a suffi que Pierre lève le petit doigt, qu'il te dise : « Viens », et tu l'as suivi. Qu'y a-t-il entre vous ? Que complotez-vous dès que je m'éloigne ? Réponds ! »

Il hurlait, le feu aux joues, les poings crispés devant son visage. Elle songeait à fuir mais s'en tint à sa décision : qu'il la frappe et tout serait clair. Immobile, les mains dans le dos, elle sentait déjà un petit vent de liberté soulever sa robe verte. La main de Simon l'atteignit à la pommette droite. Elle entendit un bourdonnement dans sa tête et, dans son dos, les piqûres du prunellier. Brusquement, elle se sentait heureuse, délivrée, comme une sainte au premier coup de lance. Elle toucha sa joue, son oreille d'où, sous la violence du choc, coulait un mince filet de sang. Elle approcha sa main de ses yeux dans une sorte de brouillard; la vue du sang lui tira un sourire.

« Merci, dit-elle avant de s'écrouler, j'ai maintenant une bonne raison de te détester. »

C'est Pierre qui la releva. Il avait dû courir pour les rejoindre car il était essoufflé.

« Laisse-la, dit Simon. Ce n'est pas grave. Rejoins les autres. Nous nous verrons plus tard.

– A quoi bon remettre. Ce que tu as à me dire, je peux l'entendre tout de suite, mais avant, écoute. J'ai agi légèrement en entraînant Eliza et Marie dans ce bouge et je m'en repens. Si tu dois t'en prendre à quelqu'un, c'est à moi, pas à elle.

– S'il était arrivé malheur à Eliza, je t'aurais tué. Je me contenterai de te donner une leçon. »

Ils se battirent sur un petit espace d'herbe jaune tout barbelé de ronces entre un mur de pierres sèches et un ventre de falaise qui abritait un clapier. Eliza, qui était revenue à elle, tenta vainement de les séparer. Ils s'étaient empoignés comme des lutteurs de foire, Pierre tenant Simon à la gorge et Simon lui broyant les reins. Ils semblaient accrochés l'un à l'autre comme deux racines qui se disputent une roche. Elle s'éloigna, la tête encore pleine de brume, chercher le secours de Rodrigue. Lorsqu'elle le ramena sur les lieux de la querelle, Pierre redescendit seul, titubant et portant des traces bleues sur le visage. Il fit signe à Rodrigue de s'occuper de Simon qu'il avait « un peu assommé » d'un coup sur la nuque et arrêta Eliza dans son élan.

« Je sais maintenant que je t'aime, dit-il. J'étais bien souvent sur le point de te l'avouer, mais les mots me restaient en travers de la gorge. Simon m'a libéré. Maintenant, je respire mieux et il me semble que je pourrais dire n'importe quoi à n'importe qui.

– Tu es fou ! dit Eliza. Je ne suis pas encore en âge de...

– L'âge m'importe peu. Ça ne veut rien dire.

– Simon ne te pardonnera pas. Tu connais sa fierté ?

– Je me moque de Simon. »

Il marchait comme un dieu ivre en réajustant ses vêtements, radieux, des étincelles de soleil dans sa chevelure embroussaillée sous le chapeau posé de travers, déchaussant les pierres à coups de pied, balayant des deux mains les haies d'épines. Elle l'entendit chanter lorsqu'il atteignit le bout du chemin.

Simon laissa ses compagnons de route faire leurs dévotions. Il sella son cheval et descendit vers l'Alzou.

Il avait passé une mauvaise nuit, tassé contre la muraille comme un chien malade, le corps baigné de sueur, perclus de douleurs. Au matin, se sentant mieux, il avait accepté le bol de lait chaud que lui tendait Eliza. Il ne prononça pas une parole pour ne pas prêter à équivoque, désireux de préserver les limites de sa fierté, de l'abriter dans cette cage de silence.

Il avait plu et la terre embaumait. Simon poussa jusqu'à la rivière qu'il traversa en aval d'un groupe de lavandières, prenant plaisir à regarder l'eau glisser entre les jambes de son cheval. « Je m'accroche aux choses comme un pendu à son arbre », se dit-il. Il poussa jusqu'au flanc opposé de la vallée d'où un chemin de pierraille montait vers les pentes de genévriers et, au-delà, semblait buter contre une très haute falaise. Il rêva d'espace vierge, de silence, de ciel. Il ne quittait pas des yeux ces croix plantées tout là-haut dans la lumière, qui paraissaient inaccessibles. Sa décision était prise depuis le réveil : il allait partir, quitter son vieux fou de père acharné à construire sa tour et qui mourrait à la tâche, sa sœur qui lui échappait, ce vignoble qui l'étouffait, ces « graves » du Médoc où il s'enlisait. Une seule personne aurait pu le retenir : Oswald Bagot, cet « oncle » qu'il admirait et affectionnait, mais le vieil homme n'était épris que de lui-même. Le jour où Simon s'était ouvert à lui de ses idées de départ, Oswald lui avait dit : « Je pourrais te mettre le cul en selle, si je le voulais. Je l'ai fait pour d'autres. Mais tu es encore trop jeune et trop naïf pour t'aventurer seul dans ce merdier qu'est la France. D'ailleurs tu n'abandonnerais pas Eliza et Stephen : elle est trop jeune et lui trop vieux. Attends encore... » Eliot était de cet avis : ces idées d'aventure n'étaient que fumées; que Simon s'occupe de ses vignes; il se battrait bien assez tôt, lorsqu'il aurait à les défendre! Ils parlaient en bourgeois et Simon, déjà, raisonnait en soldat. Le sang des Blake parlait trop fort en lui. Il se répéta qu'il ne reviendrait jamais sur sa décision. Il allait partir. Ce départ, il aurait souhaité qu'il n'eût pas cette apparence de fuite devant lui-même, ses abandons, ses défaites, mais c'était ainsi et il n'y pouvait rien changer. Il se dit qu'il faut parfois du courage pour accepter de paraître lâche.

Il se sentait soudain plein d'amitié pour son cheval et se surprit à lui parler et à lui flatter l'encolure. C'était un ambleur banal mais qui faisait sans fatigue ses quinze lieues par jour. Il l'avait payé de sa bourse et le soignait bien. C'est avec lui qu'il prendrait le chemin de l'aventure. Il l'appelait « Dix francs » ou « Difran », du prix qu'il l'avait payé à un Anglais qui tenait garnison à Castelnau-de-Médoc.

« J'ai pris la croix, porté amour
A Notre-Dame des Pêcheurs
D'elle me vienne grand secours
Mon cœur était conque d'amour
Et mes yeux fontaines de pleurs... »

Eliza glissa une piécette dans la paume du chanteur aveugle qui remercia d'un hochement de tête.

Le parvis qui s'étendait sous un ventre de roche grouillait de pèlerins. Dans la chapelle constellée de cierges, ornée d'ex-voto, il suffisait de regarder fixement la Vierge noire pour se sentir seul, malgré ce bourdonnement de prières et de lamentations autour de soi. On pouvait même lui parler; le visage semblait s'animer, les mains se lever lentement pour bénir. Là, sur le parvis baigné par le soleil d'octobre, on se sentait soulevé moins par un « élan de ferveur » comme disent les clercs, que par un tourbillon de fête. Eliza regardait Pierre et elle se disait que leur amour venait de se modeler à cette matrice de roche et qu'il en garderait l'empreinte toute leur vie. Elle n'aurait pas imaginé que cela fût possible, qu'il y eût dans l'existence de ces moments privilégiés qui font que rien après n'est pareil. On lui avait tant parlé de miracles depuis la veille – maître Baruch en avait été témoin – qu'elle ne pouvait s'empêcher de croire qu'il venait de s'en produire un, là, dans sa tête, dans sa poitrine, dans son corps, un phénomène de transsubstantiation qui lui donnait le vertige.

En descendant les marches du sanctuaire, elle s'accrochait au bras de Pierre, sa main droite pinçant sa robe pour la soulever. La foule montante s'écartait devant eux comme devant un cortège nuptial. Tournant la tête, elle faisait par moments un petit signe à Marie qui la suivait accompagnée de l'écuyer du sénéchal et de maître Baruch, Rodrigue venant derrière avec la suite de leur escorte, l'air soucieux. « Pauvre Rodrigue! songeait Eliza, si je pouvais te faire partager un peu de ce grand amour... Mais j'appartiens à Pierre désormais. »

« Tu es bien ? » demanda Pierre.

Elle hocha vivement la tête et serra plus fort son bras.

« Je ne savais pas qu'on pouvait être aussi heureuse. Je t'aime. »

Elle avait passé la nuit dans ses bras mais il l'avait respectée. De temps à autre elle ouvrait les yeux et regardait Marie par-dessus l'épaule de Pierre, dans la clarté diffuse de la lune, et leurs regards se croisaient. Elle savait que la « petite Bedford » comme on disait, n'était pas insensible au charme et à la prestance de Pierre, mais c'est elle, Eliza, qu'il avait choisie. Elle aurait aimé embrasser Marie, lui dire qu'elle la plaignait, qu'elle lui souhaitait de connaître le même bonheur, que, lorsqu'on est heureux comme elle l'était, on ne peut que désirer le bonheur au monde entier. Elle aurait voulu en dire autant à Simon; elle l'avait cherché en vain, au moment de partir et apprit par les palefreniers qu'il avait passé une partie de la nuit à s'enivrer dans les auberges avant de revenir coucher à la paillade.

Simon insista pour qu'on reparte le jour même; il redoutait la pluie, les chemins embourbés, et il est vrai que des nuages de vilaine apparence s'amoncelaient à l'horizon. « Nous devons rester encore deux jours, avait décrété Rodrigue. J'ai des affaires à régler pour maître Oswald avec le juif. Si tu veux prendre les devants, à ton aise. Moi, j'ai des consignes. » Simon renonça à partir seul mais on le vit peu. Un homme de Durfort affirma l'avoir vu boire à l'auberge de la *Lune* avec l'homme au chapelet d'os.

« Je vais m'arrêter, dit Stephen. Je n'aime guère travailler sous la pluie. Es-tu certaine de ses sentiments? Tu sais qu'il a fait les quatre cents coups et qu'il ne faut pas toujours se fier aveuglément à sa parole... »

Eliza hocha la tête. Pierre l'aimait. Elle ne voulait pas en savoir davantage.

Une pierre encore. Puis une autre. Pour utiliser

ce mortier déjà trempé de pluie, qui devenait trop liquide et tenait mal entre les moellons. Stephen se lava les mains dans une seille, les regarda, brûlées et crevassées mais telles qu'il les aimait. Il était temps de les donner à la vigne. Simon avait commencé les labours d'automne avec les commis; Stephen abandonnerait le chantier pour les rejoindre.

« Je n'en puis plus, confia-t-il à Eliza, mais quelque chose de plus fort que moi m'incite à poursuivre. Pierre t'a-t-il respectée ?

– Père !

– Bien... Bien... C'est peut-être un bon signe. Peut-être un mauvais. Il faut se méfier des hommes qui se déclarent trop vite ou trop lentement, de ceux qui vendangent le grain à peine mûr comme de ceux qui le laissent pourrir sur pied. Il a envie de toi, c'est sûr. Il a une façon de te regarder qui ne trompe pas, et Simon ne s'y est pas trompé, le bougre ! Mais j'en connais d'autres qui te regardent de la même façon. Villandrando, par exemple. Il se ronge les sangs mais il se tait. Oswald l'a mis en garde. Il paierait cher la moindre incartade et comme il est attaché à son maître pire qu'un chien... Voilà ce que j'avais à te dire. Tu agis à ta guise, mais je t'aurais prévenue. »

Pierre revenait souvent. Il arrivait seul la plupart du temps. Sans se soucier de la présence de Simon il emportait Eliza sur la croupe de son cheval, en direction de l'estuaire. Ils passaient des heures à regarder rouler les eaux clapotantes, glisser les navires et les nuages, assis sur une grosse couverture ou sur une souche de bois flotté, serrés l'un contre l'autre, n'échangeant que les paroles nécessaires pour se démontrer qu'ils étaient présents l'un à l'autre et que cette présence leur suffisait. Un jour que la pluie les surprit, ils trouvèrent refuge dans une cabane de berger, faite de branches de tamaris et de roseaux. Enlacés, ils laissèrent passer l'averse. Il lui dénuda la poitrine, lui embrassa les seins et elle le laissa faire. Il ne poussa pas plus loin son audace mais, s'il avait demandé plus, elle aurait consenti. Pierre paraissait en proie à un dilemme : ivre de désir, il se refusait à céder.

« Si tu ne vas pas jusqu'au bout de tes désirs, lui dit-elle, c'est peut-être que tu ne m'aimes pas vraiment ou que tu redoutes de t'engager. »

Embarrassé, il lui répéta qu'il l'aimait, qu'il avait renoncé pour elle à sa vie dissipée, lui demanda de ne pas l'obliger à en dire plus. Le moment viendrait. Elle était si jeune encore...

Il resta trois semaines sans retourner au « bourdieu ». Stephen n'osait questionner Eliza sur cette absence et Simon avait la tête ailleurs, dans ses fumées d'aventure qui ne se décidaient pas à prendre corps. Elle crut devenir folle, parla d'aller rejoindre Pierre.

« Je te l'interdis ! protesta Stephen. Le moment est mal choisi. La chancellerie de Londres vient de trancher dans le litige qui oppose les Montferrand à la Couronne. La seigneurie de Lesparre à laquelle ils tiennent tant leur échappe. Les Anglais vont y installer une garnison commandée par un certain Robert de Rockley. »

Pierre survint peu avant Noël, l'œil sombre, les traits tirés, amer, parlant de « tourner français ». De son vivant, le roi Henry n'aurait pas agi ainsi. Que reprochait-on aux Montferrand ? De n'avoir pas de forces suffisantes pour défendre ce coin de terre au cas où les Français passeraient à l'action ? De n'avoir pas donné de preuves probantes de leur fidélité à la Couronne ? La nouvelle de cet échec avait porté au vieux Montferrand un coup dont il ne se relèverait pas. Cette seigneurie, Pierre et ses frères étaient bien décidés à la faire revenir dans le patrimoine de la famille, au besoin par la force. Il répéta : « Par la force », puis ajouta en prenant la main d'Eliza :

« Pardonne-moi de t'avoir laissée sans nouvelles si longtemps.

– Non ! dit-elle précipitamment. Je te comprends et je te pardonne. Tu es revenu. Je suis heureuse.

– Tu auras encore beaucoup à me pardonner. Nous allons devoir nous séparer quelque temps. Je dois me rendre à Rouen avec mes frères pour plaider ma cause auprès de Jean de Bedford, le père de Marie. Si j'échoue une nouvelle fois, je saurai ce qu'il me reste à faire. J'irai dire deux mots à ce Rockley que Londres nous envoie.

– Garde-t'en bien, dit Stephen. Tu le regretterais. »

Il ajouta en regardant Eliza du coin de l'œil :

« Nous espérions que tu passerais Noël en notre compagnie.

– Impossible. Je dois partir dès ce soir pour Bordeaux prendre un message de Marie pour son père et d'Oswald Bagot pour des drapiers de Rouen. Il me faut aussi un équipement neuf et des armes. Ce « pays de conquête », comme disent les Anglais, est en grande partie insoumis et les partisans du « roi de Bourges » y mènent la vie dure aux garnisons anglaises. »

Les gens de Robert de Rockley se conduisaient comme en pays conquis. Dans les fêtes de village, ils jouaient les seigneurs. Pour l'Epiphanie ils avaient pillé des auberges et des moulins entre Vertheuil et Mouton et enlevé des filles de paysans qu'ils avaient laissées comme mortes dans les paluds. Robert de Rockley fermait les yeux. Il n'avait que mépris pour cette population au milieu de laquelle il n'avait pas demandé à vivre. En revanche, il avait lié connaissance avec Sir Stephen; ensemble ils parlaient de l'Angleterre, de la grande révolution de 81, que Rockley n'avait pas connue car il n'était pas né à cette époque, de la campagne d'Irlande et du dauphin Henry que Sir Stephen avait reçu mission de garder au château de Trim. C'était un homme dans la trentaine, épanoui de corps mais indolent; il portait une épaisse crinière frisée; son nez un peu long lui donnait l'apparence d'un bel animal que bien des femmes devaient avoir envie de caresser entre leurs cuisses. Il fit sans résultat un brin de cour à Eliza mais ne lui tint pas rigueur de son insuccès. Il continua à fréquenter le « bourdieu » des Blake où il s'approvisionnait en vin.

Les labours de printemps, déchaussage et chaussage, étaient achevés lorsque Edward Tyburn se présenta au « bourdieu » de la part de son maître, le capitaine Robert de Rockley, avec une lettre de route irréprochable, afin de demander qu'on lui livrât dans les plus brefs délais au château de Lesparre une pipe de vin de la Vimière que le jeune gouverneur trouvait à son goût.

Tyburn visita le chantier de Sir Stephen, trouva l'idée saugrenue et cacha à peine son sentiment. Il apprit à Stephen qu'il avait eu jadis une charge importante comme officier de la Couronne. Il avait pour unique mission, lors des voyages royaux sur les mers, de soutenir sur ses genoux la tête du souverain que les mouvements des vagues rendaient malade. Il mit tant de suffisance à présenter ses civilités à Eliza qu'elle faillit lui rire au nez. Il confia son cheval à Simon en le traitant comme un palefrenier et menaça de lui botter les fesses si l'animal n'était pas soigné convenablement. Le chevalier, qui se prétendait « capitaine », était équipé et armé comme un banneret; de temps à autre il sortait de sa ceinture une pièce d'or qu'il lançait en l'air, faisait tourner et rattrapait dans sa paume. C'était un vilain rouquin aux cheveux rares, trapu, avec de beaux yeux d'un bleu de fer. Il portait en sautoir une rose en métal doré.

Tyburn ne refusa pas l'invitation qui lui était faite de souper. Il parlait peu, mangeait gloutonnement, se servait sans y être convié, choisissait les meilleurs morceaux, se mouchait à la nappe qu'Eliza avait mise en son honneur, réclamait un meilleur vin que l'ordinaire et buvait sec. Le repas terminé, il rota profond, se caressa la panse et alla se coucher sans un mot, sauf à Eliza qui sursauta et pâlit.

« Que te voulait-il ? demanda Simon.

— Simplement me remercier de ce bon repas. »

Ils l'entendirent marcher lourdement à l'étage, chanter, se retourner sur sa paillasse, se relever pour pisser dans le pot, se recoucher et ronfler.

« Je n'aime pas les manières de cet homme, dit Simon. Ce soir, Eliza, tu dormiras avec moi. »

Le « capitaine » se leva dans la nuit après un premier somme. Il descendit à tâtons dans la salle commune, se servit un gobelet de vin, alluma une chandelle aux braises et poussa du pied la porte de la soupente qu'occupaient Simon et Eliza. Il resta un moment dans l'encadrement de la porte, promenant la lumière de la chandelle au-dessus de sa tête pour inspecter les lieux. Il était entièrement nu et son sexe pointait comme un rostre.

« Cette fille qui est avec toi, dit-il, dis-lui de se lever et de me suivre. J'ai besoin de compagnie.

— Cette nuit, dit Simon, je couche avec deux filles. Celle que tu vois ne bougera pas et l'autre va te raccompagner jusqu'à ta chambre. »

Il écarta la couverture, montra la belle épée qu'il tenait contre son flanc et se leva.

« Un pas de plus, dit-il, et je coupe tout ce qui dépasse.

– *By Jove!* s'exclama le « capitaine », tu n'as pas l'air de plaisanter. Nous nous reverrons demain.

– Je te conseille de partir à la pique du jour. Ça t'évitera des ennuis. »

Au matin, Tyburn ne paraissait pas décidé à obtempérer. Après avoir vidé deux grandes écuellées de soupe au vin et avalé deux tranches de lard frit, il partit faire un brin de promenade à pied. Simon le vit tourner à la corne d'un boqueteau de tamaris et songea : « Il va revenir par-derrière afin de guetter mon départ. » En prenant son temps, il prépara l'attelage des bœufs, vérifiant de temps à autre que le visiteur n'était pas loin, puis il partit en sifflotant, son poignard de Sheffield dans une de ses chausses. Il faisait un temps aigre de mars, avec une meute de vents querelleurs au-dessus des vignes. Parvenu derrière un terrefort, il planta là ses bœufs entre deux règes et revint avec précaution vers le « bourdieu ». Il ne s'était pas trompé. Stephen parti pour son chantier, Mariette occupée à donner sa pâture au bétail, les autres commis dispersés dans les plantiers, Eliza se trouvait seule. De l'endroit où Simon se tenait en observation – un tas de sarments – il pouvait voir tout ce qui se passait dans la maison. Tyburn, assis sur le banc près du puits, les jambes au soleil, s'amusait à faire sauter sa pièce d'or sans quitter de l'œil Eliza. Il choisit le moment où elle se trouvait dans le fournil pour se lever et la rejoindre. Simon sortit de sa cachette et s'avança jusqu'à l'appentis où il fit irruption au moment où le « capitaine » débouclait sa ceinture.

« *By Jove!* s'exclama Tyburn, encore toi ! Je te

croyais dans tes vignes. Décidément, dans cette maison, il est dangereux de se montrer galant envers les demoiselles.

– Tu vas aller porter tes galanteries ailleurs, dit Simon, et le plus vite possible. »

Il plongea la main dans ses chausses pour en tirer le poignard quand le poing de Tyburn le heurta violemment au visage, le projetant contre une solive. Un soleil rouge éclata dans sa tête. Il s'écroula, mit quelques instants à reprendre ses esprits, s'étonnant d'être encore en vie.

« Prends garde ! dit Eliza. Je crois bien qu'il est allé chercher une arme. Garde ton poignard, fais le mort et tâche de ne pas le manquer quand il voudra te frapper. »

Tyburn revint sans se presser, respirant un peu fort, l'œil mauvais, il portait une dague à la main.

« Vous l'avez tué ! gémit Eliza.

– Pas encore. Il a la tête dure. »

Il mit un genou à terre, leva sa dague à deux mains. D'un saut de carpe Simon évita la lame qui plongea dans le sol à sa place. Il sauta sur le « capitaine » et lui planta son arme dans la gorge. Tyburn hoqueta un *By Jove !*, regarda Simon d'un air surpris et tenta de se lever. La bouche pleine d'écume et de sang, adossé au montant du four, il promena autour de lui un œil blanc et s'immobilisa après s'être laissé glisser jusqu'à terre.

« Comme c'est facile, songea Simon. Tuer un homme... Je m'en faisais toute une affaire et c'est l'enfance de l'art. Pas plus difficile que de saigner le goret de la Saint-Martin. J'éprouve quoi ? Ni plaisir, ni frayeur, ni remords. Rien. C'est bon signe. Quand on part pour la guerre avec de telles dispositions, c'est qu'on est déjà la moitié d'un bon soldat. » Le plus difficile restait à faire. Un goret, on sait ce qu'on en fera. Mais un homme, et de l'importance de ce Tyburn, ancien officier de

Sa Majesté... Simon se mit à rire doucement. « Brigand, sans le vouloir tu m'as rendu un fameux service! Tu m'as mis au pied du mur. A présent, je n'ai pas le choix : c'est la fuite ou le gibet. Et, comme je n'aimerais guère servir de pâture aux corbeaux, surtout avec une conscience vierge... »

« Eliza, dit-il, tu vas m'aider à le faire disparaître discrètement. Pas un mot à quiconque. Pas même au père. »

Ils dépouillèrent le cadavre de ses vêtements, le glissèrent sous un tas de sarments, placèrent dans un vieux coffre la selle, les armes, les vêtements, sans oublier la ceinture qui contenait un beau petit pécule en pièces d'or, puis ils fermèrent la porte pour que les chiens ne viennent pas renifler le sang répandu. Eliza dut à plusieurs reprises s'adosser au mur pour reprendre des forces. Dans la cour, ils croisèrent Mariette qui revenait de soigner les bêtes et qui parut surprise, sans plus, de voir Simon présent. Le cheval de Tyburn était encore à l'écurie. Simon le fit sortir, le conduisit dans la palud proche de l'estuaire, lui trouva un joli coin d'herbe avec un gros saule au milieu, auquel il noua la longe, disposant sur le sol un petit tas de foin. Il reviendrait le chercher plus tard, la nuit tombée.

De retour pour le repas de midi, Stephen demanda des nouvelles du « capitaine ». Simon lui annonça son départ, ajoutant qu'il ne reviendrait pas et qu'on ne le regretterait guère.

« N'as-tu rien entendu cette nuit? »

Stephen secoua la tête. Il dormait comme une pierre au fond d'une citerne.

A la nuit tombée, Simon fit comme chaque soir sa tournée d'inspection accompagné de ses chiens qui gémirent en passant devant le four. Il se coucha à sa place habituelle et se leva au milieu de la nuit pour aller chercher le cheval qui n'avait pas bougé mais qui paraissait nerveux. Il le ramena à la main, alla réveiller Eliza qui l'accompagna jusqu'au four en tenant la lanterne sourde. Ils hissèrent le corps en travers de l'animal qui broncha lourdement, l'attachèrent, reliant les mains et les pieds par une corde passée sous le ventre.

« Tu peux revenir te coucher, dit Simon. Je ne serai pas long. »

Il alla chercher son propre cheval et, le montrant à cru, partit vers le fleuve en tenant à la longe le cheval de Tyburn. Il fit glisser le cadavre dans l'eau, le poussa avec une vieille rame et le salua de la main. Adieu, compagnon ! La nuit était belle, avec des tiédeurs de pluie dans les souffles du vent et des odeurs de violettes. Une nuit idéale pour dire adieu à tout un canton de sa vie et prendre les chemins de la liberté.

« Tu es donc décidé à partir ? demanda Eliza. Tu as bien réfléchi ?

– Je n'ai pas eu à réfléchir. Tyburn l'a fait pour moi. De toute manière, un jour ou l'autre, je vous aurais quittés, toi, le père, ce pays... »

De sa grosse main de paysan, il essuya les larmes d'Eliza. Il avait envie de parler mais ce n'était pas le moment et ça ne lui était pas facile. Le jour allait poindre. Les deux chevaux attendaient dehors, sellés, chargés de bagages.

« Petite sœur, dit-il contre l'oreille d'Eliza, j'ai été injuste et parfois brutal envers toi, mais c'est que je t'aime à ma manière, qui n'est pas tendre. Qui sait si nous nous reverrons ? Je vais faire ma cour à la guerre et j'ai l'intention de ne pas me montrer inférieur à David et à Stephen Blake. Ma guerre, elle a commencé hier. Je ne ferai que la poursuivre. La mort de cet homme était un signe du destin, une main tendue que je ne pouvais refuser de prendre. Tu me comprends ? Tu me pardonnes ? »

Elle hocha la tête. Ils s'embrassèrent.

« Le père, dit-elle, qu'est-ce que je vais lui dire ? Il avait fini par croire que tu ne partirais pas. Comment lui expliquer ?

– Tu trouveras les mots qui conviennent. »

Il ajouta :

« Prends garde à Pierre. Je n'ai pas confiance en lui. Tu l'aimes trop et lui pas assez. Il est ambitieux et tu n'as rien à lui apporter. Un jour tu trouveras un homme qui t'aimera vraiment et ne te demandera rien en échange. Sois patiente. Oublie Pierre si tu le peux. Maintenant je dois partir.

– Où vas-tu ?

– A Rocamadour. Tu te souviens d'André de Ribes ? C'est l'homme aux osselets. Une crapule mais qui ne manque pas d'envergure. Nous avons parlé ensemble et je crois que nous avons du bon travail à faire. Je te donnerai de mes nouvelles dès que possible. Je passerai par Bordeaux. Adieu.

– Un moment. »

Elle fouilla dans une petite bouge de noyer placée à la tête du lit, en sortit la sportelle d'argent portant l'image de la Vierge noire, qu'elle passa au cou de Simon.

« Ainsi, mon petit frère, tu penseras plus souvent à moi. »

II

LA FÊTE À MONTFERRAND

(Bordeaux, Médoc, Montferrand, 1425-1426)

SIMON cligna des yeux dans la pénombre, regarda sortir d'une odorante buée ce tronc d'arbre noueux, raviné, que poussait dans la pièce une grande femme brune vêtue d'une tunique légère sous laquelle on devinait le jeu des jambes. Elle bougonnait, disant en langue espagnole qu'Oswald aurait dû se sécher mieux, qu'il allait prendre froid et qu'elle devrait soigner sa vieille carcasse.

« Ça suffit, Teresa ! dit Oswald. Dis à Zaynab de nous porter du vin chaud. »

Il salua distraitement Simon, lui demanda le motif de sa visite.

« Tu as tué un homme ? Bigre ! Et un capitaine anglais encore ! Quand il s'agit de la vertu de ta sœur, tu deviens jaloux comme un tigre. Tu vas toujours trop loin dans tes sentiments et tu les contrôles mal. Mais je ne saurais t'en tenir rigueur. J'étais ainsi à ton âge : pas Bagot pour un sou et toujours prêt à prendre la mouche. Que vas-tu faire ? »

Simon expliqua : Rocamadour, André de Ribes, l'aventure... Oswald l'interrompit, le temps que Zaynab serve le vin. Il connaissait André de Ribes. Une tête brûlée de Gascon, plus Gascon que nature, c'est-à-dire qu'il se prenait pour le roi du monde. Il avait installé des garnisons un peu partout dans le haut pays, et se permettait de rançonner des villes aussi importantes qu'Agen. Simon n'avait peut-être pas choisi un mauvais parti mais il devait rester sur ses gardes. Oswald ne lui cacha pas qu'il aurait préféré le voir s'occuper de ses affaires de Castille qui, depuis la mort de Thomas Bagot et son retour à Bordeaux, périclitaient. Mais, puisque l'Espagne ne le tentait pas...

« C'est pour m'annoncer ton départ que tu es là ? »

Enfoncé dans les coussins brodés de motifs mauresques d'où montaient des odeurs lourdes, Oswald respirait avec une expression de volupté gourmande le vin chaud sur lequel flottait une fragrance d'épices noires; il semblait à cent lieues des ennuis de son « neveu ». Simon fut sur le point de se lever et de partir.

« Ce n'est pas pour moi que j'ai des inquiétudes, dit-il, mais pour le vieux Stephen et Eliza. Moins à cause de ce Tyburn – nous n'avons pas laissé la moindre trace de lui – que de Montferrand. Quand il reviendra de Normandie, ma sœur lui tombera dans les bras car elle est folle de passion pour lui. Si j'osais, je vous demanderais de veiller sur elle, de la prendre avec vous.

– Stephen refuserait de la laisser partir. Il redoute Bordeaux pour elle et je sais qu'il n'aime guère les Bagot en général et la façon dont je vis en particulier. Eliot pourrait la recueillir mais c'est parler pour ne rien dire. Eliza refusera de quitter le « bourdieu » où elle est proche de Montferrand. Je la connais, la garcette : aussi têtue que l'était la pauvre Alicia. »

Il se renversa en arrière en riant, se frappa les cuisses.

« J'ai trouvé la solution, dit-il. Rodrigue... »

Simon fronça les sourcils.

« Oui ! Villandrando. Tu l'ignores peut-être mais il a une pointe de sentiment pour Eliza. Je l'ai confondu et prévenu : qu'il touche un de ses cheveux et je lui donnerai une telle leçon qu'il s'en souviendra toute sa vie. Il sait que je ne plaisante pas. Alors, voilà : j'envoie Villandrando et son ami Salazar surveiller le « bourdieu » sous prétexte que les gens de Rockley, connaissant les bons rapports des Blake et des Montferrand, pourraient se montrer menaçants après la disparition de Tyburn, en fait pour veiller à la vertu de ta petite sœur. Il fera aussi bien, sinon mieux que toi, mais avec plus de discrétion. Il me tiendra au courant de la situation et, si Montferrand ne se contente pas de faire la roue, il me préviendra et je dirai deux mots à ce jeune paon. Tu peux partir tranquille, avec ma bénédiction.

– Ce n'est pas tout. Regardez dans la cour.

– Quoi encore ? Tu n'as tout de même pas amené le cadavre de ce Tyburn ?

– Seulement son cheval et son équipement. C'est une monture de toute beauté. Un coursier bai brun à longue queue. Regardez cette encolure. Ce n'est pas une bidette de pèlerin. Quant à l'équipement, il est digne d'un banneret.

– Tu me fais l'article comme si tu voulais me vendre le lot.

– C'est bien mon intention. « Difran » me suffit. Je vous laisse celui-ci avec la selle pour vingt francs, mais je garde les armes.

– Je t'en offre quinze. C'est tout ce que ça vaut.

– N'importe quel maquignon m'en donnerait autant pour le cheval seul. J'ai besoin d'argent.

– C'est bon. Mon secrétaire te comptera la somme. Tu t'y entends au négoce ! Avec moi, tu gagnerais plus d'argent qu'à courir les grands chemins derrière cet André de Ribes qui te mènera tout droit à la potence. »

Il ajouta en reprenant place dans ses coussins :

« Je ferai partir un train de draps et de pastel pour Cahors d'ici une semaine. Tu renforceras l'escorte qui est un peu faible. En attendant, tu ne sors pas d'ici, pour ta sécurité et pour la mienne. Tu ne t'ennuieras pas. Je viens de recevoir un lot de filles. Des femelles qui ont un peu de sang arabe dans les veines. Tu vas en essayer deux, des jeunesses qui se montrent rétives, et tu me diras comment elles se comportent. J'ai une demande pour un armurier de Montauban et je ne voudrais pas que l'une de ces garces lui brise un vase sur la tête comme ça c'est produit il y a un mois avec le vieux Monnadey. Tu vas me les dresser, au fouet si c'est nécessaire. Je tiens à ma réputation... »

Rien. Pas un mot d'écrit. Le silence. Il a promis pourtant. Le printemps passé, et juin est là, dans sa splendeur, se prélasse sur le vert acide des vignes avivé par des averses rapides comme des bénédictions.

Lorsque Eliza voit apparaître un groupe de cavaliers, son cœur se serre. Lui, peut-être. Elle court à sa chambre, change de vêtements après une rapide toilette. Ce n'est jamais lui. Ce ne sera peut-être plus jamais lui. Le vieux Stephen a beau la rassurer, lui dire qu'il est plus attaché à elle qu'elle ne l'imagine, que la lettre qu'il lui avait promise a dû se perdre dans la besace de quelque pèlerin ou marchand, qu'à son retour sa première visite sera pour elle, Eliza devine qu'au fond il n'y croit guère, qu'il cherche à la consoler en la voyant malheureuse, qu'il n'est pas mécontent car il ne l'aime guère, ce Montferrand qui sacrifierait tout à ses ambitions.

Le plus pénible pour Eliza c'est lorsque le soir tombe, que le « bourdieu » plein de la fatigue des hommes se prépare au sommeil. Des heures, de ces interminables heures de nuit à penser à lui, sans rien ni personne pour la distraire de sa peine; cette interminable quête dans le noir et le vide à la recherche d'une ombre, cette chute à travers les épines noires, ces mauvais sommeils du matin qui laissent dans la gorge un goût de terre et de glaires. Il l'a respectée. Pourquoi ? Elle aurait accepté de se donner à lui s'il l'avait demandé. Cela lui aurait fait un souvenir chaud et vivant qui baignerait son corps et lui donnerait pour la nuit sa pâture de souvenirs. Sa tête le réclame; son ventre aussi, qu'elle évite de toucher de crainte qu'il ne se déchire, qu'il n'éclate entre ses mains comme un fruit de balsamine, ce ventre qui s'ouvre pour lui et ne s'ouvrira que pour lui.

Des gens de Rockley sont venus, peu après ce triste Noël de brume et de boue, puis Rockley lui-même. Ils cherchaient Edward Tyburn qui n'avait pas reparu après sa visite aux Blake. On aurait pu supposer qu'il avait gagné le cantonnement d'une compagnie de ribauds mais ce n'était pas dans sa manière de partir sans bagages. En s'excusant, Rockley a fouillé le « bourdieu » et les alentours et a interrogé séparément les membres de la maison. Il a fallu mentir, les dents serrées, les mains crispées, montrer le lit où il a couché, le coin d'écurie où il a laissé son cheval, inventer une fable au sujet de l'absence de Simon : il avait annoncé son départ depuis longtemps déjà; on ignorait où il se trouvait, quelle compagnie il avait choisie; il ne reviendrait sans doute jamais...

« J'ai confiance en vous, dit Rockley en regardant Eliza avec insistance, et je suis persuadé que vous ne mentez pas, mais je sais aussi que c'est vous qui l'avez vu pour la dernière fois et que vous êtes des amis de ces Montferrand qui ne cherchent qu'à me nuire alors que je n'ai pas demandé à prendre leur place à Lesparre. »

Rockley est revenu à plusieurs reprises, toujours soupçonneux, curieux de toutes choses, intrigué par la présence de ce Castillan et de son commensal qui jurait dans le milieu comme une tapisserie de Grenade dans une chaumière. Il a fallu expliquer que le pays n'est pas sûr et que, depuis le départ de Simon, il manquait un homme fort pour surveiller le domaine. Rockley est demeuré sceptique.

Rodrigue s'ennuie. Bordeaux lui manque. Il n'aime guère ce pays plat, ces vignes toutes bêtes, étirées à l'infini, ces paluds à moustiques et à serpents, cette terre qui colle à ses jolies bottes de cuir fauve d'Espagne, ce ciel qui prend trop d'importance, ces gens qui n'ont rien à lui dire. Il mange, il dort, il boit et grossit. Ses seules distractions : jouer aux « quartes » avec de petits hobereaux ou des gens de Rockley qui battent le pays, pousser jusqu'à l'estuaire pour regarder passer barques et navires, les yeux mi-clos, son chapeau sur le nez, à l'ombre des roseaux; astiquer et graisser sans fin ses armes de Tolède dont il est fier. Et regarder vivre Eliza.

Ils se parlent rarement. Il ne l'a jamais touchée, pas même un cheveu. Il la regarde, baissant les yeux de crainte de l'importuner lorsque leurs regards se croisent. Dans son regard à lui, il passe tant de mouvements du cœur qu'il en acquiert une consistance, devient lourd, profond, animé. Il sait qu'il n'a rien à espérer mais il est là, qui la regarde et qui espère. Que pourrait-elle lui reprocher? Sa mission est d'être présent et de veiller sur elle. Ce qu'il met dans son regard, c'est son affaire, il n'outrepasse pas la consigne. Il ne s'éloigne jamais de plus d'une demi-heure de cheval; en cas de danger, Salazar le prévient et il accourt à bride abattue. Le seul danger véritable, c'est le retour de Montferrand. Rodrigue l'espère et le redoute. Il se demande si un homme qui laisse ainsi sa bien-aimée sans nouvelles l'aime vraiment. A son retour, Pierre n'aura-t-il pas réfléchi, décidé de tout remettre en question, de reprendre sa parole, de rompre avec la fille de ce « milord » sans fortune et sans titres, lui qui se flatte de devenir, une fois rentré en possession de son patrimoine, l'égal du captal de Buch ? Rodrigue redoute ce retour; il ne pourra supporter la joie d'Eliza et le spectacle de leur amour.

En allant distribuer leur provende aux bêtes, Eliza se retourne brusquement et surprend le mouvement d'une ombre derrière un buisson. Il est là. Elle va laver son linge à l'estey avec Mariette et elle voit brusquement descendre au fil du courant un petit radeau de roseau portant une feuille de saule en forme de cœur. Il n'est pas loin en amont. Elle file sa quenouille en gardant ses chèvres dans la palud et voilà que le chien s'éloigne en gambadant vers une haie et jappe de plaisir. Il l'a suivie. Pour faire sa toilette, elle attend qu'il soit parti à cheval mais elle met pour plus de sûreté Mariette en faction devant la porte.

Elle lui dit un jour :

« Rodrigue, tu es ici pour veiller à ma sécurité, non pour m'espionner. Si je te reprends à m'épier avec autant d'insistance, j'en informerai mon « oncle » Oswald. D'ailleurs, ta présence est inutile. Pierre va revenir et c'est lui qui veillera sur moi. »

Il l'a écoutée, les yeux baissés, son visage grêlé avivé par l'émotion et le dépit. Durant quelques jours il a relâché sa surveillance; elle aurait pu croire qu'il était reparti s'il n'avait laissé au « bourdieu » sa petite bouge de voyage avec, bien rangé à l'intérieur, le linge dont il fait lui-même la lessive afin qu'il soit d'une parfaite netteté.

« Montferrand est revenu, dit Rodrigue.

– Depuis quand? demanda Eliza.

– Une semaine environ.

– Où est-il? Que fait-il? Qui t'a renseigné? Parle! Parle-donc! Ça te plaît de me mettre à la torture? »

C'est le tavernier de Mouton qui l'avait prévenu. Un bruit qui courait le pays. On avait vu un de ses hommes qui l'avait accompagné en Normandie traverser le village. Eliza prit feu, ordonna à Rodrigue de courir jusqu'à Montferrand pour s'informer, de lui ramener Pierre. Puis elle pleura.

« Pardonne-moi, dit-elle. Je ne sais plus ce que je dis. Pierre viendra de lui-même. Sinon...

– Il viendra sûrement. A l'heure qu'il est, il doit être de retour à Bordeaux avec Marie de Bedford.

– Avec Marie?

– Elle a insisté pour le suivre. Elle voulait revoir son père. Ne soyez pas trop sévère avec lui. Il a de tels soucis.

– Des soucis, certes... Beaucoup de soucis... »

Elle sella un cheval, courut jusqu'à Mouton. L'aubergiste confirma la nouvelle : on ne parlait que de ce retour dans le pays; on ajoutait même que les Montferrand avaient perdu leur cause. Eliza sourit. Cette nouvelle lui mettait du baume au cœur; ses rêves de reconquête effacés, Pierre lui reviendrait plus volontiers; elle l'eût souhaité pauvre, malade même pour avoir davantage prise sur lui. Au retour, elle croisa Rodrigue qui s'était lancé à sa poursuite; elle passa sans un mot, fièrement, le sourire aux lèvres.

Eliza venait de ranger la table. Des odeurs d'herbe chaude et de marais entraient par la porte ouverte sur une fête de nuages roses étalés au-dessus des vignes. Stephen disputait une partie de palets dans la cour avec Salazar et les commis. Ils s'interrompirent pour se porter aux devants d'un groupe de cavaliers qui arrivaient de la direction de l'estuaire. Un nœud d'émotion dans la gorge, Eliza dénoua son devantier et bondit au-dehors. A peine Pierre avait-il mis pied à terre, elle était contre lui, l'embrassant, promenant sur lui des mains folles, répétant son nom, riant et pleurant à la fois.

« Eh bien, eh bien... Mais oui, c'est moi, Eliza. Tu m'étouffes!

— Laisse ton cheval. Nos gens s'en occuperont. Viens! Assieds-toi. Là... Non, là... Tu es en nage. Veux-tu boire? Quel chemin as-tu pris? Attends! laisse-moi enlever tes housseaux. Si! Si... »

Pierre se laissa en riant dépouiller de ses vêtements de voyage sous lesquels il transpirait. Il avait la poitrine nue dessous et elle cligna des yeux pour mieux admirer cette richesse de chair, cette gerbe de poils sombres qui jaillissaient du nombril aux mamelles avec de petits tourbillons, les reins puissants, le cou lisse et lourd, presque aussi large que la tête. Elle avait envie de se mettre à genoux, d'enfouir son visage entre ses cuisses, de promener ses lèvres sur cette chair dont elle avait gardé le goût, le grain, la chaleur, l'odeur.

« Tu as maigri, dit-il.

— C'est qu'elle a beaucoup travaillé en t'attendant, dit précipitamment le vieux Stephen. Tu es venu par l'estuaire ? »

Pour éviter de se trouver en présence des gens de Rockley, il avait loué une gabare à Bordeaux et avait attendu le jusant. Il avait touché terre à l'embouchure de l'estey. « Parle, songeait Eliza, parle encore et encore... » Elle buvait sa voix, s'en nourrissait, sentait s'épanouir en elle des émotions anciennes qui renaissaient toutes neuves dans une brume de plaisir.

« Nous allons fêter ton retour ! dit joyeusement Stephen. Toi et tes hommes, entrez. Du lard frit, des œufs et du fromage, ça t'ira ? »

Eliza laissa parler les hommes. Tandis que Pierre et ses gens se restauraient, elle se tenait assise sur les premières marches de l'escalier montant à l'étage, les coudes sur ses genoux repliés. Pierre avait changé lui aussi : plus brun de peau qu'avant, des lèvres plus fortes et plus rouges, une certaine sobriété dans le jeu des mains baguées d'anneaux de fer, aux ongles en bec de rapace. Il avait pris de l'autorité, mettait quelque afféterie dans sa tenue à table. On devinait qu'il avait côtoyé de grands personnages et avait gardé quelque trace de leurs manières.

Jean, duc de Bedford, régent de France (une sorte de vice-roi), l'avait déçu. Il en parla avec sécheresse et rigueur, attribuant le mauvais accueil qu'il en avait reçu à la présence de Marie que son père n'attendait pas et qu'il faillit renvoyer à Bordeaux. D'autre part la Normandie lui causait des soucis auprès desquels la situation en Guyenne et l'affaire de Lesparre n'étaient que des traverses sans importance; les bandes armagnaques portant les couleurs du dauphin de France tenaient toutes les garnisons anglaises sur le qui-vive; il devait régner par la terreur et n'aimait pas cette forme d'autorité.

« Jamais le peuple de Normandie n'acceptera la loi anglaise, dit Pierre. Si parfois il fait mine de se soumettre c'est pour mieux préparer sa revanche. L'insurrection est permanente. Bedford dort avec un nœud de vipères sous son matelas. »

Il avait rencontré le « vice-roi » à plusieurs reprises à Rouen, en compagnie de Marie, lui avait parlé de la Guyenne où les exactions de quelques bandes armées ne mettaient pas en cause la paix générale. Pour ce qui était de cette affaire de Lesparre, elle dépassait ses compétences et son autorité. Il avait dit à Pierre : « Je ne puis rien pour vous. D'ailleurs pourquoi vous plaindre? Vous possédez une des plus belles et des plus vastes seigneuries de la province. Que vous apporteraient en plus ces quelques arpents de guérets ? Si la Couronne a décidé de vous en retirer la jouissance, ce n'est pas sans raisons sérieuses. » Il avait ajouté avec un regard soupçonneux : « Vous n'envisagez pas de tourner français, au moins ? » Pierre l'avait rassuré mais il ne lui déplaisait pas que Bedford éprouvât cette inquiétude et la fît partager à la Couronne. Bedford promit d'intervenir à Londres. On le fit attendre trois semaines. C'était « non ». Robert de Rockley continuerait à gouverner cette région du Haut-Médoc, trop importante dans la défense de la province pour la laisser à un hobereau français qui n'offrait pas de garanties suffisantes de fidélité à la Couronne.

Jean de Bedford avait abrégé l'entretien. Il était de méchante humeur, ayant appris deux mauvaises nouvelles : un nouvel échec de ses troupes devant le Mont-Saint-Michel et le ralliement au « roi de Bourges » du duc de Bretagne, Arthur de Richemont, libéré des prisons anglaises où il séjournait depuis Azincourt.

« Je n'ai pas renoncé pour autant, dit Pierre. Où la diplomatie échoue, reste la force. »

Avant de gagner la pièce de l'étage où il dormirait avec ses hommes, Pierre entraîna Eliza jusqu'à la rivière proche. Grenouilles et crapauds s'en donnaient à cœur joie. Un oiseau nocturne fit un beau charivari dans un pommier, au-dessus d'eux. De hauts nuages d'argent se pavanaient comme des galéasses dans un ciel de cristal. Pierre passa son bras sur l'épaule d'Eliza, constata qu'elle était maintenant presque aussi grande que lui. Elle songeait : « Il va m'embrasser, s'excuser de son silence, me dire qu'il m'aime, me parler mariage... »

« Deux singularités m'ont surpris, dit-il. L'absence de Simon et la présence de Villandrando. Qu'est-ce que ça cache ? »

Eliza lui raconta la visite de Tyburn et comment son séjour avait été abrégé par Simon. Elle lui demanda de garder le secret.

« Le bougre ! dit Pierre, il n'a pas froid aux yeux. Il commence bien sa carrière d'« écorcheur ».

Elle se fit répéter le mot.

« Je ne te souhaite pas de connaître cette engeance. Les gueux qui opèrent dans le pays ne sont que des enfants de cœur à côté de cette nouvelle génération de bandits. Ils opèrent en grand et avec des méthodes autrement barbares. On les appelait ainsi, au début de leur carrière, parce qu'ils ne laissaient à leurs victimes que leur chemise. Heureux aujourd'hui ceux auxquels ils laissent la peau. J'ai entendu dans les auberges et les châteaux des histoires sur leur compte que je n'oserais pas raconter. Cette époque sent la mort, Eliza. On se heurte à elle chaque jour. On se dit que l'on ne verra jamais spectacle plus horrible que celui auquel on vient d'assister, mais c'est ignorer que l'horreur est un puits sans fond et que l'imagination de l'homme est inépuisable dans ce domaine. A Paris, au cimetière des Innocents, j'ai assisté à un divertissement fort en honneur : une « danse macabre ». Dieu m'est témoin que j'aime les spectacles des baladins, leur musique, leurs grimaces, leurs pirouettes, mais là, au milieu des tombes mal fermées, des charniers à ciel ouvert, j'ai respiré l'enfer de près. La mort devient une sorte de religion. On lui dresse des autels, on l'encense, on la vénère. Le diable n'est pas loin derrière cette mascarade.

— J'ai froid, dit Eliza, rentrons.

— Tu oublies de me parler de Rodrigue. Que fait-il ici ?

— Oswald Bagot l'a envoyé pour veiller à ma sécurité en l'absence de Simon. Rockley est devenu méfiant. Ses patrouilles sillonnent le pays et il ne fait pas bon les rencontrer.

— Cette raison ne me convainc pas. Oswald aurait pu vous envoyer quelqu'un d'autre. Je n'aime guère ce Castillan : il a des façons de te regarder qui me déplaisent. Je lui parlerai demain. Vous n'aurez plus besoin de ses services désormais. Je vous enverrai deux ou trois de mes hommes. Il faut rentrer maintenant. Je suis las et je dois reprendre la route demain matin. Eliza, je...

— Quoi donc, Pierre ? »

Il se détourna brusquement.

« Rien. C'est sans importance. »

Important, ça l'était si peu que, le lendemain, Pierre fit comme s'il n'avait rien dit. Eliza n'osa le questionner. Il suffisait pourtant de le voir tourner autour d'elle, lui faire face soudain comme s'il allait enfin lui parler, puis se frotter la nuque d'un air embarrassé et faire demi-tour, pour comprendre qu'il aurait aimé se délivrer d'une confidence.

Elle faillit plusieurs fois lui dire : « Eh bien, parle, quoi que tu aies à me dire, parle donc! Je suis forte. Je saurai maîtriser mon chagrin ou attendre encore s'il le faut, mais dis quelque chose! » Le vieux Stephen observait le manège en se grattant la barbe. La mine inquiète d'Eliza, l'attitude équivoque de Pierre proclamaient leur gêne. Il faillit intervenir mais préféra attendre que Pierre fût plus détendu.

Pierre prit Rodrigue par le bras alors qu'il sortait, tout embué de sommeil, de la mauvaise cage de planches où il dormait avec Salazar, mais déjà tiré à quatre épingles. Il l'entraîna au-dehors, jusque sous un pommier d'où grêlaient dru des chamailleries de merles.

« Nous repartons pour Bordeaux, dit-il. Tu nous suis.

– J'ai ordre de rester. Je reste.

– A Bordeaux, c'est Oswald Bagot qui donne des ordres. Pas ici.

– Ici, c'est toi, peut-être? »

Pierre fit le tour du pommier en se grattant la joue et balayant l'herbe de la pointe de ses housseaux.

« Tu n'attends, dit-il, que l'occasion de prendre ma place auprès d'Eliza. Mieux vaut y renoncer tout de suite.

– Puisque tu te rends à Bordeaux, va chez maître Oswald lui répéter ce que tu viens de me dire.

– C'est ce que je ferai si tu refuses de me suivre. J'ai beaucoup à lui raconter sur ta conduite.

– Je n'ai jamais rien dit à Eliza qui puisse lui déplaire.

– Tu as une façon de te taire qui en dit long. Chez toi, tout se lit dans l'œil. En ce moment, par exemple, je sais que tu aimerais bien m'enfoncer ta dague de Tolède dans le ventre. A Rocamadour, déjà...

– Eliza est folle de toi, cela se voit, et tu ne sembles remarquer sa présence que lorsque tu lui fais lacer ou délacer tes housseaux. Marie de Bedford, en revanche, a droit à d'autres attentions.

– C'est mon affaire et tu en as trop dit. Moi, au moins, je ne vais pas lorgner aux fenêtres lorsqu'elle fait sa toilette.

– Mensonges !

– Oswald Bagot appréciera. Tu refuses toujours de partir ?

– Je quitterai Eliza lorsque mon maître l'aura décidé.

– Ce sera plus tôt que tu ne penses. Tu peux commencer à ranger tes affaires dans ton petit coffre. Dans moins d'une semaine, tu seras à Bordeaux et je n'aimerais pas être à ta place. »

Simon Blake donna de ses nouvelles à quelques jours de là, le lendemain du départ de Rodrigue de Villandrando et de Salazar pour Bordeaux où maître Oswald les rappelait d'urgence.

Un pêcheur d'aloses avait apporté la lettre à Eliza. Elle lui arrivait au terme d'un cheminement mystérieux d'une bonne quinzaine, de pèlerin à marchand, de réfectoire d'abbaye en salle d'auberge, de cabaret de roulier en tournebride. Elle portait des traces de graisse et de vin.

Simon annonçait son départ avec André de Ribes. A la suite d'un coup de main fructueux sur Agen, ils avaient pris avec une cinquantaine de compagnons bien armés la direction du nord, à travers les grasses campagnes de Saintonge où l'on trouvait encore sa subsistance à condition de ne pas lésiner sur les moyens. Cette existence lui plaisait. André de Ribes était un bon compagnon; il se disait du parti anglais parce que c'était la mode et que ça rapportait gros, mais si le vent tournait il tournerait avec lui. Le vent, pour l'heure, soufflait allégrement dans les bannières aux léopards et aux roses.

On parlait beaucoup d'un certain comte de Salebris ou de Salisbury, Thomas de Montague qui, deux ou trois ans auparavant, s'était distingué à la bataille de Verneuil, en Normandie, où il avait écrasé les Ecossais de Douglas Stuart, les cavaliers italiens du duc de Milan et les Français du duc d'Alençon qu'il avait capturés et envoyés à Londres. Salisbury se démenait beaucoup. C'est un homme violent, impulsif, qui ne restait jamais sur des demi-succès et le cul entre deux chaises. Il avait convaincu Bedford d'aller dénicher le « soi-disant dauphin » de Bourges, mais il y avait à franchir le fleuve de Loire et ce n'était pas, disait Simon, un de ces « esteys de merde » du Médoc. Salisbury battait le rappel des compagnies de ribauds et d'« écorcheurs » et parlait d'aller faire le siège d'Orléans.

Ces nouvelles étaient tombées dans l'oreille d'André de Ribes alors qu'il se prélassait dans un castel des environs d'Agen en savourant le fruit de ses rapines au milieu des pruniers en fleurs. Orléans... Il avait traîné dans cette ville ses grègues et ses rêves d'aventure avant la campagne du Languedoc où il avait fait ses premières armes. Ça valait la peine d'y songer. Ce Salisbury n'était pas le premier venu et passait pour n'être pas très regardant sur la conduite de ses troupes, contrairement à ce petit saint de Bedford. André de Ribes avait envoyé de ses hommes aux nouvelles; ils étaient revenus avec la fièvre au bout des doigts. Le capitaine André de Ribes était décidé à tenter cette expédition.

Par Dieu! c'était une fameuse chevauchée, avec de joyeux compagnons qui buvaient sec, connaissaient des chansons de route, couchaient chaque soir des filles à la paillade et vivaient sans scrupules sur le pays. Simon ne regrettait rien. Simon était heureux. Il promettait de revenir dès qu'Orléans serait prise.

Eliza porta la lettre à Stephen qui travaillait à son chantier. Il la lut avec application, la relut, hocha la tête.

« Simon ne reviendra pas, dit-il. Il lui reste encore un peu de tendresse pour nous mais sa vie est ailleurs désormais. Nous aurions tort de nous faire des illusions. C'est désormais un homme de guerre, un « écorcheur ». Il ne pouvait en être autrement. C'est le sang des Blake qui veut ça, et ce n'est pas du vin qui coule dans les veines de ton frère ! »

Il replia la lettre, accusant du pouce les pliures sur son genou. Il paraissait très fatigué; cela se remarquait aux gestes de ses mains, hésitantes, malhabiles, souvent en suspens comme pour la réflexion. Entre la nuque et la chemise le cou apparaissait, rouge, humide de sueur, couturé de rides comme de plaies. Le soleil avait rougi le côté du crâne dénudé, mordu jadis par une lame d'épée à Ventadour.

« Tu devrais mieux te protéger du soleil, dit Eliza. Où as-tu mis ton chapeau de paille ? »

Il fit un geste vague de la main, murmura : « Le soleil... Le soleil... » puis se leva en geignant. Le soleil le gênait moins que ces douleurs de plus en plus fréquentes et aiguës au creux des reins. La tour en était à sa première travée et la construction n'avançait qu'avec une extrême lenteur. Le compagnon dont il avait accepté l'aide imposée par Eliza, un garçon de Vertheuil, travaillait sans faire de zèle car il était mal payé et le vieux avait mauvais caractère; quand ça le prenait, il partait chasser les grives à la fronde ou pêcher sur l'estuaire.

« C'est beau, dit Eliza. C'est très beau, cette pierre blanche sur les vignes. Vous avez fait du bon travail en une semaine. »

Le premier soin de Stephen en se levant était de se planter sur le seuil et de regarder le « pied du temps », ce bourdon de brume vers l'océan où mûrissaient les ondées de printemps et les orages d'été. Si la journée s'annonçait belle, il cassait la croûte dans une allégresse muette qui lui mettait des mouvements de danse dans les membres; si c'était le contraire, il traînait autour de la table, se frottant le museau, s'empêtrant dans les jupes de Mariette qui le rabrouait : « Vous feriez mieux d'aller labourer votre plantier de la Terre-Grande. Les liserons ont tout envahi! Et cet araire à réparer dans la cour! » Le dos rond, il attelait ses bœufs et, l'aiguillade sur l'épaule, partait pour la Terre-Grande en respirant avec des grimaces l'odeur de la pluie prochaine.

La fête de Montferrand, Eliza l'attendait avec impatience.

Le château dont lui avait si souvent parlé Pierre et ses frères, elle l'imaginait dans un décor d'enluminures, gerbe de tours blanches fleuries de bannières et de flammes sur les tendres collines dominant le fleuve; elle le peuplait d'une volière de haute société, de ménétriers, de chanteurs, dressait autour de la citadelle des perspectives profondes de forêts où chassaient à courre, entourés d'une meute de chiens blancs, des cavaliers et des dames de tapisserie. Le frère d'Oswald, Francis, chanoine de Saint-André, lui avait montré, dans l'atelier des copistes, un manuscrit enluminé où chaque page était comme une tranche de rêve découpée et collée sur le parchemin, avec des couleurs de paradis et des liserés d'or. Elle superposait à cette image celle du château de Montferrand.

« Il faut venir, lui avait dit Pierre. J'ai invité tout ce que la province compte de personnages importants. Je montrerai ainsi à ces messieurs de Londres que les Montferrand, « soudans de la Trau » n'ont pas baissé pavillon. Ton père t'accompagnera. Marie sera présente. »

Au jour dit, il envoya une escorte montée sur une gabare. Avril était dans sa gloire. Le fleuve étincelait; le vent roulait sur les campagnes des parfums de genêts en fleurs. Le montant portait l'embarcation en souplesse entre des îles de sable et de verdure peuplées de colonies d'oiseaux de mer. Vignes et marécages alternaient sous le ciel tendre. Après Ambarès, un homme de l'escorte montra un amer sur une forte colline, plein sud : Montferrand, dont on distinguait le donjon sur lequel palpitait la petite plume rouge d'un étendard au-dessus de quelques vagues de côteaux à vignes. Le fleuve léchait les premières maisons de Bassens. Le château était au-dessus, sur une butte.

Eliza se sentit déçue. Ces remparts bas, courtauds, terminés par des pieux, ce bastion très militaire qui pointait son muffle de pierre vers le sud comme pour narguer Bordeaux, ces tours de toutes formes et de toutes dimensions, sans grâce, habillées de lierre mort, faites pour la guerre plus que pour les fêtes, n'effaçaient pas son rêve mais elle oublia sa déception dès que Pierre se montra. Elle faillit s'esclaffer en le voyant s'avancer sous la porte principale avec sa tunique d'écarlate aux manches traînant en pointe jusqu'au sol, au col froncé de plis, ornée d'une chaîne et d'une ceinture faites de clochettes d'argent. De petites étincelles de perles pétillaient au bout de ses souliers et le chapeau incarnat à larges ramures ombrageait son visage.

« Viens ! dit-il en lui prenant la main, je vais te conduire auprès de ma mère. Ses dames prendront soin de toi, car tu ne peux te présenter ainsi. »

La dame de Montferrand était une grosse dame indolente qui transpirait beaucoup et sentait fort. Elle considéra Eliza avec une parfaite indifférence, la fit virevolter comme une quintaine sous le regard narquois de ses dames de compagnie, l'expédia dans un cabinet où trois dames de petite compagnie riaient et caquetaient en essayant des vêtements. Elles débarrassèrent Eliza de ses effets de voyage, échangèrent d'interminables palabres pour savoir si la minceur de la taille s'accommoderait d'une ceinture large ou mince, s'il fallait la coiffer à la « Vierge » ou à la « Huve », avec des pans retombant sur les épaules. Elles rirent comme des folles lorsque Eliza s'étonna de la longueur des manches fuselées et de la robe verte qui traînait à une brasse derrière elle. C'était la mode; il fallait y sacrifier ou se résoudre à paraître ridicule.

Elle choisissait ses souliers quand la porte s'entrebâilla.

« J'ai appris ta venue, dit Marie de Bedford, et me voilà. Il y a bien longtemps que nous ne nous sommes pas vues. Montre... Cette ceinture ne te va pas. Il la faut plus large pour cacher la maigreur de tes reins, et qui plonge sous le nombril. Nous allons arranger ça... »

Elle montrait de l'autorité jusque dans le moindre de ses gestes et de ses propos, traitant Eliza comme une cousine de village empêtrée dans son mauvais goût. Depuis le voyage de Rocamadour un changement s'était opéré en elle; elle était devenue femme et assez belle.

Marie était arrivée depuis deux jours. Elle promena Eliza dans tout le château, comme si elle y était née, saluant par leur nom les chevaliers, les écuyers, les pages ou de simples domestiques, s'inclinant devant les sires de Rauzan, de Langoiran, de Créon et les jurats de Bordeaux. Elles montèrent sur la terrasse du donjon d'où, par-dessus la courbe d'une colline, on apercevait le croissant du fleuve et les premières maisons de Bordeaux. Elles poussèrent jusqu'à la Matuque, une butte qui portait quelques ruines et d'où la vue sur la vallée était admirable. Elles se tenaient par la main comme si ces mois d'absence étaient gommés d'un coup. Marie s'arrêtait parfois pour l'embrasser, lui dire que la journée était belle et qu'elle était heureuse.

Avant le repas du soir, elles dansèrent à s'étourdir sous un gros tilleul où bourdonnaient les premières abeilles du printemps, près du puits situé au milieu de la cour.

« Vois comme ils nous regardent ! » disait Marie en montrant un groupe de garçons un peu godiches, cadets de petite noblesse qui sentaient la crotte, bâtards de seigneurs ou de bourgeois, assis en chapelet sur une murette limitant les écuries.

Elles riaient derrière leurs mains, appelant François de Montferrand pour qu'il les invitât à danser, s'amusant de ses allures gauches et des gouttes de sueur qui lui perlaient au nez et au menton. Elles burent du vin et se sentirent un peu ivres au moment du repas qui avait lieu dans la cour, sous le donjon baigné d'une lumière d'abricot.

Une volée de pages annonça l'escorte de maître Oswald Bagot alors que le vieux comte de Montferrand s'apprêtait à faire corner la table. Il était venu par les chemins de terre, Bordeaux étant proche. La dame Angela suivait, le visage voilé d'un tissu léger à cause de la poussière, précédant maître Eliot Blake, sa femme Joan et leurs deux enfants, Ralph et Augusta.

« Tiens ! dit Marie. Bagot a laissé son harem à Bordeaux... »

La nuit tombant, on apporta torches et chandelles. Le nouveau maire, John Holland, improvisa un discours célébrant l'amitié séculaire entre gens de Bordeaux et de Londres et souhaitant que les nuages qui planaient sur le Médoc se dissipent bientôt. Il leva son verre au succès des armes de Jean de Bedford et de Thomas de Salisbury qui allaient mettre le siège devant Orléans.

« Si j'étais libre de mes mouvements, dit un bourgeois de Bordeaux, Pierre de Lope, je sais ce que je ferais ! J'accourrais au secours de Salisbury et je l'aiderais à débarrasser le royaume de ces larves qui vivent à Bourges sur le cadavre d'un royaume de Turelure. »

Marie pouffa dans ses mains. Pierre de Lope à cheval et portant l'épée... Comme beaucoup de bourgeois bordelais – et celui-ci n'était pas des moindres – il aimait jouer le matamore par la pensée et la parole. Il était gras comme un chanoine, riche comme un cardinal, tenait en fief de l'archevêché des maisons de la paroisse de Sainte-Eulalie, sur les fossés des Eyres, et une autre rue Paillère. Sa fortune, qu'il avait faite dans les épices, il l'étalait outrageusement dans ses propos sans cesser de larmoyer sur la dureté des temps.

« Il est veuf, glissa Marie dans l'oreille d'Eliza. Ce beau parti ne te tente pas ? »

Elles éclatèrent de rire, faussèrent compagnie à maître Lope pour aller danser un petit branle d'Allemagne qui leur mit la tête à l'envers. Elles se couchèrent tôt car la vraie fête était pour le lendemain. Elles dormirent à six filles dans un énorme lit à courtines installé dans une chambre haute du donjon, hantée par les chauves-souris, avec d'énormes crochets de fer enfoncés dans la muraille et des inscriptions mystérieuses gravées dans la pierre. Par la fenêtre, on voyait palpiter le fleuve et se former les brumes pommelées du printemps.

Oswald Bagot attendait Eliza dans la cour, le dos au soleil, vêtu d'une simple chemise et de braies légères. Il la fit asseoir près de lui, demanda des nouvelles de Simon, hocha gravement la tête en apprenant qu'il allait se battre contre les Français dans les pays de Loire.

« Rodrigue m'a quitté, dit-il. Nous avons eu une discussion violente à son retour de Bordeaux. Je me demande si je n'ai pas été injuste envers lui et si tout ce que m'a rapporté Montferrand est exact. Est-il vrai qu'il t'importunait, t'épiait dans ton bain, te pourchassait à travers la palud ? »

Eliza protesta. Certes, elle admettait difficilement cette surveillance contraignante, alors que Rodrigue n'avait pour mission que de veiller à la sécurité du « bourdieu » face aux gens de Rockley, mais il ne lui avait jamais manqué de respect et s'était montré irréprochable dans son service.

« A vrai dire, ajouta Oswald, tout est de ma faute. Si j'ai envoyé Rodrigue à Saint-Estèphe, ce n'était pas seulement pour votre sécurité mais également pour faire pièce à Montferrand que je n'aime guère voir tourner autour de tes jupons : il est trop ambitieux pour t'épouser mais assez égoïste pour profiter de ta candeur. Ne me dis pas que ce bellâtre est fou d'amour pour toi, je n'en croirais rien.

– Vous avez osé faire cela ! Vous avez chassé Villandrando sur la foi de ragots !

– Je ne l'ai pas chassé, dit-il d'un air embarrassé. A l'issue de notre dispute, alors qu'il se montrait insolent, je l'ai frappé. Le lendemain, il quittait la ville avec Salazar et ses Castillans, toute ma garde ! Une de mes servantes qui a été sa concubine m'a dit qu'il était parti rejoindre le roi à Bourges. Me pardonnes-tu ? J'ai agi légèrement. Avant de lui chercher querelle, j'aurais dû t'entendre. Au moins te voilà prévenue contre Montferrand. »

Il ajouta en se levant :

« Marie de Bedford ne t'a rien confié au sujet de Pierre ?

– Qu'aurait-elle pu me confier ?

– Je n'en sais fichtre rien... »

Il vint des invités de tous les parages et même de Libourne et de Saint-Emilion, de Créon et de Génissac.

Chevaux et litières encombraient les chemins qui montaient au château dans un tintamarre de sonnailles et de claquements de fouets. Les Montferrand avaient loué plusieurs groupes de ménétriers, si bien que les gens étaient portés d'un flonflon à un autre et qu'ils avaient toujours une musique grinçante dans l'oreille. Pierre était radieux : chaque fois qu'il croisait Marie et Eliza il les prenait aux épaules et les embrassait. Lorsque Gloucester et Bedford apprendraient – et il ferait en sorte qu'ils l'apprennent promptement – que toute la province s'était rendue à la fête de Montferrand, ils réviseraient peut-être leur jugement. Il manquait le plus puissant seigneur de l'Aquitaine, le captal de Buch, mais il séjournait dans ses domaines de Castille.

« Il ne m'a pour ainsi dire pas parlé, songeait Eliza. Il est vrai que cette réception lui cause beaucoup de tracas. S'il ne me dit rien avant ce soir, c'est moi qui lui parlerai. Je n'aime guère ces mystères. »

« Je te trouve une petite mine ce matin, dit Marie.

– Je n'ai pas l'habitude de tant danser, boire et manger. Toi, en revanche, tu sembles née de ce matin.

– Le bonheur, Eliza. »

C'était un bien grand mot pour ce qu'Eliza prenait pour du plaisir; il restait accroché à ses pensées et la blessait comme un corps étranger. Elle se dit qu'elle aurait dû mieux observer Marie, surveiller ses rapports avec Pierre, le moindre de leurs propos, de leurs regards. Elle découvrit de la tendresse jusque dans la façon dont Marie prononçait son nom, en traînant un peu comme pour le savourer sur sa langue. Marie aimait Pierre. Eliza avait été sotte de ne pas s'en rendre compte. Soudain elle eut envie d'en savoir plus, pour que ce poids qui l'oppressait ne devienne pas insupportable. Elle dit, comme on se jette du haut d'une tour :

« Rodrigue de Villandrando a quitté Oswald. J'en suis navrée car j'en suis en partie responsable. Rodrigue m'aimait en secret et Pierre ne tolérait pas qu'il me serre de trop près. Il était si jaloux qu'il l'a dénoncé et calomnié. »

Marie se détourna vivement pour cacher son émotion.

« Je sais, dit-elle. On m'a parlé de cette affaire. Tout le monde a été injuste envers Rodrigue, à commencer par Pierre. Pourquoi as-tu repoussé ses avances ? C'était un bon parti pour toi.

– Je ne puis aimer deux hommes à la fois. Pierre suffit à mon bonheur.

– Viens, dit brusquement Marie. Je ne puis plus supporter cette musique. »

Elles montèrent jusqu'aux remparts qui développaient autour du château un boulevard où deux charrettes auraient pu passer de front. Assises au soleil, elles restèrent quelques instants sans parler, tête baissée, triturant leurs mains entre leurs genoux.

« Ecoute, dit Marie, je ne peux te laisser plus longtemps avec tes illusions. Pierre et moi, nous nous aimons. Nous devons célébrer nos fiançailles l'an prochain, si mon père y consent, et je sais qu'il ne s'y opposera pas. Je voulais te prévenir depuis longtemps. Comment n'as-tu pas compris qu'il n'a pour toi qu'une tendre amitié ? T'a-t-il seulement embrassée, lors de sa dernière visite ? S'est-il déclaré, même à mots couverts ?

– Je ne te crois pas.

– Pierre te répétera ce que je viens de te dire.

– Je refuse de te croire ! Pourquoi Pierre aurait-il causé le départ de Rodrigue s'il n'avait eu que de l'amitié pour moi ? On n'est pas jaloux de ce qu'on n'aime pas. La vérité, c'est que Pierre m'aime mais que c'est toi qu'il veut épouser parce qu'il est ambitieux.

– C'est vrai ! C'est mille fois vrai ! Mais il ne t'aime pas vraiment. Il te désire, c'est tout. Dès qu'il te voit, il a la tête qui tourne mais les mots ne lui viennent pas, car il n'est pas sûr de ses sentiments au point de vouloir t'épouser et de compromettre ses ambitions. Et Dieu sait qu'il est ambitieux. »

Elle ajouta, sa main sur le genou d'Eliza :

« Je te fais du mal, mais crois-tu que je ne souffre pas moi-même en dépit des apparences ? Jusqu'au dernier moment j'ai espéré que tu ne viendrais pas. Tu es plus désirable que moi et je te redoute sans parvenir à te détester. Qu'est-ce qui pourrait attirer Pierre en moi ? J'ai poussé comme une grande chandelle, j'ai de gros os, des seins plats, un visage de nonne... C'est la bâtarde de Jean de Bedford, régent de France, que Pierre va épouser.

— Je lui parlerai ! dit Eliza en se levant. Dès ce soir, lorsque la fête sera finie.

— Tu risques de le peiner inutilement. Sa décision est arrêtée.

— Crois-tu que je vais chercher à le reconquérir ? Tu peux le garder, ton coureur de dot ! Ce sont des adieux que je vais lui faire. Marie, tu m'as délivrée de lui. J'en suis presque heureuse. »

Elle éclata en sanglots et alla se cacher dans une guérite.

La fête de nuit en était au point où le moindre rire, le moindre éclat de voix, une musique un peu trop insistante, sonnaient faux. Elle semblait se retirer comme une marée. Des invités quittaient la cour par petits groupes en traînant le pas dans la première rosée de la nuit. Des torches s'éteignaient en grésillant, des chandelles rendaient l'âme dans une fumerolle sans qu'on les remplaçât.

Pierre regardait Eliza à travers la pénombre baignée de fraîcheur et Eliza le regardait. Marie avait dû lui parler. Peut-être attendait-il qu'Eliza se décidât à venir vers lui. Sous prétexte d'aller voir la lune danser sur le fleuve, Marie quitta la table. Eliza se leva à son tour et vint s'asseoir près de Pierre. Il roulait des mies de pain en boule et les jetait dans l'herbe d'un coup de pouce.

« C'était une belle fête, dit-elle. Tu dois être satisfait. On en parlera à Londres.

— Une belle fête, certes, mais pas pour tout le monde.

— Ne sois pas triste. Tu ne dois pas te sentir des obligations envers moi. Je ne compte pas. Epouse Marie et oublie-moi. Nous avons parlé, cet après-midi. Je lui cède le pas et je ne te tiens nullement rigueur de la préférer. Je te reproche seulement d'avoir mal agi avec Villandrando. Pourquoi ?

– Sa présence près de toi m'était insupportable. C'est la seule preuve que je pouvais te donner de mes sentiments. Je t'aime et je continuerai à t'aimer, quoi qu'il arrive. Tu entends bien : quoi qu'il arrive.

– Je partirai demain à l'aube. Il faut que je prévienne mon père. Dis aux gens de notre escorte de se tenir prêts. Adieu. Ne cherche pas à me revoir, tu ne parviendrais qu'à rendre insoluble une situation difficile.

– Non! dit-il en se levant à son tour. C'est impossible.

– C'est ce que je me disais aussi, et puis, tu vois : c'est simple, si simple... »

Eliza dormit dans un coin de muraille, sur une botte de paille, près de son père, de manière à pouvoir observer la fenêtre donnant sur la chambre de Pierre. Une buée de chandelle ou de torche palpita jusqu'à minuit passé. Elle dormit peu et mal, s'éveillant en sursaut, songeant : « Est-ce que tout est fini ou tout va-t-il recommencer ? » Elle accorda une semaine de délai à Pierre pour se décider. S'il ne lui rendait pas visite, c'est qu'il aurait fait son choix. Elle se sentait aussi folle d'amour que l'avaient été avant elle, à ce qu'on disait, Flore et Alicia. Folle à crier mais en même temps plus décidée que jamais à affronter la réalité.

Comme elle l'avait annoncé, elle partit à l'aube, après être allée déposer un cierge à la herse, dans la chapelle du château et prier pour que, chez Pierre, l'amour triomphe de l'ambition.

III

BOULEVARD DES TÉNÈBRES

(Bourges, 1427; Médoc, 1428)

Rodrigue s'éveille parfois la nuit, un frisson dans l'échine, les tempes moites, l'impression de se trouver dans un gigantesque théâtre d'ombres, à la fois bouge, tripot, bordel, geôle, hospice de déments, cave à supplices. Chaque nuit est un mystère où l'on improvise.

L'ombre à peine tombée, la dernière chandelle soufflée, la nuit fige le palais dans un bloc de glace. Rodrigue se couche, s'endort assommé par la fatigue et, une heure plus tard, tout semble bouger et bruire autour de lui. Les yeux ouverts, il sent palpiter la nuit; il voit passer des ombres sur les murs et les tapisseries, des tentures s'agiter; il entend des pas frôler les parquets des couloirs et des salles, des gémissements, des rires, des murmures, des éclats de voix. La fête noire. Les maîtres dorment là-haut : Madame Yolande, reine de Sicile, belle-mère du roi, Marie, sa fille, le connétable Arthur de Richemont : les trois piliers du royaume. Sont-ils aveugles et sourds? S'enferment-ils dans leur sommeil comme Lazare dans sa tombe, en laissant retomber sur eux le couvercle du silence et de la nuit? Il semble que les murs, les tentures, les meubles se peuplent de présences qui se dégagent lentement de la matière, s'animent avec des mouvements de plantes, craquent, s'évadent et partent à l'aventure sur ce boulevard des ténèbres qui n'a ni commencement ni fin.

Rodrigue touche l'épaule de Salazar. « Tu entends ? » Salazar grogne, se recroqueville sur lui-même, retombe dans son sommeil. Il s'endort chaque nuit sur les saines réalités du jour, goûte des sommeils d'enfant repu, de vierge sage, de chanoine. Villandrando, lui, veille; il aime savoir où il dort, ce que la nuit dissimule et distille, quels êtres – hommes, femmes, incubes ou succubes – la grignotent, la fouillent comme des insectes, qui a chanté, pleuré, crié. Il aimerait se lever, courir les couloirs, arracher les masques...

Il a osé. Une fois seulement. Il ne recommencera pas.

C'était deux jours après son arrivée à Bourges.

Une ville opulente et rassurante autour de sa gigantesque cathédrale, tellement gigantesque que, d'où qu'on la contemple, on a l'impression qu'elle penche comme la tour de Pise. Une capitale, avec ses théories d'officiers, de ministres et de capitaines dans les rues. La paix se respirait partout, dans la fièvre heureuse du commerce, dans les musiques et les chansons des baladins et des ménétriers, dans les marchés balayés par le vent aigre du printemps, autour de la demeure de ce grand bourgeois, Jacques Cœur, gardée comme une caverne de voleurs par des cordons d'archers au visage de pierre.

On l'avait introduit dans le palais avec des airs de mystère et d'indifférence à la fois, qu'il attribua à sa tenue de voyage, à la poussière qui saupoudrait ses vêtements et ceux de son escorte. Il se faisait l'effet d'un canard fangeux dans une volière d'oiseaux de paradis. On l'avait fait attendre dans une cour où des chevaux buvaient à une fontaine et il en avait profité pour faire sa toilette. Monsieur le connétable ne tarderait pas à le recevoir... On l'avait fait attendre le reste du jour, et une nuit, et toute une matinée. Comme il protestait, un huissier noir et maigre lui avait montré la porte. Sur le coup de midi, il avait vu apparaître Monsieur le connétable drapé dans une tunique portant dessinée une tête de sanglier. Il n'avait rien d'un chevalier de la Table Ronde, avec sa barbe jaune, son allure d'ours qu'on oblige à danser pour la galerie et qui n'a envie que de gratter ses puces.

« Villandrando, c'est vous ? On dit que vous venez de Bordeaux. Seriez-vous du parti anglais ?

— J'appartenais à un bourgeois, maître Oswald Bagot, mais nous nous sommes querellés et je l'ai quitté. Je connais les armes. Je me suis battu en Normandie, et...

— Tu tiens à ta langue, à tes oreilles, à tes couilles ? Alors, prends garde ! Nous avons des cachots pleins de drôles qui se disent du parti d'Armagnac et que nous avons surpris à écouter aux portes.

— Mettez-nous à l'épreuve, moi et mes hommes. »

Richemont se gratta la barbe, considéra avec intérêt les armes du cavalier et hocha la tête.

« Je vois que tu n'es pas un gueux. Nous allons t'essayer. »

Il appela un capitaine, lui confia le nouveau venu et s'éloigna sans un mot.

Lui qui n'aimait pas parler, il dut tout raconter de sa vie. D'emblée, il prit le parti de ne pas tricher et fournit les motifs exacts de son départ de Bordeaux. Le capitaine qui l'interrogeait, Jean de Laigle, était un Limousin, bon bougre mais service-service. Il parut s'intéresser au personnage d'Eliza. Il se curait les dents avec l'ongle de l'auriculaire et faisait siffler l'air avec un mouvement du coin des lèvres. Qui était Simon ? Et Stephen ? Et Montferrand ? Et Bagot ? Ils en eurent pour une bonne demi-journée. L'interrogatoire terminé, le capitaine lui toucha l'épaule.

« Je n'ai guère confiance dans les gens qui font la place trop belle aux sentiments. Ils ont le cœur trop tendre pour faire de bons soldats. Tu voulais cette fille ? Il fallait la prendre. Beau comme tu l'es, pas sot, tu l'aurais rendue heureuse. Alors ?

— Alors, c'est comme ça. J'ai le cœur chaud pour l'amour et froid pour la guerre. Vous ne semblez pas convaincu...

— Mon mignon, estime-toi heureux qu'on ne t'aie pas mis en quarantaine comme un pestiféré, d'autant que le connétable était dans un mauvais jour. Il vient de se quereller avec le roi qui l'a sommé de repartir pour la Bretagne et de n'en plus bouger sans son ordre. Tu sais qu'il n'a pas exagéré pour la langue, les oreilles et les couilles. Il a même une sorte de spécialiste qui ne fait que ça : mutiler les scélérats qui viennent nous espionner.

— J'ai pris la décision de « tourner français », je m'y tiens.

— Dis plutôt que tu ne tiens pas à avoir affaire au spécialiste ! Tu as l'air sincère, mais ça ne suffit pas. Si je te demande si tu es pour Richemont ou pour La Trémoille, qu'est-ce que tu réponds ? Rien ? Bon. Alors, méfie-toi ! Que tu tiennes pour l'un ou l'autre, ne reste jamais plus de trois secondes sans te retourner et garde tes distances avec ceux qui te suivent. Tu me comprends ?

— Je suis pour le dauphin », répondit naïvement Villandrando.

Jean de Laigle éclata de rire.

« Nous sommes tous pour le dauphin, sinon nous serions de l'autre côté. L'ennui, c'est qu'il y a un second choix à faire. Autre chose : tu seras mal payé et ta solde tardera à venir, si elle vient. N'attends pas qu'on t'équipe comme un prince d'Allemagne. Quant aux honneurs, si tu espères un compliment du dauphin, tu risques d'être déçu. Notre gentil sire se fout de la politique et de la guerre. S'il n'y avait pas Madame Yolande, Richemont et Marie d'Anjou, il aurait décampé depuis belle lurette pour le Dauphiné ou la Sicile. Mais garde ça pour toi, mon mignon. Je pourrais t'en raconter de belles sur les gens qui entourent notre gentil sire. »

Il ajouta avec des airs de mystère :

« Méfie-toi surtout de La Trémoille. Si tu n'es pas avec lui, tu es contre lui. Il avait un grand ami, Pierre de Giac, premier chambellan du dauphin, dont il convoitait l'épouse qui était d'ailleurs sa maîtresse, Catherine de Tonnerre. La Trémoille a fait enlever Giac et l'a noyé. Ce Giac ne valait guère mieux, d'ailleurs. Sais-tu ce qu'il avait imaginé pour se débarrasser de sa première femme, la douce Jeanne de Naillac ? Il la fit empoisonner et, comme la mort ne venait pas assez vite à son gré, il la haussa sur un cheval et la fit tourner d'un train d'enfer, au fouet, dans son manège, jusqu'à ce que la malheureuse fasse une chute et se rompe les os. Méfie-toi aussi de ce gros homme : Camus de Beaulieu, un valet d'écurie qui a gardé de son ancien état les odeurs et les manières. Il a remplacé Giac comme favori auprès de notre gentil sire, et c'est lui que Charles a chargé d'imaginer des « divertissements » qui ne sont pas pour des enfants de Marie. Je pourrais encore t'en dire sur le financier Jean Louvet, sur le maître des écuries Pierre Frotier (notre gentil sire, s'il n'a guère que des queues de mouton à se mettre sous la dent, possède les plus riches écuries de France et d'Angleterre). Tous ces chiens de cour méritent cent fois la mort. S'il y a une justice « là-haut » ils périront la tête sur le billot. »

Rodrigue écoutait, les yeux baissés, gêné; il aurait préféré ne rien entendre car ces confidences le compromettaient. Il se dit qu'il avait dû faire forte impression à Jean de Laigle pour qu'il se confie à lui sans le connaître.

« Je sais ce que tu penses, dit le capitaine : que je suis bien fou de te raconter ces histoires, mais je préfère que tu les apprennes de moi plutôt que d'un de ces gredins que tu vas devoir fréquenter. Moi, je mets cartes sur table où d'autres jouent un jeu pipé. Tu as une bonne tête, l'œil honnête et tu es beau par-dessus le marché. »

« Voilà qui est clair, songea Rodrigue. Il va falloir que je suive ces conseils et, en premier lieu, que je surveille mes arrières... »

Deux nuits après son arrivée à Bourges, Rodrigue venait de s'endormir en songeant à Eliza, à ce ruban violet qu'il lui avait dérobé avant son départ et qu'il portait sous sa chemise, à même la peau, noué à une chaînette d'or. Le palais sombrait dans une nuit fiévreuse, un silence hanté, comme une marée qui remonterait de très loin en poussant devant elle des écumes de fantômes et de bruits étranges.

Peu avant minuit, il se leva, s'habilla, boucla son ceinturon qui portait la dague de Tolède, alluma une chandelle aux braises de l'âtre puis l'éteignit : il y avait suffisamment de lune pour qu'il pût se guider sans lumière. Une fois dans le couloir, il se demanda si c'était son cœur qui cognait aussi sourdement ou quelque rumeur venue des bas étages, pareille à son grondement de tambour. Il croisa un couple dont il ne put distinguer que le manteau et le masque, un homme ivre qui vomissait dans l'encoignure d'une porte, un nain aveugle qui tâtonnait en gémissant contre les murs, un moine agenouillé dans un vestibule, devant une croix, des soldats qui patrouillaient en silence.

Il se laissa guider par le bruit qui montait d'une cour à laquelle on accédait par un escalier vétuste. Il se trouvait de plus en plus de gens sur son chemin, à croire que le palais se reprenait à vivre, les chandelles éteintes. C'étaient maintenant des hommes et des femmes vêtus de tenues excentriques comme pour un bal masqué et costumé, chacun portant à la main de petites chandelles.

Parvenu dans la cour, il avisa une salle basse violemment éclairée qui rayonnait dans la nuit de tous ses soupiraux en demi-lune à travers les herbes folles. Il s'accroupit, écarta les herbes, quand une main lui toucha l'épaule.

« Imprudent jeune homme! dit une voix de femme au timbre un peu rauque, que faites-vous ici? Pourquoi ne portez-vous pas de masque? Vous allez vous faire remarquer.

– Qui êtes-vous?

– Pourquoi croyez-vous qu'il soit obligatoire de porter un masque? Règle première : ne jamais poser ce genre de questions. La curiosité est parfois une manie dangereuse. Chacun est ici pour les autres une sorte de Méduse. Reconnaître un visage peut avoir un effet mortel. »

Elle partit d'un rire lourd et vulgaire.

« J'exagère à peine, vous savez. Si vous voulez me suivre, il vous faut un masque. En voici un que je garde toujours en réserve. Je le regrette car vous êtes beau comme un pâtre grec. Laissez-moi l'ajuster. »

Elle l'embrassa dans le cou et, soulevant le bas du masque, sur les lèvres.

« C'est la première fois que vous fréquentez ces lieux, dit-elle. Cela se voit. Alors, je vous préviens : si vous faites encore des différences entre l'homme et la bête, vous risquez de perdre vos illusions.

– J'en ai déjà tant perdu... », dit Rodrigue.

Ils étaient une vingtaine, tous, hommes et femmes, vêtus et masqués de blanc de la tête aux pieds avec, sur la poitrine, une chaîne faite de clochettes d'argent. Ils se tenaient par la main pour danser en rond avec des sautillements fatigués, rythmés par un ensemble de tambours, de flûtes et de cymbales. Ils dansaient ainsi depuis le couvre-feu, sur la même musique monotone, développant les mêmes pas, et ils semblaient ne plus se gouverner. On emporta une femme qui venait de céder à la fatigue. La chaleur était atroce, mêlée de parfums violents, d'odeurs de linges fatigués, d'âcres fumées de cire et de résine.

« Des possédés, dit l'inconnue. Ils dansent depuis plusieurs heures et ne s'arrêteront qu'à l'aube s'ils ne sont pas morts d'épuisement. Ils prétendent que, tandis qu'ils dansent, il se passe des choses merveilleuses dans leur corps et leur tête. C'est parfois Dieu et parfois le diable qui les visite et les soutient. Désirez-vous prendre la ronde ?

– Merci. J'ai d'autres occasions de rencontrer Dieu. Quant au diable, il suffit d'ouvrir les yeux pour le voir dans ses pompes et ses œuvres.

– Oubliez Dieu et suivez-moi. »

Ils passèrent en se courbant sous une porte voussurée d'un gros arc monolithique et descendirent quatre marches. La dame glissa quelques mots à l'oreille d'un personnage qui s'écarta aussitôt pour leur livrer passage.

« Que lui avez-vous dit? demanda Rodrigue.

– Le masque ne suffit pas toujours. Il faut parfois montrer patte blanche? Avez-vous soif? Je vous conseille de boire, même si vous n'en avez pas envie. Cela vous aidera. »

Rodrigue ne chercha pas à savoir à quoi cela pourrait bien l'aider. Il but quelques gorgées d'un vin très fort, noir comme de la tourbe, chargé en épices. Relevant discrètement le bas de son masque, la dame vida son verre sans quitter Rodrigue des yeux. Il sentit son regard se brouiller et se dit qu'il devait être victime de quelque diablerie et que c'était une nuit bien étrange. La dame vida un second verre; il refusa celui qu'elle lui tendait : il était très tempérant et buvait son vin coupé d'eau.

Des rires épais venaient d'une salle où ils pénétrèrent par des marches grasses.

Au milieu d'un cercle de spectateurs se déroulait une scène que Rodrigue prit tout d'abord pour un combat de fauves. Deux personnages que la dame appela des « comédiens » tournaient en rond à quatre pattes, vêtus de peaux, sans cesser de s'épier, faisant mine de s'affronter avec des rugissements, toutes griffes dehors, s'arrachant pièce à pièce leur défroque qui laissait apparaître des plages de chair luisante de sueur, puis un sein, une cuisse, un sexe. « Voilà des hommes et des femmes surpris dans leur vérité, songeait Rodrigue, un peu ivre. Des bêtes, ni plus, ni moins, des monstres qui se complaisent au spectacle de monstruosités. » Il avait l'impression qu'une voix étrangère parlait en lui, jouait à attiser la petite flamme de conscience révoltée qui tremblotait en lui. « Tu devrais te retirer », disait la voix, mais Rodrigue se sentait des semelles de plomb. La main de la dame saisit la sienne, la serra par petites pressions nerveuses comme des spasmes lorsque le fauve mâle, sautant sur la femelle, la posséda par derrière avec un rugissement de victoire et de plaisir.

« Tout cela est fou, je vous l'accorde, dit la dame d'un ton détaché, mais notre époque est folle et il n'y a plus de place pour les petits saints. Il faut choisir : être loup ou mouton. Vous n'êtes pas un mouton, malgré les apparences. Moi non plus. Comme cette chiennerie est triste... Venez ! »

Au sortir de la salle basse, le grondement des tambours de la danse blanche semblait sourdre des murs comme les palpitations d'un gros cœur de ténèbres. Ils longèrent un étroit boyau qui paraissait s'enfoncer vers une crypte, côtoyèrent des personnages vêtus comme des perroquets qui marchaient avec des allures de fantômes, gardant leur équilibre en s'appuyant à la muraille gluante. Le couloir semblait bouger comme un ventre de navire par grosse houle.

« Comment vous sentez-vous ? demanda la dame.

– Qu'est devenu mon corps ? Vous me l'avez volé, sorcière ! Il ne me reste plus que ma tête et elle brûle comme une torche. Je n'existe plus que par elle et par mes yeux.

– C'est l'effet du vin. On y a ajouté un principe connu du seul alchimiste de Sa Majesté.

– Je n'aime pas cela.

– Connaissez-vous un meilleur moyen d'oublier la folie du monde ? Les Anglais sont devant Orléans, jeune homme. Ils seront peut-être à Bourges dans un mois ou deux. Voilà ce qu'il faut oublier, ne serait-ce que quelques heures, de temps à autre. Il faut aussi essayer de s'oublier soi-même, et c'est le plus difficile. Alors ne perdez rien de ces spectacles. Nous venons de pénétrer dans l'univers de l'oubli, l'antichambre de la connaissance et de la mort. »

Des salles s'ouvraient de chaque côté du couloir. Dans la lumière crue des torches dansaient des femmes nues, copulaient des adolescents maladroits, jouaient à se flageller des animaux humains à visages de singes ou d'oiseaux monstrueux. Rodrigue et la dame s'attardèrent au jeu de deux aveugles en train de se battre pour la possession d'une garce qui leur mettait par manière de provocation ses deux seins sous le nez. En se tenant la main ils assistèrent à la défloraison méticuleuse et pathétique d'une vierge dont on avait laissé le visage nu afin de suivre sur ses traits la montée de l'angoisse, mais qui portait un autre masque : celui de l'indifférence. « Nous sommes, disait la voix de Rodrigue, à la surface de quelque chose qui est peut-être l'enfer. Nous descendons une marche, puis une autre, sans brûler ni souiller nos semelles, vivants par notre seul regard, notre seule conscience. »

Des cris montaient d'une cellule où l'on avait attaché une folle que l'on faisait violer par de gros chiens noirs. Plus loin, un homme au sexe énorme possédait une jument. La dame entraîna Rodrigue par la main, lui indiqua d'autres portes.

« Ne les poussez pas, dit-elle, vous deviendriez fou. On a installé là des monstres et des idiots. Ils font des choses étonnantes mais dont je ne puis supporter le spectacle. Dans cette chambre-ci, on peut violer une morte. J'aimerais vous montrer ce qu'on appelle le « cirque ». C'est cette rotonde. Elle sert habituellement aux questions. Des hommes et des femmes s'y battent à mort et copulent dans leur propre sang.

– Je n'en ai que trop vu, dit Rodrigue. Sortons. Je n'aime pas que l'on mêle des idées de mort aux gestes de l'amour. »

Le front contre la pierre, il murmura dans un hoquet de dégoût :

« Eliza... Mon Dieu ! Eliza...

– Que dites-vous ?

– Ce n'est rien. Je pensais à une petite sainte que je connais. J'aimerais donner son nom à une fontaine, à une montagne, à une étoile. »

La danse blanche continuait mais le groupe des danseurs s'était réduit.

« Il ne tardera pas à faire jour, dit la dame. Je ne sens plus l'effet du vin. »

Il se sentait lui-même dégrisé mais très las et pas fier de lui, avec des envies de s'arracher la peau comme après un bain de fumier.

« Le dauphin, dit-il... Comment peut-il tolérer de telles monstruosités sous son toit ? »

La dame s'accrocha en riant à son bras.

« Le dauphin ? Mais il était là, ce soir ! Je l'ai même reconnu dans la ronde à ses genoux cagneux. Si la reine de Sicile le voyait, elle qui ne tolère pas qu'il se montre en haut-de-chausses... »

Elle ajouta en se serrant contre lui :

« Renoncez pour ce soir à votre lit de soldat et suivez-moi. J'ai envie de dormir dans vos bras. Fermez les yeux et laissez-moi vous guider. »

Il la suivit docilement, si las qu'il sentait parfois ses jambes se dérober sous lui mais baigné dans une brume de bonheur. L'énorme abcès qui venait de crever en lui laissait place à un grand vide où revenaient se loger des idées fraîches et des plaisirs simples. Au terme d'un long cheminement dans la nuit et le silence elle lui glissa à l'oreille : « C'est là... » Il entra, respira des odeurs de vieilles étoffes et de meubles vétustes, rassurantes et confortables. Tandis qu'elle allumait une chandelle au brasero, il s'allongea sur le lit, les yeux clos. Lorsqu'il les rouvrit, la dame était nue devant la fenêtre ouverte, long corps pâle, pétri d'une pulpe de froid devant le rideau vert tendre du petit matin. Elle lui ôta ses vêtements, lui glissa quelques mots à l'oreille en lui secouant l'épaule.

Rodrigue dormait déjà profondément.

Pierre s'arracha du lit, marcha pieds nus jusqu'à la fenêtre.

Stephen était déjà dans ses vignes. On voyait des têtes bouger au loin dans la lumière légère. Ce matin avait le goût des raisins givrés de rosée qui craquent sous la dent, bien qu'on soit encore loin du temps des vendanges. Un de ses hommes faisait prendre de l'exercice à son cheval sur le chemin du fleuve et semblait se donner beaucoup de plaisir. Il y avait deux mois environ, au lendemain de la fête de Montferrand, que Pierre était arrivé, par ce chemin justement et galopant de la même manière. Seul. Fou d'inquiétude. A peine avait-il débouché dans la cour, il avait crié le nom d'Eliza et Mariette avait fait un geste vers le chantier de la tour. Il était remonté à cheval, s'était lancé par le chemin des saules et des vimes. « Tu m'attendais, Eliza, dis-moi, Eliza, dis-moi que tu m'attendais ! » Elle avait secoué la tête; non : elle ne l'attendait pas. « Tu veux que je reparte et ne revienne plus jamais ? » Elle avait de nouveau secoué la tête. Il était resté trois jours pleins. « Marie sait-elle que tu es venu me rejoindre ? » « Non, mais je le lui dirai dès mon retour. » « Alors elle te quittera. » « Elle ne renoncera pas à moi, elle m'aime trop et tient à ce mariage et Jean de Bedford semble y tenir aussi. Nous nous marierons dès qu'il aura pacifié la Normandie... »

Pierre regardait les vignes s'étirer à l'infini sous le soleil et le vent. On l'attendait à Bordeaux et il restait là à se prélasser dans les bras d'Eliza.

« Que regardes-tu ? dit-elle.

– Les vignes ne m'ont jamais paru plus belles que depuis que je te connais. J'aurais aimé que notre enfant naisse au temps des vendanges. »

Pourquoi cette idée lui était-elle venue ? Elle en riait avec lui. L'enfant ne naîtrait pas avant Noël. Elle regarda Pierre penché à la fenêtre, nu, grelottant, un liséré de lumière dans les poils noirs qui frisaient sur ses épaules. La fraîcheur du matin coula jusqu'à elle et elle se laissa glisser dans les draps à la place encore chaude qu'il venait de quitter. Elle aurait dû être debout déjà pour aider Mariette et écrire à Simon la lettre que Pierre emporterait. Elle prenait avec l'amour des habitudes de paresse.

« Ton père est déjà dans la vigne, dit Pierre. J'aperçois ses cheveux blancs. »

Réticent au début de leur liaison, le vieux Stephen en avait pris son parti et même l'annonce de cette naissance semblait le combler.

« J'aime bien ton père, dit Pierre. Dommage qu'il soit venu s'enterrer dans ses paluds et ses vignes. S'il l'avait voulu, il serait aujourd'hui prévôt, sénéchal ou même lieutenant du roi pour la province. »

Une odeur de lait chaud monta de la salle commune mêlée aux bruits que faisait Mariette, avec un peu trop d'insistance, pour dire aux amoureux qu'il était temps de se lever.

« Il faut que je me décide à écrire à Simon », dit Eliza.

Simon était devant Orléans avec André de Ribes, l'homme aux osselets, dans l'armée commandée par Salisbury, Gladsdale et Talbot. Pierre avait appris la nouvelle par François, son frère, envoyé en mission auprès du commandement anglais pour une livraison d'armes : des bombardes, que Jean de Bedford venait de commander aux fabres de Bordeaux. La lettre pour Simon partirait avec le convoi. De Villandrando, aucune nouvelle; on savait seulement qu'il vivait à Bourges, au palais delphinal, et qu'il avait été confirmé dans le commandement de sa compagnie de Castillans.

Pierre revint s'allonger près d'Eliza. Elle noua ses bras à son cou.

« Fais-moi l'amour encore une fois, je t'en prie. Tu vas rester si longtemps absent...

– C'est trop tard. Je dois partir. »

Elle se détacha de lui.

« Tu vas retrouver Marie, faire l'amour avec elle.

– Tu sais bien que non.

– Tu mens! Si j'avais la certitude que tu me trompes, je t'interdirais de me revoir. »

Il rit, embrassa son visage, ses cheveux, ses seins qui commençaient à durcir, lui répéta qu'elle était belle, qu'il n'aimerait jamais qu'elle et qu'entre lui et Marie de Bedford il n'y avait qu'une « sorte de contrat ».

Il s'arracha au lit, commença à s'habiller. Cette pièce lui déplaisait avec ses meubles délabrés, son odeur de pommes sures, ces chats qui les regardaient du haut des poutres en clignant des yeux. Quand Orléans serait anglaise, il conduirait Eliza à Bordeaux, l'installerait dans la demeure qu'il possédait au pied de l'Ombrière, dans la rue d'Enfer. Il écarta le drap, découvrit le corps d'Eliza, le parcourut des lèvres, la fit se retourner et la caressa longuement, en la respirant, de la nuque aux talons.

« Prends bien soin de cet enfant que tu portes, dit-il. Je reviendrai très vite. »

LIVRE III

1428-1429

I

L'ABSENTE ET L'INCONNUE

(Bourges, Orléans, 1428, 1429)

RODRIGUE faillit à plusieurs reprises se ruer vers la fenêtre et hurler de rage. Ces Ecossais de Douglas et Stuart, avec leurs cornemuses et leurs tambours, lui écorchaient les oreilles chaque matin. Les Gascons s'amusaient de leurs singeries du haut des galeries; lui, non : il aurait voulu les savoir au diable.

« Patiente, mon mignon ! lui disait Jean de Laigle. Ils vont bientôt partir en renfort pour Orléans et nous les suivrons de peu. Là-bas, ils n'auront guère le loisir de souffler dans leur peau de chèvre. »

Il ajoutait avec un clin d'œil :

« Pas de nouvelles de ta belle inconnue, ce matin ? »

Villandrando haussait les épaules. Aucune nouvelle, bien qu'il eût remué ciel et terre. Au matin qui avait succédé à leur nuit, la place de sa compagne était vide près de lui et chaude encore. Il avait recueilli sur l'oreiller quelques cheveux roux et respiré une odeur pénétrante. Cette chambre qu'elle semblait avoir désertée à jamais, il y était retourné, s'était discrètement renseigné auprès des domestiques : c'était une chambre des appartements de Richemont mais, comme le connétable était en exil par ordre du roi, elle était ouverte à tous et il y venait toutes sortes de gens, de jour comme de nuit, pour jouer aux « quartes » ou aux dés, tenir conseil ou pour d'autres commodités. Rodrigue écoutait attentivement la voix des femmes qu'il rencontrait, respirait leur parfum, examinait leur chevelure, provoquait leur regard afin d'y déceler quelque intérêt pour sa personne ou quelque signe de reconnaissance. Cette curiosité appliquée l'engagea dans quelques aventures qu'il ne daigna pas mener à leur terme. Cette femme, cette inconnue connaissait trop bien le palais delphinal pour n'en être pas familière; ce devait être un personnage important pour avoir accès avec autant d'aisance aux « fêtes noires ».

Rodrigue eut l'occasion de prendre des distances avec ses obsesssions. Jean de Laigle lui annonça une expédition en terre bourguignonne destinée à se faire la main et à compenser par quelques pilleries les soldes qui n'arrivaient pas. Ils partirent sous les dernières pluies de printemps. Villandrando et Salazar commandaient leur compagnie : une vingtaine de Castillans vêtus de noir qu'ils avaient ramenés de Bordeaux et qui ne faisaient pas bon ménage avec les Français de Jean de Laigle, les Ecossais de Stuart et les Gascons d'un certain Poton de Xaintrailles, personnage prétentieux qui chevauchait en permanence en compagnie d'un berger qui lui servait à la fois de mascotte et de devin.

Un soir, Jean de Laigle dit à Villandrando :

« Depuis le début de notre campagne, je t'observe. Tu te conduis comme un jouvenceau à ses premières armes, avec des pudeurs et des retenues. Tu n'aimes pas voir le sang sur tes mains et tu te détournes lorsqu'on enlève un peu de cuir à l'un de ces bouseux pour lui faire avouer où il cache ses jambons et son vin. Tu as encore cette femme dans la tête et dans le cœur. Si les voies de la religion pouvaient te mener à elle, tu te ferais moine. Tu penses trop aussi à cette fille du Médoc à qui tu as volé ce ruban et que tu ne peux oublier.

– Tout ça passera, je te le promets.

– Je te fais confiance. Tu places la passion de la guerre au-dessus de tout, comme un soleil, mais il y a trop de nuages en forme de femmes dans ton ciel. On te verra à l'œuvre devant Orléans. »

Il ajoutait d'une voix dure :

« Si tu couves aussi quelques nuages de scrupules, sache que dans le monde où nous vivons la pureté et l'innocence sont des coquetteries de demoiselles. Vois ce qui se passe à Bourges ! Chacun fabrique sa fausse monnaie, instaure des péages à sa convenance, enlève les riches héritières, rançonne les bourgeois, viole les dames et les petits garçons, détrousse les voyageurs en toute impunité. Qui ? Des truands comme toi et moi ? Non ! Des messieurs de la « haute », de ceux qui fréquentent les conseils de Madame Yolande, des barbes nobles, des dévôts qui ne manquent jamais la messe. Leurs demeures sont des repaires de brigands. Qu'ils se livrent à leurs « fêtes noires », ça les regarde car ils ne font que s'y perdre eux-mêmes, mais ils se conduisent envers la population comme des chiens et les loups. A côté d'eux, nous sommes des enfants de chœur. Les véritables « écorcheurs », mon mignon, ce sont eux. »

Lorsque Villandrando, des aigreurs de dégoût dans la gorge, se retrouva à Bourges, sa campagne terminée et sa bourse bien garnie, un page lui remit une lettre arrivée trois ou quatre jours après son départ. Un papier noble, filigrané de dorures, une écriture aiguë, d'une parfaite assurance, qui ne sentait pas la roture. « On » lui donnait rendez-vous pour la nuit suivante, « là où vous savez ». C'était signé d'un masque. Il fondit à la fois de bonheur et de déception. Il ne lui restait qu'à attendre une nouvelle lettre et ce fut un supplice.

La guerre, ce n'est pas ainsi que Simon Blake l'imaginait et l'espérait.

Ses armes : la pelle et la pioche. Son champ de bataille : l'île Charlemagne et cette bastide de terre, de sable, de fascines, de madriers et de moellons qui s'élève lentement au milieu de la Loire, devant Orléans. Ses compagnons : des terrassiers peu ardents à la besogne, qui regardent voler les hirondelles et font des signes aux filles dès que le contremaître a le dos tourné. « Autant aurait valu, songe-t-il avec colère, que je reste auprès du vieux Stephen. » Cette bastide doit ressembler à celle que son père a prises d'assaut au temps où il guerroyait à Ventadour, en Limousin, avec son ami Jordan de Pujol : un édifice lourd, carré, construit à la diable, des fossés et des rangées de pieux, avec au-dessus, courant sur toute la surface, un parapet de terre battue : le boulevard, où l'on installera l'artillerie.

Dans la chaleur pesante de l'été, il monte du fleuve une buée chaude, écœurante, remugle de vases mortes et de plantes pourries. Le jour, la sueur qui coule dans les yeux, colle aux aisselles, brûle le sexe sous les braies raides de boue séchée. La nuit, les moustiques et ces femmes en troupeau, laides et malades, que l'on ne peut posséder qu'après avoir bu du vin pour ne pas vomir de dégoût.

On reçoit des visites dont on se passerait bien, notamment celle du commandant en chef de l'armée anglaise devant Orléans : Thomas de Montague, comte de Salisbury, entouré deLord William Gladsdale et de Lord Scales.

On devine l'arrivée de Salisbury au bruit qu'il fait, à peine a-t-il pris pied sur la rive, avançant à vive allure et aboyant comme un chien derrière un troupeau. Il ne fait pas bon se trouver sur son passage. Un homme qui flâne, c'est le fouet; une protestation, c'est le cachot; une révolte, c'est la corde. Jamais content, Salisbury, toujours à donner de la gueule. Sous le casque de fer astiqué chaque matin et qui brille comme un ostensoir, une hure de sanglier toujours prêt à charger. Mis en garde par André de Ribes, Simon a toujours fait en sorte de se trouver hors de sa vue, ce qui n'est pas facile car ce monstre a l'œil à tout.

Parfois Simon voit arriver son acolyte faisant tournoyer son chapelet d'os dans sa main mutilée, son chapeau sur les yeux, une fleur aux lèvres. Il s'est fait affecter au fourrage et passe son temps à courir la campagne pour en ramener de quoi subvenir aux besoins des écuries. Il a sa manière à lui : aux modestes réserves des paysans il préfère celles des abbayes et des châteaux où il opère avec célérité et courtoisie, « au nom du roi », sans dédaigner cependant pour son compte personnel la vaisselle plate et les bijoux.

André s'assied sur une pierre et regarde travailler Simon avec un air narquois : il le plaint de trimer ainsi, mais il faut bien construire ces dix bastides qui permettront de mener le siège de la ville. Les travaux terminés, Simon rentrera en possession de son bien : son cheval et ses économies, qui sont sous bonne garde; on lui donnera même le commandement d'une compagnie.

Cette prétendue amitié que lui voue André de Ribes, Simon y subodore un relent de trahison. Il est aisé de deviner que le brigand doit garder dans un coin de sa mémoire le souvenir de la bagarre qui l'a opposé à Blake dans le bouge de Rocamadour et qu'il ne lui déplaît pas, sous des mines doucereuses et protectrices, d'humilier le fils de Sir Stephen. Il lui parle souvent de sa sœur Eliza, de Marie de Bedford; il ouvre sans vergogne les lettres que Simon reçoit de sa sœur et celles qu'il lui adresse. Simon grogne mais laisse faire. Tout cela se réglera un jour.

On a vu arriver devant Orléans, en tournée d'inspection, Jean de Bedford, régent de France, retour d'Angleterre où il a plaidé pour une offensive générale contre le royaume de Bourges. Gloucester a promis son appui, à condition que l'on commençât par Orléans. Bedford a protesté : on ne met pas le siège devant une ville dont le souverain – Charles d'Orléans – est prisonnier à Londres depuis Azincourt. Ce manquement au code de l'honneur ne porterait pas chance à l'Angleterre. On lui a ri au nez.

Sans fièvre mais sans enthousiasme, Orléans se prépare au siège.

La ville est défendue par Dunois, frère de Charles, qu'on appelle le « bâtard d'Orléans ». Parfois Blake l'aperçoit, entouré de ses officiers, paradant sur le pont, tenant conseil en plein vent. On dit qu'il est l' « âme de la résistance à l'Anglais ». C'est un petit homme très ordinaire qui porte des chapeaux extravagants.

Parfois encore Blake voit s'avancer jusqu'à l'île Charlemagne des barques montées par des enfants; ils s'amarrent sans crainte à un tronc pourri, à une portée de flèche, regardent travailler les ouvriers de la bastide; parfois, de part et d'autre, on se lance des injures et des pierres. Sur la rive droite, du côté de la porte Renart, non loin des faubourgs détruits ou incendiés par les gens d'Orléans pour que les Anglais n'y prennent pas appui, des pêcheurs à la ligne ou au filet donnent au temps une dimension rassurante; tant qu'ils sont là, avec leur immobilité de sommeil, leurs gestes immémoriaux, c'est que la guerre est loin. Le fleuve lui-même est image de paix, avec ses espaces de soleil et de silence, ses larges mouvements de vents chauds, sa puissance débonnaire qui rappelle à Simon la majesté de l'estuaire. Et pourtant c'est bien la guerre qui se prépare, et c'est bien de ce siège que dépendra une fois pour toutes le sort des deux nations.

La bastide Charlemagne achevée, on affecta Simon à un autre chantier : la démolition du quartier des Augustins qui s'étendait autour du monastère. Situé au sud de la ville, au-delà du fleuve, le bâtiment conventuel était constitué d'une église flanquée en son milieu d'un clocher fort pointu et d'un cloître. La rue du Portereau passait le long de la façade, à l'est, et longeait les égouts qui se déversaient dans le fleuve. On lâcha sur le faubourg une armée de fourmis qui en firent un amas de ruines. On avait besoin de pierres pour construire, face au fort des Tourelles, tenu par l'ennemi et qui commandait l'entrée du pont traversant le fleuve en direction de la ville, un boulevard destiné en fait à devenir une véritable forteresse.

Français et Anglais se trouvaient ainsi nez à nez. Aux odeurs de midi et du soir on pouvait savoir ce que les uns et les autres mijotaient. Il ne faisait pas bon prendre le serein dans l'espace entre les deux défenses : on vous souhaitait le bonsoir avec des flèches.

Une lettre d'Eliza parvint à Simon dans la jaque du jeune François de Montferrand qui accompagnait un convoi d'artillerie venant de Bordeaux. Simon apprit que sa sœur attendait un enfant de Pierre et il en fut atterré, d'autant qu'il apprit de François les démarches en vue du mariage entre

Pierre de Montferrand et Marie de Bedford. Sa première idée fut de déserter pour s'en retourner au Médoc provoquer Montferrand, mais il se dit que cela ne ferait que compliquer une situation déjà difficile.

« Le soleil et le travail te réussissent, lui dit un jour André de Ribes. Tu es brun comme un Sarrazin des pieds à la tête. Lorsqu'il faudra se battre tu seras en excellente condition.

– Ce sera pour bientôt ? »

André de Ribes fit tourner son chapelet d'os autour de son index avec une moue dubitative. Il y avait encore de l'ouvrage pour des semaines, des mois peut-être, jusqu'à l'automne sûrement. La ceinture de bastides et de fossés qui entourait la ville n'était pas encore bouclée et Salisbury n'entreprendrait aucune opération avant qu'elle le fût.

Un dimanche, après la messe, ils firent ensemble le tour des bastides. Traversant le fleuve par un goulet entre les îles aux Bœufs et Saint-Loup, ils aboutirent à la route de Montargis, ancienne voie romaine rabotée par les roues des chariots et les sabots des chevaux; elle était dégagée; cette unique voie d'accès pour les assiégés donnait sur la porte de Bourgogne. Ils franchirent la route peu après la bastide Saint-Loup; au-delà s'étendait un espace de guérets et de bois. Ils approchèrent de la ville à travers des vignobles abandonnés qui croulaient sous les pampres démesurés, et Simon songea à son père, à cette pelote de cheveux blancs qui bataillait entre les règes. Le gros des bastides anglaises commençait après celle qui portait le nom de Paris, située près d'un modeste établissement religieux : Saint-Ladre. Ils se retrouvaient en pays de connaissance : bastides de Rouen, de Londres, de la Croix-Boisée, et celle de Saint-Laurent, puissamment assise sur le fleuve. C'était un calme dimanche de jardiniers et de pêcheurs. On entendait monter derrière les remparts de la ville un flonflon de cornemuses.

« Les Ecossais de Douglas et de Stuart sont arrivés hier, dit André de Ribes, et d'autres renforts sont attendus. Si nous ne hâtons pas les travaux de retranchement il y aura bientôt autant de gens armés dans la ville que hors d'elle. »

Rodrigue se dévêtit avec soin comme d'habitude, plia ses vêtements, les déposa dans sa bouge de cuir en veillant à ce qu'ils ne perdent pas leur pli. Pour se coucher, il ne conserva que la chaînette d'or à laquelle était suspendu le ruban d'Eliza. Salazar dormait déjà et une bombarde ne l'eût pas éveillé. Rodrigue fit une courte prière à la Vierge et, après avoir soufflé la chandelle, se permit quelques pensées coupables. Chaque soir il faisait resurgir de sa mémoire la dame inconnue, lui donnait un visage différent selon ses humeurs; il lui arrivait même de l'imaginer laide comme l'épouse du dauphin ou austère comme la dame Yolande, mais il savait bien qu'il ne pouvait en être ainsi.

Il était dans les premières brumes du sommeil quand une main lui toucha l'épaule. Jean de Laigle le priait de le suivre pour lui présenter quelques compagnons.

« Laisse-moi. J'ai sommeil. Demain...

— Demain, il sera trop tard. »

Il alluma la chandelle, aida Rodrigue à se vêtir, le précéda avec tout un luxe de chuchotements et de mystères jusqu'à une poterne large comme une chatière qui donnait sur une adorable placette à tilleuls où pépiaient encore dans la dernière clarté du ciel des colonies d'étourneaux. Ils descendirent une rue très noire, aux pavés encore gras de la pluie du soir, au bout de laquelle tremblaient les petites lumières de l'auberge *A la Grosse Fille.* Les officiers du palais delphinal et quelques fonctionnaires y fréquentaient. Elle baignait dans l'odeur des soupes de haricots arrosées de vin. Quatre hommes attendaient à une table, devant des pichets. Il restait deux places. Jean et Rodrigue s'y installèrent.

« Tu connais ces nobles gentilshommes au moins de réputation, dit Jean de Laigle. Voici monseigneur le comte de Dunois, bâtard d'Orléans, Etienne de Vignolles, mieux connu sous le nom de La Hire, un Gascon qui n'a pas froid aux yeux, Gilles de Rais, sire de Pouzauges et autres lieux, Jean Poton de Xaintrailles, seigneur gascon, natif de Bordeaux. »

Rodrigue, qui entendait pour la première fois les noms de Gilles de Rais et de La Hire, déclara avec emphase :

« Votre renommée et le bruit de vos exploits... »

Jean lui heurta le pied sous la table pour lui éviter d'aller trop loin dans le compliment. Les quatre compagnons échangèrent des regards amusés. Ils paraissaient las, buvaient beaucoup, parlaient peu. Rodrigue apprit de la bouche de Dunois, qui portait un drôle de bonnet rigide orné de médailles, qu'ils arrivaient d'Orléans pour décider le dauphin à sortir de sa réserve et à réunir des troupes pour venir débloquer la ville. Il les avait lanternés, promettant des rendez-vous auxquels il ne se trouvait pas. Finalement, c'est Madame Yolande qui les avait reçus. Revenant de son oratoire, les mains croisées sur la poitrine, elle les avait écoutés lui parler d'Orléans et, hochant la tête d'un air d'impuissance, elle avait soupiré :

« Vous vous demandez des troupes, des armes, des munitions, des vivres et il ne reste pas trois écus dans nos coffres. Nous devons, pour survivre, emprunter à nos serviteurs. »

Elle avait parlé avec beaucoup de rigueur de ces ministres véreux qui vivaient grassement des revenus de leurs offices et passaient leur temps en fêtes sur lesquelles il valait mieux fermer les yeux. Le gentil dauphin devait se contenter des miettes de leurs festins. Les capitaines et les hommes d'armes attendaient leur solde depuis des mois.

« Bref ! dit Dunois, j'ai compris qu'Orléans ne pouvait compter que sur elle-même. Si je défends cette ville avant tant d'ardeur, ce n'est pas parce qu'elle appartient à mon frère mais parce que, si elle tombe entre les mains des Anglais, c'en est fait de la France. Nous aurons comme souverains les rois d'Angleterre pour des siècles peut-être. Mais expliquer cela au dauphin c'est comme lui chanter la messe.

– Vous avez reçu des compagnies d'Ecossais... dit Rodrigue.

– Parlons-en ! gronda Xaintrailles. Ils passent leur temps à dormir sur les remparts ou à sonner de la cornemuse. Le temps consacré à l'exercice, ils le passent à jouer au palet ou à la balle.

– Pour ne rien vous cacher, dit La Hire avec son gros accent de Dax, nous ne sommes pas de petits saints. Si nous vivions en paradis, nous aurions de petites ailes dans le dos, mais nous sommes en enfer et nous devons vivre les armes à la main. Rien de ce que je porte sur moi ne m'appartient, sauf mon anneau de mariage. J'ai tout volé. Demandez-moi d'égorger cette grosse femme qui pue le graillon et je le ferai sans sourciller. Mais ne me demandez pas de « tourner anglais » sinon c'est vous qui aurez mon couteau sur la gorge. »

Rodrigue devina qu'il ne plaisantait pas. C'était, contrairement à Xaintrailles, homme de bonne compagnie, un être d'une froideur extrême. Les plis de son visage tout en angles durs demeuraient figés. Il se tourna vers son compagnon, Gilles, petit jeune homme trapu, au regard mou, qui considérait sans cesse ses mains en grattant la peau autour des ongles, les déployait et les refermait comme des pattes de chat. Il portait une grosse tête ronde mangée de barbe avec des traces de gale sur un côté.

« Gilles, dit La Hire, raconte-leur le coup de Beaugency, ces quatre femmes qui... »

Gilles entama d'une voix basse et hésitante l'histoire de ces paysans (une centaine environ, hommes et femmes) que l'on avait emprisonnés dans une cave et oubliés là, sans vivres et sans eau, une dizaine de jours. Lorsqu'on était revenu, il ne restait que quatre femmes enragées, quatre chiennes folles de faim et de soif, qu'il avait fallu abattre à coups de flèches.

« Ce n'est qu'un « épisode », dit Xaintrailles. Quand vous serez avec nous vous en verrez bien d'autres.

— Avec vous ? dit Rodrigue.

— Jean Poton vous connaît bien, dit Dunois. Vous avez une vingtaine de Castillans sous vos ordres. Ce sont des gens qui savent se battre et résister à la fatigue. Que gagnez-vous à rester à Bourges ? Orléans est une ville opulente. Le bourgeois s'y montre large en temps de paix; en temps de guerre, il n'a rien à refuser aux soldats. Suivez-nous et votre fortune est faite.

— A condition que les Anglais soient vaincus, dit Rodrigue.

— Ils le seront ! s'exclama Xaintrailles en tapant du poing sur la table. Ces bastides qu'ils construisent autour de la ville sont autant de pièges où nous les prendrons. Ils en construisent tant, de ces redoutes que, finalement, on se demande qui est l'assiégeant et qui l'assiégé.

— Hésiteriez-vous ? dit Dunois. Jean de Laigle a accepté, et bien d'autres ont promis de nous suivre. Vous recevrez une avance de solde. Quinze deniers par jour et par homme et pour vous un franc, ça vous va ? »

Dunois parlait d'argent et la pensée de Rodrigue courait d'Eliza à l'inconnue à travers des ruines de sentiments qui l'attachaient davantage que de solides réalités. Il se disait qu'il n'y aurait rien de changé s'il quittait Bourges; rien, sinon que l'espérance elle-même disparaîtrait sans retour. On ne s'embarque pas pour une telle aventure sans renoncer à tout, et surtout à ce que l'on ne possède que par l'imagination ou l'espoir.

« J'accepte, dit-il, mais je ne partage guère votre confiance. Vous semblez enclin à croire aux miracles, monsieur le bâtard.

— Si je n'y croyais pas, dit Dunois, je ne serais pas ici. »

I

La « chambre » n'était qu'un vulgaire cabinet ouvert sur la longueur d'une brasse, de haut en bas, par une meurtrière cruciforme qui laissait passer une lame de jour dure comme du verre. Le carrelage cédait sous le pas. En fait de « mobilier » : une mauvaise paillasse, un escabeau, un broc et une cuvette ébréchée posés à même le sol.

« Je n'aime pas ces mystères, dit Rodrigue, et j'ai bien envie de refuser. Cette dernière nuit au palais, pourquoi ne la passerais-je pas où sont mes habitudes et mes commodités ?

— Mon mignon, dit Jean de Laigle, j'ai reçu des consignes du bâtard. Cette nuit, il veut que nous restions rassemblés dans cette tour.

— Et Salazar ? Pourquoi l'a-t-on séparé de moi ?

— Ne t'occupe pas de lui ! Tu l'aimes donc tant, ton petit second ? »

Rodrigue plia méticuleusement ses effets, les rangea dans sa bouge, souffla la chandelle et se coucha. Il était en train de vaquer dans ses ruines de sentiments, en plein dans le noir du sommeil, lorsqu'il sentit un frôlement sur son bras. Il sursauta, chercha sa dague mais s'interrompit en respirant un parfum bouleversant.

« Vous ? dit-il.

— Moi. Ne dites rien. Un seul mot et je pars, cette fois-ci pour toujours. »

Il faillit répondre que cela ne changerait pas grand-chose à leurs rapports mais il sentait des racines de désir irradier dans son ventre, le lézarder jusqu'à la gorge. Elle lui recommanda de ne pas bouger, d'« attendre » sans dire un mot et il se figea dans un bonheur de verre, attentif même à contenir sa respiration. Il perçut un mouvement d'étoffe, des glissements, respira un parfum lourd mêlé à celui de la pluie de septembre. Une main écarta la couverture, revint vers son sexe, le caressa lentement. L'inconnue poussa un gémissement qui ressemblait à un cri contenu; elle l'enjamba et il sentit des brûlures de chair moite contre sa peau, le poids d'un visage dans son épaule, perçut un bruit mouillé de lèvres mêlé à un brouillard de mots dans son oreille. Il entra en elle sans s'en rendre compte, enfoncé dans un vertige fait de tournoiements, de palpitations de chairs liquides. Ils confondirent leurs cris.

« Si vous ne me dites pas qui vous êtes, si je ne vois pas votre visage, dit-il, je deviendrai fou.

— Il faut vous contenter de ce que je vous donne. Je ne puis faire mieux ni plus et je le regrette. J'ai appris votre départ, et...

— Je renonce à partir !

– Il le faut. Vous vous y êtes engagé. Nous nous reverrons, je vous le promets. Maintenant, cessons de parler et reposons-nous un peu. Nous allons avoir une rude nuit. J'ai apporté du vin. »

Ils burent, se reposèrent, firent de nouveau l'amour. Septembre déchaînait ses pluies sur le palais, soufflait des odeurs d'automne par la meurtrière. Ils s'étreignirent une dernière fois alors que le froid de l'aube filtrait avec une pointe de grisaille. On entendait hennir les chevaux dans la cour. Elle se leva dans l'ombre, s'habilla hâtivement.

« Tu ne regrettes pas ta chambre et ton Salazar ? lui dit-elle à l'oreille avec un petit rire cassé. Adieu ! Pars tranquille. De loin je veillerai sur toi car je tiens à ce que tu me reviennes. Prends garde. Tu vas te battre et ce ne sera pas un jeu.

– Jamais je n'ai eu moins envie de mourir. »

Ce n'est que plus tard, alors qu'il chevauchait sous la pluie du matin, à la tête de sa compagnie, en direction de Nançay, qu'il songea à Eliza. Il n'avait pas le sentiment de lui avoir été infidèle. A plusieurs reprises, en possédant l'inconnue, il avait imaginé qu'il tenait Eliza dans ses bras et cette image avait donné à son plaisir une qualité d'émotion qui dépassait le simple plaisir de la chair. Ce matin, Eliza était en lui, présente par autre chose que ce ruban qu'il portait sous sa chemise, et il se disait que l'absente et l'inconnue se confondaient en lui.

L'affaire se présentait bien. A la première charge, les occupants des Tourelles s'étaient débandés comme des rats.

« Comme des rats, mes amis ! » hurla Salisbury.

Il écarta du pied les cadavres pour accéder au sommet de l'une des deux tours. Ça puait la poudre et la tripe d'homme dans l'escalier où la bataille avait ouvert une voie juqu'à cet espace de ciel où tournoyaient des pigeons. Où était Gladsdale ? Salisbury s'adossa au noyau de l'escalier car le souffle lui manquait. Il y avait dans la salle haute quelques archers au bonnet de cuir en train de se congratuler avec de gros rires. L'un d'eux avait lié les mains d'un prisonnier de choix et veillait sur lui comme une mère poule. Un autre archer brandissait le bandeau qu'il portait sur l'œil depuis son départ d'Angleterre après avoir juré qu'il ne l'ôterait que lorsqu'il aurait tué son premier Français.

Il y avait eu une telle tourmente que l'on s'étonnait que les murs des Tourelles fussent encore debout, alors que le feu des bombardes les avait à peine entamés.

« *God damn !* Gladsdale, quel spectacle ! »

L'immensité du fleuve... L'immensité de la ville... Au-dessus, un ciel gris teinté de rose par l'approche mouillée de la nuit qui traînait dans sa robe des vents de pluie. On fêterait Noël en la cathédrale Sainte-Croix d'Orléans. Hourra ! Restait à enlever ce pont au milieu duquel se dressait un oratoire, cette « motte » de l'île Saint-Antoine sur laquelle s'appuyait le pont et, sur l'autre rive, ce châtelet arrogant avec ses deux tours. C'était l'affaire de quelques jours. Hourra !

« Monseigneur, dit Lord Gladsdale avec des larmes dans la voix, voici votre bonne ville d'Orléans dans son entier. Par saint George, vous en serez bientôt maître. »

Salisbury se pencha à un créneau, frotta sa barbe en grognant. Pour parer à une contre-attaque des Français il faudrait abattre deux arches du pont. Exécution ! Gladsdale transmit l'ordre. Il allait demander au commandant en chef de dicter une proclamation quand il entendit un bruit sourd contre le montant du créneau. Salisbury hurla, porta la main à son visage, tomba sur les genoux. Un éclat du boulet de pierre lui avait arraché la joue et enfoncé la mâchoire. Il était sans connaissance mais son cœur battait encore.

« Pas un mot! Pas un geste! ordonna Gladsdale. Si l'ennemi apprenait que, le premier jour du combat, il a tué le chef ennemi, il en ferait un triomphe. Dites à nos gens que leur chef est blessé mais qu'il sera de nouveau sur pied dans quelques jours.

– Qu'en faisons-nous? demanda Lord Scales.

– Quatre hommes pour le soutenir! Prévenez le chirurgien et faites évacuer le blessé sur Meung.

– Pourquoi Meung? demanda Simon.

– Innocent! dit André de Ribes. Si Salisbury était mort ici, les gens d'Orléans n'auraient pas tardé à l'apprendre et le moral de nos troupes en aurait pâti.

– On dit que c'est un châtiment du Ciel.

– Qui sait? »

Avant d'arriver avec ses troupes devant la ville, Salisbury avait pillé le sanctuaire de Notre-Dame de Cléry que même les pires « écorcheurs » n'avaient jamais osé violer.

La vie a retrouvé son rythme paisible. La poussée de fièvre qui a abouti à la prise des Tourelles est retombée. Des hommes travaillent à la démolition des deux arches du pont et le bruit des pics ricoche sur le fleuve boueux où traînent des écharpes de brume d'un gris d'argent. De temps à autre, un tonnerre de bombarde venu de l'île Saint-Antoine jette la panique dans la fourmilière. On emporte les morts et les blessés et le travail reprend.

André de Ribes avait appris les circonstances de la mort de Salisbury.

« Un page de douze ans se promenait sur les

remparts de l'île Saint-Antoine quand il a avisé un veuglaire sans maître ni valet. Par manière de jeu, il y a mis le feu. Et voilà ! J'ai appris aussi que des renforts sont arrivés cette nuit par la porte de Bourgogne, venant de Bourges. Il y a des gens de connaissance : Villandrando et Salazar... »

Les Anglais eux aussi vont recevoir du renfort. Sir John Talbot, comte de Schrewsbury, accompagné de Sir William Pole, comte de Suffolk, avec plusieurs milliers d'hommes. Ils partiront de Paris avant la fin de l'année et s'installeront sur la rive droite, la plus fortement organisée pour mener le siège. On a renoncé à prendre Orléans par le pont, les remparts qui surplombent la rive droite étant redoutablement défendus. On laissera s'assoupir le siège. Rien ne presse.

« J'ai parlé de toi à William Gladsdale, dit André de Ribes avec un sourire ironique, et je lui ai vanté tes mérites. Nous sommes en train de construire une nouvelle bastide à Saint-Loup, pour surveiller la route de Bourgogne. Tu seras plus utile là-bas qu'ici et ça te changera de décor.

— Je n'en attendais pas moins de toi, dit amèrement Simon. Je te rendrai tes attentions au centuple. »

« Simon, dit Stephen, dites-lui que je veux le voir. Aller s'amuser à Bordeaux alors que nous sommes en pleines vendanges...

— Il délire, dit Pierre. La fin est proche.

— Non, dit Eliza. Ce n'est pas la première fois que ça lui arrive. Il donne toujours trop de lui-même mais il est solide. C'est la fièvre qui le fait délirer. Demain il ira mieux. Je lui avais dit de ne pas s'exposer à la pluie et au vent. Il a tenu malgré tout à aller dans les règes, avec les femmes bien sûr pour faire le joli cœur. A son âge... De la tisane de simples avec du miel, des ventouses, de la chaleur et d'ici quelques jours il sera dans sa voulte à boire le « pimpin ». S'il n'était pas le premier à goûter le vin nouveau il en tomberait vraiment malade. »

Ce visage de métal froid sur lequel jouaient les flammes du foyer, cette chevelure d'une blancheur de sel collée aux tempes et au front par la sueur, cette voix caverneuse, ce pouls qui battait la chamade... Stephen semblait avoir attendu le dernier jour des vendanges pour tomber malade. Il avait tenu à conduire le dernier chargement de comportes et de filles, décoré de pampres; les vendangeuses l'interpellaient, plaisantaient avec lui, lui tendaient des grains de raisin à la pointe des lèvres et il s'attardait plus qu'il n'était convenable à les cueillir. « Sir Stephen! Une chanson d'Angleterre! » Des chansons de taverne lui revenaient en mémoire. Elles chantaient les filles aux yeux brumeux, au teint de lait, les printemps de pommiers en fleurs, les joyeux départs pour la guerre, le *longbow* en bandoulière et une fleur au bonnet. Et maintenant la fièvre lui travaillait le corps comme la fermentation dans les cuves, avec le bruit d'un lointain orage. Quand Eliza et Simon étaient petits, il leur faisait coller l'oreille contre les douves de chêne et ils écoutaient le jus en révolution et sa sourde colère.

« Tu es belle, dit Pierre par-dessus le lit. Tu n'as jamais été aussi belle. Pour avoir ce teint de fleur, tu dois faire comme les sorcières : te baigner le visage dans la rosée. Ton enfant...

— Il bouge. Touche. Là... non, là... Mon petit bâtard. »

Pierre était resté plus longtemps qu'il ne l'avait prévu. Maître Oswald, avec qui il avait rendez-vous pour un marché de chevaux de trait, attendrait bien un peu. Son épouse, la dame Angela, était morte à la fin de l'été, discrètement, comme elle avait toujours vécu, attentive à ne pas contrarier les caprices de son grand enfant d'époux. Pierre parlait avec un certain dégoût de ce trafic d'esclaves auquel le vieil Oswald continuait à se livrer sans vergogne, mais il ne contestait pas ses connaissances en matière de chevaux.

Le procès engagé par la famille de Montferrand pour la récupération de ses terres de Lesparre traînait en longueur dans les chancelleries de Londres et de Bordeaux. De même, pour son mariage avec Marie de Bedford, le duc Jean tardait à prendre une décision.

« Si je ne t'avais pas, dit-il, j'aurais déjà commis des bêtises : j'aurais reconquis mon patrimoine par les armes et j'aurais enlevé Marie. Tu es mon amour et ma raison. »

« Des harengs ! dit Sir John Falstaff, baron de Guilliguillam. Nous ne vous en apportons guère, mais en revanche, mes amis, quelle victoire ! »

Il goûta du vin que lui offrait Sir John Talbot, nouveau commandant en chef devant Orléans depuis la mort de Salisbury, le recracha avec une grimace de dégoût, fit signe à son secrétaire, William Worcester, de lui en porter du sien propre. C'était un bel homme, impérieux dans sa prestance, soigné dans sa tenue, hâbleur mais avec un tel piment de fantaisie qu'on le lui pardonnait. Ancien compagnon de débauche de feu le roi Henry V, il avait amassé à guerroyer en Normandie une fortune composée d'œuvres d'art qu'il avait mise en dépôt à Paris.

Jean de Bedford lui avait confié une armée de deux mille hommes composée de nouvelles recrues d'Angleterre et de gens des milices parisiennes, chargés de convoyer jusqu'à Orléans trois cents chariots chargés de caques de harengs salés. Apprenant l'arrivée imminente de ces renforts et de ces vivres, les Orléanais, commandés par La Hire, le jeune comte de Clermont et Douglas, s'étaient portés à leur rencontre. Tandis que les chefs discutaient avec âpreté sur la tactique à adopter, Falstaff avait eu le temps de former le cercle avec ses chariots.

« Quelle bataille, mes amis ! Nos caques défoncées par l'artillerie de Dunois, j'étais barbouillé de harengs et de saumure. Malgré trois bains, j'en porte encore l'odeur sur moi. La plaine était couverte de harengs. Avant de faire charger mes troupes, j'ai attendu que cesse le feu. Décidément, ces fous de Français n'ont rien appris depuis Azincourt. Au lieu de se battre, ils se querellaient et je les ai écrasés, eux et leurs alliés écossais. Douglas est resté mort sur le terrain. Dans mes chariots, je vous apporte quelques spécimens de cette étrange faune de combattants. S'il vous plaît de les questionner, messire Talbot, à votre aise !

– Nous avons nos propres prisonniers, Sir John. Ils nous apprennent les événements de la cité. Tout va mal pour ceux d'en face, très mal. Les vivres n'arrivent plus et Orléans commence à crier famine.

– Alors qu'attendez-vous pour attaquer ?

– Ne nous hâtons pas. Le temps travaille pour nous. Achevons d'abord la construction de notre ceinture de bastides.

– Vos bastides... Je m'en méfie. Ce sont des pièges, si l'on n'y prend garde. Je ne crois qu'aux attaques franches et directes, aux échelles et avec une forte préparation d'artillerie et de fanfare. »

Les travaux de la bastide Saint-Loup, sur la rive droite, s'achevaient. Cette redoute était destinée à surveiller la route et la porte de Bourgogne par lesquelles Orléans recevait encore des vivres.

C'était une petite forteresse bâtie de bric et de broc mais qui donnait du fil à retordre aux assiégés. En moins d'une semaine, trois alertes s'étaient produites et les ouvriers avaient dû se transformer en soldats et courir aux armes. Sir John Falstaff, qui visitait les défenses en compagnie de Talbot, posa avec ostentation la main sur l'épaule d'un jeune soldat qui, à lui seul, avait mis dix Français en déroute.

« Ton nom ! dit-il.

– Blake. Simon Blake.

– Es-tu parent, dit Talbot, de ce Stephen Blake, ami et conseiller du défunt roi Henry et qui fut un des héros d'Azincourt ?

– C'est mon père : Sir Stephen Blake, seigneur de Saint-Estèphe, ancien vassal de Sir Percy du Northumberland. »

Talbot fronça les sourcils.

« Que fais-tu ici ? Quel est ton travail ?

– On me fait battre la terre, messire. J'ai quitté mon domaine du Médoc pour faire la guerre et je n'en ai pour ainsi dire jamais l'occasion. Selon mon compagnon, André de Ribes, je suis fait pour le " noble métier de manouvrier ". »

Talbot laissa éclater sa colère. Qui commandait devant Orléans, d'André de Ribes ou de lui ? Il fit appeler le commandant de Saint-Loup, le sermonna, lui ordonna sèchement de dégager Blake de son service et de veiller à mieux utiliser les compétences de ses hommes.

« Mais, dit timidement Simon, j'appartiens à la compagnie d'André de Ribes...

– Ne parle plus de ce fripon ! Tu m'appartiens dorénavant. D'ailleurs, nous n'avons plus de nouvelles de lui. Il a disparu depuis une semaine.

– Mon Dieu ! dit Simon.

– Tu le regrettes donc tant ?

– Je lui avais confié mon cheval, mon équipement, mon argent, tout ce que je possède. Il affirmait que mes biens étaient en lieu sûr.

– Sans aucun doute, mais tu n'en reverras jamais la couleur. Allons, n'oublie pas que nous sommes en guerre, que les fortunes se font et se défont sans qu'on ait le temps d'y prendre garde. Tu auras un cheval, un équipement et une solde régulière. Je t'attends demain dans mon cantonnement, à la bastide Saint-Laurent, à sept heures. Sois ponctuel ! »

II

L'ANGE DE FEU

(Orléans, 1429)

LA bastide Saint-Laurent, c'était le fin du fin. Une montagne quadrangulaire cantonnée de quatre tours, truffée de cavernes, de couloirs, d'escaliers comme une renardière, avec sur sa surface supérieure un majestueux boulevard garni d'artillerie en tous genres et de tous calibres. On y avait même planté des coquetteries d'étendards timbrés aux roses des Lancastre et aux léopards d'Angleterre. Assise sur la rive droite, du côté occidental de la cité, dont elle n'était séparée que par le faubourg incendié par Dunois avec l'assentiment de la population, elle communiquait par des fossés et des boulevards avec les autres bastides occidentales : La Croix-Boisée, Londres, Rouen et Paris.

« Je vous trouve bien audacieux! » dit une voix derrière Rodrigue.

Villandrando se retourna vivement, la main à la garde de son épée. Jacques de Bosredon éclata de rire. Villandrando se trouvait à portée de flèches des premiers postes anglais. Chaque jour, des curieux payaient leur témérité de leur vie, en flânant dans les ruines.

« Décidément, dit Rodrigue, vous êtes mon ange gardien. A Rouvray, le jour des harengs, vous me sauvez la vie en me prenant en croupe au moment de la retraite. Et aujourd'hui...

– Vous semblez me le reprocher.

– Je serais bien ingrat ou inconscient ! Si c'est mon amitié que vous cherchez, elle vous est acquise, mais il ne me convient pas d'être en reste.

– Bah ! les occasions ne manqueront pas. Irez-vous aux joutes cet après-midi ?

– Peut-être, dit Rodrigue en bâillant. Qu'y donne-t-on ?

– Les Anglais envoient un capitaine de Sir John Falstaff, un géant que personne, dit-on, n'a pu jeter bas. Il se battra à l'épée contre un Italien de notre ami Valperga. Comme préliminaires, nous aurons les ordinaires combats au gourdin entre des pages des deux camps. Le vieux Talbot sera de la fête. Ce matin, il a fait parvenir une pipe de vin à Dunois, contre un équipement complet de chevalier. Il l'a même invité à sa table. Comme vous le voyez, on est au mieux avec les Anglais. Le temps viendra peut-être où nous danserons ensemble au milieu du fleuve, sur l'île Saint-Antoine.

– Détrompez-vous, ce n'est qu'une trêve. Avec le printemps et l'arrivée de renforts de part et d'autre, les combats ne tarderont pas à reprendre. Selon vous, que vont faire les Bourguignons qui se sont joints aux Anglais ? Ils seraient sur le point de se retirer depuis que le « roi de Bourges » se rapproche du duc Philippe de Bourgogne.

– On dit tant de choses, Rodrigue... Par exemple qu'une pucelle venue de Lorraine aurait décidé de délivrer Orléans. Elle serait partie de Vaucouleurs pour rencontrer le dauphin à Chinon. Autant de fables auxquelles il ne faut guère accorder d'importance. La vérité, c'est que les gens d'Orléans, de même que ceux d'en face, s'ennuient et laissent vagabonder leur imagination. »

L'amitié de Jacques de Bosredon, Rodrigue l'accueillait avec un plaisir mêlé de gêne. L'omniprésence de ce nouveau compagnon l'indisposait; il appréciait sa courtoisie, son élégance discrète, le sérieux de ses propos, son courage et sa sérénité mais il ne favorisait guère leurs rencontres. En fait d'ange gardien, Salazar lui suffisait.

Un soir, Jacques proposa à Rodrigue de l'accompagner à une partie fine dans la demeure réquisitionnée par Jean Poton de Xaintrailles. Il se déroba et Jacques se proposa pour partager sa solitude. Ils demeuraient ensemble chez un bourgeois, près de Saint-Pierre-Empont. Auparavant, Rodrigue avait trouvé à se loger près de la tour Blanche; Jacques était son voisin. Ces coïncidences nouaient dans l'esprit de Rodrigue des nœuds de mystère qui le changeaient des soucis du siège et de cette impression désagréable : se sentir pris au piège sous l'œil des bombardes anglaises.

Rodrigue eut l'occasion de payer sa dette lors d'une sortie contre la bastide de Paris. Jeté du haut d'une échelle à quatre rangs, Jacques geignait dans le fossé, l'épaule brisée, sous le tir des flèches ennemies. Rodrigue le tira de sa dangereuse position en le traînant hors de portée à l'abri de sa rondache.

« Je vous suis reconnaissant de votre geste, lui dit Jacques, mais je vous interdis désormais de vous exposer pour moi. »

La Hire était revenu la tête basse de Chinon. Il n'avait tiré du dauphin que des soupirs d'impuissance et de vagues promesses. Se porter au secours de sa bonne ville d'Orléans, c'était son désir le plus cher, mais avec quel argent et quelle armée? Depuis longtemps il n'était plus maître des bandes qui couraient ses provinces et d'ailleurs il ne se voyait pas chevauchant derrière la bannière de Saint-Denis. Qu'Orléans continue de résister et peut-être Dieu l'assisterait dans ses épreuves.

Dunois haussait les épaules en écoutant La Hire. Dieu, ou peut-être cette pucelle venue de Domrémy ou de Vaucouleurs, il ne savait plus, qui avait été présentée au dauphin, l'avait troublé par ses prétendues révélations avant de partir pour Poitiers où des maîtres d'université devaient la mettre à l'épreuve. Une pucelle à la tête des armées de libération! Fallait-il que le dauphin fût naïf pour croire que cette gardeuse de vaches réussirait là où lui, Dunois, bâtard d'Orléans, Xaintrailles, La Hire, Gilles de Rais, n'étaient pas certains de l'emporter! Etait-on sûr seulement que le convoi de vivres que Madame Yolande réunissait à Blois parviendrait à la ville assiégée?

Sous les averses de mars, Orléans se tassait sur sa faim et sa peur. La gigantesque ceinture de fortifications édifiée par les Anglais se resserrait chaque jour autour de la ville. Finis les jeux du cirque, les échanges de ménétriers pour Noël, les cadeaux! La défense d'Orléans touchait au désespoir. Dunois voyait quotidiennement les visages des gens que l'on envoyait au massacre : ni chansons aux lèvres ni fleur à l'oreille; ils partaient pour mourir et le savaient et ceux qui en réchappaient, la rage aux dents, ayant éprouvé la mesure de leur impuissance, se couchaient et fermaient leur porte.

Les compagnies de miliciens envoyées par les villes amies, lorsqu'elles parvenaient à franchir les lignes anglaises, ne pouvaient être d'un grand secours aux assiégés car c'étaient autant de bouches à nourrir et les réserves de vivres s'épuisaient.

Gilles de Rais avait été chargé de veiller à ce que les Ecossais de Stuart, les Castillans de Villandrando et les Aragonnais de Coaraze n'en viennent pas aux mains. Ils s'épiaient comme des chiens affamés, se battaient au couteau dans les bouges et dans les rues noires, et tous parlaient de déserter.

« Je regrette de t'avoir entraîné dans cette aventure, dit Jean de Laigle à Rodrigue. Il n'y a ni honneur ni profit à en retirer. Ces bourgeois peuvent bien crever ! Cette ville peut bien se donner aux Anglais ! Tout m'est indifférent. Pourquoi ne suis-je pas resté en Limousin ? J'étais libre, je ne devais de comptes à personne, pas même à Dieu. Veux-tu que nous partions ? Je connais une filière pour gagner le large. »

Il venait demander l'hospitalité à Rodrigue, les bombardes anglaises ayant éventré sa demeure.

« Je regrette. Pars seul. Moi, je dois rester. »

Il montra le lit où reposait Jacques de Bosredon : une somptueuse bâtisse de bois et d'étoffe grenat, mitée et poussiéreuse, où dormait le jeune soldat blessé.

« Ton ange gardien ne m'inspire guère confiance. Méfie-toi. »

Il ajouta, le nez collé contre la vitre où tombait un crépuscule de suie :

« Je partirai demain, mais pour ce soir, je vais me soûler comme un Allemand. Si le cœur t'en dit, tu es mon invité.

— Merci, Jean, mais ce n'est pas le bon moyen pour oublier son malheur. »

Les soldats bourguignons s'étaient retirés sans gloire, un matin d'avril, sous l'œil narquois des

Anglais. Xaintrailles était allé quelque temps auparavant demander au duc Philippe de prendre Orléans sous sa protection; Philippe avait averti Bedford de cette démarche et le régent l'avait éconduit. Ces quinze cents hommes manqueraient cruellement aux assiégeants, même s'ils n'étaient pas d'une fidélité absolue à la couronne d'Angleterre. « Allez vous faire foutre! poules mouillées », leur avait crié Talbot.

Le dos rond, il était rentré dans sa casemate, s'était fait servir du vin chaud qu'il avait bu en grognant, l'œil noir, la barbe en bataille. En plus de la défection des Bourguignons, il avait appris que les Français avaient réussi à introduire dans Orléans un train de chevaux chargés de poudre à canon et un convoi de porcs. Et Falstaff qui était allé mener une attaque à l'italienne contre la porte Renart avec une fanfare galloise, tandis que les vivres pénétraient dans la ville par une autre porte!

Pour comble, Sir John avait reçu de la gardeuse de vaches de Domrémy une lettre insolente qui lui ordonnait de déguerpir. Il brandissait le parchemin que lui avaient remis deux messagers de la pucelle.

« Ecoutez, Blake! Ecoutez, Scales! Cette sorcière, cette putain des Armagnacs, me somme, moi, comte de Schrewsbury, de lui restituer les clefs de toutes les bonnes villes que nous avons prises. Ecoutez ce qu'elle écrit : « Je suis venue ici « de par Dieu, le roi du Ciel, corps pour corps, « pour vous bouter hors de France! » Blake! qu'on emprisonne les messagers...

– Mais, monseigneur, l'honneur...

– Quel honneur? On me bafoue, on me ridiculise en me faisant croire qu'une fille de dix-sept ans va me chasser de France, et tu voudrais que je me contente d'en rire et que j'offre à boire à ces deux empotés ? Au cachot ces gredins et qu'on ne me parle plus de cette folle ! »

Talbot tira par la manche un frère mendiant qui se trouvait là et l'entraîna dehors. Il paraissait soucieux.

« En vérité, frère Jonathan, je ne sais plus que penser de cette affaire. Ceux d'en face pavoisent comme pour la présentation de la Vierge Marie au Saint Temple. Vous qui êtes un homme de raison et de foi, que pensez-vous de tout cela ? Croyez-vous sérieusement que Dieu puisse accomplir un miracle par l'intercession de cette... de cette... »

Le regard du moine se porta au-delà du fleuve vers l'île Saint-Antoine où des feux de soleil embrasaient les vitraux de la chapelle, derrière la « Belle Croix » plantée entre l'île et les Tourelles.

« Le comte de Salisbury, dit-il, est mort pour avoir pillé Notre-Dame de Cléry. On l'avait prévenu contre la vengeance de Dieu et il n'en a pas tenu compte.

– Vous croyez que cette fille peut nous rejeter à la mer ?

– Je ne dis rien de tel, monseigneur, mais on doit toujours tenir compte des avertissements du Ciel.

– Le destin est ce que nous le faisons, frère Jonathan, et le destin, aujourd'hui, ce sont ces canons, ces bombardes, ces troupes qui manœuvrent sur la levée de Saint-Jean-le-Blanc, mes capitaines et moi. Dans la bataille, je ne crois à rien d'autre qu'à mon épée d'abord, à l'aide de Dieu ensuite. Tout le reste est balivernes. Cette magicienne, où est-elle ?

– A Blois, monseigneur, ou sur la route qui mène à Orléans. Elle apporte à la ville des renforts et des vivres. Par quelle route ? Nous l'ignorons.

– Scales ! s'écria Talbot, envoyez des détachements sur tous les chemins qui mènent à Blois. Il faut intercepter ces secours.

– Impossible, monseigneur ! Dégarnir nos défenses serait nous exposer à une sortie de masse de l'adversaire dont les forces sont maintenant supérieures aux nôtres.

– Alors, que faire ?

– Attendre et prier », dit le moine.

Il sortit l'épée de Talbot, la prit par la lame.

« Une épée est une arme, mais il ne faut jamais oublier qu'elle a la forme d'une croix. »

Rodrigue suivait Dunois et Gilles de Rais avec une dizaine de soldats castillans aux jaques noires. Passé la porte de Bourgogne, la campagne aux environs de Chécy était paisible, ruisselante d'eaux printanières qui brillaient à travers les guérets inondés d'où montait une lumière d'étain. Le convoi ne devait plus être très loin; des éclaireurs venaient de l'annoncer à moins d'un quart de lieue, sur l'autre rive. Dunois ne tenait plus en place. Si les Anglais surgissaient, qu'il faille livrer bataille... Dressé sur ses étriers, la main en visière au-dessus du bassinet, il inspectait l'horizon quand il perçut un cri :

« Les voilà ! »

Ils avançaient lentement à cause des chemins détrempés, des fondrières où s'enlisaient les roues des chariots. On les distinguait sur l'autre rive, immense chapelet tronçonné par la ligne verticale des peupliers. Un bac se détacha de la rive, un peu en deçà de la ferme du Mont, au port du Bouchet, louvoya entre les îles désertes en direction du village de Chécy. Il descendit du bac un chevalier en armure flanqué de deux écuyers porteurs d'un étendard et d'un pennon. Il s'avança vers Dunois.

« Etes-vous le bâtard d'Orléans ? demanda le chevalier en levant la visière de son bassinet.

– C'est bien moi et je me réjouis de votre arrivée, demoiselle. »

Jeanne se fit ôter son casque, peigna de ses deux mains ses cheveux un peu raides et coupés court, secoua sa tête endolorie. Elle paraissait de mauvaise humeur.

« Est-ce vous, poursuivit Jeanne, qui avez donné le conseil de me faire venir ici par ce côté de la rivière et non pas directement où sont Talbot et les Anglais ? »

Dunois rougit, cherchant des yeux du côté de Villandrando et de Gilles de Rais, comme s'il attendait qu'on lui soufflât la réponse.

« Croyez-moi, dit-il d'un air embarrassé, c'était le plus sage. »

Jeanne trépignait sur place, le visage soudain coloré d'une intense fureur.

« En nom Dieu ! cria-t-elle, le conseil du Seigneur est plus sage et plus sûr que le vôtre ! Vous avez cru me tromper et c'est vous surtout qui vous trompez car je vous apporte un meilleur secours qu'il ne vous en est venu d'aucun soldat ni d'aucune cité : le secours du Roi des Cieux ! »

Rodrigue les vit s'éloigner, discutant avec de grands gestes et des éclats de voix. Il gardait un œil sur la route de Bourgogne par où il craignait de voir surgir les défenseurs de la bastide Saint-Loup. Lorsque Jeanne et Dunois revinrent vers la troupe, ils parlaient avec la même animation de la traversée du convoi.

« Je vous répète, disait Dunois, qu'il n'est pas possible de l'amener par le fleuve jusqu'à la ville. Nous devrons attendre que le vent change pour que les embarcations mouillées sous les remparts puissent remonter le courant à la voile.

– Le vent, observa Rodrigue, mais il a tourné, monseigneur !

– Par Dieu ! s'exclama le bâtard, mais c'est vrai !

– Merci, mon Dieu », dit Jeanne en se signant.

Dunois prit avec lui quelques hommes et galopa vers Orléans pour faire mettre la flottille à la voile. En l'attendant, Jeanne veillait à la traversée de quelques chariots de vivres embarqués sur des bacs, d'où montaient des meuglements. Elle avait l'œil à tout, s'avançait dans le fleuve pour aider à haler les lourds chalands volés aux Anglais. Elle avait repris ses habits de femme, et Villandrando ne se lassait pas de la voir aller et venir dans sa chasuble de lin, riant et plaisantant avec les soldats, guidant la manœuvre puis, lasse, s'asseyant sur la berge au milieu de ses frères, Pierre et Jean d'Arc, de ses capitaines, Jean de Metz et Bertrand de Poulengy, puis soudain, rembrunie, revenant à son idée première : attaquer les Anglais de front, voir ce que valaient ces Talbot, Gladsdale, Scales, Suffolk (elle prononçait : « Tallebot », « Glacidale », « Escalles » et « Suffort »). Elle regardait le soleil décroître en direction de Gien, dans un duvet de nuages rosâtres et s'impatientait. La nuit allait tomber et il faudrait remettre la manœuvre au lendemain. Elle s'inquiétait également de cet orage de canons qui grondait à l'est, près de la bastide Saint-Loup. Gilles de Rais lui expliqua qu'il s'agissait d'une manœuvre de diversion.

Rodrigue la regardait, assise dans le frais de l'herbe, la tête sur ses bras posés sur ses genoux remontés, moulue par la cuirasse. Il n'avait pas cru à sa réalité jusqu'au moment où il l'avait vue. Cette pourvoyeuse de miracles, il en avait ri comme les autres. Maintenant elle était là, il pouvait lui parler, la toucher, et il doutait encore, et il se disait qu'il rêvait, qu'il allait se retrouver allongé près de Jacques et qu'il faudrait s'équiper et s'armer pour des combats solitaires et désespérés, réendosser le manteau de plomb des jours, se heurter à d'inéluctables réalités sans l'espoir d'aucun miracle. Il regardait Jeanne et Jeanne le regardait et parfois lui souriait. Elle était grande, belle, épanouie, mais sa beauté n'était pas de ce monde; on ne pouvait ni la regarder ni lui parler comme à une bergère, lui dire par exemple : « Es-tu fatiguée? As-tu faim? » On n'avait d'ailleurs pas envie de lui parler mais simplement de la regarder et de l'écouter, et l'on voyait derrière elle rayonner une lumière surnaturelle, et l'on entendait à travers sa voix passer des intonations étranges. Elle avait beau marcher, bouger, donner des ordres, plaisanter même, elle ne faisait qu'ouvrir des brèches dans un mur de nuages qui se reformaient aussitôt. « Allons, se dit Rodrigue, je dois me secouer! » Il rattrapa cette part de raison qui allait à la dérive. D'ailleurs les embarcations venues d'Orléans à la voile venaient d'arriver en même temps que Dunois. Il fut pris de colère en constatant que moins de deux cents lances avaient pu passer la Loire et que le gros du convoi, faute de navires de traverse, n'avait pu franchir le fleuve.

« Ce qui reste d'hommes et de vivres, dit Jeanne, retournera à Blois pour y passer la Loire. C'est l'affaire de deux ou trois jours. Il faut partir maintenant, si nous voulons entrer dans la ville avant la nuit. »

Elle se fit amener par son frère Jean son destrier et s'éloigna derrière un buisson pour se faire équiper. Elle reparut à cheval, tenant piquée à son étrier la hampe de son étendard blanc et doré, portant au côté la mystérieuse épée qu'elle avait fait enlever dans l'église de Sainte-Catherine de Fierbois à la suite d'une vision et qui portait cinq croix sur sa lame. Elle était entourée de ses deux frères, Pierre et Jean, de son confesseur Pasquerel, des sires du Barrois. La suivait une soldatesque puante, ramassée dans les garnisons armagnaques des provinces delphinales : des gueux qui, au début de la chevauchée, se poussaient du coude en rigolant quand elle s'en prenait à leurs « fillettes » qu'elle chassait à coups de bâton, qui la guettaient lorsqu'elle allait faire pipi derrière le buisson et qui, maintenant, écoutaient la messe chaque matin, communiaient et se gardaient du commerce charnel.

La troupe et le convoi passèrent au large de Saint-Loup que les Orléanais, pour pallier le risque d'une sortie, tenaient sous le feu de leurs veuglaires. Ils arrivèrent sans encombre devant la porte de Bourgogne alors que tombait la nuit.

« Place ! criait Rodrigue. Ecartez-vous ! »

Peine perdue. Toute la ville était là, derrière le châtelet, sur la placette, dans un épais brouillard qui sentait la résine des torches. Dunois se fâchait mais avouait son impuissance. Allait-on charger ces gens à genoux, piétiner ces femmes qui étalaient leur manteau sur le pavé pour faire à Jeanne un chemin royal, qui l'entouraient, la touchaient, embrassaient ses mains, ces enfants qui jetaient des fleurs, ces graves bourgeois en tenue de procession, ces clercs qui chantaient le « Veni Creator » ? « Place ! Place ! » La foule bougeait lourdement, se retirait de quelques pas et Jeanne avançait, souriante, le visage un peu crispé par la fatigue, contenant son cheval avec peine. Une torche ayant mis le feu à l'étendard de l'Apparition qui la précédait, elle bondit pour l'éteindre. Au-dessus d'elle, dans l'étroit espace entre le sommet des toitures, le soir traînait ses dernières écumes de feu.

Que faire ? Où aller ? La foule se reformait sans cesse, se resserrait sur la pucelle, l'enveloppait, la pressait de toute part et Rodrigue, Dunois, Gilles de Rais, La Hire, ainsi que le gouverneur civil, Gaucourt, qui s'était porté à leur rencontre hors les murs, se laissaient entraîner par elle.

Rodrigue ne quittait pas Jeanne des yeux. Elle venait d'ôter son bassinet pour le confier à son page et secouait ses cheveux d'un mouvement de tête. Retrouvant son visage de fille, elle se donnait plus intimement à cette foule et répétait : « Je suis venue de par Dieu pour libérer votre ville et faire sacrer votre dauphin à Reims ! et la foule, brasier de cris, de chants, de pleurs de joie, s'écartait pour la laisser s'avancer vers une autre houle humaine balayée par la lueur des torches.

Pierre d'Arc parvint jusqu'à Villandrando.

« Il faut en finir, dit-il. Ma sœur est très lasse. Guidez-nous vers la maison où nous devons loger. »

Villandrando appela Salazar et une poignée de ses Castillans qui, la lance en avant, prirent la tête du cortège dans la direction de la porte Bannier, à l'autre bout de la ville, où Jacques Boucher, trésorier du duc d'Orléans, possédait une demeure qu'il avait mise à la disposition de Jeanne. Du grenier on pouvait voir les bastides anglaises : Londres, Rouen, Paris...

Il fallait d'abord passer par la cathédrale Sainte-Croix. Jeanne y tenait. Elle l'avait promis à ses voix.

Les bras croisés sur sa poitrine, Simon Blake regarde manger Sir John Talbot. Il prend ses aliments au hasard, mâche interminablement, déglutit avec peine, boit d'abondance, sursaute lorsque tonne le canon.

« Si seulement je savais à quoi elle ressemble... grogne-t-il. Tu pourrais me le dire, toi, Blake? A une Amazone? A une Walkyrie? A la Tarasque? Porte-t-elle des cornes sur le front, des griffes au bout des doigts? Son regard a-t-il le don de faire fuir les soldats et se fondre les armées? »

Blake hausse les épaules. Tout ce qu'on peut dire, c'est que la pucelle n'est pas un monstre. La femme qui a passé le fleuve dans la matinée avec une brassée de nouvelles l'a approchée de près, a touché son cheval et a pu témoigner que Jeanne est une fille, une simple fille, avec un regard d'« innocence et de bonté » – ce sont les mots qu'elle a employés.

On se bat dans les faubourgs du nord, autour de la bastide de Paris. Un jeune capitaine arrivé depuis deux ou trois jours dans la ville, Florent d'Illiers, s'est lancé au petit matin avec quatre cents hommes, à l'assaut de la redoute. De Jeanne, pas de nouvelles. L'attaque est en train de tourner court, les assaillants hachés par l'artillerie de John Parker de Chesthunte et accablés de traits par les *longbows* des Gallois.

« Monseigneur, dit Blake, il n'y aura pas d'attaque sérieuse avant plusieurs jours. Le gros de la troupe conduit par la pucelle a dû revenir vers Blois pour y passer la Loire. »

Le bruit de la querelle emplissait tout l'étage lorsque Rodrigue pénétra, accompagné de Salazar, dans la demeure de Jacques Boucher. La voix de Jeanne se mêlait à celle de Dunois. Elle lui reprochait de n'en faire qu'à sa tête, de contrarier les desseins de Dieu. Cette attaque était une folie et une insolence! Pourquoi ne l'en avait-on pas prévenue ? Dunois avoua avoir été le premier surpris.

La porte s'ouvrit brusquement et Jeanne, le visage en feu, fit irruption dans la petite salle où se tenait Rodrigue.

« Vous, dit-elle, suivez-moi !

— Où allez-vous ? demanda Dunois.

— J'ai deux mots à dire à messieurs les Anglais. Si vous avez peur, restez, mais préparez-vous à envoyer chercher à Blois ce qui reste de mon armée.

— Mon Dieu... », soupira Dunois, les mains sur son visage.

Il fallut de nouveau écarter la foule qui bloquait l'entrée de la demeure et qui réclamait l' « envoyée du Ciel ».

« Nous allons jusqu'au pont », dit Jeanne.

Elle marchait à grandes enjambées et Rodrigue avait du mal à se tenir à sa hauteur. Il l'entendait marmonner contre la saleté de la ville, les « fillettes » qui se pavanaient au bras de soudards italiens ou écossais, les gens de la milice qui dormaient au soleil... Ecartant d'un geste les lances des gardiens, elle franchit le châtelet et s'engagea sur le pont sans ralentir son allure.

« J'aime cette ville et ce fleuve, dit-elle doucement. Mon sang se glace à la pensée que les « Godons » pourraient s'en rendre maîtres. Dieu veille, heureusement. »

Elle ajouta :

« La preuve que Dieu m'accompagne : les Anglais nous ont retourné nos messagers ce matin. »

Il faisait un temps de cristal, avec un petit friselis de vagues sur la Loire. Des odeurs de vergers en fleurs venaient on ne savait d'où sur un vent de Galilée. De l'arrière-pays montaient des troupeaux paisibles de nuages et de collines qui se confondaient dans un bleu de paradis. Ils franchirent l'île Saint-Antoine où des charpentiers étaient occupés à façonner des affûts de canons. Dans une cour, des ouvriers qui battaient la poudre ôtèrent leur bonnet en la reconnaissant et se signèrent. Un peu plus loin, au niveau de la « Belle-Croix » où des soldats écossais du comte d'Angus se tenaient en faction derrière une rangée de pieux, on se trouvait à portée de voix des Anglais. Un gouffre s'ouvrait à l'endroit où manquaient les arches.

« N'allez pas plus loin, dit Rodrigue. Il y a de l'artillerie et des archers en position aux Tourelles. »

Jeanne escalada les pieux et, les mains en porte-voix, appela « Glacidas ». Il y eut un remue-ménage dans le châtelet puis on vit surgir sur le parapet le capitaine anglais.

« C'est à moi que tu veux parler ?

– A toi et à tous ceux qui sont avec toi. Je vous somme une nouvelle fois, de par le Roi des Cieux, de quitter les Tourelles et de lever le siège. Si vous ne le faites, vous vous en repentirez. Je vous promets la vie sauve. »

Gladsdale et ceux qui l'entouraient l'écoutèrent sans l'interrompre, ébahis de son audace.

« Reviens garder tes vaches, putain armagnaque ! s'écria le capitaine. Estime-toi heureuse que nous t'ayons renvoyé tes messagers en échange de nos prisonniers ! Quitte toi-même cette ville, sorcière, sinon nous te prendrons et nous te brûlerons !

– Seigneur Dieu, murmura Jeanne en se retournant, toute pâle, ces gens sont-ils sourds et aveugles ? Faut-il que le sang coule encore ? »

Dunois partit le lendemain pour Blois à la rencontre de l'armée de secours que Charles de Bourbon, comte de Clermont, redevenu fidèle au dauphin, y avait regroupée avec le maréchal de Sainte-Sévère et Gilles de Rais. Des bruits couraient que, la situation d'Orléans étant désespérée, l'armée de renfort resterait à Blois. Jeanne ne le quitta pas des yeux jusqu'à ce qu'il eût disparu derrière un boqueteau de hêtres. Accompagné d'Aulon et de Boussac, Dunois passa la tête haute et l'ennemi resta sans réaction. Une fois franchie les lignes il se retourna et fit un signe de la main.

« Maintenant, dit Jeanne avec un mince sourire, me voici capitaine d'Orléans... »

L'attente était insupportable.

Les Anglais consolidaient leurs bastides en attendant l'armée de secours que Bedford leur avait annoncée et au-devant de laquelle Falstaff s'était porté. Les îles dormaient comme des poissons morts dans l'épais soleil de mai. La Loire paraissait une image figée du temps.

Le jour où le bâtard quitta Orléans – un dimanche – Jeanne le passa à courir la ville à cheval accompagnée par la foule qui ne se lassait pas de la contempler avec sa huque et ses chausses brunes, son grand chapeau à volants qui lui donnaient l'aspect d'un bourgeois en voyage. Elle s'arrêtait pour parler aux gens, répondre à leurs questions, confier à Villandrando ou à La Hire sa déception de rester là, sans combattre, alors que si l'on avait tenu compte de ses conseils inspirés par le Roi des Cieux et qu'on eut affronté les Anglais le premier jour, le siège aurait été levé depuis longtemps. À la Croix-Morin, elle prit à partie un groupe de soldats ennemis occupés à fouiller au crochet les ruines du faubourg.

Le lendemain, elle se leva un peu plus tard qu'à

son ordinaire car rien ne pressait. Orléans était à la tâche; plus personne ne flânait. Elle tint compagnie à un canonnier de Lorraine, maître Jean, qui veillait à la fonte des balles de plomb pour sa couleuvrine. A l'heure de vêpres, elle se rendit comme une simple bourgeoise à la cathédrale.

Le lendemain, qui était le 3 mai, fête de l'Invention de la Croix, elle interdit toute action militaire et suivit une procession aux flambeaux.

Des cadeaux l'attendaient à son retour chez maître Boucher : du vin, des pâtisseries, du poisson (une énorme alose pêchée de frais et encore vivante dans son nid de fougères). Elle rendit visite aux hospices et infirmeries, s'entretint avec les chirurgiens et une certaine dame Agnès de Champeaux, gaie comme un pinson, qui chantonnait en faisant de la charpie et veillait à ce que l'on fût bien pourvu en « drogueries et oignements ». Jeanne ressortait le cœur chaviré par le sang et les lamentations.

Parfois, lorsqu'il la sentait inquiète, Villandrando lui disait :

« Patientez, demoiselle, le moment viendra où vous tirerez votre épée contre l'Anglais.

— Mon épée, Villandro (elle ne parvenait pas à prononcer son nom correctement), ne tranchera jamais vie humaine. J'ai promis au Roi des Cieux de ne jamais m'en servir, quoi qu'il m'en coûte, et je suis avertie qu'il m'en coûterait très cher.

— Que voulez-vous dire ?

— Vous le saurez bien assez tôt. »

Elle venait d'envoyer une nouvelle lettre aux Anglais, à la pointe d'une flèche, quand elle apprit que l'armée de secours était en marche. Elle battit des mains comme un enfant.

« Ils arrivent, Villandro ! Ils amènent des munitions et des vivres. Je savais bien que le bâtard réussirait. »

Ils arrivaient de Blois par Olivet et la rive gauche. Pour gagner la rive droite et la route de Bourgogne, libre depuis le blocage de la bastide Saint-Loup par les Français, ils traversèrent le fleuve en se servant des îles comme relais. D'aussi loin qu'elle les aperçut, Jeanne descendit des remparts, se fit armer, ordonna à La Hire de réunir au plus vite une troupe pour aller au-devant du bâtard. Elle ne tenait plus en place, gourmandait son page et son frère qui n'allaient pas assez vite à son gré. Mal lacé, son plastron de fer faisait dans le dos un bruit de chaudron lorsqu'elle s'échappa de leurs mains pour poser le pied au montoir et sauter en selle.

« Demoiselle ! cria Rodrigue, attendez-nous... »

Elle était déjà loin devant avec son étendard.

Rien de comparable à la grosse bombarde de Bordeaux qui ne peut se déplacer qu'avec un train de trente chevaux, montée sur quatre chariots, et qui vous défonce une tour en trois coups. Cette miquelette n'est qu'une modeste bouche à feu de trois brasses de long avec un joli petit cul en forme de poire qui donne du plaisir quand on y pose les mains, sauf qu'il est froid comme celui de frère Jonathan, mais plus propre. Bien servie – et le vieux canonnier Busny, quand il n'a pas bu un verre de trop, rate rarement son coup – elle vous démantibule dix hommes comme on écrase une mouche. Maître Jean le Lorrain, ce diable d'homme qui fait le mort pour mieux couillonner les Anglais, pourrait en témoigner : il se tenait à cent pas des Tourelles avec sa couleuvrine sous le bras, faisant le pantin comme d'habitude en montrant ses fesses, quand un boulet lui a sifflé aux oreilles avant d'aller renverser six hommes dans le fleuve. « Je te confie cette pièce, a dit John

Parker, maître de l'artillerie à Simon Blake. Tu auras un canonnier et deux servants. Ménage-la. Elle tire juste mais s'échauffe vite. C'est une grande nerveuse. Ne lui fourre pas n'importe quelle mixture dans la gueule. Souviens-toi : sept mesures de salpêtre, cinq de charbon de bois et cinq de soufre. Sinon, elle boude et pète de travers. C'est pourquoi nous ne confions pas ces miquelettes à des sabraques. Si tu veux lui donner un nom... Il paraît qu'elles aiment ça. »

Simon l'a appelée Eliza. Il la regarde, allongée au soleil, briquée comme un bijou, douce au toucher comme la cuisse de cette esclave noire que l'oncle Oswald lui a mise entre les bras, à Bordeaux. Elle semble surveiller le fleuve. Quelqu'un (peut-être le vieux Busny) lui a fourré un bouquet de fleurs des champs dans la gueule et planté une marguerite dans l'œilleton, là où la pique rougie met le feu à la poudre. Elle est allongée sur un affût de bois verni. La nuit, on la recouvre d'une grosse toile.

De l'autre côté du fleuve, la ville semble dormir dans une épaisse laine de brume, mais elle ne dort pas.

Il va se passer des choses. Simon le sait, le devine, le « sent ». L'armée française de renfort est arrivée l'avant-veille par la route de Bourgogne, le bâtard en tête, tranquille comme Baptiste. La « sorcière » s'est portée à ses devants. Dès qu'ils auraient approché du Mont, il aurait fallu leur courir aux trousses, leur couper l'accès à la Loire. Talbot s'y est opposé, prétextant qu'on ne pouvait dégarnir les bastides sur lesquelles ceux d'Orléans avaient l'œil. Lorsque Falstaff reviendrait avec ses renforts qu'il était allé attendre, on verrait ce qu'on verrait !

Dunois et la « sorcière » étaient entrés sans

encombre dans Orléans. La ville devait bouillir comme une marmite.

Le lendemain, qui était le jour de l'Ascension, il n'y avait pas eu de combat, pour respecter la trêve du Seigneur. La « sorcière » était revenue sur le pont, près des Tourelles, avait envoyé par une flèche sa troisième et dernière sommation « par Jehesus et Maria », et les hommes s'étaient moqué d'elle, la traitant de « vachère » et de « putain », lui promettant le bûcher, et elle s'était éloignée pour pleurer. Elle ne ressemble ni à une Amazone ni à la Tarasque mais à une fille déguisée en soldat, ce qu'elle est. Simon ne l'a pas quittée des yeux; il pouvait témoigner qu'elle était fraîche et jolie. Le bâtard ne devait pas s'embêter, le bougre! Les archers n'ont pas tiré sur elle – on ne tire pas sur une fleur ou un papillon.

« J'aimerais la voir de près, songe Simon, tâcher de distinguer une lumière de miracle dans son regard, entendre la voix de celle qui se dit envoyée de Dieu et qui parle comme un prophète. » On dit qu'elle ne se déplace pas sans son étendard de soie blanc et doré peint par un artiste écossais et qu'elle le préfère à son épée de Fierbois. Voir son étendard flotter dans le vent de Loire comme un salut de la main, se trouver en face d'elle, lui dire : « Qui es-tu? Qui es-tu *vraiment* ? Si tu es celle que tu prétends, prouve-le par un signe! » Attendre. Regarder le ciel derrière Jeanne, guetter un mouvement de nuage, une coloration mystérieuse, l'apparition d'une épée de feu en forme de croix...

Ça bouge au pied de la tour d'où montent des odeurs de bouillie d'orge et de gros vin. Des pages arrivent en rigolant, porteurs de marmites fumantes. Simon découvre *Eliza,* la caresse du regard et de la main. « Ça va barder aujourd'hui, ma belle. » Il songe à sa sœur, à cet enfant qu'elle a eu de Pierre de Montferrand : Lionel. Peut-être Pierre finira-t-il par renoncer à Marie et à ses ambitions pour épouser Eliza. Il ne leur en veut plus. Cet enfant, il aimerait le tenir dans ses bras, lui qui n'a personne à aimer, sinon cette chienne de guerre qui lui mange toute sa force d'amour.

Les Français ont commencé à passer le fleuve sur des ponts de bateaux, d'île en île, en amont, vers le port Saint-Loup. On a vu des civils rappliquer vers les Augustins avec des chariots pleins. Quelque chose de pas très franc se passe vers la bastide Saint-Jean-le-Blanc, derrière la levée.

« Mes amis, dit Scales, c'est le moment d'ouvrir l'œil. Les Français arrivent en force, la « sorcière » à leur tête. Nous devons évacuer Saint-Jean-le-Blanc dont la garnison n'est pas suffisante pour résister. Repli général sur les Augustins, ordre de Lord Gladsdale ! »

La bastide des Augustins, sous les Tourelles, bouge comme une fourmilière.

On embouque le fût des bombardes dans les créneaux, on prépare les braseros pour la mise à feu, on dispose archers et arbalétriers par essaims, face à l'ennemi qui n'est plus loin à présent. D'où il se tient, au sommet des Tourelles, Blake peut le voir s'agiter autour de Saint-Jean-le-Blanc, se diriger droit vers le pont du Portereau, ce méchant ruisseau à gadoue qui sépare le faubourg de la bastide des Augustins. Un détachement effectue une danse guerrière pour impressionner les derniers défenseurs. Loin derrière, les Ecossais d'Angus s'en donnent à cœur joie avec cornemuses et tambours. La multitude déborde. Qui ou quoi pourrait l'arrêter ? Blake cligne des yeux, face au soleil qui éclate au-dessus des brouillards. La pucelle ne doit pas être loin avec son cheval blanc, son étendard de soie, sa suite. Elle va surgir, faire le vide devant elle, voler au-dessus des obstacles. Peut-être le miracle est-il pour aujourd'hui.

« Busny! Le brasero! Souffle sur la braise, fais rougir la pique! »

Autour d'eux on apprête les pièces pour les premières volées. Déjà les pages ont hissé des couffins de boulets bien ronds et bien lisses – du plomb pour les couleuvrines et de la pierre pour les autres – qui éclateront comme la foudre dans la gueule des Français. Ordre de Lord Gladsdale : tirer dès que l'ennemi aura franchi le Portereau. Une meute se presse déjà aux abords du pont à trois arches, mal protégée contre les traits tirés des Tourelles. On distingue sur les plastrons les fleurs de lys et la croix blanche des Armagnacs.

« A toi, Busny! crie Simon. Tire dans le tas! »

Busny est à jeun. Il ajuste la gueule d'*Eliza,* son gros nez pigmenté au niveau de la culasse, cherchant sa ligne de mire. Il réclame la pique. On la lui présente toute rouge. Il la pose sur l'œilleton. Une moustache de feu couleur de phosphore, un coup de tonnerre...

« Touché! crie Blake. Tu as eu au moins quatre hommes d'un coup!

– Et la sorcière, Blake, je l'ai eue aussi?

– Ce sera pour tout à l'heure, Busny. »

Il s'en est fallu de peu que cette attaque n'ait pas lieu.

Jeanne reposait avec son aumônier Jean Pasquerel, dans sa chambre, lorsqu'on vint la prévenir qu'on la demandait. Rodrigue revenait du conseil. Quel conseil? On avait encore délibéré sans elle! Et qu'avait-on à lui apprendre? Rodrigue avait baissé la tête : il fallait attendre les secours du dauphin pour attaquer; les « Godons » étaient trop nombreux.

« Ils ont été à leur conseil et moi au mien ! dit Jeanne, et le conseil de mon Seigneur sera accompli. »

Elle avait ajouté, tournée vers Pasquerel :

« Levez-vous demain plus tôt que vous ne le faites d'ordinaire, paresseux que vous êtes ! Je veux que vous soyez près de moi lorsque le sang me sortira du corps au-dessus du sein. »

Que voulait-elle dire ? Villandrando et Pasquerel échangèrent un regard troublé.

Jeanne avait fini par emporter la décision : on avait passé le fleuve à l'aube, piqué droit sur le poste de Saint-Jean-le-Blanc qui n'avait pas résisté au premier assaut. Et maintenant, on se trouvait en face de cette forteresse puissamment campée derrière ses fossés : les Augustins.

« Il vaut mieux faire demi-tour, dit Dunois. Les Anglais sont trop fortement retranchés.

– Si nous attaquons, dit Jean de Gaucourt, nous périrons tous. Déjà les canons des Tourelles ont fait des ravages. »

Jeanne poussa son cheval entre eux deux.

« Nous serons dans cette bastide avant ce soir, et demain nous aurons pris les Tourelles et serons maîtres du pont. Suivez l'exemple de ce petit Villandro ! Il fait merveille aux échelles avec ses Castillans... »

Villandrando ne tenait plus en place. Il réclamait des échelles, et encore des échelles. Blessé à l'épaule par un éclat de boulet venu de la terrasse des Tourelles, il courait avec Salazar d'un groupe à l'autre, l'épée au clair, entraînait ses soldats aux jaques noires vers les robustes échelles plaquées contre les murs de la bastide, les laissait face à l'ennemi, redescendait en hâte se porter sur un autre front, abrité simplement par sa petite rondache de bois empennée de flèches anglaises. L'air commençait à sentir la poudre. Des éclats de bombardes, de couleuvrines, de veuglaires et de miquelettes fauchaient des groupes d'assaillants qui basculaient dans le fossé gorgé d'eau en hurlant. De larges taches rouges s'élargissaient à la surface où remontaient les cadavres mutilés, des écus et des lambeaux de vêtements.

Le bruit se répandit chez les Français que des renforts ennemis étaient en vue sur la rive opposée.

« Cette fois, dit Gaucourt, c'en est trop. Je rappelle nos milices ! »

Il jeta ses ordres aux centeniers qui se trouvaient derrière et se retira, suivi de Dunois qui suppliait Jeanne de ne pas s'obstiner : on reviendrait demain ou un autre jour, rien ne pressait... Jeanne faillit renoncer et se laisser entraîner par le flot des soldats qui, trop heureux de s'en tirer à si bon compte, se regroupaient à l'abri de l'artillerie autour de leurs chefs.

Jeanne s'était retirée dans une petite vigne, seule, pour prier. De retour devant la bastide, elle se campa fièrement sur le parapet du fossé, tenant toujours son étendard à la main.

« Est-ce ainsi que se comportent les soldats de France ? cria-t-elle. Pleutres ! Avez-vous peur des « Godons » ? Quelle voix est la plus sensible à vos oreilles : celle de Dieu ou celle de Gaucourt ? Dieu vous dit : Ayez courage et cette bastide est à vous. Me laisserez-vous répondre seule à cet ordre ? »

Ils la regardaient en cassant la croûte et en buvant, à travers les gouttes de sueur qui leur coulaient du front. Celle qu'ils voyaient devant eux, dont ils entendaient la voix de miel et d'orage, qui était-elle ? Femme ? Soldat ? Ange de feu ? Elle semblait montrer des horizons dont ils ne voyaient rien. Ils tâtonnaient pour découvrir une amorce de piste, aveugles qu'ils étaient! Qu'elle ne bouge pas, qu'elle reste ainsi, rayonnante, qu'elle continue à parler, même si c'est pour les fustiger! Ils sentaient bouger en eux des élans avortés, des flammes molles de courage, une source brûlante qui dissipait la fatigue et la peur. Oui, qu'elle parle, qu'elle fasse éclater ces bouchons de panique qui palpitaient dans leurs oreilles, qu'elle ressuscite leur ardeur et distribue à chacun sa part de sainteté et d'héroïsme.

« En avant! cria Dunois! Par la Sainte Croix! Par Dieu! Pour Jeanne! »

Dans la ruée, Gaucourt faillit être arraché à sa selle. Jeanne avait pris les devants, suivi de La Hire, et franchissait l'un des ponts volants jetés au-dessus du fossé par les charpentiers. Elle se tenait sur l'étroite bande de terrain qui, de l'autre côté de l'eau, longeait la base des remparts. Elle aidait à poser les échelles que les Anglais avaient rejetées et donnait de la voix, joyeusement, pour appeler les hommes à la rescousse. Ils la regardaient, lui souriaient, tiraient leur épée ou débouclaient la hache qu'ils portaient au cou avant de se jeter contre la muraille pour rejoindre Villandrando et ses Castillans qui continuaient à se démener comme des chiens sur le parapet supérieur. Elle levait la tête, les regardait se battre avec une tranquille férocité dans le cercle flamboyant de leurs épées. Soudain, elle blêmit : une goutte tiède, puis une autre, et une autre encore, venaient de s'écraser sur sa tunique blanche. Elle se mit à trembler : il lui semblait que le ciel pleurait du sang.

« Vous! dit Rodrigue. Vous m'aviez pourtant juré de ne pas quitter votre chambre.

— Je ne me serais pas pardonné votre mort, dit

Jacques de Bosredon, mais rassurez-vous, je ne cours aucun danger. Votre épaule...

– Ce n'est rien ! bougonna Rodrigue.

– On dirait que ma présence vous importune.

– J'en conviens. Retournez à Orléans ! »

Jacques de Bosredon éclata de rire et s'assit près de son ami. Le combat avait cessé. Il ne restait plus dans la bastide un seul Anglais, sinon mort ou prisonnier : les hommes valides s'étaient repliés dans les Tourelles. Il tombait sur le fleuve un soir de cendres bleues. Dans la cour d'une maison en ruine, les Ecossais dansaient en faisant grincer leurs cornemuses.

« J'aimerais savoir ce que vous imaginez, dit Jacques. Que je cherche un peu plus que votre amitié ? Détrompez-vous ! Dieu merci, j'aime les femmes autant que vous les aimez, contrairement à ce Jean de Laigle qui vous regardait vous déshabiller avec des regards amoureux. Je suis en mission auprès de vous. En mission *secrète.* Votre ange gardien en quelque sorte.

– Je n'ai nul besoin d'être protégé.

– Soit ! mais je connais une dame qui n'aimerait pas vous savoir mort et ne me le pardonnerait pas. Depuis que vous lui avez fait l'amour à Bourges elle est folle de vous. »

Rodrigue sursauta.

« Vous la connaissez ? Son nom !

– Cette femme, mon bon ami, est ma sœur. Elle est veuve d'un chevalier de Saintonge, une tête creuse, qui est allé se faire tuer chez les païens de Lituanie avec les chevaliers teutoniques. N'allez pas croire qu'elle met son veuvage à profit pour faire des folies de son corps. Elle aime le plaisir mais ne s'y vautre pas. Il vous a suffi de quelques heures pour faire sa conquête. Si je ne vous ramène pas vivant à Bourges, elle me crèvera les yeux ! »

Villandrando se renversa en arrière, le dos à la muraille. Peu soucieux d'enfreindre la consigne, des gens d'Orléans, hommes et femmes, entraient dans la bastide, apportant aux soldats des vivres, du vin, des armes et des encouragements. Rodrigue sentait se défaire délicieusement en lui un nœud de mystère et d'inquiétude. Il apprit qu'elle se prénommait Sibylle, qu'elle n'avait pas trente ans et qu'elle était belle; à plusieurs reprises, Rodrigue l'avait saluée, ignorant qui elle était.

« Pourquoi tant de mystères ?

— Avant de se révéler à vous, elle voulait être sûre de vos sentiments. L'aimez-vous au moins ? C'est ce que j'ai cru comprendre. »

Rodrigue hocha la tête en souriant. Il l'aimait d'une certaine manière mais avec feu. Il regardait les terrasses des Tourelles baignées d'une lumière couleur de phosphore; les Anglais pris au piège s'agitaient là-haut, autour des bouches à feu dont on voyait darder les gueules.

« Il faut manger, mon beau seigneur, lui dit une femme. Goûtez de ce pâté. Et voici du vin... »

Elle lui prit vivement la main, la porta à ses lèvres, s'essuya le coin de l'œil avec son devantier.

« Voyez comme on vous aime, mon beau héros ! plaisanta Jacques. Vous demanderiez à cette femme de passer la nuit en sa compagnie, elle accepterait. »

Il ajouta à voix basse :

« Demain, abstenez-vous de combattre. Cette pucelle est courageuse mais un peu folle. Si les Tourelles résistent, nous compterons les morts par centaines. Vous avez fait assez d'ouvrage aujourd'hui.

— Sibylle... murmura Rodrigue. Sibylle de Bosredon... Si je meurs demain, dites-lui que mon corps a gardé l'empreinte du sien, que son odeur colle encore à ma peau, mais ajoutez que j'aime une autre femme. Pas plus qu'elle : autrement. Elle se nomme Eliza Blake et demeure près de Bordeaux, dans le Médoc. Je n'ai pas renoncé à elle. »

Les charpentiers avaient travaillé toute la nuit à fabriquer et à réparer échelles et ponts volants. Leurs marteaux retentissaient encore dans l'aube froide, mêlés aux mots d'ordres que se passaient les factionnaires et aux chants d'un groupe d'Italiens en train de barboter joyeusement dans une auge.

Lorsque le premier rayon de soleil toucha le sommet des Tourelles et fit étinceler les bouches à feu, Jeanne sortit d'une casemate où elle avait passé la nuit, refusant d'abandonner ses soldats. La veille, peu après l'heure de midi, elle avait été blessée d'une flèche anglaise qui lui avait traversé le haut de l'épaule, près du cou, comme elle l'avait prédit. Un chirurgien lui avait fait un pansement avec du lard et de l'huile. Elle avait pleuré un peu, beaucoup prié en s'efforçant de dissimuler sa souffrance, malgré un visage défait par une mauvaise nuit et des lèvres blanches.

Elle se pencha vers Rodrigue.

« Mon bon Villandro, vous et vos Castillans vous êtes bien battus. La journée qui vient sera plus dure encore, mais Dieu est avec nous et nous vaincrons.

– Votre blessure, dit-il. Vous nous l'avez annoncée... »

Elle répondit d'un sourire et d'un clignement de paupières. Il lui fit place à son côté, lui offrit ce qui restait de son repas de la veille. Elle trempa le pain dans du vin et mangea en silence. Montrant Dunois, La Hire, Gilles de Rais qui pénétraient à cheval dans la cour de la bastide, elle dit :

« Regardez bien leur mine ! Ils ont délibéré une partie de la nuit pour savoir s'ils devaient ou non attaquer les Tourelles. Ces gens n'ont pas confiance en moi. Ils ne souffrent pas de devoir la libération de leur ville à une bergère, pucelle de surcroît. Ce sont de petites gens. J'aurai bien du mal à en faire des héros.

— Demoiselle, croyez-moi si je vous dis que je vous aime et que je me ferais tuer pour vous protéger, mais j'ai parfois du mal à croire qu'une simple bergère... Votre façon de monter à cheval, de parler, de commander comme un chef d'armée... Parfois, je me demande...

— Quoi donc ?

— Rien, demoiselle.

— Allons, cessez de vous tourmenter. Finissez votre soupe au vin et préparez-vous à combattre. J'aimerais que vous soyez le premier à planter l'étendard de France sur les Tourelles. »

Elle lui toucha familièrement l'épaule, se redressa avec une grimace de douleur et s'en fut vers les chefs français de son allure souple et un peu dansante qui trahissait à la fois des grâces d'enfance et une majesté quasi royale.

« Evite de la faire chauffer comme hier, dit Blake, sinon *Eliza* va te péter dans la gueule.

— Je connais mon métier, blanc-bec ! » grogne Busny.

Après chaque décharge il examine *Eliza* pour vérifier s'il n'y a pas de fêlure dans le fût et si la gueule ne part pas en petits morceaux. Il la tâte de la main, la fait sonner avec un marteau comme une cloche, hoche la tête, attend qu'elle refroidisse pour bourrer de nouveau le fût. Une charge de poudre, un tampon de bois mou, le boulet, un bon tassage à l'écouvillon...

« Ecartez-vous ! »

Une petite flamme de phosphore naît sous la pointe de la pique et le tonnerre éclate. On a encore du coton dans les oreilles lorsqu'on se penche entre les créneaux, discrètement, car ceux d'en bas ne sont ni borgnes ni manchots. Blake passe aux autres pièces. L'une d'elles a fini sa carrière, sa gueule éclatée en pétales de fer à la suite d'une charge trop forte de poudre. La tête à moitié emportée, le servant est allongé à côté d'elle.

En bas, la tourmente s'est déchaînée.

Ces fous de Français, conduits par la « sorcière », mènent l'assaut avec fureur. D'en haut, on ne distingue qu'un grouillement qui déferle comme un troupeau de bœufs sous l'orage, se retire sous un déluge de fer et de feu jusqu'aux abords du pont-levis qui enjambe le bras de la Loire, repart à l'assaut derrière le petit papillon blanc et doré brandi par cette folle insensible à la peur et à la fatigue. Parfois, lorsque le flot se retire en grondant, on entend au-dessus du ressac la voix aiguë qui les rameute « au nom de Dieu, de Jehesus et de la Vierge Marie », et une immense clameur roule jusqu'à elle, immobile du milieu de ce déferlement de soudards porteurs d'échelles, de canonniers traînant leurs engins, de capitaines incapables de maîtriser leurs chevaux affolés, de « vieux cuirs » tannés par le soleil des chevauchées, de pâles truands vomis par les bouges d'Orléans ou de Poitiers, de bourgeois terrorisés qui font dans leurs chausses, et de femmes, fières gaillardes dépoitraillées casquées de vimes tressées ou de chaudrons, qui hèlent la Pucelle au passage comme si elles avaient ensemble raccolé le chaland dans les rues chaudes.

« Blake ! crie John Parker, de l'autre plateforme, venez voir un peu... »

Simon abandonne *Eliza* au vieux Busny, se penche aux créneaux dominant le fleuve du côté de la ville. Des fumées montent en bouquets, puant la chair grillée. Des bateliers d'Orléans ont envoyé contre les piles du pont, entre l'île Saint-Antoine et les Tourelles, des embarcations chargées de soufre et de poix qu'ils ont amarrées aux piles. L'énorme charpente travaillée par l'incendie craque de toute part et s'effondre dans le fleuve, entraînant des dizaines de défenseurs anglais. Lord Gladsdale est en train de couler à pic avec son plastron de fer en guise de lest. De l'autre côté, des gens d'Orléans, le Grand Maître de Rhodes en tête, se tiennent les côtes en regardant barboter les Anglais.

« Cette fois, dit Simon, arrêtez le tir ! C'est en bas qu'il va falloir se battre. »

John Parker lui crie des mots qu'il n'entend pas, mais il pointe l'index vers le sol. Compris. Il faut s'engouffrer dans l'escalier, faire barrage aux Français. Simon jette un dernier regard à *Eliza,* presse de la main l'épaule de Busny qui renifle une arme et tire son épée.

A peine ont-ils descendu trois marches, il faut reculer en hâte devant le flot qui monte. Les Français sont dans la place. La « garce de Lorraine » leur a crié : « Tout est vôtre ! Entrez, mes compagnons ! » et ils ont jeté dans le fossé des fascines, de vieux meubles, des pierres, des troncs d'arbres, lancé des ponts volants et maintenant, après avoir abattu la porte à coups de hache, ils se battent dans la cour, dans la salle de garde, s'empoignent dans l'escalier avec les archers, dégringolent sur des tapis de cadavres, remontent à l'assaut en gueulant. Maintenant on distingue les féroces grignotis de ces insectes de fer dans les étages et il faut rester là, les bras ballants. Qu'attendent pour intervenir les troupes du Champ

Saint-Privé, de l'île Charlemagne, de Saint-Laurent ? Que font Talbot, Scales, Suffolk ?

Simon tend l'oreille, respire la mauvaise odeur de la défaite et de la reddition. Se rendre ? Finir sa première campagne en jetant ses armes ? Il écarte cette idée, encourage de la voix ses compagnons, une dizaine de gars verts de trouille et prêts à se jeter dans la Loire. Ça remue sérieusement à l'étage inférieur. On entend : « Grâce ! » « Pitié ! » Des soldats en jaque noire surgissant, l'épée rouge au poing.

« A moi, compagnons ! » hurle Blake.

Ils forment un barrage et les assaillants reculent, perdent pied. Simon songe : Bordeaux, le clocher de Saint-Remédy dans le soleil d'automne, et la petite voix d'Eliza : « Une voile, Simon ! Ils arrivent ! »

Comment résister à cette marée ? Il fracasse le crâne d'un soldat et trois autres surgissent. Il ne cède que pied à pied en laissant des cadavres derrière lui. Son père lui a parlé de cette ivresse de la bataille, de ce jet de force qui monte des racines du corps et l'inonde, de cette puissance sans fin renouvelée, de ces cris que l'on pousse sans s'en rendre compte, de cette impression de petite mort qui suit l'ardeur du combat, lorsque le corps, vidé de ses dernières énergies, sombre dans un plaisir amer.

Le moment est-il venu de dire adieu à l'existence ? Simon chancelle sous un choc énorme qui fend son casque, moins douloureux que le contact brutal de ses genoux contre la pierre.

« Il s'en est fallu de peu, dit Rodrigue. Tu avais déjà un poignard sur la gorge quand j'ai crié qu'on t'épargne. Tu souffres beaucoup ?

– Ce n'est rien. Je pourrais même me lever.

– Rien ne presse. Tiens-toi tranquille. »

Il parla de la nuit passée à attendre la contre-attaque anglaise qui n'était pas venue, à surveiller les feux sur les boulevards, les mouvements aveugles de la batellerie sur le fleuve, de Jeanne qui venait d'inspecter de loin les bastides anglaises de la rive droite, souriant malgré sa blessure, autrement grave que celle de Simon. Elle paraissait s'offrir au peuple qui se portait en foule à ses devants en lui jetant des fleurs et en s'agenouillant.

« C'est une sainte, Simon. Le bras armé de Dieu. Si tu l'avais vue... »

C'était dimanche. Les cloches sonnaient à toute volée, à Sainte-Croix, à Sainte-Euverte, partout. Un fleuve de cloches sous les pas de Jeanne.

« Et maintenant ? » dit Simon.

Rodrigue hocha gravement la tête. Il faudra sûrement se battre encore, malgré cet air de dimanche, ce soleil qui sent la fleur et le fruit, cette paix d'ange qui tombe du ciel en nuage de plumes.

« Il faut que je parte, dit Rodrigue. Ça bouge du côté des bastides. N'oublie pas que tu es mon prisonnier.

– J'aimerais te suivre. Trouve-moi un cheval.

– Tu auras le choix. Tu m'as tué quatre hommes et blessé Salazar. Où as-tu appris à te battre ? »

Simon parla d'un certain André de Ribes, truand de la pire espèce mais fameux bretteur, qui lui avait donné des leçons. Accompagnés de Salazar qui tenait son bras en écharpe, ils poussèrent à cheval en direction des remparts de l'ouest où la foule s'était amassée, tassée sur sa peur. Ils montèrent jusqu'à une courtine de la porte Renart. Au-delà des faubourgs ruinés et incendiés, sur un espace de prairies et de jardinets qui précédaient les levées de terre des premiers parapets et les murailles des bastides, l'armée anglaise était sur pied de guerre.

« Voilà ce que je redoutais ! » dit Rodrigue.

Face aux Anglais, le dos à la ville, ils étaient là, tous, autour de Jeanne et de son étendard : Dunois et son casque garni de plumes, La Hire droit comme un « I » sur sa selle, entouré de ses Gascons, Gilles de Rais vêtu de fer et de soie, Xaintrailles, le visage enveloppé d'un pansement, Gaucourt, Loré, Villarga, Coaraze, Angus... Jean et Pierre d'Arc tenaient au mors le cheval de Jeanne qui, très pâle, ne quittait pas de l'œil Sir John Talbot autour duquel papillonnaient des éclaireurs. Les Anglais alignaient environ trois mille hommes – plus que ceux d'Orléans – et attendaient les renforts de Falstaff, qui pouvaient surgir d'un moment à l'autre. Peu à peu, les mouvements des compagnies d'une part, des retenues de l'autre, se figèrent et le silence retomba sur les deux armées. Une petite cloche battit comme un vol de colombe du côté de Saint-Ladre. Des compagnies de passereaux fauchaient l'air en rafale au-dessus des rangées de choux. Lentement, un fil de la Vierge passa sur un souffle de vent et Jeanne le suivit du regard. Il restait encore des nids de rosée dans les coins d'ombre, au pied des murs en ruine. L'armée d'Orléans vit passer à quelques brasses devant elle un vieux paysan effaré qui poussait un petit âne chargé d'herbe pour ses lapins.

« Voilà, songeait Villandrando. Nous sommes à la croisée des chemins. Si les Anglais attaquent avec leurs retenues toutes fraîches cette armée d'éclopés, ils la forceront à se replier et tout sera à refaire. Si au contraire ils se retirent et abandonnent Orléans sans demander bataille, ils ne tarderont pas à quitter la France. C'est un choix terrible. Je n'aimerais pas être à la place de Talbot. »

Une heure passa. Puis un autre. Le soleil de juin commençait à chauffer les casques et à énerver les chevaux. Immobilité et silence. Deux heures de réflexion pour décider du sort du monde, était-ce trop ?

Peu avant midi, Sir John fit pivoter son cheval et donna l'ordre de faire demi-tour. Ses retenues s'écartèrent pour le laisser passer. Accompagné de Suffolk et de Scales, il monta jusqu'à la levée d'un boulevard et regarda défiler sous lui les troupes qui prenaient la direction du nord.

Un immense cri de victoire monta de l'armée d'Orléans. Rodrigue piqua des deux vers Jeanne. Descendue de cheval, elle pleurait dans l'épaule de ses frères.

L'homme était un de ces ivrognes au nez en forme de rave qui hantent les auberges servant le meilleur vin.

Il venait de vider deux pots au Sanglier d'Or à la santé de la pucelle, de saint Aignan, de saint Euterpe, avec une compagne de hasard qui sentait la crasse et le graillon. Il s'apprêtait à en boire un troisième à la santé du bâtard lorsque la femme, qui était ivre et ne tenait plus en place, lui saisit autoritairement la main, le forçant à se lever pour entamer une gigue. Ils roulèrent à terre, se relevèrent, vomirent ensemble leur gros vin et s'empoignèrent derechef. Ils accrochèrent d'autres mains qui se tendaient vers eux, commencèrent à former une chaîne qui emprunta un itinéraire de hasard autour des tables. Passant par la cuisine, ils enlevèrent au passage le chef, les servantes, les gâte-sauce, les tourneurs de broche, revinrent en trombe dans la salle commune en gueulant des chansons paillardes, débouchèrent sur une petite place où, l'heure de vêpres ayant sonné, les gens sortaient de l'église dans le tiède soleil du soir, raccolèrent au passage les jeunes et les vieux, les bigotes et les demoiselles à fanfreluches, les emportèrent dans leur tourbillon, s'engouffrèrent dans une ruelle, arrachant au passage les vieux qui prenaient le serein du soir sur leur banc, les gamins qui jouaient dans le ruisseau, s'enroulèrent autour d'une fontaine où des femmes et des muletiers durent tout planter là pour les suivre, écumèrent deux ou trois auberges et autant de cabarets bien fournis en bouches à vin et repartirent de plus belle. L'ivrogne et sa compagne étaient déjà à un quart de lieue au nord de la ville, dans les parages de la porte Parisis, que la queue de la chaîne se grossissait aux abords de Saint-Pierre-d'Empont des nonnettes d'un petit couvent de Bernardines, qui furent prises elles aussi – Dieu les pardonne! – dans ce vent de folie qui balayait toute la ville, faisait palpiter la flamme des torches et des chandelles sortant des maisons en telle abondance que c'était, au soir tombant, un serpent de feu qui glissait dans le tumulte des chansons, des tambours, des chaudrons frappés à coups de cuiller, des cornes de centeniers de la milice.

Orléans dansa toute la nuit. Orléans était ivre de paix. Orléans cuvait la vieille lie de son angoisse que balayait le vin nouveau de la victoire.

LIVRE IV

1436-1442

I

L'EMPEREUR DES PILLARDS

(Talmont, Lesparre, 1436)

On avait surpris Lionel à plusieurs reprises en train de musarder avec d'autres garnements venus des moulins de Lalande et de Pès ou des pêcheries de l'estuaire, dans la tour du vieux Stephen. Ils paraissaient fascinés par ces ruines entourées d'échafaudages, ces entassements de moellons qui attendaient toujours leur utilisation et sous lesquels commençaient à nicher les couleuvres, ces épaisses croûtes de mortier, et surtout par cette tombe où l'on avait allongé, près de celui d'Agnès, le corps de Stephen Blake que l'on avait découvert un soir de novembre, le crâne fracassé à la suite d'une chute.

« Une chute, marmonnait le vieil Oswald. Est-on bien sûr qu'il s'agisse d'un accident ? Rockley est bien capable de l'avoir poussé. Lui ou ses hommes. »

C'était l'année où l'on avait brûlé Jeanne à Rouen, peu après que Bedford, pour répondre au sacre du dauphin Charles, devenu à Reims Charles VII, avait traîné le jeune Henry VI d'Angleterre à Notre-Dame de Paris pour lui faire coiffer la couronne de France. Le pays, depuis lors, avait deux rois et ne s'en portait pas plus mal.

« Il est possible que Rockley y soit pour quelque chose, dit Eliza. Il n'a sans doute pu oublié la disparition de ce capitaine anglais, Tyburn, qui a provoqué le départ de Simon. C'est un homme vindicatif. »

Il fallait toujours avoir l'œil sur ce diable de Lionel dont le dernier exploit avait été de transformer la tour de Stephen en camp retranché pour une guerre à coups de pierre qui s'était mal terminée. Les semonces et les corrections de son père n'y faisaient rien, et d'ailleurs Pierre n'était pas souvent là, toujours perdu dans ses fumeuses procédures destinées à lui faire recouvrer son patrimoine de Lesparre et entretenant avec les gens de Rockley une guerre d'escarmouches.

« Approche, Lionel ! » dit sèchement Oswald.

Depuis la mort d'Angela, il avait beaucoup vieilli. Son visage buriné, qui lui donnait jadis une prestance un peu rude, s'était avachi. Il n'arrivait pas à se débarrasser d'une vilaine maladie contractée avec une esclave bulgare qu'on lui avait pourtant garantie saine, il perdait ses dents et ses cheveux; ses jambes s'étaient mises à enfler. Il veillait encore jalousement sur son gynécée mais comme ces amateurs de chevaux qui se savent condamnés à la chaise percée et ne regardent évoluer leur écurie que pour le plaisir des yeux.

Lionel quitta la feuille de papier qu'il était en train de griffonner avec une mine, allongé à plat ventre sur le parquet en compagnie des petites servantes, filles des bâtards de l' « oncle » Oswald.

Il allait sur ses six ans mais on lui en aurait donné huit à en juger par la vivacité de son esprit et par sa taille. Il avait le nez un peu fort des Montferrand, le regard profond et rêveur des Blake, le teint net d'Eliza malgré quelques taches de son. Sans obtenir la moindre apparence de repentir, Oswald le tança, le menaçant de l'envoyer chez les écolâtres de Saint-André où Mgr Pey Berland prendrait de lui un soin « tout particulier ».

« Si l'on te reprend à jouer à la guerre avec des vauriens, je te fais couper les oreilles, tu entends ? »

Il ajouta, tourné vers Eliza :

« Tu ne devrais pas rester seule dans ton « bourdieu ». Un jour les gens de Rockley viendront, et Dieu sait ce dont ils sont capables, sous prétexte qu'ils jouissent de la protection de la couronne d'Angleterre. Ma maison est bien trop grande depuis la mort de mon père Thomas et de ma pauvre Angela. Mon cousin Eliot se fait vieux et sa femme, Joan, est en train de suivre les traces de sa tante Alicia qui a sombré dans la folie. Cette maison que j'ai connue pleine de rires d'enfants est devenue triste comme un mausolée. On n'y vénère que l'argent et je n'ai plus cette passion et cette foi. Ralph, Augusta ont essaimé en Angleterre et personne ne peut le leur reprocher. Cette maison sent la mort. Tu pourrais y ramener la vie. »

Eliza s'abstint de répondre. Elle espérait toujours que Pierre renoncerait à ses ambitions d'épouser Marie de Bedford, maintenant qu'elle était devenue laide, acariâtre, et qu'il partagerait sa vie avec elle, à Montferrand, à Lespasse ou à Bordeaux, ses affaires réglées.

Bordeaux ne la tentait guère. Elle ne s'y sentait pas en sécurité depuis que les Français, Orléans prise, le roi Charles sorti de ses brumes, parlaient de reconquérir la Guyenne. Elle se sentait plus rassurée à Saint-Estèphe où, d'ailleurs, elle n'était pas seule : un intendant et trois commis que Pierre avait affectés à la surveillance et aux travaux du « bourdieu », des servantes, lui tenaient compagnie. Une vraie « maison », digne d'un hôtel noble. La vigne était bien soignée et donnait de bonnes récoltes; on l'avait même étendue vers Pès.

« J'aurais aimé que Simon revienne, dit Eliza, mais je comprends ses hésitations. Il n'aimerait pas se trouver nez à nez avec Rockley. »

Eliza avait revu Simon peu après sa capture par Villandrando.

Il gardait encore sur le visage et dans le ton de sa voix les traces de son humiliation. Cette défaite, après la trahison d'André de Ribes, lui restait sur le cœur. Rodrigue l'avait relâché, se refusant à réclamer une rançon que Simon eût été incapable d'honorer et que personne n'aurait payée pour lui. Il lui avait dit « Tu peux retourner à tes vignes ! Tu y réussiras mieux qu'à la guerre. » Il avait attendu toute une nuit dans un taillis le départ de Pierre. D'une campagne en Périgord, en compagnie de Jean de Laigle qui avait « tourné anglais », il avait ramené une modeste fortune mais la vie des compagnies était dure et précaire : on vivait une semaine dans l'opulence et on crevait de faim la semaine suivante. La trentaine passée, il commençait à se voûter par habitude du cheval; ses fesses étaient dures comme du bois et, à la suite de sa blessure d'Orléans, il souffrait souvent de maux de tête. En compagnie d'Eliza, il avait poussé jusqu'à la tour de Stephen : une sorte de mastaba écrêtée dont les échafaudages pourris commençaient à s'effondrer. Simon pleura sur la double sépulture. Au retour, sur le chemin des vignes, il paraissait rasséréné, interrogeant Eliza sur la dernière récolte, demandant les nouvelles des chevaux et du bétail, s'enfonçant dans les règes pour examiner les ceps.

« J'aimerais revenir. Si c'était à refaire, je resterais ici et j'épouserais une femme du pays. »

Simon : sans amis, sans amours. Il avait eu plaisir à faire un brin de conduite avec des soldats de fortune comme lui, à se donner des illusions de sentiment avec des femmes de rencontre mais son caractère ombrageux avait éloigné les uns et les autres. Il aurait aimé découvrir une femme comme Eliza. C'est à elle, toujours, qu'il revenait.

« Cette maison est tienne, Simon. Quoi qu'il arrive, elle t'est ouverte. »

Il lui avait parlé de Villandrando; il l'estimait parce qu'il lui avait sauvé la vie; il l'éxécrait parce qu'il l'avait chassé comme on jette une noix creuse.

Rodrigue avait suivi jusqu'à Compiègne, où elle avait été capturée, le destin de la Pucelle. Il avait participé avec elle à la bataille de Patay et au siège de Paris. Il était entré avec sa suite à Château-Thierry, à Provins, à Senlis. Il l'aurait suivie au bout du monde. A Bourges, il avait fait un esclandre en apprenant que le roi se désintéressait du sort de celle qui l'avait fait roi. Malgré sa passion pour Sibylle de Bosredon, il avait quitté la ville avec fracas. Depuis, en compagnie de son fidèle Salazar, il commandait une petite troupe d'« écorcheurs » opérant pour le parti français; on l'avait vu en Auvergne où il avait assiégé Aigueperse, en Anjou sous les armes du favori du roi, Georges de la Trémoille, et, plus récemment, en Limousin où le bruit de ses exactions semait la terreur. Depuis la mort de Jeanne il avait beaucoup changé; c'était un homme froid, impitoyable, blasé. On ne tarderait pas à le voir reparaître en Aquitaine.

« Il t'aime toujours, dit Simon. Il n'aimera jamais personne d'autre. Même cette femme de Bourges, cette Sibylle, compte moins que toi. S'il revient, prends garde. Tu n'imagines pas ce que la guerre peut faire d'un homme. »

La guerre piétinait.

L'anarchie totale en Angleterre privait Jean de Bedford des renforts nécessaire pour tenir la Normandie où la mort de Jeanne avait soulevé les populations et exalté l'esprit de résistance. Il tenait ses contingents bien en main, soldait ponctuellement ses retenues, veillait à ce que les soldats ne tyrannisent pas les populations, mais il usait ses dernières forces à courir les incendies qui s'allumaient tantôt ici, tantôt là, de la Normandie à l'Aquitaine et jusque dans Paris, sa capitale.

Heureusement pour Bedford, la flambée guerrière, suscitée par la « sorcière » brûlée à Rouen de par sa volonté et avec la complicité de l'Eglise, était retombée comme les flammes du bûcher.

Il n'y avait pas une guerre, mais une multitude de conflits. La Trémoille, pour son compte, en menait trois de front. Il y engageait l'argent que lui laissaient ses folies (il avait fait recouvrir de feuilles d'or les mâts de son navire). Chaque personnage important avait quelque querelle à régler par les armes et ne s'en privait pas. Il semblait que le monde ne pût aller son chemin sans ces tueries. La France entière était devenue un champ de bataille.

Libéré de la tutelle de La Trémoille, le roi était retombé dans celle des Anjou et dans sa délicieuse léthargie; il promenait son insignifiance, ses genoux cagneux, ses regards fuyants dans les couloirs de Bourges, en proie de nouveau à ses obsessions, à ses angoisses, à ses doutes que Jeanne était parvenue un temps à lui faire oublier.

Fort heureusement, après la mort d'Anne de Bourgogne, épouse de Jean de Bedford, l'alliance avec les Bourguignons, compromise à la suite de la défection devant Orléans des troupes de Philippe le Bon, se relâchait de plus en plus.

En marge de cette chienlit, un îlot préservé : Bordeaux.

Depuis que l'Angleterre avait renoncé à en faire une principauté, les jurats étaient les maîtres, sous l'autorité du sénéchal anglais. Epargnées par la guerre, Bordeaux et ses filleules ne l'étaient point par la misère des temps. Repliée sur elle-même, pansant ses plaies au fur et à mesure qu'elles l'accablaient, elle ne vivait pour ainsi dire plus que de son commerce avec l'Angleterre, et encore chichement, bien heureuse que la menace d'invasion de l'Aquitaine, dont on avait parlé au lendemain de la chute d'Orléans, fût restée lettre morte. Les bourgeois donnaient à leurs espoirs une dimension raisonnable : ils replantaient leurs vignobles détruits, réparaient leurs murailles, tenaient leurs registres à jour. A l'abri de l'orage ils préparaient des jours meilleurs.

Ils se tenaient l'un près de l'autre, froids comme la pierre de cette petite église de Montferrand que le printemps n'arrivait pas à réchauffer. Une humidité de crypte suintait des dalles sous lesquelles achevaient de retourner en poussière ou en boue quelques abbés mitrés. Marie écoutait chanter les merles dans le lierre et se disait qu'il devait faire bon au soleil; si Pierre avait pressé le prélat d'officier au plus vite, c'est parce qu'il avait faim et qu'il lui tardait de rejoindre ses compagnons dans la salle du banquet. Le vieux prêtre s'empêtrait dans ses *oremus*, tâtonnait sur l'autel pour trouver le ciboire et l'hostie, gourmandait les enfants de chœur et toussait creux.

Leur cérémonie de mariage, c'est à Saint-André qu'elle aurait dû avoir lieu, en présence de toute la noblesse de la province et des officiers royaux. Cette union avait trop tardé et l'enfant qu'ils avaient déjà leur aurait interdit l'autel de la grande basilique.

Ils quittèrent l'église sous une aigre volée de cloche fêlée. Une colère de vent brassait les boues de l'estuaire.

« Nous voici donc mari et femme, dit Pierre, ironique. Essayons au moins de ne pas faire mauvaise figure. Chacun sait que c'est la raison qui vient de nous unir. Faisons croire qu'il s'y mêle un peu d'amour. Prends mon bras. »

Elle obéit mais s'abstint de sourire. Ils distribuèrent quelques piécettes aux enfants, embrassèrent l'assistance.

« Sourire, dit Marie, comment le pourrais-je? Durant tout l'office tu n'as cessé de penser à Eliza. C'est elle qui aurait dû se trouver à ma place. Pourquoi ne l'as-tu pas invitée?

– Ce n'est pas le moment de nous quereller. Si tu refuses de sourire, au moins ne fais pas la grimace.

– Ce serait ajouter une hypocrisie à une longue suite d'hypocrisies. Ces gens ne se font pas d'illusions sur notre compte. Ils savent que ce sont des intérêts réciproques qui nous ont conduits devant l'autel. Et pourtant, Pierre, si tu avais voulu... »

Ils montèrent à cheval sous une pluie de pauvres fleurettes cueillies au revers des fossés. Pierre regarda Marie prendre les devants pour caresser un enfant qu'une femme lui tendait. Aimer Marie alors qu'il la comparait sans relâche à Eliza? Il ne lui restait de beau que ses yeux un peu brumeux, ses cheveux couleur de noix muscade. Le visage accusait ses fortes structures, le corps sa charpente hommasse. Dans l'acte d'amour, elle confondait la passion et la vigueur, le plaisir et l'appétit vulgaire. Sa forte croupe, ses seins lourds, ses épaules osseuses proposaient une lutte plus qu'une étreinte. Qu'avait-elle gardé des finesses de l'adolescence ? Rien. Ses accès de tendresse pesante, Pierre les supportait de plus en plus mal. Tout ce qu'il espérait d'elle, c'était un regain de puissance et des enfants qui auraient dans les veines un peu de sang royal d'Angleterre. D'Eliza, il attendait tout autre chose. Avec elle, le bonheur renaissait sans fin de lui-même, sans écœurement ni ennui; elle était soleil et source; il ne se lassait pas de se baigner en elle.

Le repas fut aussi triste que la cérémonie.

On avait invité des jongleurs et des ménétriers qui n'amusèrent et ne firent danser que les enfants. Les deux frères de Pierre : Bernard et François, paraissaient atterrés et faisaient de vains efforts pour dérider l'assistance. Sous des prétextes divers, les invités s'éclipsaient. Le soir, il ne restait que quelques familiers ou des parents qui se regroupèrent autour de la cheminée où l'on avait fait un grand feu, et chacun s'abîmait dans la contemplation de cette dernière flambée de printemps qui semblait se nourrir de l'ennui ambiant.

Au moment de se coucher, Pierre dit à Marie :

« Tu as entendu la nouvelle ? Messire Rodrigue de Villandrando vient d'installer ses pénates à Talmont, en compagnie de Salazar et de ses diables noirs. J'ai le sentiment que nous n'aurons plus à nous plaindre de la monotonie des temps... »

Le titre d' « empereur des pillards » ne déplaît pas à Rodrigue; celui de « chef des Ecorcheurs » non plus. Après tout, comparés à ceux des grands de ce monde, ses méfaits ne lui vaudront qu'une semonce au jour du Jugement. Le mariage qu'il a contracté avec Marguerite de Bourbon lui donne du panache; elle n'est ni très belle ni très raffinée, mais ils se voient rarement, occupé qu'il est de courir toujours plusieurs lièvres à la fois.

Cette halte ne lui déplaît pas. Le pays est selon son cœur. Il aime l'espace, le vent libre, les terres vierges. A Talmont, dans la blanche citadelle des bords de l'estuaire, à peu de distance du mariage orageux des eaux de l'Océan et du fleuve, il se nourrit de certitudes et d'ambitions. Lorsque Jean de Bedford aura repassé le « *Channel* », l'Aquitaine sera à prendre; il la sent déjà se replier sur elle-même, se préparer pour l'ultime bataille. Depuis le siège d'Orléans, il n'a jamais ressenti avec autant d'intensité la plénitude que lui donne la conscience de sa puissance.

Parti pour Orléans comme simple capitaine d'une poignée de Castillans, Rodrigue de Villandrando, comte de Ribadeo, est aujourd'hui un prince : il attend la principauté qui tombera entre ses mains comme un fruit mûr. Entouré de ses diables noirs de Castille, il se sent dans la peau d'un petit dieu barbare toujours prêt à s'embarquer pour quelque conquête.

Sibylle n'avait pas tardé à lui manquer; il lui a demandé de le rejoindre à Talmont et elle ne s'est pas fait prier. Sa présence charnelle est partout. Chaque soir, Rodrigue retrouve dans son lit ce visage rond et lisse qui n'a pas besoin de fard pour resplendir, ce corps qui perd ses mesures humaines sous le jeu de ses lèvres, ce chemin de soie et de marbre de sa chair qui s'enroule autour de lui, ces ardeurs inépuisables. Curieusement, entre ses bras, Sibylle devient l'image de la guerre : celle que l'on mène non pour la conquête – elle est tout offerte – mais pour le plaisir;

celle qui donne le goût de la démesure et recule sans cesse les limites du possible; celle qui libère.

Parfois Rodrigue monte jusqu'à l'abbaye, ce navire de pierre inondé de soleil, échoué sur la falaise dominant l'immensité crémeuse de l'estuaire, pour deviner la rive opposée : pointe des Oiseaux, pointe Richard, espaces étirés à l'infini des landes de Talais et de Saint-Vivien avec leurs dures lignes noires de forêts d'où parfois montent des fumées. Par la pensée, il reprend les pistes du Sud, vers Lesparre et, au-delà, vers Saint-Estèphe. Il longe l'estey boueux, profondément raviné, entouré de rousses roselières battues par le vent. Revoir Eliza... Il y pense depuis son arrivée à Talmont, et chaque fois avec un pincement au cœur et un flux de chaleur au bas du ventre. Un jour il ira vers elle. Il lui plaît de penser que, depuis le mariage de Pierre de Montferrand et de Marie de Bedford, elle vit seule et se morfond; il tresse autour d'elle un tissu de solitude et d'ennui dans lequel elle se prend comme une abeille dans la toile d'araignée. Dix fois, il a failli aller vers elle; dix fois, il a remis. Il faut moins de courage pour prendre une ville ou une province que pour séduire une femme comme Eliza, qui n'est forte que de sa vulnérabilité et redoutable que par ses refus ou son indifférence.

Depuis qu'il songe à retourner vers Eliza, Rodrigue se lasse de Sibylle. Aurait-il présumé de ses sentiments pour elle? Toute passion qui n'est pas animée par l'amour est-elle condamnée à retomber de son propre poids et à devenir inerte? Les fêtes du corps où n'entrent point les élans du cœur portent-elles en elles leur propre fin et ne sentent-elles pas en même temps le feu et la cendre?

Rodrigue retrouvait le rivage qu'il connaissait, avec ses espaces de graves jonchées de bois flottés et d'épaves de barques, les premiers plantiers entre le village et le « bourdieu », les haies de vimes, les masses régulières des forêts. Il était venu seul pour ne pas effrayer Eliza. Le marinier qui l'avait conduit jusqu'à l'embouchure de l'estey sur une innocente gabare embouqua son esquif le nez dans la vase.

Il prit plaisir à regarder vivre la ferme comme il aimait le faire jadis. Dissimulé derrière un têtard, il observa les commis partant pour les travaux de déchaussage, les servantes distribuant le grain à la volaille et lâchant dans le couderc les porcs et les oies, les pigeons festonnant les tuiles faîtières et la lumière folle du premier feu s'animant dans l'ombre. Des images de bonheur paisible, des bruits familiers, des odeurs connues lui remontaient à la mémoire et annulaient des années d'absence.

Il se retourna vivement en entendant un pas derrière lui. C'était un enfant de sept à huit ans, monté sur un âne et qui portait des poissons frais dans une baste. Ils s'observèrent en silence. L'enfant passa son chemin en direction du « bourdieu » et Rodrigue lui emboîta le pas.

Eliza se tenait sur le seuil.

« Vous ne me reconnaissez pas? dit Rodrigue. J'ai donc bien changé? »

Eliza hocha la tête. Comment aurait-elle pu l'oublier? Elle s'effaça pour le laisser entrer.

« Qui est cet enfant sur son âne?

– Mon fils, Lionel, et celui de Pierre de Montferrand. »

Il s'assit, caressa du plat de la main le banc et la table. Ça sentait bon la cire, la pomme et la fumée. Eliza sortit de la maie la boule de pain, le fromage et ramena de la voulte un pichet de vin.

Il la retrouvait dans le moindre de ses gestes, dans ses silences, jusque dans cette manière de poser les mains à plat sur ses hanches, doigts écartés. Il expliqua qu'il était venu par l'eau depuis Talmont, qu'il avait passé la nuit à Saint-Christoly, dans la cabane d'un pêcheur. Il sentait encore la vase et le poisson.

Eliza vida les prises de Lionel dans une vasque de terre et commença à les écailler. Le soleil faisait de petites crêtes de lumière au-dessus de sa tête; son corps s'était alourdi mais cette ampleur lui allait bien et même il la préférait ainsi. Il sentait remuer en lui de vieilles émotions. Le pain était souple, le fromage savoureux, le vin aimable.

« Pierre, dit-il, vous le voyez encore depuis son mariage?

– Rien n'a changé entre nous et rien ne changera.

– Vos sentiments pour moi n'ont pas changé non plus?

– Y aurait-il des raisons à ce changement?

– Aucune, ni de votre côté ni du mien, mais les circonstances ne sont plus les mêmes.

– Les circonstances n'ont rien à voir avec les sentiments. »

Il se leva, s'approcha d'elle. Elle écarta une mèche et le fixa d'un air de défi.

« Ne craignez rien. Vous ai-je jamais causé du tort, agi contre votre volonté? Pour ne pas vous effrayer, je suis même venu sans armes et sans escorte, et vous savez que je risque gros entre Montferrand et Rockley. Depuis que je suis installé à Talmont, c'est mon idée fixe : vous revoir.

– Sibylle de Bosredon ne vous suffit donc plus? Et votre épouse, Marguerite de Bourbon? »

Il se redresssa comme sous un coup de fouet. Comment savait-elle? Elle savait, et bien d'autres choses encore sur ses « exploits » guerriers. Elle soupira : des « exploits »...

« Sibylle ne compte pas, dit-il. Je sais aujourd'hui que Bourges, Orléans, Paris, les pays où je me suis battu, n'étaient que des étapes sur un long chemin détourné qui me conduisait vers vous. Aujourd'hui je me trouve enfin devant vous et vous n'avez qu'un désir : que je reparte le plus vite possible. Eliza, tout ce que je possède n'est rien auprès de ce qui me manque. Voulez-vous que je renonce à tout pour venir vivre ici, près de vous ? »

Elle saisit le tisonnier, le pointa vers lui comme une épée.

« Ecoutez bien, Villandrando. Je sais qu'on a été injuste envers vous, il y a bien longtemps, qu'on vous a accusé de forfaits que vous n'aviez pas commis, mais cela ne change rien à cette vérité : vous m'êtes indifférent. Il n'y a qu'un homme dans ma vie : Pierre de Montferrand. »

Pâle de dépit, humilié, il recula vers la porte.

« Ces circonstances auxquelles vous faites semblant de ne pas croire ont fait du petit capitaine qui n'osait résister à personne un lieutenant du roi, auquel rien ne résiste. Rien ni personne. Pas même vous... »

Eliza s'était gardée de révéler à Pierre la visite de Villandrando et ses menaces qu'elle avait fini par prendre pour un mouvement de colère. Dans les jours qui avaient suivi, elle s'était contentée de demander aux commis de montrer plus de vigilance qu'à l'ordinaire, sous prétexte qu'elle avait vu passer des vagabonds. Les commis s'endormirent sur la consigne et elle-même oublia Rodrigue.

Le printemps tirait à sa fin dans l'odeur des vignes en fleur.

On flânait un peu, le soir, sur le seuil, en buvant un vin coupé d'eau en compagnie de colporteurs, de ménétriers, de diseuses de bonne aventure ou de moines, vrais ou faux, vendeurs de médailles de plomb ou d'indulgences. Une nuit, Lionel, qui avait le sommeil léger et l'ouïe fine, réveilla sa mère. Il avait entendu aboyer les chiens. Eliza se leva, colla l'oreille à la porte, perçut des glissements de pas et des chuchotements. Elle songea à ces deux moines qui couchaient à la paillade quand on cogna à la porte.

« Qui est là ? Que voulez-vous ?

– Nous ne vous ferons pas de mal. Ouvrez ! »

Comme ils insistaient, elle menaça de réveiller toute la maisonnée. Un gros rire lui répondit, puis un choc énorme contre la porte qui gémit dans ses gonds et s'ouvrit au troisième choc. Ce n'étaient pas des moines mais des soldats vêtus de jaques noires cloutées de cuivre, qui s'inclinèrent avec une courtoisie un peu narquoise.

« Vous ne me reconnaissez pas ? dit l'un d'eux. Salazar. Mon maître m'a confié une mission bien agréable : vous conduire à Talmont où tout est prêt pour vous recevoir. Vous y serez comme une petite reine. Suivez-nous telle que vous êtes, simplement avec ce manteau en plus, car nous devons profiter du jusant pour repartir. Bien entendu, vous venez seule. N'essayez pas d'appeler à l'aide : vos commis ont le couteau sur la gorge. Quant à vos servantes, dites-leur d'aller se recoucher. »

Il éloigna Lionel qui s'accrochait à la chemise de sa mère.

« Laissez-moi monter à l'étage. C'est là qu'est mon manteau.

– Le petit ira le chercher. »

Elle cria, se débattit, frappa. Le jeu parut les amuser. Elle avait bien de la chance que messire Rodrigue, dans sa bonté, eût recommandé de la ménager. Pour plus de sûreté, ils la bâillonnèrent, la hissèrent en travers du cheval monté par Salazar. Elle aperçut les cadavres des chiens, entendit les lamentations de Lionel et des servantes, puis rien d'autre que le bruit mou des sabots dans la terre et le grand silence plein de vent.

« Une petite reine »... Avec comme royaume quatre murs et l'infini de l'estuaire plein d'images de liberté, de passages de navires et d'oiseaux. Elle est restée une semaine sans voir personne, sinon cette ombre de visage entrevue par le judas et le guichet. Une semaine à se cogner la tête contre les murs, à gémir comme une chienne, à pleurer. Elle est restée trois jours sans manger, jetant les plats à toute volée contre la porte, décidée à se laisser mourir de faim, mais on ne meurt pas de faim devant une table bien garnie et les mets qu'on lui portait étaient dignes d'une princesse. Elle cessa de crier et de pleurer, se reprit lentement, comme à regret, à manger. Lorsqu'elle entendait la corne d'un navire cinglant vers Bordeaux ou en revenant, elle se jetait aux meurtrières, se reprenant à espérer, se répétant que Pierre ne la laisserait pas longtemps prisonnière, qu'il allait surgir à la tête d'une troupe et mettre le siège devant le château, surprise qu'il ne se fût pas encore montré.

A la fin de la première semaine, la solitude commençait à lui peser. A la révolte avait succédé l'indifférence, puis l'abattement. Une crainte la hantait : celle de sombrer dans la folie, comme Alicia, la première épouse du vieux Stephen. Elle s'obligeait à ne songer qu'à des choses banales et raisonnables, à crayonner au charbon sur le mur des phrases qu'elle relisait ensuite en guettant la moindre singularité qui eût révélé une incohérence de pensée, à entretenir des conversations avec elle-même.

Le premier visage qui apparut fut celui d'une servante. Elle était harnachée de serpillières, de brosses et de balais et fit signe qu'elle était sourde et muette. Aussi large que haute, elle avançait à croupetons à la manière des crapauds. En moins d'une heure, tout fut net et la servante s'éloigna sans un signe. Un peu plus tard, une matrone aux joues couvertes de verrues vint chercher Eliza pour la conduire au premier étage où étaient les étuves. Eliza se laissa glisser avec délice dans le baquet capitonné de draps et s'abandonna sans réticence aux mains rudes qui l'étrillaient, la séchaient, la parfumaient.

« Vous avez la permission, dit la matrone, d'aller et de venir dans la tour. Si vous vous montrez raisonnable, d'ici quelques jours vous pourrez pousser jusqu'au chemin de ronde. Dans peu de temps, vous serez libre d'aller et de venir où bon vous semblera dans le château. Evitez de poser des questions. Tous vos propos sont rapportés à *monsieur le comte.*

– Où est-il ?

– Vous avez déjà oublié la leçon ? »

Eliza se le tint pour dit. Le soir même, la matrone, qui était une sorte de factotum en jupons, vint la prévenir que messire Rodrigue la verrait le lendemain. Elle avait presque envie de le revoir afin de lui montrer que son calme n'était pas de la soumission et qu'il perdait son temps à vouloir la contraindre. Elle se sentait de fer, capable de supporter sans fléchir des années de captivité, voire des sévices.

Rodrigue la fit conduire à son cabinet où travaillaient en permanence un chancelier, un secrétaire et un clerc chargé des écritures. Le comte de Ribadeo envoyait des courriers dans toutes les cours d'Europe, aux banquiers lombards chez lesquels il plaçait son or, aux armuriers de Toulouse et de Lyon, aux armateurs de La Rochelle auxquels il revendait les navires arraisonnés et désarmés dans l'estuaire et jusqu'aux portes de Bordeaux. Il y avait en permanence deux ou trois messagers dormant aux écuries dans l'attente d'une mission.

Rodrigue congédia ses gens pour rester seul avec Eliza. Il était vêtu d'une longue tunique de soie prune au col relevé sur la nuque, d'où pendaient trois colliers d'or. Sa ceinture s'ornait d'une petite bourse de cuir vert. Il portait d'énormes bagues qu'il regardait souvent en parlant.

« Vous a-t-on bien traitée, au moins ? Que souhaitez-vous ?

– Il ne me manque rien, sinon d'être libre.

– Vous le serez quand vous le désirerez, à condition de partager cette liberté avec moi.

– Pierre viendra me délivrer. Salazar n'a pas été très discret. Il sait où me trouver.

– Dans ce cas, il faudra qu'il rassemble une armée, une centaine de canons et qu'il prenne son mal en patience. Nous pouvons tenir plus de six mois sans secours. A vrai dire, il y songe. Regardez... »

Il la conduisit jusqu'au chemin de ronde, lui montra un endroit de la cour, proche du puits, où s'activaient trois ou quatre hommes occupés à dépecer un porc écartelé sur une échelle.

« Voir tuer un porc, dit-elle, ce n'est pas un spectacle.

– Il ne s'agit pas d'un porc mais d'un homme de Montferrand que l'on est en train d'écorcher vif. Il s'est présenté il y a trois jours au château avec sa vielle. Il avait un joli talent qui m'aurait ému si je n'avais une sorte de flair pour dépister les traîtres et les espions. J'ai fait mettre le musicien à la question et il a craché le morceau. Nous allons renvoyer sa peau et sa tête à votre ami Montferrand avec nos salutations. Dommage ! Il était beau, ce garçon, avec ses yeux innocents. Regardez ! Il n'est pas mort, le bougre ! Entendez-le gueuler !

— Rodrigue, vous êtes pire que je ne pensais. Jamais je ne serai à vous, j'en fais le serment.

— Il faut bien que je justifie de temps à autre ma réputation d' « écorcheur », et Montferrand réfléchira en recevant ce cadeau. D'autres suivront. Ce clerc à la tonsure toute neuve et qui parle si mal le latin ne me dit rien qui vaille. On l'a surpris à écouter aux portes. Demain nous le mettrons aux grésillons.

— Vous êtes trop sûr de vous. Cela vous jouera un mauvais tour.

— Vous seule pourriez faire que je change, Eliza, et vous persistez dans votre mépris comme si j'étais encore le valet de votre « oncle » Oswald. Aujourd'hui, ma bourse est plus lourde que la sienne et ma conscience, quoi que vous en pensiez, plus légère. Pourquoi me témoignez-vous une telle aversion ? Est-ce mon sang castillan qui vous répugne ? Ma mère était française. De plus je ne suis pas dépourvu de biens. Je possède de bonnes terres entre Burgos et Valladolid. Si je puis faire votre conquête, c'est là que je reviendrai vivre et finir mes jours.

— Croyez-vous me conquérir en me retenant prisonnière ? Relâchez-moi et je ferai en sorte que Pierre renonce à vous poursuivre.

— N'y comptez pas. J'ai une coquetterie : celle de refuser de revenir sur mes décisions. »

A la mi-juin, Sibylle revint de Bourges où elle était allée régler des affaires de famille avec son frère Jacques.

Avant même d'avoir franchi le châtelet d'entrée du château de Talmont elle connaissait la présence d'Eliza et les conditions de son enlèvement. Rodrigue lui avait fait la confidence de son amour aux premiers temps de leur liaison, après son retour d'Orléans, et il lui rappelait à chacune de leur rencontre que seule Eliza comptait pour lui. Tout cela, pensait Sibylle, n'était que fumée de sentiment; il ne tenait qu'à elle, par la patience et l'accommodement, de faire que leur liaison charnelle devînt plus forte, plus profonde, de manière à lui faire oublier à la fois la robuste Auvergnate qui venait de lui donner un fils et cette péronnelle du Médoc qui avait de la terre à ses sabots et n'enflammait que son imagination.

De savoir Eliza Blake dans la place troubla Sibylle. Elle ne manifesta cependant aucune apparence de déconvenue. Rodrigue ne lui en dit rien et elle feignit de l'ignorer, tout en jugeant nécessaire de se débarrasser au plus vite de cette rivale. Elle songea au poison dont on faisait à la cour un usage banal, mais Rodrigue aurait vite fait de la confondre; la faire basculer dans le vide à l'occasion d'une promenade sur les remparts? Eliza n'était jamais seule. Elle jugea plus habile de la libérer. Pour éviter toute suspicion, elle décida de feindre l'indifférence.

Le plus difficile était de parvenir jusqu'à Eliza sans donner l'éveil. Le factotum en jupons faisait bonne garde et il n'était pas question de soudoyer ce cerbère. Le plus urgent était de mettre Eliza en éveil. Un billet glissé sous son traversin la prévint qu' « on » songeait à sa liberté et qu'elle devait se tenir sur le qui-vive. Eliza n'eut aucune peine à deviner quel était l'auteur du billet, Sibylle étant la seule à souhaiter son départ. Elle la rencontra dans les jours qui suivirent et elles échangèrent des signes d'intelligence.

Une semaine plus tard, Eliza fut éveillée au milieu de la nuit par une voix de femme lui ordonnant de s'habiller et de la suivre sans rien emporter; « on » pourvoirait à tout. Le factotum en jupons dormait derrière le rideau séparant les deux lits. Dans l'escalier, Sibylle dit en tendant un balluchon à Eliza :

« Voici de quoi vous nourrir et payer votre passage. Je ne peux rien faire d'autre qu'ouvrir la porte de votre cage et vous souhaiter bon voyage. Nous courons des risques, vous et moi : vous de faire de mauvaises rencontres, moi de payer pour mon forfait – car c'en est un aux yeux de Rodrigue – si je suis confondue. Un conseil : ne restez pas à Saint-Estèphe. Ce fou de Rodrigue reviendra sûrement vous y chercher.

– Comment vous remercier?

– Qui de nous doit remercier l'autre? »

Elles s'embrassèrent. Sibylle conduisit Eliza par la main vers la courtine dominant l'estuaire. Elles s'engouffrèrent dans un couderc envahi d'herbes folles de juin, sous les murs de l'abbaye. Sibylle poussa un portail de bois donnant sur un escalier descellé par les ronces et débouchant sur une grève de coquillages laiteux.

« Marchez doucement, dit Sibylle, jusqu'à ce bouquet de tamaris que vous voyez à main gauche, sous cet arbre mort. Vous y trouverez un sentier très raide. Il vous mènera près d'une ferme que vous éviterez soigneusement à cause des chiens. Longez la crête de la falaise et après, courez aussi vite que vous pourrez. A Saint-Seurin-d'Uzet où vous arriverez à l'aube, rendez-vous directement à la cabane de Guilhem. C'est un pêcheur de « créacs ». Il vous fera passer l'eau sans vous poser de questions. Je l'ai prévenu. Il a reçu de mes propres mains la somme convenue. Une fois sur l'autre rive, à la grâce de Dieu ! »

L'homme attendait en mangeant du poisson séché dans l'aigre lumière d'un quinquet. C'était une sorte de sauvage mais avec de bons yeux. Ils s'embarquèrent aussitôt et touchèrent l'autre rive entre la pointe des Oiseaux et la pointe Richard. Il faisait plein jour. Guilhem souleva son bonnet étincelant d'écailles du bout des doigts en guise de salut. Ils n'avaient pas prononcé une parole depuis leur embarquement.

La palud s'étendait à l'infini dans le vent frais de l'aube. Du haut des chemins de ronde de Talmont, Eliza avait tant rêvé à ces espaces de liberté qu'elle en fut comme éblouie. Elle aimait jusqu'à cette multitude redoutable de voies qui s'offrait à ses pas. Franchi le bourrelet des graves elle s'enfonça dans le domaine des joncailles et des roselières où affleuraient des eaux mortes et des écailles de vase. Elle enleva ses souliers et pataugea avec délice, faisant se lever à son approche des vols d'oiseaux des marais et plonger des nuées de grenouilles, brisant sous ses pas le soleil liquide.

Elle piqua droit au sud dans une solitude si parfaite qu'elle devint vite pesante. Sur le coup de midi, elle évita un village de huttes d'où montaient des fumées, s'arrêta pour se reposer et manger sur un petit tertre d'herbe sèche occupé par un chêne vert couché par les vents et qui dominait un damier d'herbes et d'eaux croupies. Elle continua sa route le long de l'estuaire par un pays de forêts clairsemées et de landes tragiques. Au soir tombant, épuisée de chaleur et de fatigue, elle trouva une cabane de berger faite de feuillages secs et de branches entrelacées, avec au milieu une sole de terre battue recouverte d'un nid de cendres rassurantes qu'elle regarda comme une chose vivante et presque une compagnie. Elle dormit lourdement et eut froid; il lui sembla à plusieurs reprises entendre des appels mais ce n'était que des cris d'oiseaux nocturnes. Elle n'attendit pas le jour pour repartir en se guidant sur ce petit fil de lumière qui lisérait à l'Orient l'étendue de la forêt. Elle marchait vite; il lui semblait avoir aux trousses une compagnie d'hommes à cheval.

A l'estime, au plein du jour, Eliza jugea qu'elle devait se trouver au droit de Lesparre, non loin de Saint-Yzan et de l'estuaire. Elle connaissait assez mal ces contrées, s'égara, perdit du temps, alors qu'elle avait espéré se trouver au « bourdieu » pour la nuit.

A proximité d'un village dont elle ignorait le nom, elle demanda son chemin à une vieille en train de fagoter dans une clairière; elle apprit qu'elle se trouvait à un quart de lieue de l'abbaye de l'Ile, près d'Ordonnac. Elle reprit sa route avec de gros bourdons sonores de fatigue dans la tête. Le forêt encensait dans l'été, pleine de cigales, de criquets, de chants d'oiseaux. Les marais, la proximité des villages et des hameaux l'obligeaient à des détours et elle avait ensuite du mal à retrouver la bonne direction. Elle mangea ce qui lui restait de pain et de fromage, but un fond de vin aigrelet et s'endormit comme une souche au creux d'un taillis, derrière un rideau de fougères.

C'est là que les gens de Lesparre la trouvèrent. Elle devait avoir dormi plusieurs heures car le soleil commençait à plonger dans la forêt. Elle ne chercha pas à s'enfuir, raconta qu'elle s'était égarée en cherchant une vache échappée du troupeau.

« Ton histoire de vache, dit l'un des hommes, tu la raconteras au bailli de Saint-Yzan. »

C'était un de ces francs-archers de village qui se prennent pour des seigneurs parce qu'ils portent l'arc et l'épée et règlent l'exercice des milices rurales. Eliza protesta, arguant qu'elle devait retourner à Saint-Estèphe où on l'attendait. L'archer le prit de haut, la fit monter en croupe. Ils arrivèrent à Saint-Yzan à la tombée de la nuit.

Le lendemain, en compagnie de trois hommes d'armes, Eliza prenait la direction de Lesparre.

« Cette fois, songeait Eliza, je ne reverrai jamais Pierre et Lionel. »

La chambre de Talmont était un palais comparée à cette cellule puante. Trois pas suffisaient à en prendre la mesure, en long et en large; il coulait de l'ouverture étroite comme une meurtrière, donnant sur les fossés d'où montaient des odeurs d'eau et des chants de grenouilles, un fil de jour qui suffisait à peine à révéler les murs gluants, constellés de graffiti, le sol couvert de paille pourrie et la porte bardée de ferrures rouillées où, deux fois le jour, par une chatière, on fit passer à la prisonnière une écuelle de bouillie d'orge et une cruche d'eau.

Elle était si lasse qu'elle dormit ce premier jour sans relâche. Elle s'éveilla en sursaut, heurta la porte avec ses poings sans résultat. Quelqu'un était venu la visiter et lui avait pris son balluchon : peut-être Robert de Rockley, retour de Londres où il avait laissé son épouse. Eliza n'aimait guère les façons mielleuses de ce personnage qui, quelques années auparavant, se rendait volontiers au « bourdieu » de Stephen dont il s'était fait un ami, pour lui acheter du vin et faire la cour à sa fille.

Comme à Talmont, Eliza resta plusieurs jours sans voir un visage humain, sans entendre une voix sinon celles, lointaines, qui venaient du château et du village. Elle était si lasse et si désespérée qu'elle n'avait même plus la force et la volonté de se révolter. Elle jugeait même qu'à tout prendre, cette solitude, ce silence de crypte étaient préférables à toute confrontation dont elle n'avait rien à attendre de favorable. Elle se méfiait du gouverneur de Lesparre, ennemi mortel de Pierre de Montferrand, qui ne devait pas avoir oublié les réticences d'Eliza devant ses assiduités, et surtout la disparition d'un de ses capitaines, quelques années auparavant. Qu'on l'oublie! Qu'on la laisse crever ici plutôt que d'affronter Rockley!

Le gouverneur n'avait nullement l'intention d'oublier sa prisonnière. Il accommoda même leur première entrevue d'un peu de théâtre. Une dizaine de jours après sa capture, il fit conduire Eliza au premier étage de l'énorme donjon carré aux trois quarts baigné par la Jalle, avec ordre au capitaine qui l'accompagnait de se tenir à l'une des fenêtres dominant la cour d'honneur, de façon qu'elle ne perdît rien du spectacle. C'était dimanche; Rockley revenait de la messe au village avec une escorte d'une dizaine d'hommes en tenue de parade, toutes bannières déployées. Lui-même était revêtu d'une armure de plates en acier bruni, incongrue au point qu'Eliza faillit pouffer de rire malgré l'angoisse qui lui nouait le ventre. Un page avança un escabeau pour lui permettre de descendre de son ambleur caparaçonné comme pour une bataille. Il resta un moment immobile, visière levée, pour se laisser admirer, avec un regard à l'étage et un petit signe de la main.

« Se déplace-t-il toujours avec son armure? demanda Eliza.

— Souvent, répondit le capitaine. C'est un cadeau de messire Henry de Beaufort, évêque de Winchester et cardinal. Cette armure vaut une fortune. »

Robert de Rockley se fit attendre près d'une heure. Il se présenta chaussé de « pointes » de vair, vêtu d'une tunique légère de fin blanchet ocre à bourrelets et coiffé d'un chapeau de cuir pelé orné d'une suave aigrette blanche à boucle de diamant. C'est à peine s'il eut un regard pour la prisonnière assise sur un escabeau, sale, dépeignée, puante. Il s'installa à une petite table couverte de drap fin sur laquelle on avait déposé une collation, mangea et but en silence, jetant de temps à autre des os à ses carlins. Il rôta profond, se caressa le ventre et se leva. Il était encore fort beau, quoique un peu outré dans son élégance, avec ses cheveux frisés, son nez long mais régulier, cette insolence de fauve repu qui déplaisait tant jadis à Eliza.

« Quelle chose singulière que le hasard, dit-il en se curant les dents avec l'ongle de son auriculaire. Je vous avais presque oubliée au point que j'avais parfois du mal à me souvenir de votre prénom – Eliza, autant qu'il m'en souvienne – et voilà qu'on vous conduit à moi ! La fille de Stephen Blake, la concubine de Pierre de Montferrand ! »

Il fit quelques pas autour d'elle en la regardant à la dérobée.

« Que faisiez-vous, seule, dans cette forêt ?

– Je cherchais une vache qui s'était égarée.

– Si loin de votre domaine ? Comme c'est étrange.

– Que comptez-vous faire de moi ? »

Il écarta les bras, faisant valoir ses manches amples.

« J'avoue ma perplexité. J'aimerais sincèrement que vous retrouviez votre liberté mais je ne puis faire ce cadeau à Montferrand qui est mon plus mortel ennemi. La semaine passée, il a tué huit de mes hommes dans une embuscade, et je ne parle pas de ce capitaine mystérieusement disparu, Tyburn, qui était mon second, quelques jours avant le départ précipité de votre frère. Peut-être pourrais-je améliorer votre sort, vous laisser un peu de liberté, mais cela suppose un marché.

— Que voulez-vous dire ?

— La vie est bien monotone à Lesparre. Je suis las des putains à soldats et des bergères crasseuses. Depuis que je vous connais, j'ai le sentiment d'une attente interminable et désespérée. Et voilà que vous surgissez, que vous êtes à ma merci.

— Je croyais que vous m'aviez oubliée...

— On ne peut vous oublier tout à fait, Eliza Blake. Je lis parfois les poètes et j'ai le cœur qui se serre lorsque je tombe sur des portraits de femmes qui vous ressemblent. Malgré les apparences, j'ai l'âme sensible. »

Elle se redressa, dit avec fermeté :

« Vous n'obtiendrez rien de moi, Rockley. Faites-moi reconduire à ma cellule.

— Prenez le temps de réfléchir, Eliza. Je ne suis pas pressé. »

Ils sont venus à trois jours de là. Trois hommes silencieux, un peu crispés. Ils l'ont attachée par les poignets à un anneau du mur, lui ont relevé les jupes jusqu'à la taille, l'ont fouettée avec leur ceinture pour qu'elle cesse de se débattre, de hurler et de mordre, et ils l'ont violée à tour de rôle. D'autres sont venus le lendemain, puis d'autres encore, et ainsi chaque jour. Elle les a laissés abuser d'elle avec dégoût puis avec indifférence, repliée sur cette partie d'elle-même qui les rejetait et les ignorait. La porte refermée, grelottante, les poignets meurtris, le ventre tuméfié, elle sombre dans un sommeil traversé de nuées de colère et d'humiliation, de douleurs fulgurantes comme s'ils l'avaient rompue sous leurs assauts. Que fait Pierre ? Il devrait pourtant remuer ciel et terre pour la retrouver. A-t-il seulement appris sa fuite de Talmont ?

Parfois, le soir, il se lève sur les landes de Lesparre un vent qui vient de l'océan ou de l'estuaire, si gorgé de parfums, si poignant quand il se roule dans les chênes verts qu'elle le respire jusqu'à l'étourdissement, debout contre la meurtrière. Pierre viendra, elle le sait; un jour qui ne saurait tarder il forcera les portes de la forteresse. Elle aurait dû l'écouter, écouter aussi l' « oncle » Oswald, aller vivre à Bordeaux avec Lionel en laissant son domaine sous la garde d'un régisseur. Cette terre de Saint-Estèphe, ce « bourdieu », ces vignes, pourquoi y est-elle tant attachée ? Elle pleure, frappe du poing contre la pierre. La chatière grince; elle voit apparaître la froide bouillie d'orge et la cruche d'eau. Une odeur forte monte du caniveau creusé contre la muraille, qui sert de nécessités et qu'on nettoie quand on y pense. Elle n'a pas faim; elle songe aux hommes qui viendront demain la délivrer.

Cela ne pouvait plus durer. Eliza serait morte de douleur et d'humiliation.

Elle ouvrit les yeux, fit signe à la servante de verser encore de l'eau chaude, s'enfonça dans le baquet jusqu'au menton. Sous sa main elle sentait la peau retrouver sa souplesse, ses muscles jouer sans tiraillement, ses organes réapprendre leur fonction et ses membres leur liberté. Lorsqu'elle sortit du bain, une matrone écarta ses cuisses pour examiner son intimité et sourit en hochant la tête.

« Ce n'était pas un luxe, dit-elle. Tu étais crasseuse comme un moine mendiant, mais tu n'as pas de maladie. »

On l'apprêta comme pour une noce avant de la

conduire dans un cabinet où l'on avait dressé une table. Elle mangea de bon appétit et avala trois verres de vin pour oublier son angoisse. Messire Robert était de retour de la chasse; le gibier était encore aligné dans la cour et les fauconniers replaçaient les oiseaux dans leur cage. Il ne tarderait pas à réapparaître. Par coquetterie, il prit son temps. A la nuit tombée, une servante vint chercher Eliza avec une torche pour la conduire aux appartements du gouverneur. Il l'attendait, drapé dans une tunique blanche.

« Vous enfin, dit-il. Il me semble que je vous attends depuis des siècles. »

« Je suis perdue à jamais, songeait Eliza. Pierre ne viendra pas. »

Juillet tirait à sa fin dans l'odeur des herbes mûres et des folies de vents porteurs d'orages qui ne parvenaient pas à éclater. L'attente avait fini par durcir Eliza, à faire d'elle une statue de l'indifférence. Elle ne prenait à l'évidence aucun plaisir aux étreintes de Rockley qui était pourtant un amant convenable et assez attentionné. Elle faisait des efforts pour nier sa présence et y parvenait parfois. Ses victoires résidaient dans l'oubli et le mépris de cet homme qui la forçait, mais avec tant de gaucherie qu'il en devenait émouvant.

Comme à Talmont elle était en liberté surveillée; elle pouvait vaquer hors des murs, flâner sur la chaussée, entre la Jalle et la forteresse, épier les jeux des oiseaux et jouer sur le pré avec les carlins du gouverneur.

Rockley s'absentait souvent pour des randonnées d'une journée ou deux dans ses petits fiefs ruraux qu'il inspectait minutieusement; il n'admettait aucun relâchement dans le service qu'il devait à la Couronne et usait fréquemment de la corde ou de la hache pour l'exemple; très soupçonneux, il voyait de la traîtrise et de la négligence partout; il se méfiait même de son ombre. Il avait appris que Pierre de Montferrand était en campagne et qu'on ne tarderait pas à le voir paraître sous les murs de Lesparre.

Un soir brûlant du début d'août, alors que le gouverneur était parti inspecter le fort de Soulac, Eliza se tenait sur la courtine qui unit le donjon au châtelet d'entrée flanqué de deux tours élancées.

Au premier son de corne venant du ponceau sur la Jalle, le pont-levis du châtelet s'abaissa devant la bannière de Rockley et son armure d'acier bruni. Surprise de constater que le pont-levis ne fût point relevé, elle se porta sur le parapet de la courtine donnant sur la cour. D'autres hommes, une cinquantaine environ, venaient de s'engouffrer dans la cour, à cheval ou à pied, l'arme au poing, se dirigeant vers plusieurs poins du château comme s'ils couraient après des rats. Rockley, immobile sur son cheval, assistait passivement à cette ruée et écoutait sans broncher les cris de mort qui montaient de la salle de garde. Simplement, de temps à autre, il faisait un signe bref de son gantelet. Des hommes se battaient aux abords du châtelet; une sentinelle dégringola les escaliers du chemin de ronde, une lance en travers du corps. Lorsqu'elle entendit le cri de « Montferrand ! » Eliza se sentit défaillir de bonheur. Elle faussa compagnie à la servante, descendit en courant jusqu'à la cour. L'homme en armure releva sa visière.

« Toi ! Pierre... Je ne t'attendais plus ! »

Il descendit de cheval, se laissa entraîner dans une salle où elle le pressa de questions. Depuis un mois déjà Pierre était en campagne. Il avait deviné qu'Eliza devait être prisonnière de Rockley, ce que confirmèrent des indiscrétions. A la tête d'une petite troupe, il avait poussé jusqu'aux parages de Lesparre et, à la faveur de la nuit, s'était installé à proximité du château, dans un bois voisin d'Escot, après avoir posté un factionnaire chargé de surveiller les allées et venues du gouverneur. Une embuscade dans les landes de Gaillan était venue à bout de l'escorte commandée par Rockley, retour de Soulac. On l'avait capturé ainsi que quelques-uns des hommes qui avaient survécu; il était sous bonne garde. Si Pierre avait revêtu l'armure de son prisonnier, c'était afin de pénétrer sans donner l'éveil dans la forteresse.

« Que vas-tu faire de Rockley? » demanda Eliza.

Pierre éluda la question. En revanche il donna des nouvelles de Lionel qui était en sûreté à Bordeaux. En l'absence d'Eliza, Simon avait repris en main le domaine et ne semblait pas pressé de repartir.

« Dieu, que j'ai chaud dans cette armure! dit-il. Je suis en eau... »

On se battait encore dans les salles basses et dans les escaliers du châtelet, mais bientôt toute résistance cessa. Les derniers défenseurs sortaient en jetant leurs armes.

La nuit tombait lorsque l'on ramena Rockley, tout dépoitraillé, traînant sa jambe blessée.

« J'étais sur le point de te demander sa grâce, dit Eliza, mais, en le voyant, le souvenir des sévices qu'il m'a infligés me revient à la mémoire. Tu peux bien en faire ce qu'il te plaira.

— Quels sévices? »

Elle dut tout raconter. Pierre blêmit, passa sa main sur son visage.

« Mon Dieu! Comment a-t-il osé? »

Frémissant de colère, il se leva brusquement, écarta Eliza, jeta des ordres. Quelques minutes plus tard les soldats entassaient dans la cour des fagots et y mettaient le feu, pressés par la voix de Pierre : « Des fagots! Encore des fagots! » Il fit dégoncer une herse de fer que l'on posa près du brasier, et se retira pour se faire ôter l'armure dont on revêtit Rockley qui promenait partout des regards effarés, se débattait en criant qu'on avait tort de le malmener, qu'il faudrait rendre des comptes au roi d'Angleterre. Lorsqu'il se vit attaché des quatre membres à la herse, il se mit à hurler. Eliza intervint mais Pierre la repoussa avec une telle brutalité qu'elle n'osa insister. Aux capitaines qui protestaient contre la sévérité du châtiment, Pierre répondit qu'il y aurait assez de feu pour les faire griller tous.

Lorsque le bûcher ne fut plus qu'un lit de braise, on déposa au-dessus la herse supportée par quatre moellons. Rockley hurla de plus belle, se débattit si fort qu'une attache se rompit et qu'un côté de la herse bascula dans les braises. On le rattacha tant bien que mal avant de reposer l'instrument du supplice sur ses supports. La voix devint stridente, puis suraiguë. On ne perçut bientôt plus qu'un gémissement.

« Regarde! disait Pierre. Regarde de tous tes yeux, Eliza! Souviens-toi de ce que cet homme t'a fait subir et dis-toi qu'il n'est pas à plaindre, car le supplice que nous lui infligeons il te l'a fait subir durant des semaines. »

Il vint une atroce odeur de fer chaud et de chair grillée. Le jus épais et noir qui coulait des jointures de l'armure ranimait les flammes qui portait le fer au rouge. Eliza s'accrocha au bras de Pierre; elle sentait ses jambes se dérober sous elle.

« C'est fini, dit Pierre. Tout cela ne sera bientôt plus qu'un mauvais souvenir. Mon seul regret, c'est d'avoir abîmé une aussi belle armure. »

II

PASSAGE DU TONNERRE

(Paris, 1437; Aquitaine, 1438)

RODRIGUE repoussa le damier du jeu d'échecs et remplit les gobelets. Une fois de plus, il avait perdu contre Jacques de Bosredon qui, décidément, était imbattable.

« Tu sais que je t'envie, dit-il en se levant. Tandis que je m'ennuyais dans ce coin perdu tu entrais à Paris derrière Arthur de Richemont. Que n'aurais-je donné pour être à côté de toi !...

— Ne m'envie pas. Le spectacle n'était guère réjouissant. Imagine une ville plus vaste que Bordeaux, livrée à la famine et aux épidémies durant des semaines. Tu aurais détourné comme moi les yeux de ces cadavres de vieillards et d'enfants abandonnés sur la chaussée. Tu aurais vu des quartiers entiers soumis aux truands. Tu aurais entendu le bruit des charrettes de condamnés que l'on allait décapiter aux Halles ou pendre à Montfaucon. Et tu serais resté des nuits sans dormir, à écouter chanter les loups dans les faubourgs. »

Certes, Jacques de Bosredon avait pleuré de joie comme tous ceux qui l'entouraient en voyant les couleurs de France flotter sur les tours de Notre-Dame. Cette entrée dans Paris, quelle aventure ! Il avait fallu que la population soulevée, truands de la Cour des Miracles, putains, écoliers, hommes d'église, artisans et gens du peuple, fasse la chasse aux Anglais et ouvre aux Français une poterne de la place Saint-Jacques pour que ce siège, qui aurait pu s'éterniser, s'achevât par cette victoire. La première pensée de Jacques avait été pour la Pucelle qui, devant les murs de Paris, avait douté de sa mission et pleuré. D'autres qu'elle cueilleraient les fruits d'une guerre à laquelle elle avait tout donné; d'autres qu'elle étaient présents à la messe d'actions de grâces, à Notre-Dame, et qui, parmi ces gens, hormis quelques vieux compagnons, se souvenait encore de l'héroïne?

« Je n'ai pas cessé de penser à elle. Ivre de fatigue, je me heurtais partout à sa présence. Je la voyais brandir sa bannière, sourire en se retournant vers ses hommes pour les encourager, s'arrêter pour prier devant un calvaire ou dans une chapelle. Elle était près de moi, ce dimanche où nous avons suivi la procession sous l'orage. »

Les Anglais étaient en pleine déroute. Ceux qui avaient pu s'échapper de Paris, des troupes de paysans les attendaient pour les égorger. Depuis la mort de Bedford, l'année précédente, ils semblaient avoir perdu âme et courage.

Il avait fallu dix-huit mois au roi Charles pour se décider à entrer dans Paris. La population commençait à murmurer et à se demander s'il n'était pas dans ses intentions d'abandonner la ville aux Anglais. Le roi avait peur de Paris; il l'approchait comme une femme dont on redoute les colères et les passions; il errait dans ses faubourgs, se décidait un jour, renonçait le lendemain.

Il s'était enfin résolu à affronter Paris mais n'y était resté que trois jours. Il n'aimait pas cette ville géante qui puait la guerre, la peste, la famine, la fumée des bûchers où l'on brûlait les morts laissés sans sépulture dans les cimetières qui en regorgeaient. On était en novembre. Sous la pluie et la neige, Charles avait quitté Paris comme un amant déçu pour rejoindre ses résidences des bords de Loire et sa nouvelle maîtresse, la Dame de Beauté : Agnès Sorel, que Madame Yolande avait poussé dans ses bras afin qu'il devienne vraiment un homme et un roi.

« Console-toi, dit Jacques. Ton heure va venir et tu pourras reprendre les armes. Dans les conseils du roi et du connétable on commence à parler de la Guyenne.

– La Guyenne, dit Rodrigue. Bordeaux... »

Il vide son gobelet, regarde par la fenêtre cette étrange lumière blonde qui monte des limons de l'estuaire et se mêle sur l'horizon de l'océan aux vases lumineuses du couchant. Sa voile tendue à craquer, un petit *ship* de Bristol lutte contre le jusant. Depuis des mois, Rodrigue attend un ordre de se mettre en campagne. Il est prêt. Une centaine de lances « fournies », éparpillées dans de petites garnisons de Saintonge, guettent le signe du rassemblement. Il a renoncé à ses incursions dans des territoires éloignés : Auvergne, Limousin, Languedoc où, en compagnie de Jean Poton de Xaintrailles et de ses bandes gasconnes, il a renouvelé les fameuses « chevauchées » du Prince Noir. Il attend cet ordre qui ne vient pas : foncer sur Bordeaux.

« Patiente. Le messager qui t'apporte cet ordre est peut-être en route à l'heure qu'il est. Par où vas-tu commencer ta campagne?

– Par le Médoc. »

Il lui suffit de prononcer ce nom pour voir se dessiner le visage d'une femme, pour entendre sa voix. Cette pièce était sa chambre. Il n'y a rien changé depuis son départ. Le mur porte encore des traces noires faites au charbon. On peut y lire des mots à demi effacés, comme « amour » et « liberté ».

Derrière Rodrigue, le pays sentait la fumée, c'est-à-dire la guerre, c'est-à-dire la mort. Une terre où semblaient avoir roulé les colères de cent mille orages, où il n'y avait plus rien à piller ou à brûler, sinon des églises et des abbayes. Un pays désert, de Soulac à Audenge, où l'on pouvait marcher des jours sans rencontrer âme qui vive. Lorsque l'orage passé, que les anges noirs de Castille qui suivaient Rodrigue et Salazar avaient traversé le Médoc dans une rumeur de bataille, les gens sortaient des forêts, ramassaient leurs morts et revenaient se terrer dans leurs huttes de feuilles, redoutant le retour des « Ecorcheurs ». De ces contrées de vertes solitudes, ils avaient fait un désert de Moab, mettant par plaisir le feu aux landes et aux forêts desséchées par l'été torride, jetant des cadavres écorchés ou dépecés. Il soufflait le soir des vents de cendres : elles papillonnaient au plus épais des forêts et l'on se réveillait le matin sous une poussière noire. Les vignes arrachées et piétinées par des centaines de bœufs traînant des chariots n'accrochaient plus le regard sur l'étendue, et pourtant les vendanges s'annonçaient opulentes. Des hommes pleuraient à genoux leurs enfants morts, leurs femmes violées, leurs vignes perdues; ils ne possédaient plus rien, même plus l'espoir d'une revanche; ils n'étaient plus sensibles au moindre mouvement de révolte. Entre le ciel incandescent et la terre brûlée, sans vivres, sans armes, sans espoir, ils ne songeaient qu'à disparaître. Certains, devenus fous, couraient la campagne en hurlant, poursuivis par des meutes de chiens errants et de loups débusqués par les incendies, eux-mêmes transformés en chiens et en loups.

Devant Rodrigue se déroulait une rivière, la

Leyre, sèche comme une peau de couleuvre, avec quelques mouillures d'eau verte entre les roseaux morts. Derrière ce fossé, un espace de prairies sauvages aux longues herbes jaunes et, plus loin, une ligne mouvante, un brasillement de couleurs et d'étincelles dans le soleil de juin : l'armée de Sir John Talbot. Et, plus loin encore, à quelques dizaines de lieues, Bordeaux. On aurait pu y arriver en deux ou trois jours, mais il y avait cette armée que l'on n'attendait pas, qui semblait ancrée à la terre, ces bannières décorées de roses et de léopards.

Allait-on attaquer ou attendre que les autres se décident ? Rodrigue et Salazar s'interrogeaient du regard lorsque Jacques de Bosredon fit signe au chef des « Écorcheurs » qu'un écuyer anglais se dirigeait vers eux. On le vit franchir tranquillement la Leyre et mettre pied à terre. Il venait solliciter de *monsieur le comte de Ribadeo* un entretien avec Sir John Talbot, comte de Schrewsbury. Dix chevaliers angais de la meilleure noblesse pourraient servir d'otages. Rodrigue donna son accord contre l'avis de Jacques de Bosredon qui redoutait un traquenard.

Les deux chefs se retrouvèrent dans le lit même de la rivière, sous un saule qui faisait dans le vent léger un bruit d'eau vive.

« Vous souvenez-vous de la dernière journée du siège d'Orléans ? dit Sir John. Vous étiez présent, à ce qu'on m'a dit, à côté de la « sorcière ». Nous sommes restés plus d'une heure à nous observer. Il faisait une grosse chaleur, comme aujourd'hui. »

Il parlait sans accent, d'une voix un peu rauque qu'il éclaircissait souvent. La soixantaine passée, c'était un vieil homme à la démarche pesante, à la barbe blanche, avec un bel air de noblesse sous ses allures de soudard. Le bassinet qu'il s'était fait ôter avait laissé des traces rouges sur sa peau ridée. Ses cheveux gris étaient collés par la sueur. Il sentait fort.

« Si je me souviens... dit Rodrigue. Pourquoi n'avez-vous pas demandé bataille ce jour-là ? Nous avons été à la fois surpris et déçus que vous preniez la fuite.

— Avons-nous pris la fuite ? dit Talbot en fronçant ses gros sourcils. Nous nous sommes retirés en bon ordre parce que nous avons jugé que les chances n'étaient pas égales. Le métier des armes m'a appris à vénérer la prudence avant toute forme de courage. Les Français ont payé sur presque tous les champs de bataille, depuis Crécy, pour avoir ignoré cette évidence. Savez-vous comment on m'appelle en Angleterre ? Le « nouvel Achille ». Achille était brave mais prudent.

— Que choisirez-vous aujourd'hui : la bravoure ou la prudence ? »

Sir John sourit. Ils s'assirent sous le saule, au milieu d'une carapace de croûtes de vase désséchées qui sentait le poisson mort.

« Je n'aime pas la façon que vous avez de faire la guerre, dit Sir John. Quel démon vous pousse à tout détruire, à tuer sans discernement, à confondre la bravoure et la cruauté ? Croyez-vous ajouter à votre gloire par ces excès ? On vous dit homme d'honneur mais vous n'en témoignez guère.

— Je n'étais pas né lorsque le Prince Noir sévissait en Languedoc et en Espagne mais des gens s'en souviennent encore. Croyez-vous qu'il ait fait moins de mal que j'en fais moi-même ? Que penser des méthodes de Bedford, jadis, en Normandie, et de ces bandes anglaises qui ont brûlé trois cents paysans dans une église, près d'Amiens ? La guerre a parfois un vilain visage mais il faut apprendre à la regarder en face si l'on veut faire l'amour avec elle. De nos jours, une armée n'est redoutable que si elle marche précédée par l'épouvante qu'engendrent ses excès.

— De nos jours seulement, croyez-vous ? »

Sir John s'éclaircit lourdement la voix, ramena son épée entre ses jambes en caressant la fusée constellée d'émaux verts et bleus.

« Je ne suis pas un petit saint, Villandrando, mais s'il y a une vertu que je respecte, c'est l'innocence. Tuer une femme ou un enfant, Dieu m'en préserve ! Je peux voir égorger mille hommes sans le moindre sentiment de pitié, et je puis même le faire de ma main, mais que je respire quelque part une fleur d'innocence et je me sens devenir mouton. Peut-être ne suis-je pas de mon temps ? Peut-être suis-je trop vieux ? Je suis las de me battre, je me le répète chaque matin, et pourtant je continuerai jusqu'à mon dernier souffle parce que la guerre est mon métier et que je n'en connais pas d'autre. Je me battrai pour que ce pays demeure ce qu'il est, parce que je respire une sorte d'innocence chez ces gens qui ne demandent rien d'autre que de cultiver leur vigne, de vendre leur vin et de vivre en paix avec tout le monde. »

Il ajouta avec une pointe de jovialité :

« Suivez-moi ! Nous serons mieux sous ma tente. Ne craignez rien. J'ai fait préparer un repas et du vin frais nous attend. Vous savez que c'est la coutume en Angleterre d'offrir à boire à l'adversaire avant d'en découdre.

— Non merci, dit Villandrando en se levant. Vous souhaitiez me rencontrer ? Voilà qui est fait. Si de plus nous mangions et buvions ensemble, comment pourrais-je ensuite vous affronter ? Retournez sur vos positions, Sir John, et moi je reviens dans mon camp. »

Peu après, alors que les otages des deux armées venaient de se croiser dans le lit de la Leyre, Rodrigue constata avec stupeur que les Anglais tournaient bride bien qu'ils fussent en plus grand nombre que leurs ennemis. Sans doute Sir John avait-il jugé la position peu favorable ou refusait-il de hasarder sur une bataille incertaine le sort de Bordeaux. Malgré les avis de Salazar, de Jacques de Bosredon et des autres capitaines « écorcheurs », Rodrigue refusa de les prendre en chasse. Il resta un moment immobile, à regarder les retenues anglaises défiler derrière leurs pennons et s'éloigner en direction de Bordeaux.

Cette amitié, toute chaude en lui, pour le vieux soldat, le brûlait comme une balle de plomb.

Mgr Pey Berland, archevêque de Bordeaux, fit interrompre la lecture des Ecritures saintes, s'essuya les lèvres à la nappe brodée et se leva de table pour aller vers la fenêtre.

D'où venait cette rumeur? La foule se pressait sur le boulevard qui sépare le palais épiscopal des remparts de l'occident comme si le feu avait pris dans un taillis, au-delà du faubourg de Tournepique ou du Plantier des Juifs. Au pied des degrés donnant accès au chemin de ronde, les archers tenaient les gens à distance. Le procureur Etienne de Brosses vint annoncer que les escadrons noirs de Rodrigue de Villandrando et de Salazar arrivaient devant Bordeaux. On ne les attendait pas si tôt; aux dernières nouvelles, ils campaient dans les parages de Marcheprime; ils avaient dû marcher toute la nuit et se cacher dans les forêts pour ne se découvrir qu'au matin.

« Nous n'avons rien à redouter pour aujourd'hui, dit Etienne de Brosses. Sir John Clifton vient de dégager une centaine d'hommes de la garnison de l'Ombrière et les milices sont prêtes à intervenir.

— Allons voir cela de plus près », dit l'archevêque.

Il retrouva sur les remparts le maire de Bordeaux, Gadiffer Shortoise, le comte de Huntingdon, amiral d'Aquitaine, les frères de Montferrand, Bernard et Pierre, en armes et la mine longue.

« Ils viennent de prendre Saint-Seurin, dit Pierre de Montferrand, et vont sans doute y installer leur quartier général. Nous aurions dû abattre cette vieille bâtisse comme j'en avais eu l'idée.

— Villandrando a attendu que Sir John Talbot retourne en Normandie pour nous inquiéter », dit Bernard.

Le capitaine anglais Robert Roos venait d'inspecter les défenses occidentales, et notamment les deux barbacanes qui faisaient face à Saint-Seurin. Tout était en ordre, chacun à son poste. Le premier moment de panique passé, la ville retrouvait un calme fiévreux, l'archevêque ayant pris soin, d'accord avec le maire, d'interdire le tocsin.

On était en train de tracter vers la barbacane de Saint-Symphorien la grosse bombarde, l'*Angela*, qu'Oswald Bagot avait fait fondre de ses propres deniers quelques années auparavant, lorsque les milices bourgeoises étaient allées faire lever le siège de Budos. Monstrueuse, lourde comme une galère de vingt tonneaux, elle pouvait projeter des boulets de sept cents livres. Cette pièce encombrante ne pouvait voyager à distance que par eau; c'est ainsi qu'elle avait été conduite sous les murs de Budos. Pour promener *Angela* à travers la ville il fallait quatre attelages de bœufs tirant trois chariots à roues pleines.

« Ils n'attaqueront pas, dit l'archevêque. Ils sont nombreux mais pour ainsi dire sans artillerie ni matériel de siège. S'ils veulent nous faire peur, il en faudra bien davantage. »

Une telle assurance détendit l'atmosphère. La seule présence de Pey Berland suffisait pour rassurer. Sans élever la voix, gémir ou menacer, il ramenait la sérénité dans les assemblées ou dans la foule. Cet homme du Médoc, né dans la paroisse d'Avensan, près de Castelnau, ne se connaissait pas d'ennemis. Au début de sa carrière, il avait été le secrétaire du cardinal Uggocione, archevêque de Bordeaux, et n'avait pas perdu son temps dans les vaines coteries des chanoines. Ses qualités lui avaient valu d'être désigné pour participer au concile de Pise, l'année de la mort du pape Alexandre V. Poussé par la curiosité autant que par la foi, il avait effectué un voyage en Terre sainte qui lui avait permis de prendre, en même temps que la dimension du monde, un profond sentiment d'humilité et le mépris des souffrances et du danger. La soixantaine proche, il était encore très droit, avec un visage long et maigre, creusé de rides verticales. Il portait le cilice et refusait tout autre vêtement de dessous que ceux dont usaient ses serviteurs. Il avait conscience d'avoir un rôle à jouer entre les bourgeois divisés en factions querelleuses et les bouillants capitaines anglais.

Sensible aux malheurs du Médoc consécutifs au passage des « Ecorcheurs », il avait fait distribuer des vivres et des vêtements aux habitants qui, dépourvus de tout, s'étaient repliés sur Bordeaux. Mêlé à leur foule, il leur avait parlé et les avait réconfortés. Il ne se plaisait qu'avec des gens simples dont il parlait la langue. Lorsque dix ans auparavant, il avait, succédant à David de Montferrand, oncle de Pierre, pris possession du diocèse, il l'avait trouvé en proie à l'anarchie; devant la carence de l'autorité anglaise, chacun prétendait détenir le pouvoir; il se l'arrogea sans violence, par la seule puissance de sa raison, de sa justice et de sa foi. Il ne se faisait plus rien à Bordeaux qu'on ne l'eût consulté.

Eliza ne voyait jamais sans un serrement de cœur s'éloigner Pierre. Il n'était pas raisonnable. Si on l'avait écouté, il aurait multiplié les sorties, harcelé les Français pour les jeter hors de Saint-Seurin. Villandrando était sa bête noire; il ne lui pardonnait pas de l'avoir chassé de Lesparre, poursuivi à travers le Médoc jusqu'aux portes de Bordeaux, mais surtout les sévices qu'il avait fait subir à Eliza lui restaient sur le cœur et il s'était promis de la venger.

Eliza attendait son retour en compagnie de Lionel dans la vaste demeure des Bagot, cet « oustau » de la rue Neuve qui sentait le vieux, entre Oswald qui se laissait glisser vers la mort et Joan dans la folie, tandis qu'Eliot se confinait de plus en plus dans son cabinet de travail. Les bâtards d'Oswald, garçons et filles, mettaient la maison au pillage et la remplissaient de leurs fêtes et de leurs chamailleries.

La famille qui, au temps de Thomas, avait tenu la première place, s'en allait en charpie. Eliot s'efforçait de maintenir une apparence de respectabilité; il siégeait au Conseil des Trente où il faisait bonne figure mais n'était guère écouté. Devenu outrageusement gros, la soixantaine venue, le fils d'Alicia Bagot et de Stephen Blake ne se déplaçait plus à travers la ville que dans une litière occultée par des rideaux de cuir et portée par deux robustes courtauds de Hongrie empruntés à l'écurie d'Oswald Bagot.

Jadis vivante et passionnée comme Alicia, Joan s'était perdue insensiblement dans les brumes d'une consomption mentale. Elle ne semblait prendre goût à l'existence qu'en compagnie d'Eliza qui s'efforçait de susciter en elle quelque intérêt pour l'existence; elles se rendaient ensemble aux offices religieux mais Eliza ne parvenait à provoquer en elle que des accès de tendresse inattendue. Elle était devenue blanche comme du sel, et si fragile qu'on lui évitait toute émotion.

Le départ pour Londres de Ralph et d'Augusta Blake, les deux enfants d'Eliot et de Joan, avait porté à Oswald un coup fatal car il les considérait un peu comme ses propres enfants. Depuis quelques années, il avait renoncé à son trafic d'esclaves et à toute activité quelle qu'elle fût. Les chevaux même ne l'intéressaient plus; ceux dont il parlait encore avec une tendresse dans la voix avaient depuis longtemps fini sous le couteau de l'équarrisseur. Il ne quittait plus sa chambre dont les murs, les meubles, les tentures avaient fini par prendre son odeur de vieillard malgré les fumigations d'herbes et d'encens. L'apparition de Villandrando devant la ville avait failli l'arracher à sa torpeur; il ne parlait de rien moins qu'aller « tirer les oreilles de ce chenapan », auquel il n'avait pas pardonné de l'avoir abandonné en rompant le contrat d'honneur qui les liait. Il demandait parfois des nouvelles du siège et restait suspendu par ce fil précaire à une ville à laquelle il tournait le dos.

« Tu dois rester à Bordeaux, disait-il à Eliza. Tu n'y seras pas dans le besoin. Une partie de mes biens te reviendra. Le Médoc, c'est trop dangereux. Laisse le « bourdieu » à Simon. Je suis le dernier des Bagot. Tu seras mon héritière, avec Eliot. »

Elle promettait de rester, songeant qu'elle partirait à la première occasion. Simon était seul à Saint-Estèphe. Elle lui avait rendu visite à son retour de Lesparre avec Pierre. Simon était en train de labourer pour un nouveau plantier proche de l'estuaire, une nuée de mouettes le suivant comme une traîne mouvante. Torse nu, joyeux, il était beau comme un petit dieu d'argile. Il songeait à épouser la fille du bailli de Lamarque, mais l'orage de la guerre s'était abattu sur le pays et il n'avait eu que le temps de passer sur l'autre rive; quand il était revenu, le « bourdieu » n'était que ruines et cendres et le vignoble couché comme à la suite d'une tourmente. « Abandonne tout, lui avait conseillé Eliza. Viens vivre avec nous à Bordeaux. » Il avait failli accepter puis il s'était repris. Avec les secours d'Oswald, de Pierre de Montferrand, de Pey Berland, il avait pu reprendre sa tâche. Il lui était venu avec l'âge une sorte de passion pour ce coin de terre; taciturne, il se plaisait dans cette solitude, avec une servante et deux ou trois commis gagés par Montferrand. Il reconstruisait le « bourdieu » en utilisant les pierres amenées par Stephen pour sa tour et vivait au milieu du chantier, écrasé de travail mais plus heureux qu'il ne l'avait jamais été.

Pierre revenait rarement à Montferrand qu'il avait laissé à la garde de son frère François et de son épouse, Marie de Bedford. Ses ardeurs procédurières s'étaient émoussées. Pouvait bien occuper qui le désirait les landes et le château de Lesparre! Les temps n'étaient plus à ces nostalgies dérisoires. Le modeste hôtel de la rue d'Enfer n'était plus de son goût et il y séjournait peu. Il tenait du camp volant, passait une partie de ses nuits avec ses capitaines, le sénéchal ou le maire, commençant ici un repas qu'il achevait ailleurs.

Il entrait, jetait son baudrier sur un fauteuil, expédiait une rapide toilette, parlait d'abondance des affaires du siège et s'endormait dans les bras d'Eliza. Lorsqu'ils s'éveillaient, qu'il fît nuit ou jour, ils faisaient l'amour.

Après leur retour de Lesparre il ne l'avait pas touchée d'une semaine, au point qu'elle avait fini par croire qu'elle lui faisait horreur. Leur première étreinte s'était soldée par un échec et elle en avait pleuré. « Laisse-moi le temps d'oublier un peu, lui dit Pierre. Ce sera difficile, mais j'y parviendrai. Je t'aime trop pour n'avoir plus envie de toi. » Ils avaient décidé d'un commun accord d'attendre et avaient été récompensés de leur patience. Au printemps, durant une promenade à cheval le long de l'estuaire, ils avaient fait halte au pied d'une butte de bruyères; le plaisir avait éclaté en eux au même instant, à peine l'avait-il pénétrée. Ils avaient ri de leur précipitation, de cette étreinte de bergers, de ces brindilles sèches et de ces fleurs qu'ils retrouvaient sur leurs vêtements et dans leurs cheveux. La belle entente d'autrefois, l'harmonie de leurs étreintes leur étaient revenues comme s'ils n'avaient qu'un même corps, irrigué d'un même sang et que leurs pensées et leurs émotions fussent visibles à travers eux. Il ne cessait de lui répéter qu'il n'avait jamais connu auprès d'une femme cette qualité et cette intensité dans le plaisir.

Eliza avait eu très peur pour sa vie, lors de l' « affaire des vignes » à laquelle Pierre avait été mêlé.

Villandrando ayant fait mine d'abandonner ses positions de Saint-Seurin, Pierre avait rameuté troupes et milices pour se lancer à sa poursuite et harceler ses arrières. Ce n'était qu'un traquenard. Cachés dans les vignes hautes entre l'hôpital Saint-Martin et l'abbaye Saint-Seurin, les archers et les arbalétriers de Rodrigue s'en étaient donné à cœur joie, tirant leurs agresseurs comme des grives. Il avait fallu se replier en hâte sur la barbacane en laissant morts et blessés sur le carreau.

On avait riposté en faisant donner *Angela* et tout le parc d'artillerie qui l'entourait, mais ç'avait été un beau feu d'artifice en pure perte.

Villandrando avait reçu des renforts dont il se serait bien passé étant donné qu'il commençait à manquer de vivres : Jean Poton de Xaintrailles et ses « Ecorcheurs » gascons, le bâtard Gui de Bourbon, son beau-frère, ce fou de Charles d'Albret. Ils venaient à la curée comme si la ville eût été sur le point d'ouvrir ses portes. L'armée passa devant Bordeaux le reste de l'automne puis l'hiver, mettant le pays en coupe réglée, bloquant les routes de la cité qui, ne recevant de vivres que par le fleuve, et fort peu, mangeait « plus de millet que de blé ». Le roi Charles semblait peu pressé d'envoyer aux assiégeants les canons et le matériel de siège qui leur faisaient défaut; ils avaient quatorze mille chevaux devant la ville, mais pas une échelle pour escalader les remparts et quelques mauvais canons dont ils évitaient de se servir pour ne pas réveiller *Angela*.

Villandrando quitta Bordeaux peu après Noël, suivi de Xaintrailles. Albret et Bourbon restèrent jusqu'au printemps et déménagèrent à leur tour au temps de Pâques sur la pointe des pieds. Ils laissaient derrière eux un désert.

« Ne vous réjouissez pas trop tôt, avait dit Pey Berland. Ils reviendront. Eux ou d'autres de leur espèce. » Il avait parlé des sauterelles et autres plaies d'Egypte. Bordeaux n'était pas au bout de ses peines et devait rester vigilante. Malgré ses hésitations et ses velléités, le roi Charles n'avait pas renoncé à conquérir l'Aquitaine.

Entre Arthur de Richemont et Agnès Sorel, Charles avait pris forme de roi. Il gardait ses allures de vieux notaire, ses mines fuyantes, ses obsessions mais, libéré de l'emprise de ses favoris et de ses compagnons de débauche, il avait appris à prendre des décisions et à s'y tenir. Madame Yolande et la reine Marie le regardaient d'un œil mouillé partir pour la guerre, son visage maigre et long, au nez proéminent, perdu dans l'ombre de son chapeau à larges bords. En fait, il se contentait de suivre de loin ses troupes dans lesquelles Richemont tentait de ramener un semblant de discipline. Il était bien incapable de tenir une épée; les audaces et les insolences de son fils, le dauphin Louis, l'effrayaient; cet adolescent brouillon n'était à l'aise qu'avec un destrier entre les cuisses et quelque idée de « pragueries » – ces fugaces rébellions de seigneurs – dans la tête.

Tandis que Sir John Talbot menait en Normandie une lutte de géants contre Dunois, Charles rêvait à ces provinces de l'océan où les roses des Lancastre semblaient narguer les lys de France; il devinait qu'il ne serait jamais tout à fait roi tant qu'il ne serait pas entré dans Bordeaux. Ce verger le tentait mais les fruits n'étaient pas mûrs; Villandrando et d'autres y avaient goûté et en étaient revenus avec un goût d'amertume aux dents. Il était mal renseigné sur ce qui se passait à Bordeaux et cela l'irritait.

« Le moment ne tardera guère, disait Pey Berland, où le roi décidera d'intervenir. Ce jour-là, ce n'est pas une bande d' « Ecorcheurs » que nous aurons à nos portes mais une armée régulière bien pourvue en artillerie... »

Lorsque, à la suite d'un long périple dans ses provinces du Sud, en compagnie de la reine Marie et de la favorite, le roi se présenta devant la ville de Tartas, en Guyenne, on lui ouvrit les portes sans qu'il eût à faire parler le canon. Cela lui parut d'un excellent présage.

Avec son armée composée de douze mille hommes d'armes, quatre mille lances, huit mille archers et arbalétriers, il se porta sans désemparer sur Saint-Sever et sur Dax.

Il remonta ensuite tout droit sur Bordeaux.

III

NE DITES JAMAIS « ADIEU »

(Bordeaux et Médoc, 1442)

RIEN ne laissait supposer que l' « oncle » Oswald pût mourir si tôt. Il semblait même ragaillardi depuis la visite de l'archevêque qui partait pour Londres demander le secours du roi. Trois jours avant sa mort, il avait bu et plaisanté avec l'ambassadeur du roi Henry, Sir Thomas Beckington, évêque de Bath, secrétaire royal, venu se rendre compte, accompagné de son chapelain, de la situation en Aquitaine et négocier le mariage du roi avec l'une des trois filles du comte d'Armagnac. Eliza avait assisté à l'entretien.

« Comprenez mon embarras, maître Oswald. Le roi me demande de faire exécuter *fidèlement* le portrait de ces trois donzelles. Ce souci de fidélité a failli mal tourner pour notre artiste. Lorsque les trois modèles ont vu le chef-d'œuvre, elles ont poussé de hauts cris, pleuré, assommé le malheureux et menacé de le faire emprisonner.

– J'ai rencontré ces pies grièches il y a trois ans, dit Oswald. C'étaient déjà des laiderons. Elles n'ont pas dû embellir, depuis.

– Elles ressemblent à trois vieux pruneaux poussiéreux oubliés derrière un coffre. »

Oswald s'était fait raconter par Beckington, qui en avait été témoin, le coup d'audace manqué des

Français. Une troupe d'une centaine de soldats venus de Royan montés sur des gabares, s'était glissée sur les graves entre les portes de la Rousselle et de Saint-Jean pour s'emparer d'un gros navire et d'un petit bâtiment chargé à pleines cales de vin et de blé. Le jusant les ramenait en douceur vers leur point de départ lorsque, sortant de Bordeaux, le capitaine Scott leur avait donné la chasse avec des embarcations légères, les avait pris d'assaut et leur avait tué une vingtaine d'hommes devant Blaye.

« Scott, dit Beckington, n'était accompagné que d'artisans et d'ouvriers. Si on ne les avait pas retenus, ils auraient poursuivi la chasse jusqu'à Royan ! Ces gens n'aiment pas qu'on leur vole leur pitance sous le nez. C'est bon signe. Je rendrai compte à Sa Majesté de cet acte de bravoure. »

Oswald s'était laissé retomber dans ses coussins, la bouche ouverte. Il respirait avec peine, balançait la tête de droite à gauche. Eliza lui avait fait avaler un sédatif.

« Comme je regrette de n'avoir pas assisté à ces exploits, dit-il, moi qui ai participé jadis à la fameuse bataille de l'estuaire où les gens de Bordeaux ont coulé la flotte de l'amiral de France ! Ah ! Eliza, si je pouvais, une fois encore, une seule fois avant de mourir, me battre, me battre... »

Il était entré dans la mort depuis le jour où on lui avait annoncé que les armées du roi Charles assiégeaient La Réole où il possédait un important dépôt de pastel géré par un de ses bâtards, et deux maisons sur la Garonne. Le roi, qui remontait vers Bordeaux, n'avait fait que passer. Assiégé dans sa demeure durant la nuit, il s'était échappé en chemise. Le cours de la Garonne était maintenant entre les mains des Français et La Réole était tombée. Il y avait dans ces victoires quelque chose qui les rendait irréversibles. Oswald le devinait et en mourait doucement.

« Parlez-moi de votre roi, Sir Thomas. Je ne le verrai jamais...

– C'est une créature d'un autre monde, dit Sir Thomas. Il écoute d'une oreille les tumultes du siècle, les orages de cette guerre civile qui ravage notre malheureux pays, et de l'autre les voix du Ciel. Il se perd dans les Ecritures, sa lecture favorite, comme dans une forêt ou un désert. Nous nous réjouirions de sa sainteté si ce n'était une absence au monde et une fuite devant ses responsabilités. En vérité, le petit-fils de Charles le fou est faible d'esprit et votre archevêque aura du mal à le convaincre.

– Il réussira, soupira Oswald. Il reviendra avec des troupes d'élite et les meilleurs capitaines du royaume. S'il échouait, le roi Henry perdrait sa plus riche province et la source de ce vin dont toute l'Angleterre a soif. Et nous, Beckington, nous perdrions notre prospérité, notre honneur et notre liberté. »

L'état d'Oswald s'était aggravé deux mois plus tard, sur la fin de septembre, à la suite de l'annonce d'une victoire des Anglais à Saint-Loubès, à quelques lieues de Bordeaux, sur les terres des Montferrand. Son mal ne faisait plus la différence entre les émotions fastes ou néfastes; elles le ravageaient de la même manière. Eliza et Eliot essayaient bien de lui cacher les nouvelles importantes mais elles finissaient toujours par lui parvenir. Il en avait eu pour des jours et des nuits à se griser par la pensée de cette petite victoire, à reconstituer l'assaut, l'acharnement des femmes du pays à faire la chasse aux Français qu'elles avaient ramenés triomphalement à Bordeaux à quatre pattes en les chevauchant.

Il s'était réveillé une nuit alors que la Grosse

Cloche sonnait trois heures. Fouillant fébrilement dans son coffre, il en avait tiré sa solide épée de Valladolid qu'il n'avait pas portée depuis la bataille de l'estuaire, trente-six ans auparavant. Dans la lumière de la chandelle qui fumait au ras de la bobèche d'avoir brûlé toute la nuit, il la regarda palpiter comme une flamme bien droite avec ses images de fauves en train de chasser dans des forêts de paradis, de sauvages et d'esclaves poursuivis par les chiens et les piqueurs, le détail des armes, des fleurs, des visages ciselés par le vieil artisan. Pointée à la verticale, elle semblait lui montrer un chemin de récurrence, entrelaçant les éléments des scènes qui resurgissaient à sa mémoire dans une confusion déconcertante. Ces visages, il lui semblait les reconnaître : celui de Villandrando en train de servir une biche dans la forêt proche de Palenzuella peu avant leur départ pour Bordeaux; celui d'Angela à la fenêtre d'une auberge où ils avaient passé la nuit, sur le grand chemin de Burgos; celui de Teresa, levant les bras au ciel, sa chemise à moitié arrachée par un molosse... Il montait et descendait cette échelle de vie, tantôt par une face de la lame, tantôt par l'autre, appelant les personnages par leur nom, encourageant les chiens et les veneurs. La flamme de la bougie éteinte, il s'était senti soudain seul et perdu en face de lui-même, de cette vie manquée, dans cette maison qui avait été prématurément son tombeau. D'où lui était venue cette puissance subite, cette volonté de tout détruire autour de lui et de se détruire lui-même pour contester à cette présence mystérieuse qui le guettait derrière les rideaux le droit de disposer de lui ? Il frappa droit devant avec un « ahan » qui lui déchira la gorge, et rompit un fauteuil. Arrachant le tranchant à la mâchoire de bois il balaya d'un large revers le guéridon et le brasero qui éclata dans la pièce en poussière d'étoiles rouges. Il éventra sa couche, fendit en deux tout au long une tapisserie, fit éclater la fenêtre. Des rumeurs lui parvenaient comme d'une bataille lointaine, des heurts contre la porte fermée, des voix et des bruits de pas comme si toute la maisonnée fut en révolution. Il songea à Antoine après Actium, à la requête exposée à son esclave, Eros, en lui tendant son épée : « Mon fidèle Eros, rends ce dernier service à ton maître : aide-le à mourir. » Oswald se laissa tomber lourdement sur son épée retournée, la garde bloquée contre la base du mur. La lame le traversa de part en part. Lorsqu'on l'étendit sur son lit il respirait encore, sa bouche dégorgeait une écume rose, et même il put prononcer quelques mots où il était question de « liberté ».

« Il est mort en souriant », dit Eliza.

Cette mort, c'est lui qui l'avait choisie. Il semblait avoir voulu tuer en lui un personnage étranger, ennemi, peut-être cette image de vieillesse et d'impuissance que les miroirs lui renvoyaient et qui lui était devenue insupportable. Il n'aimait les affaires que pimentées d'aventure. Du jour où il avait eu devant lui une route bien droite, dans son armoire le manteau de jurat, dans son coffre de l'or acquis sans se battre, il s'était replié sur ses souvenirs.

« J'aimais Oswald, dit Eliza, mais je ne savais pas à quel point. Et maintenant qu'il est mort, je... »

Simon l'interrompit, se dirigea vers la fenêtre.

« Regarde ! C'est elle. »

Ils sortirent sur le pas de la porte. Les terres du printemps étaient moites de pluie et d'amour; la fille qui se dirigeait vers eux à travers les tamaris semblait née d'une de ces brumes qui floconnent le matin au « pied du temps ». Comme le pays était paisible, elle voyageait seule, à cheval, depuis Saint-Corbian, avec en guise de selle une simple couverture. Lorsqu'elle tournait la tête, ses cheveux flottaient et de petites étincelles de soleil s'y accrochaient.

« Elle est belle, dit Eliza.

– Non, mais je l'aime. Nous nous marierons après les vendanges. J'ai décidé d'achever ce que notre père avait commencé. Cette tour, j'y ai longtemps songé durant le siège d'Orléans et les campagnes qui ont suivi. Elle semblait me faire signe de revenir. Je l'achèverai donc, et j'y adjoindrai un bâtiment d'habitation. Le « bourdieu » où nous vivons encore deviendra vite insuffisant, car je veux des enfants, beaucoup d'enfants. Il serait temps que je commence! A trente-six ans... Cécile est d'accord. »

Cécile était la troisième fille d'un rebouteux de Saint-Corbian. Les deux aînées s'étaient mariées, elle restait seule avec ses parents, à cueillir et à trier les simples et à s'occuper du ménage. Elle ne savait ni lire ni écrire mais n'avait pas sa pareille pour deviner un oiseau au chant ou au vol, reconnaître le nom et les vertus d'une plante. Elle était un peu sorcière aussi, avec tout un bagage de secrets qui impressionnaient beaucoup Simon et la lui rendaient plus chère.

« Avant de te lancer dans de tels travaux, dit Eliza, réfléchis bien. Tu me fais l'effet d'un homme qui ensemence un champ en sachant que les sauterelles l'anéantiront... »

Il bougonna. Les sauterelles... Si c'était des Français dont elle parlait, ils n'étaient pas prêts à revenir dans le Médoc. Elle le laissa dire, consciente d'être allée trop loin. L'illusion du bonheur, c'est déjà du bonheur. Elle ne reconnaissait plus Simon le taciturne. Le matin, elle l'avait surpris en train de chantonner en se lavant le torse dans le baquet plein d'eau de pluie placé devant la porte. Les êtres et les choses faisaient écho à son bonheur.

« Les Anglais semblent avoir de plus en plus soif de notre vin, dit-il. Toute notre récolte leur a été expédiée et ils en réclament encore. A croire que les révolutions et les guerres donnent soif ! J'ai gardé deux pipes de ce vin qui sent la framboise, dont notre père était si fier et j'en ai planté deux cents autres pieds. Si le printemps n'est pas trop pluvieux, nous aurons une fameuse récolte. »

Cécile descendit de cheval. Elle était pieds nus et ne semblait pas craindre l'air vif de la matinée d'avril. Dans son dos elle portait la besace dont elle ne se séparait jamais et dans laquelle elle jetait les simples qu'elle cueillait. C'est vrai qu'elle n'était pas très belle : de proportions harmonieuses, certes, mais un gros visage rond aux pommettes saillantes, une bouche mince, un drôle de petit menton qui semblait se détacher du reste et des yeux trop grands, d'un gris-bleu inexpressif. Elle semblait être de ces filles qu'on ne prend pas pour l'amour mais pour la raison, qui rassurent et aident à vivre — ce dont Simon avait besoin — compagnes autant qu'épouses, faites pour partager avec la même fidélité le pain de la paix et celui de la guerre.

« Je sais que vous rendrez mon frère heureux, dit Eliza. Si vous voulez le garder, faites-lui des enfants. Vous devriez commencer dès les vendanges prochaines.

— C'est déjà fait », dit Cécile en posant ses mains sur ses hanches.

Son rire faisait plaisir à voir et à entendre. Déchirée par endroits et mal recousue, sa robe sentait l'herbe sèche de l'été. Cécile avait des traces de jus vert au bout des doigts. On lui aurait piqué la peau, il en serait sorti une jolie goutte de galipot couleur d'ambre. A peine arrivée, elle était ressortie pour cueillir des orties contre le flux de ventre; elle en avait repéré sur le bord de l'estey, à l'abri des roselières, un carré de quelques brasses, net et propre, qui paraissait être l'écume de la terre.

« Tu vois, dit Simon, je n'ai pas à me faire de soucis pour ma santé. J'ai un placard plein de tisanes. Pour lui faire plaisir j'en prends de temps à autre, mais je préfère notre vin. Elle aussi, d'ailleurs... »

Il prit Eliza aux épaules, la força à se retourner vers lui.

« Ma petite sœur ne semble pas heureuse. Il suffit de la regarder et de l'entendre. Elle parle du bonheur comme si elle y avait renoncé.

– Je suis fatiguée de courir après lui, Simon, car je sais que je ne le rattraperai plus jamais. Il est aussi insaisissable que Pierre, et mon bonheur s'appelle Pierre.

– Trouve-lui un autre nom.

– C'est trop tard. Je n'en ai ni l'envie ni le courage. »

Pierre de Montferrand, depuis qu'une paix précaire avait succédé au passage du roi Charles dans la Guyenne, était repris par ses ardeurs procédurières. Profitant du voyage de Pey Berland à la Cour d'Angleterre, il avait frappé aux bonnes portes de Londres, mais on n'avait pas oublié ses excès : la mort atroce qu'il avait infligée à Robert de Rockley et sa mainmise autoritaire sur le château de Lesparre qu'on l'avait sommé de restituer au sénéchal de Guyenne. On lui claquait les portes au nez mais il ne se décourageait pas. Conscient d'être l'un des deux ou trois plus grands seigneurs d'Aquitaine, il avait tendance à abuser de cette puissance; il commandait en maître, faisait la loi, indisposait l'administration militaire, le maire et les jurats. On le redoutait; on ne l'aimait pas.

« Cela fait plusieurs mois que je ne l'ai pas vu. Ses nouvelles me parviennent par des gens qui l'ont rencontré et qui me rapportent sa promesse de revenir dès que possible. Ses promesses, je les connais : ce ne sont que de vagues intentions. Même notre fils, Lionel, lui semble indifférent. J'ai été assez sotte pour croire qu'il pourrait renoncer à Marie pour vivre avec nous. Il ne l'aime pas plus que moi et ce ne sont pas les deux fils qu'elle lui a donnés qui pourront le rapprocher d'elle. Cet homme n'aime que lui-même et ne croit qu'en ses obsessions. Pourtant je ne désespère pas. Chaque nuit, je laisse ma porte ouverte mais il ne la pousse jamais.

— Je vais aller le trouver, lui parler...

— Tu ne le trouverais pas. Il ne reste pas deux jours au même endroit. Si je venais à mourir, il ne l'apprendrait qu'après des semaines et des mois. Simon, rien n'est pire que l'attente et cette lumière d'espoir qui s'éteint lentement. Parfois je me dis que je finirai comme Alicia ou comme Joan. Si je n'avais pas Lionel, je crois que je me laisserais mourir. »

Pierre avait même renoncé à poursuivre Rodrigue de Villandrando, malgré la promesse qu'il avait faite à Eliza de le lui ramener mort ou vif et de le faire fouetter dans la cour de l'Ombrière. Où était Rodrigue? Où était Pierre? Ils jouaient les ouragans chacun de leur côté, à leur manière et s'ignoraient. Eliza vivait chichement d'une rente que lui avait laissée Oswald dont la fortune était plus obérée qu'on le supposait, et de la part que Simon lui versait, avec des retards dont il n'était pas responsable, sur leur domaine de Saint-Estèphe. Pierre ne lui était pas venu en aide depuis plusieurs mois et elle se serait bien gardée de récriminer. En aurait-il eu les moyens ? La promesse d'une dot de six cents livres tournois promise par Bedford s'était évaporée avec la mort du régent de France. En compensation, la Couronne avait attribué à Montferrand deux pauvres fiefs... à conquérir sur les Français.

Eliza avait laissé Lionel à Bordeaux.

C'était maintenant un bel adolescent. Francis, frère d'Oswald, chanoine au chapitre de Saint-André, l'avait pris sous sa protection et lui enseignait le latin et la logique avec une constance qui n'était guère payée de retour. Lionel préférait la compagnie des bâtards d'Oswald à celles des clercs et le vin fort de l'amitié aux sédatifs dont le gavaient les écolâtres. Il rentrait tard la nuit ou ne rentrait pas. On le fouettait de verges devant ses compagnons d'étude; il serrait les dents sans laisser échapper une plainte et récidivait à la première occasion.

« Le latin et la logique... bougonnait Simon. Ce n'est pas ce genre d'enseignement qu'il lui faut. Pour un Blake, il n'y a que deux voies : l'épée ou l'araire. Puisque Pierre ne se soucie pas de son éducation, confie-le-moi. Le vignoble manque de bras. S'il regimbe, je saurai lui faire entendre raison. »

Il avait suffi que l'archevêque abandonne ses brebis durant quelques mois pour qu'elles perdent la tête et se laissent aller aux pires errements. A peine revenu d'Angleterre, il avait ressenti ce vent d'inquiétude qui soufflait sur la province. Les promesses qu'il ramenait se heurtaient à des visages de bois. Les ouvriers boudaient aux remparts et les soldats à l'exercice; on lançait des injures et des pierres aux patrouilles anglaises. Bordeaux sentait l'insurrection, travaillée en profondeur par des espions français qui lâchaient dans la ville des nouvelles alarmantes que les événements semblaient sur le point de confirmer.

De ses promenades en ville, Pey Berland revenait désabusé. Il fallait se mêler à la population, répéter l'antienne à laquelle plus personne ne croyait, réaffirmer que la « grande armée » était en train de se constituer, qu'une flotte immense était au mouillage dans les ports de la Manche, affronter ces regards fuyants et ces mines maussades. Cette armée, on n'y croirait vraiment que lorsqu'on la verrait débarquer sur les graves de Bordeaux. On avait perdu confiance dans le roi d'Angleterre; il se moquait bien de cette province perdue!

Le roi n'était pas un saint, encore moins un soldat. De la sainteté, il n'arborait que les apparences; les élans qui le portaient vers Dieu n'étaient que faiblesse et parvenaient mal à cacher son incompétence, sa légèreté, sa sottise; son désir de paix n'était que lâcheté. Conçu dans la mésentente, enfanté dans les larmes, élevé dans l'ambiance trouble et violente de la Cour balayée par les révolutions, il vivait en bigot simpliste et en roi incapable. C'était, disait-on à Londres, « une âme prête pour l'autre monde ». Ce désert humain était un champ de bataille perpétuel; français par son grand-père Charles VI et par sa mère, Catherine de Lancastre, il se sentait appelé à coiffer la double couronne comme son père mais n'était pas soutenu par la volonté d'y parvenir. Effrayé par la France, ce pays battu par les tempêtes de la guerre, il ne se sentait Valois que par foucades. Tout jeune encore, en compagnie du régent de France, il avait aperçu au cours d'une promenade à cheval dans Paris, penchée à un fenêtre, une femme au visage de vieille poupée fardé à plâtre et à charbon. « Votre aïeule, la reine Isabeau, lui avait-on murmuré à l'oreille. Sire, il est préférable que vous ne rencontriez pas cette recluse... »

De ce triste fantoche, on ne pouvait attendre que des intentions, rarement des promesses qu'il n'était jamais certain de pouvoir honorer, ballotté qu'il était entre ses oncles affrontés les uns aux autres et aussi incapables que lui de gouverner. Pey Berland avait quitté Londres avec un énorme bagage d'intentions royales. La seule volonté formelle exprimée par le roi était son union avec une princesse de France, une fois abandonné son projet de mariage avec un laideron d'Armagnac; il songeait à la fille de René d'Anjou : Marguerite, qui lui apportait une promesse de paix durable. Le duc de Suffolk fut chargé de la négociation.

Maître Eliot déplia la lettre que le capitaine venait de sortir de sa ceinture et la lut lentement. C'était un banal billet de logement comparable à ceux que bien d'autres bourgeois de Bordeaux avaient dû recevoir. Le capitaine Nicolas Courtenay, du corps expéditionnaire d'Edouard Hull, se recommandait de Ralph Blake, fils d'Eliot et de Joan, qui vivait à Londres. Il arrivait tout droit des collines du Devon et n'avait vécu à Londres que six mois, le temps de se préparer au « voyage de France » et de se faire quelques amis, parmi lesquels Ralph Blake. Outre ses relations avec la colonie de marchands bordelais, Ralph était devenu l'agent d'un certain Antonio Morosini, trafiquant d'armes, qui avait des correspondants dans tous les pays d'Occident. Il possédait une demeure sur le Strand, où fréquentait la « gentry » et qui était devenue un « carrefour d'influences » où, entre deux libations de vin de Guyenne, on traitait des marchés importants.

Eliot grogna dans son double menton, compara

la signature figurant sur un pli joint au billet avec celles qui paraphaient d'autres documents et ne trouva rien à redire, sinon :

« Il n'y a donc plus de place à l'Ombrière pour qu'on vous adresse à moi ?

– Je l'ignore, maître Blake, mais je pensais que le mot de Ralph serait suffisant pour me faire agréer. Si cela vous gêne, je puis solliciter une autre affectation.

– Non point... Non point... Restez, mon ami. Où est votre bagage ? »

Nicolas ne possédait en tout et pour tout qu'un coffre qu'il avait laissé à l'entrée, sous la garde d'une sorte de dogue à deux pattes, barbu jusqu'aux yeux, un nommé Scrope, qui lui servait d'écuyer, de palefrenier, de garde du corps et de partenaire aux « quartes », ce qui permettait à Courtenay, fils de paysan, de se donner des airs de hobereau. Il n'avait pas trente ans, un corps un peu frêle d'apparence, des cheveux d'un blond tirant sur le châtain, d'admirables yeux hésitant selon la lumière entre le bleu et le vert. Il parlait un français appliqué et avait la mine égarée de ceux qui viennent de loin et ne savent où ils mettent les pieds. Son regard avait des hardiesses que démentaient ses gestes et ses attitudes. Au vu de ces derniers, maître Eliot songea à l'expédier dans la loge des palefreniers, aux écuries, mais, ayant affronté son regard, il lui céda une chambre.

Courtenay était la discrétion même. Il s'éclipsait le matin, après avoir avalé son « porridge » préparé par Scrope sur un réchaud à charbon de bois, et ne reparaissait guère avant le couvre-feu.

Comment avait-il rencontré Lionel ? De quelle nature étaient leurs rapports ? Eliza l'ignorait et se gardait de questionner son fils dont elle connaissait le caractère ombrageux qu'il tenait de son oncle Simon. Elle n'attacha au début que peu d'importance à cette liaison qui paraissait être de pure amitié mais comprit vite qu'elle relevait d'affinités plus sensibles. A plusieurs reprises elle surprit Lionel se rendant à l'Ombrière dont il franchissait le poste de garde aussi aisément que s'il eût été le gouverneur en personne. Décidant d'en avoir le cœur net, elle entreprit de questionner discrètement Nicolas; il rougit, parut pris de panique, se reprit maladroitement et parla d'abondance.

« Plus lentement... dit Eliza. Je suis persuadée que votre amitié est pure, mais j'ai le droit de savoir ce qui attire Lionel vers vous. Ce n'est encore qu'un enfant. »

Nicolas avoua tout sur-le-champ. Lionel, ses classes de latin et de logique terminées, le rejoignait au château pour apprendre le métier des armes. Il était très doué pour l'arc, comme son grand-père Stephen, moins pour l'épée, mais sa passion véritable, c'étaient les chevaux.

« Ce n'est qu'un jeu, madame, dit-il. Un simple jeu.

– Ces jeux-là, je sais comment ils se terminent. Je veux que vous cessiez dès demain. Si vous persistez, je ferai en sorte qu'on vous chasse de cette maison. »

Il bredouilla une promesse, s'entrava dans le tapis en marchant à reculons. A peine avait-il disparu, Eliza regretta sa sévérité et fut sur le point de le rappeler mais se ravisa. Elle parlerait à Lionel. Elle lui confia ses griefs et il prit des airs de chat en colère. Tous les bâtards de l' « oncle » Oswald, tous ses camarades de classe apprenaient plus ou moins ouvertement les armes. Renoncer à les imiter, c'était s'exposer à passer pour une poule mouillée, et lui, Lionel, fils de Pierre de Montferrand, « soudan de la Trau », petit-fils de *Sir* Stephen Blake, ne pouvait laisser au ratelier les armes de la famille. Il savait convenablement son latin et sa logique mais qu'on ne compte pas sur lui pour finir derrière le pupitre d'un clerc ou le comptoir d'un marchand ! Francis, le chanoine, s'accommodait de ce parti pris et avait décidé une fois pour toutes de ne pas le contrarier. Ce n'était pas sa mère qui... Elle le gifla; il recula comme un serpent frappé d'un bâton puis pleura. Eliza songea que tout n'était pas perdu; ces larmes les réconciliaient; elle le dorlota et il se détendit.

« Tu es encore trop jeune, dit-elle. Plus tard, tu choisiras comme tu l'entendras et je n'aurai rien à dire car on ne peut aller contre sa nature. Je ne t'interdis pas de revoir Courtenay mais je te défends de jouer à la guerre avec lui. »

Il promit à demi-mot en détournant la tête. Durant une semaine, il renonça à se rendre à l'Ombrière et se comporta d'une manière exemplaire. Puis de nouveau, cuirassé d'agressivité, fuyant toute explication, il céda à sa passion.

« Je vous jure, protestait Nicolas, que j'ai tout fait pour le dissuader. Il n'a rien voulu entendre. Que puis-je faire ? Si je renonce à le prendre en main, d'autres le feront. Personne n'y gagnera et surtout pas lui. »

Il ajouta :

« Pourquoi voulez-vous le priver des moyens de se défendre et de défendre son pays ? Qu'y a-t-il de mal à apprendre l'usage des armes à l'époque où nous vivons ? Si vous aimez votre fils, laissez-moi faire son apprentissage. Il est sur la bonne voie. »

Eliza convint qu'elle avait réagi égoïstement et s'excusa de sa vivacité. Elle avait vu trop d'armes, trop de cadavres pour ne pas se hérisser à la pensée que Lionel pourrait être tenté par le métier de soldat. Elle l'aimait trop pour accepter de gaieté de cœur qu'il risquât sa vie.

« Il la risquera de toute manière. Mieux vaut qu'il le fasse avec toutes les garanties possibles. »

Eliza et Courtenay prirent l'habitude de se rencontrer, avec ou sans Lionel. Le capitaine se souvenait de ce que son père, qui avait combattu à Azincourt, lui avait dit du comportement héroïque du vieux Stephen. Il revenait sans cesse à ce souvenir, l'enrichissait de ceux d'Eliza. Ensemble ils reconstituaient l'image du soldat qui avait conquis la confiance et l'amitié du roi Henry. Eliza le retenait souvent à dîner, lui faisait raconter sa vie dans le Devon où il avait commencé à garder les vaches du seigneur et s'était fait un petit renom dans les concours de tir à l'arc du dimanche. Quand il avait appris que la guerre allait reprendre en Guyenne, il avait fait son balluchon et s'était rendu à Londres avec quelques rustres de son acabit, dont Scrope. On avait récompensé ses talents et ses mérites d'un titre de capitaine d'archers. Il s'était embarqué sans regret, ne laissant ni femme ni enfants, contrairement à beaucoup d'autres qui n'hésitaient pas, déjà mariés en Angleterre, à contracter en France une union que les événements se chargeaient de briser. Il avait ajouté :

« Si Dieu met sur mon chemin une femme qui m'agrée, quels que soient son âge et sa condition, je l'épouserai et me fixerait à tout jamais dans ce pays. »

Il regardait Eliza avec tant d'insistance qu'elle détourna son regard. Un soir d'été, alors que Lionel s'exerçait à l'arc dans le jardin, avec quelques bâtards, en présence d'Eliot et des serviteurs, la main d'Eliza se posa sur la sienne. Il fut si surpris qu'il la retira brusquement comme s'il en avait ressenti une brûlure; il tenta de la reprendre, mais c'est Eliza qui, cette fois, se déroba.

A quelques jours de là, ils partaient tous trois

pour Audenge où Nicolas avait reçu mission du gouverneur de l'Ombrière d'acquérir trois couples de faucons qui abondaient sur les dunes entourant le bassin. Ils assistèrent à la capture et au dressage de ces petits fauves ailés qui faisaient l'objet d'une concession royale et y prirent tant de plaisir qu'ils s'attardèrent. Le soir les ayant surpris, ils durent passer la nuit au creux de la dune, enroulés dans une couverture de cheval, avec un feu pour les protéger des loups. Il faisait un temps doux et chaud avec tout juste un petit fil de brise qui montait du bassin, sous un ciel de Samarie. Peu avant l'aube, l'air ayant fraîchi, Nicolas vint s'allonger près d'Eliza, tout contre son dos. Elle ne le repoussa pas, prit même ses mains qu'elle remena contre sa poitrine pour les réchauffer. Lorsqu'ils s'éveillèrent dans des rafales d'oiseaux, Lionel était debout devant eux et les regardait en souriant. Il avait préparé le « porridge » avec du lait qu'il était allé chercher à la ferme de la Fauconnerie. Sur la route du retour, Eliza approcha son cheval de celui de Nicolas et lui dit :

« Oubliez ce qui s'est passé cette nuit, je vous prie.

– Cela m'est impossible et vous ne pouvez m'y contraindre.

– Il le faut. Pierre de Montferrand reviendra sans tarder. C'est à lui que j'appartiens.

– Il se moque bien de vous. C'est l'avis de Lionel et je le partage. Si vous le vouliez nous pourrions être heureux tous les trois.

– Je vous interdis de parler ainsi ! Dès demain, vous quitterez la maison d'Eliot. J'inventerai une explication. Ne cherchez pas à me revoir, ni moi ni Lionel ! »

Elle eut, le soir même, avec son fils, une altercation. Il menaça de partir si sa mère faisait chasser Nicolas. Elle le fit enfermer dans un cabinet avec ordre aux domestiques de ne laisser entrer personne. Sa pénitence achevée, elle l'enverrait chez Simon qui saurait le mater. Malade de détresse, elle s'enferma dans sa chambre. Si seulement Pierre annonçait son retour... Si seulement elle savait où le trouver... Elle décida de se rendre à Montferrand où on lui donnerait peut-être des nouvelles. C'était une folie, mais rien ni personne n'aurait pu la retenir. Elle fit ses bagages et partit accompagnée d'un serviteur.

Depuis la bataille de Saint-Loubès, le pays était calme, la population occupée dans les vignobles meurtris par les gelées du printemps. En chevauchant dans la grande chaleur, elle se disait qu'elle aurait peut-être la chance de trouver l'oiseau au nid. La fatigue et l'angoisse lui brouillaient la vue au point qu'elle chancelait sur sa selle et devait se cramponner au pommeau pour ne pas tomber.

Pierre était absent. C'est Marie qui l'accueillit. Elles ne s'étaient pas revues depuis des années. Eliza eut du mal à reconnaître dans cette anglaise aux formes alourdies, au visage anguleux, à la voix rauque, la fraîche et vive demoiselle qu'elle avait accompagnée jadis en pèlerinage à Rocamadour. Elles n'éprouvèrent de cette rencontre ni plaisir ni contrariété; elles vivaient dans deux mondes séparés, sans ouverture l'un vers l'autre, sans nouvelles l'une et l'autre du seul être qui pût encore les rapprocher ou les faire s'affronter. Aux dernières nouvelles, Pierre devait se trouver à Blaye, occupé à fortifier cette position en prévision d'une attaque française par la Saintonge; son frère aîné, Bernard, accomplissait à Bourg une mission analogue. Marie offrait le spectacle d'une amère résignation; elle parlait de Pierre comme d'un étranger; l'idée ne lui était même pas venue d'aller le retrouver – Bourg était à moins d'une journée de cheval.

« Eh bien, j'irai, moi ! dit Eliza.

– Tu perdrais ton temps. Même si tu le retrouvais, tu ne parviendrais pas à le ramener à toi. Il n'est pas de ceux qu'on peut attacher à un piquet pour le restant de leur vie. Tu l'aimes donc toujours ? »

Eliza partit sans répondre. Au moment de remonter à cheval, elle fit à Marie un petit signe de la main. Le pays paraissait plus vide qu'à l'aller, la chaleur plus épaisse, le temps plus oppressant. Aimait-elle encore Pierre ? Ne cherchait-elle pas plutôt des raisons de le tuer en elle, de l'oublier ? Les dents serrées, elle imagina une rencontre : penaud, il se jetait à ses genoux, lui embrassait les mains, la suppliait de lui garder son amour, lui promettait de renoncer à ses courses perpétuelles à la poursuite d'ambitions chimériques; elle le repoussait, l'écrasait de son indifférence, le quittait sans un mot et il courait derrière elle, l'appelait comme du fond d'une crypte, et au moment où elle surgissait dans la lumière, quelqu'un l'attendait à la porte.

Nicolas Courtenay la trouva devant la porte de son nouvel appartement, assise sur une marche, la tête sur ses genoux. Elle somnolait. Il la prit dans ses bras, l'allongea sur le lit, lui fit boire un peu de vin coupé d'eau.

« Qu'est-il arrivé ? Lionel ? »

Elle secoua la tête. Lionel allait bien. Dès son retour de Montferrand, la veille, elle l'avait libéré en lui demandant de lui pardonner ses rigueurs et ils avaient pleuré dans les bras l'un de l'autre.

« Si vous voulez toujours de moi, Nicolas... »

Il se détourna et, assis sur le rebord du lit, parut se recueillir, les poings aux dents.

« Ce n'est pas ainsi, à la suite d'une déception,

que je souhaitais vous obtenir. Ce n'est pas l'amour qui vous a poussé vers moi mais la rancune pour un autre homme. Tâchez de transformer cette haine pour Pierre en amour pour moi, sinon nul sentiment ne pourra naître entre nous.

— Vous avez raison, Nicolas, mais il faudra m'aider. »

Maître Eliot avait pris son parti de cette situation qui ne lui plaisait guère, mais il aurait accepté pire encore pour garder près de lui Eliza et Lionel.

Depuis la mort d'Oswald, l' « oustau » était devenu un lieu sinistre. Oswald le peuplait naguère de ses caprices, de ses colères, accablant Eliot de ses joyeux sarcasmes, lui reprochant de ne plus quitter ses pantoufles avachies, commençant toutes ses remontrances par une formule immuable : « Moi, quand j'avais ton âge... » A l'âge d'Eliot, Oswald et Rodrigue de Villandrando jouaient aux brigands pour le plaisir entre Burgos et Valladolid et la terre de Castille brûlait les fers de leurs chevaux. Il aurait même accepté, le bon Eliot, sachant les rapports entre sa sœur Eliza et le « petit Courtenay » comme il appelait Nicolas, que ce dernier vînt habiter sous son toit comme par le passé, mais Eliza n'y tenait guère — elle avait compris que cet espace entre la rue Neuve et le domicile de Nicolas, proche de l'Ombrière, contenait une certitude d'intensité et une promesse de durée en leur épargnant les contraintes d'une vie commune que lui, Nicolas, eût accepté volontiers. Il y avait une autre raison.

« Peut-être un jour vivrons-nous ensemble, disait-elle. Pour le moment, ce n'est pas souhaitable, et tu sais pourquoi. »

Il ne le savait que trop : Eliza ne pouvait se

résoudre à effacer Pierre de sa vie. Ils en parlaient rarement mais c'était inutile car ils se comprenaient à demi-mot. Entre la rue Neuve et l'Ombrière il y avait un espace de liberté hanté par la présence de ce personnage qui n'en finissait plus de disparaître, qui resurgissait brusquement entre eux, s'insinuait jusque dans leurs étreintes, peuplait leurs silences, rendait précaire le moindre projet et absurde le rêve le plus modeste. D'autres fois, l'oubli de Pierre leur faisait mesurer l'étendue et la qualité de leur amour qui, avec le temps, nourri des alluvions de souvenirs et d'émotions communes, devenait de la passion. Ils s'enrichissaient de leur substance, se nourrissaient l'un de l'autre, parvenaient à une conjonction si étroite, à une entente si parfaite dans les gestes de l'amour qu'il leur semblait qu'une seule volonté conjointe aurait pu suffire à balayer leurs réserves, mais l'un et l'autre s'y refusaient : lui parce qu'il n'était pas sûr d'Eliza; elle parce qu'elle n'était pas certaine de ses sentiments pour Nicolas.

Loin de constituer un obstacle entre eux, Lionel les rapprochait. Ils l'aimaient tous deux à leur manière, et lui, sur ce terrain meuble mais riche, s'épanouissait, conscient d'être entre eux un élément fécond, la même attache pour deux navires qui ne parvenaient pas à se rejoindre tout à fait.

Eliza avait renoncé à ses préventions initiales et son fils, tout en poursuivant ses études à l'université que Pey Berland avait créée et installée dans le couvent des Carmes, s'initiait au métier de la guerre.

Il s'était découvert dans le même temps le goût de la poésie, brûlait chaque soir de la chandelle en cachette pour lire Ausone, Virgile ou Horace et commençait à tâtonner pour son propre compte dans ce jardin, écrasant des fleurs sous ses semelles maladroites, en liant d'autres en gerbes avec une charmante gaucherie, cachant honteusement ces essais qui n'avaient pas échappé à la vigilance d'Eliza et de Nicolas.

C'était maintenant un bel adolescent aux traits fins contrastant avec sa robustesse et son regard hardi. Il n'avait pas encore marqué les limites entre les exercices dans la salle d'armes et les combats véritables, mais le capitaine Courtenay et quelques « vieux cuirs », vétérans des Compagnies du temps de Du Guesclin, ne lui mesuraient pas leurs compliments.

Pour entrer de plain-pied dans le monde des adultes, il ne lui manquait qu'une passion. Une bâtarde de l' « oncle » Oswald, plus âgée que lui de deux ou trois ans, se chargea à la fois de le déniaiser et de faire fleurir en lui plus intensément le rosier des poèmes.

« Je ne comprends pas, Eliza. Je ne comprends pas ce qui m'arrive. »

Nicolas tenait à la main sa feuille de route ornée d'un ruban auquel pendait un gros cachet de cire rouge, que Scrope venait de lui porter de la part du sénéchal. A l'Ombrière, on n'en savait pas davantage. Le sénéchal n'avait pu que répondre : « Les ordres, capitaine Courtenay, les ordres... » en regardant vers le plafond pour signifier que lesdits ordres venaient de plus haut que lui et qu'il n'avait pas le pouvoir de les enfreindre. Le capitaine Courtenay embarquerait sur le prochain navire en partance pour l'Angleterre. « Vous avez quatre jours pour prendre vos dispositions, avait ajouté le sénéchal. La *Mary de Bristol* ne mettra à la voile que dimanche. »

« Ça devait finir ainsi, soupira Eliza, les mains entre ses genoux, la tête basse.

– Tu sembles accepter avec résignation mon départ! Je t'annoncerais mon exécution que tu n'aurais pas une larme et que tu ne ferais rien pour me sauver. Tu ne m'aimes pas! J'aurais dû m'en douter... »

Ses larmes lui faisaient un masque de verre. Elle redressa la tête, se leva et le regarda durement. Comment pouvait-il croire qu'elle était indifférente à cette séparation? Peut-être supporterait-elle mieux que lui cet arrêt du destin, parce qu'elle était plus âgée, plus raisonnable, mieux préparée à ce genre d'épreuves, mais il n'avait pas le droit de l'accuser d'indifférence. Elle avait toujours pensé, et elle le lui avoua, que leur liaison était condamnée, que leur aventure s'enliserait dans les sables de la guerre.

« C'est ce qui m'a toujours fait observer envers toi cette retenue que tu me reproches. Je savais que ce moment viendrait, mais j'ignorais quand, et je me louais de ces réserves car, sans elles, Dieu sait quelles folies nous aurions pu commettre. Tu as trop tendance à oublier que Pierre de Montferrand n'est pas mort, qu'il peut surgir à l'improviste et que je lui appartiens, bien que nous ne soyons pas mariés. Il ne tardera guère. A vrai dire, je sais même où il se trouve en ce moment.

– Pourquoi ne vas-tu pas le retrouver?

– Parce que je suis bien auprès de toi et que je souhaiterais y demeurer toute ma vie. Me crois-tu? Par fierté, je me refuse de courir après lui comme je l'ai déjà fait. Il apprécie cette résignation qu'il prend pour un attachement inconditionnel et peut-être de l'amour. Son bon plaisir, c'est de se faire attendre et désirer. Il m'aimerait moins et me mépriserait même si je tentais de renverser des montagnes pour le retrouver. Il est ainsi et je suis ainsi. Cela te paraît absurde?

– Cela me paraît monstrueux. »

Il s'écarta d'un pas, la regarda comme si elle émergeait d'un marécage, barbouillée de vase et entortillée dans des herbes puantes. Le dégoût lui mettait un mauvais pli aux lèvres. Elle ne l'avait jamais aimé; elle n'avait fait qu'utiliser avec lui le temps d'une longue absence...

« C'est faux! protesta-t-elle. Je t'aime encore et je ne souhaite pas le retour de Pierre. Si je pouvais déchirer ce morceau de papier je le ferais sans hésitation mais nous ne sommes pas maîtres de nos destinées. Tu le savais, toi aussi, depuis le début de notre aventure! J'ai résisté, tu le sais, mais je t'aimais tant, mais je t'aimais trop, et voilà où nous en sommes! »

Elle ajouta d'une voix blanche :

« Pierre m'a écrit. Dans quelques jours, il sera là. A peine ton navire aura-t-il levé l'ancre, il poussera ma porte. Il connaît notre liaison et m'a déjà pardonné. Je sais que maintenant il ne renoncera pas à moi. »

Il fit quelques pas à travers la pièce, froissa le billet, le jeta dans la cheminée.

« Dis-moi où il se trouve. Il faut que le rencontre.

– Ce serait inutile et dangereux. Restons-en là. Mieux vaut nous dire adieu tout de suite. »

Il s'avança vers la fenêtre qui donnait sur les tanneries du Peugue d'où venaient des chants et des bruits de foulage. Des barques de sel remontaient vers le cœur de la cité, couvertes de longues baches grises luisantes des dernières averses. Le fleuve de la morte-eau palpitait entre deux toitures sous un vol de mouettes. Lorsqu'il se retourna vers Eliza, Nicolas se sentit protégé d'une sérénité hâtivement improvisée et qui n'avait guère de chance de faire illusion.

« Tu as raison, dit-il d'un air faussement détaché. Puisque tout devait finir ainsi, autant que ce soit maintenant et à jamais. Pourquoi te le cacher? Je commençais à avoir le mal du pays. Mes collines du Devon, j'en rêve toutes les nuits depuis quelque temps. Un jour ou l'autre je t'aurais abandonnée et j'aurais demandé à me réembarquer pour l'Angleterre. »

Elle le considéra d'un air narquois et tendre à la fois.

« Enfin des paroles raisonnables! Tu vois comme tout est simple... »

Lionel apprit avec un certain détachement le départ de son ami Nicolas. Il était tout à ses amours et à ses poèmes. Ils soupèrent ensemble, sa mère et lui, et allèrent se coucher à la nuit tombante.

A peine Eliza avait-elle soufflé la chandelle, la porte s'ouvrait lentement. Une ombre s'en détacha, s'avança vers elle, resta un moment au chevet du lit, entre les rideaux mal fermés, perceptible à l'œil lorsqu'elle grignotait le liséré clair d'une fenêtre. Eliza n'eut aucune peine à reconnaître Nicolas. Les yeux grands ouverts, elle tentait de démêler si ce qui la remuait avec une fureur d'océan était colère ou joie; elle hésitait entre l'envie de l'attirer et celle de le chasser. C'est lui qui décida à sa place. Il écarta les draps, parcourut le corps de ses mains glacées. Elle s'écarta en gémissant et les doigts de Nicolas la pénétrèrent.

« Fais doucement, dit-elle. Lionel et une servante dorment à côté.

– Tu n'avais pas fermé la porte. Tu m'attendais? »

Elle l'attendait. Elle savait qu'il viendrait, qu'ils ne pouvaient se quitter sur les mots aigres-doux de leur dispute, qu'il fallait une fête du corps pour en finir et qu'une nuit entière ne serait pas de trop. Ce que la sagesse lui soufflait à l'oreille, le vent l'emportait. Ils s'aimèrent comme ils ne s'étaient jamais aimés, repris sans cesse par leurs élans, attachés l'un à l'autre, dormant comme au creux d'une vague, roulant l'un sur l'autre, fondus l'un à l'autre dans une même enveloppe charnelle, meurtris, blessés, morts de fatigue et de plaisir mais renaissant au creux de ce lit de boue tiède baigné d'odeurs lourdes et se reprenant avec des cris et des râles.

Au matin, Lionel était à leur chevet, songeur.

« Laisse-nous, dit Eliza. Ne dis rien à personne de la venue de Nicolas. A midi, monte-nous un repas et du vin. Je ne descendrai que ce soir. Pars ! Je fermerai la porte au verrou derrière toi. »

Ce temps docile... On en fait ce qu'on veut en faire. On le distend ou on le resserre à volonté. Cette journée de vacances qu'ils s'étaient donnés d'un commun accord leur parut merveilleusement interminable. Ils en meublaient les heures de tant de jeux, de propos, de silences, de simples regards, faisant en sorte que chaque minute comportât son poids d'émotion, que le cours du temps fût semé d'obstacles pour en contrarier le cours, qu'ils avaient l'impression de vivre toute une existence en raccourci. Même la Grosse Cloche était leur amie; sa sonorité n'avait pas de limites; elle n'était d'abord qu'un murmure de bronze qui s'amplifiait insensiblement, se modelait aux formes comme une argile légère, enveloppait leur petit univers vague après vague, donnait par son rythme une image du temps qui, loin de les blesser, suscitait par sa douceur de cantique une illusion d'éternité. Ils étaient trop las pour faire encore l'amour; leurs corps ne réclamaient plus rien que la présence et le toucher et ils n'en finissaient plus de se caresser comme pour emporter dans leur solitude des images et des sensations vivantes, immarcescibles, un trésor de petites émotions toutes chaudes que le temps se chargerait de cristalliser et qui pourrait durer une existence. Tout leur était plaisir et joie. L'amertume ne venait s'y mêler qu'insensiblement : elle montait de très loin, de très profond, d'ailleurs, avec un mouvement de marée, et ils la guettaient, et ils la repoussaient car lorsqu'elle aurait chassé leur joie d'amour c'est qu'il serait temps de se séparer.

Nicolas ne quitta la chambre d'Eliza qu'au soir tombant, alors que les bâtards d'Oswald, garçons et filles, donnaient dans la cour un concert improvisé, d'une tristesse poignante malgré les cris et les rires. Eliza et Nicolas, la main dans la main, les regardèrent allumer des torches et se mettre à danser. Il faisait un temps gris, tiédasse, avec des charpies de nuages gorgés d'eau sale au-dessus de Sainte-Colombe.

« Si nous dansions nous aussi ? » dit Eliza.

Ils fouillèrent dans des coffres, découvrirent des vêtements qui avaient appartenu à Oswald et à Angela, s'amusèrent à s'habiller comme pour un bal costumé. Eliza voulut se vêtir de vert « comme les princesses »; elle trouva une robe et un chaperon de Castille qui lui seyaient à ravir, se harnacha de ceintures et de bijoux désuets. Nicolas revêtit une houppelande violette à gros bourrelets, un ample chapeau noir dont il fit retomber les plis majestueux sur ses épaules, et chausssa des « pointes » constellées de paillettes.

Leur arrivée fit sensation. Les musiciens, qui avaient pris place sur un fardier débarrassé de ses ridelles, cessèrent de jouer et les danseurs de danser. On s'écarta pour leur faire place et les admirer. Une main dans celle de Nicolas, Eliza s'avançait avec grâce en pinçant sa robe pour la relever, la tête légèrement inclinée par discrétion, le ventre un peu en avant; lui, le regard droit, le poing au creux de la hanche. Ils étaient très beaux, quoique d'une pâleur extrême.

« Cette fête, dit Lionel, est en votre honneur. Je n'ai pas pu tenir ma langue. J'ai même..., j'ai même écrit pour vous un poème que je vais lire. »

Il lâcha la main de la fille qu'il faisait danser : Contessa, une bâtarde bien en chair, au regard hardi, superbe d'éclat et d'orgueil, qu'Oswald avait eue d'une Arménienne disparue depuis longtemps dans le gynécée d'un bourgeois de Libourne. Les vers étaient de piètre qualité mais si chargés d'émotion qu'ils arrachèrent des larmes à toute l'assistance et que Lionel ne put aller jusqu'au bout.

« Et maintenant, dit-il, dansons! Nous avons préparé une table avec quelques « douceurs » de bouche. J'ai volé à maître Eliot quelques bouteilles de son meilleur vin. »

Maître Eliot était là aussi. Il se tenait dans le fauteuil de l'ancêtre et paraissait s'amuser beaucoup à voir danser toute cette jeunesse, sans d'ailleurs comprendre les raisons de ces réjouissances impromptues. Eliza et Nicolas allèrent s'incliner devant lui avant de rouvrir le bal avec un joli branle d'Allemagne.

Les domestiques qui se tenaient assis le long du mur vinrent les uns après les autres se mêler à la danserie, si bien qu'on se serait cru aux fêtes de la Saint-Jean-Baptiste lorsque tout Bordeaux danse sur les places et jusque sur le donjon de l'Ombrière et le parvis de Saint-André. Il tomba une petite pluie fraîche, si discrète qu'elle n'interrompit pas la fête et repartit à pas de loup à travers la nuit. Maître Eliot s'endormit, la tête sur son épaule, une salive de bonheur sur la joue, ses mains jointes sur son ventre rebondi comme pour la prière.

Scrope, sur la minuit, vint jouer les trouble-fête.

« Maître, dit-il, on vous a cherché partout pour la « montre » du Pré Saint-Georges. Le sénéchal est fort outré de votre conduite. Il pense que vous avez déserté.

– C'est tout comme », dit mystérieusement Nicolas.

Il ajouta :

« Laisse-moi m'amuser encore un peu, et toi, fais de même. »

Scrope grogna, se retira sous le tilleul avec la patrouille qui l'accompagnait.

« Que te voulait-il ? demanda Eliza.

– Le sénéchal est furieux. C'est sûrement la prison qui m'attend avant mon départ, mais je ne regrette rien. Et toi ?

– Moi non plus, dit-elle en se pressant contre lui. Reste encore un peu. Je suis trop heureuse. »

Ils reprirent la danse. On alluma des fusées, des feux verts et rouges qui incendièrent le tilleul de lumières de crépuscule.

« Reste cette nuit, dit Eliza.

– Ce n'est pas possible. Regarde la tête de Scrope. S'il le pouvait, il tirerait son épée et ferait un massacre de ces jeunes fous. »

Ils partirent les derniers, burent au même gobelet le dernier vin, s'embrassèrent longuement.

« Adieu ! dit Eliza.

– Tu as tort de prononcer ce mot. Nous nous reverrons, j'en ai la certitude, et plus tôt peut-être que tu ne le penses. Je ne peux t'en dire plus. Attends, patiente et espère. »

Campée sous le portail de l' « oustau », elle le regarda partir avec la patrouille, dans la lumière des torches. Avant de franchir le pont Saint-Jean qui enjambe les fossés de l'Ombrière, il s'arrêta et laissa la patrouille prendre les devants. Ils restèrent un moment à se regarder mais ils ne voyaient l'un de l'autre que deux ombres dont la nuit, lentement, reprenait possession.

IV

LE BONHEUR DANS L'ÎLE

(Île Philippe, 1439-1442)

PIERRE DE MONTFERRAND revenait d'Angleterre, de la fureur jusqu'au bout des doigts.

Edmond de Beaufort, duc de Somerset – un Lancastre, prince de sang royal et qui ne le savait que trop – était mort. Mort de chagrin au retour de France; mort d'un excès d'orgueil bafoué, d'une totale impuissance à gouverner et à vaincre. Lorsqu'on l'avait, en plein Parlement, sommé, à l'issue de sa campagne de Normandie, de montrer ses trophées de guerre, il avait fondu en larmes. Rien. Il ne rapportait rien de son voyage de France, si ce n'est un fardeau de déboires, de désespoir, de douleur ! Enfermé à la Tour, il était mort peu après. Mort de chagrin.

« Pourquoi l'ai-je suivi dans cette aventure? maugréait Pierre. Qu'avais-je à y gagner ? »

Il avait ainsi gaspillé plusieurs mois de son existence dans une sorte de tempête perpétuelle, suivant pas à pas son « ami » Somerset, flatté d'être le conseiller et le compagnon de l'un des princes du royaume, sous le charme de ce chevalier aux grâces un peu mièvres, beau parleur, convaincant jusque dans ses rêveries les plus fumeuses, toujours à naviguer de guerre en fête et se donnant à chacune avec la même passion. Autour de cette triste chrysalide enfermée dans son cocon d'ennui et de bigoterie qu'était le roi, Somerset jouait les bourdons dorés, faisait un bruit d'orage pour la moindre querelle et donnait l'impression que le sort du monde reposait sur ses épaules.

« J'aurais dû me méfier dès mon arrivée à Londres. Ce qu'il me proposait était trop beau, mais il avait une sorte de talent pour faire de ses projets, avec des airs de mystère, des entreprises mirifiques. »

C'est ainsi que Somerset avait conçu l'ambition de traverser la France de bout en bout, de la Normandie à Bordeaux. Une « chevauchée » dans le style de celles que le Prince Noir, jadis, avait menées dans le sud de la France, et Lancastre, un peu plus tard, dans le nord. Il frapperait comme la foudre, tracerait un sillon de sang et de feu dans ce malheureux royaume! La terreur serait son arme favorite! Comment s'y prendrait-il? Où trouverait-il les troupes et l'armement? Il clignait des yeux, posait son index sur ses lèvres, souriait, énigmatique. Tout était là, dans sa tête, jusque dans les moindres détails. Qu'on lui fasse confiance! On lui faisait confiance, et les légions semblaient naître comme celles de César, en frappant la terre du pied.

« Je n'avais jamais vu une telle armée! Dix mille cavaliers commandés par des vétérans des campagnes de France, une nuée d'archers et d'hommes à pied, embarqués dans trois cents navires avec de l'artillerie, du matériel de siège, des ponts portatifs, de quoi conquérir la France jusqu'aux Pyrénées. » Et toujours le même mutisme chez le « généralissime ». Aux questions trop précises, il répondait : « Si ma chemise connaissait mes intentions, je la brûlerais! » Il avait poussé le goût du mystère jusqu'à refuser de faire prévenir les capitaines des principales places tenues par les Anglais, à commencer par Rouen.

Lorsque Pierre avait compris dans quelle aventure insensée il s'était laissé embarquer, il était trop tard. L'armée fonçait comme un torrent à travers la Normandie en direction de la Loire, dans une belle confusion, derrière ce pitre habillé en homme d'armes, Somerset, qui se prenait pour Attila et se conduisait comme un truand. La horde s'était heurtée à une forteresse proche de Segré, à quelques dizaines de lieues avant Angers : Pouancé. On avait piétiné des semaines et des semaines devant ces murailles avant de se décider à retourner sur ses bases de départ, sans avoir pu prendre une ville de quelque importance ni livrer la moindre bataille aux Français.

Triste retraite, à travers des contrées hostiles occupées par des bandes armées et des troupes régulières françaises... Somerset ne bravait plus. En apprenant que le vieux Talbot s'était fait chasser de Dieppe qu'il assiégeait, il s'était retiré dans une solitude qui confinait à la claustration. Le retour en Angleterre lui faisait peur : il y était attendu par tous les adversaires des Lancastre mobilisés par les York pour lui demander des comptes. Il était comme un comédien qui, ayant outrepassé la convention, se retrouve hors de son rôle, traqué par les fantasmes qu'il a engendrés.

Les mois qui avaient suivi cet échec, Pierre de Montferrand les avait passés à Londres, assiégeant la chancellerie pour faire avancer le procès que l'on retardait volontairement, réjoui un jour par des promesses, déçu le lendemain par de nouveaux atermoiements. Il avait rencontré Ralph et Augusta Blake, les enfants d'Eliot et de Joan; las de l'insécurité permanente qui régnait dans le royaume, ils songeaient à revenir s'établir en Guyenne; leurs affaires périclitaient et celles de leur père se portaient de mieux en mieux depuis l'annonce des trêves entre les deux pays.

Car la paix était revenue, mais une paix « fourrée », comme toujours. Signée à Tours, elle n'avait fait que suspendre les grands mouvements de troupes mais non les escarmouches, les conflits larvés, les brigandages qui achevaient de vider la France de ses dernières forces.

On avait célébré le mariage du roi Henry avec la jeune et belle Marguerite d'Anjou, fille de René. Le mariage de l'eau et du feu... De cette union, on escomptait, mais sans trop y croire, une paix durable. On ne guérit pas de la guerre par un mariage; quand elle est à ce point ancrée dans les mœurs elle devient une seconde nature, avec ses exigences, ses ambitions aveugles, ses dérèglements, elle vit dans l'homme, de l'homme, et il finit par se modeler à son image.

Après avoir écouté Pierre de Montferrand, Pey Berland se leva pour le raccompagner à la porte de son cabinet qui sentait la chandelle froide et la paperasse.

« Ne vous découragez pas, dit le prélat. Ce n'est qu'une péripétie et nous en connaîtrons d'autres, tout aussi malheureuses, sinon pires. L'essentiel est que vous nous soyez revenu. Des heures pénibles se préparent. Cette paix ne me dit rien qui vaille; elle a mauvaise mine. Le roi de France la met à profit pour réorganiser son armée avec le concours du connétable Arthur de Richemont, et nous nous endormons dans une fallacieuse prospérité. Nos bourgeois se frottent les mains parce que leurs affaires reprennent et que le vin se vend mieux que jamais. A nous de les réveiller, de leur montrer ce que cachent ces trêves : le repos des fauves qui vont bientôt s'entre-déchirer de nouveau et se disputer cette proie : la Guyenne. Ah! Pierre, j'aimerais être à votre place, pouvoir revenir en Angleterre, ranimer les courages défaillants. Hélas ! le moindre effort m'épuise et j'ai tant de soucis en tête... Je me demande parfois si je suis encore vivant, car vivre, c'est se battre.

— Je me battrai pour deux, monseigneur. »

Eliza l'a entendu parler dans le jardin en compagnie d'Eliot, avec ce ton de voix haut perché, cette assurance, ce rire qui sonne clair. Elle l'attend mais elle refuse d'en donner l'apparence. Elle cherche ce qu'elle pourrait faire pour lui ôter cette illusion; elle s'installe dans un fil de jour, près de la fenêtre contre laquelle joue une branche de tilleul, et se met d'une main tremblante à démêler un écheveau de laine laissé là par une servante. Elle n'a pas voulu non plus se faire belle; la sévérité de sa tenue est étudiée, mais pas évidente car elle se refuse à ressembler à une veuve. Elle songe à Nicolas Courtenay; elle ne songe qu'à lui depuis qu'il a quitté Bordeaux; il reste dans son ventre quelque chose qui ressemble à cet enfant qu'il aurait aimé lui faire, mais ce n'est qu'un tissu d'émotions qui se contracte ou se distend chaque fois que son souvenir revient la visiter car il lui a laissé une intense faim d'amour.

Le pas lourd sonne dans le vestibule. Pierre s'éclaircit la voix, pousse la porte, s'approche d'elle qui daigne à peine lever les yeux. Il a grossi; la rudesse de son visage semble s'être atténuée; des cheveux grisaillent dans sa tignasse opulente, terne et rêche comme du lichen, mais il est encore très beau. Elle remarque qu'il porte toujours ses vieux anneaux de fer. Il pousse du pied un escabeau, s'approche d'elle, s'assied, les mains pendant entre ses genoux écartés. Elle attend qu'il l'embrasse. Il ne se décide qu'après l'avoir regardée : un baiser rapide sur le front.

« Je me suis attardé auprès de l'archevêque, dit-il, et ce bon Eliot m'a retenu dans la cour. Il commence à radoter. Ses affaires n'ont jamais été aussi prospères et il se plaint (il contrefait sa voix) d'avoir à payer la taxe ducale, les frais de transport qui ont encore augmenté (cinq livres bordelaises de Guyenne à Chichester pour une pièce !), des droits de jaugeage, des taux que le roi exige au débarquement, du bénéfice des marchands anglais... (Il rit bruyamment.) Eliot devrait pourtant être satisfait : j'ai traité pour lui, à Bruges, un important marché de vin pour la Scandinavie et les ports de la Hanse. Il est toujours le même, ou plutôt il empire ! »

Il grogne, se frotte les lèvres, lui enlève l'écheveau des mains qu'il prend entre les siennes, la force à le regarder. Elle sourit tristement.

« Je sais ce que tu me reproches, dit-il. T'avoir laissée si longtemps, pour ainsi dire sans nouvelles... Près de deux ans ! Je suis impardonnable, mais je sais que tu m'as pardonné, d'autant que toi, de ton côté... »

Elle se lève, répond sèchement :

« Je ne tolérerai aucune remontrance de ta part. Ce qui est arrivé est de ta faute. J'ai cru que tu m'avais abandonnée. »

Il rit un peu trop fort, toussa. Renoncer à elle ! Comment cette idée a-t-elle pu seulement l'effleurer ? Elle sait bien, pourtant, qu'il donne rarement de ses nouvelles, qu'il a de graves soucis. Marie elle-même...

« Elle m'a raconté ta visite, dit-il, l'air affolé. Allons, oublions cela ! Désormais nous nous verrons plus souvent. Je suis fatigué de ces allées et venues. C'est d'une autre manière que je vais me battre dès que ces semblants de trêves seront rompues et je veux garder mes forces intactes pour ce combat. »

Malgré l'épaisseur de la chair due à l'âge, les épaules gardent leur puissance et leur élégance. Elle se souvient de leur ligne découpée à la fenêtre dans les matins du Médoc, leur crispation dans la danse de l'amour au-dessus d'elle. Faire l'amour avec Pierre ? Elle ne le pourra plus. Seul, Nicolas...

« Je ne te parlerai plus de ce petit capitaine de merde, dit-il. Il n'était pas digne de baiser le bas de ta robe. J'ai fait en sorte de l'éloigner de Bordeaux. A ton tour de l'oublier comme un mauvais rêve.

– C'est toi qui...

– C'est moi. Le connétable s'est d'abord montré réticent car il a besoin de tous ses hommes mais il a fini par céder. Courtenay ne remettra plus les pieds en Aquitaine. Tu l'aimais... vraiment ? »

Elle hoche la tête, des larmes de colère à la pointe des cils. Elle retient l'envie de lui crier qu'elle l'aime davantage maintenant qu'elle sait les raisons de son départ et qu'en revanche Pierre lui est devenu haïssable. Elle serre les dents, dégage ses mains, les noue au creux de son ventre.

« Villandrando ne viendra plus t'importuner, lui non plus, poursuit-il. Il a repris avec sa compagnie noire la route de la Castille. Il a emmené avec lui une certaine Sibylle de Bosredon et sa femme légitime, Marguerite de Bourbon, ainsi que les enfants qu'il a eus de l'une et de l'autre. J'aurais bien aimé lui dire deux mots avant son départ. Personne ne regrettera l'« empereur des pillards ». Surtout pas toi ! »

Non, elle ne regrette pas le départ de Rodrigue, bien qu'elle ne l'ait jamais vraiment haï, sauf peut-être après qu'il l'eut séquestrée à Talmont. Il l'importunait de ses assiduités, mais il aurait tué pour la conquérir. Il était de ces hommes qui attachent une idée de conquête à l'amour comme à la guerre. Dans son souvenir, il était lié à des images de tenues noires et d'armes blanches, de falaises éblouissantes à pic sur l'estuaire, de mouettes dans le vent libre. Secrètement mais avec maladresse, il répondait en elle à des idées de passion brutale, pathétique, absolue, qu'elle ne s'avouait que rarement et qu'elle devait tenir du vieux Stephen et, peut-être, de David Blake, son aïeul.

Lionel... Pierre avoue son impatience de le revoir. A-t-il beaucoup changé ? Parle-t-il parfois de son père ?

« J'aimerais aussi revoir Simon. Nous aurons besoin de lui. Il s'est bien battu, à Orléans, contre la « sorcière ».

– Laisse Simon à ses vignes, à sa femme et à ses enfants ! Il est heureux. Ce bonheur, il le cherchait depuis longtemps. Il refusera de te suivre et même de t'écouter.

– Le bonheur, c'est d'abord d'être libre, et pour être libre, il faut se battre. S'il sent son bonheur menacé, il prendra les armes. Je sais les mots qu'il faut lui dire. Il croit être heureux parce qu'il est aveuglé par une fausse impression de sécurité. J'arracherai le bandeau et il verra la vérité toute nue. »

L'homme entra dans Bordeaux au petit matin. Il paraissait venir de très loin en tirant un âne chargé de bastes contenant un assortiment de fanfreluches pour les dames et d'un coffre renfermant ses affaires personnelles, dans lequel le capitaine de la porte Médoque découvrit un couteau de Sheffield marqué d'une rose. L'homme expliqua qu'il l'avait acheté à un capitaine de compagnie dans les parages de Coutras car, dit-il, avec un curieux accent anglais, « on trouve en chemin moins de saints que de brigands » et que « sans armes, on est foutu ». On le laissa passer. Il était jeune, avec une barbe mal soignée et des odeurs de vagabond.

Le colporteur traversa la ville de part en part, son bonnet de laine sur les yeux, écartant de son chemin à coups de bâton les chiens et les pourceaux. Il s'assit sur une borne-montoir, à l'angle d'une maison cornalière de la rue Margaux, sous une image de la Vierge enfoncée dans sa niche au milieu des bouquets de mai et des cierges.

Il n'était pas seul à se diriger vers le centre de la cité. La grande foire de l'Ascension, qui durait deux semaines, avait garni les places, les cimetières et les padouens. Des marchands ambulants, des ménétriers, des nomades, des paysans, des moines, descendaient en file la même artère, pataugeant dans les eaux grasses et se gardant de celles qui leur venaient des étages en surplomb. Des ruettes et des « andranes » qui aboutissaient à la rue de la porte Médoque coulaient des ruisseaux noirs chargés de grasses gadoues. Il n'avait pas plu d'une semaine et, avec la chaleur, la rue commençait à sentir fort.

Le colporteur se leva en se tapant les reins à deux mains, renversé en arrière pour se décrisper. Il reprit son chemin derrière une équipe de compagnons charpentiers qui portaient l'herminette en bandoulière, chantaient et envoyaient des baisers aux filles.

Comme il avait le temps, il s'arrêta au bout de la rue Sainte-Catherine, pénétra dans le petit cimetière de Saint-Projet, situé derrière l'église, s'offrit un gobelet de vin à l'étal d'un marchand qui avait des airs de paysan et, assis au pied de la croix dans le soleil de la matinée, il contempla le quartier dont les façades papillotaient de linges de couleur qui en faisaient un jardin de printemps.

Par la porte de la Chaîne, il gagna la rive du

Peugue, s'amusa à regarder tourner les moulins et à jeter des cailloux dans l'eau où barbotaient des gosses nus, pêcheurs de goujons. Franchissant le ruisseau sur une palanque de planches, il se dirigea, une fois sur l'autre rive, vers la place du Marché d'où montaient des rumeurs de fête. Il lui tardait maintenant d'arriver; il avait marché des jours et des jours, tantôt seul, tantôt dans le sillage des caravanes, esquivant les contrôles aux entrées des villes.

Sous un ormeau, entre une marchande de fougasses et un montreur de singe, il trouva un coin d'ombre, parvint à vendre quelques babioles et fit un petit somme, passé midi. Après la solitude et le grand silence des chemins, ces bruits, ces cris, ces musiques l'étourdissaient. Très tôt dans l'après-midi, il alla retenir une chambre à l'auberge du Joli-Moulin et dut se contenter d'une botte de paille dans l'écurie.

Comme il restait deux heures de jour, il alla flâner, les mains dans le dos, traînant la jambe, vers la porte Bouqueyre toute fleurie de banderoles. Il fit l'aumône à un joueur de flûte, moins par générosité naturelle que pour éviter d'attirer l'attention de la patrouille d'archers. La rue Neuve était calme et peu fréquentée. Sur tout son cours, de nobles façades, des tourelles d'angle fleuries de rouge, des maisons à étage ouvrant sur le pavé bien propre échoppes et comptoirs. Dans un cliquetis de sabots passèrent de riches attelages porteurs de litières aux rideaux d'étoffe ou de cuir. Des enfants de bourgeois montaient des chevaux placides tenus à la main par des valets. Devant le portail de certaines demeures comme l' « oustau » de la Lande, des sentinelles en costume chamarré montaient la garde, la lance au poing, figées comme des statues.

Le colporteur, le bonnet sur les yeux, passa distraitement devant l'« oustau » des Bagot dont le porche s'ouvrait sur un ramage de jeunesse en train de faire la fête sous un tilleul. Ralentissant mais sans s'arrêter, il regarda de tous ses yeux. Ensuite il retourna vers la place du Marché alors que les boutiquiers commençaient à fermer leurs volets.

Comme ils en étaient convenus, Scrope l'attendait au coin de la rue des Epiciers. Lui non plus, personne ne l'aurait reconnu.

Pierre venait de repartir depuis deux jours, lorsque Eliza reçut d'un inconnu qui l'avait remis à une servante un billet dont elle était seule à pouvoir comprendre la signification. Après avoir failli le déchirer en croyant à une mauvaise plaisanterie, elle se ravisa et le relut : il se présentait en forme de poème ou d'énigme où il était question de faucons du Buch et d'une nuit dans les dunes. Elle blêmit, fit appeler la servante, lui demanda des détails sur le porteur du billet – c'était un enfant qui, sa mission accomplie, après pris la poudre d'escampette. Nicolas, Nicolas Courtenay était de retour. Il avait déserté. Le fou! Certaine que d'autres billets lui seraient adressés, elle donna l'ordre aux domestiques de se saisir du porteur et de le lui amener. Le lendemain, on poussait devant elle un gamin qui gesticulait. Restée seule avec lui, elle le questionna. Il torcha sa morve, réclama une « petite obole », qu'elle lui donna. L'auteur des billets était un colporteur; il se tenait place du Marché, sous un orme, en compagnie d'un âne et d'une brute qui tenait toujours ses bras croisés sur la poitrine comme les lutteurs de foire – Eliza traduisit : Scrope.

L'après-midi, seule, elle se rendit place du Marché sous prétexte d'acheter des épingles. Elle n'eut aucune difficulté à trouver Nicolas, sinon à le

Elle fit de la main un geste au niveau du cou, se retourna pour explorer la foule du regard. Des lutteurs de foire et leur assemblée de badauds faisaient écran à quelques pas. Des ribambelles de gosses couraient pour rattraper le singe savant que son maître venait de laisser s'échapper.

« J'ai bien réfléchi, dit-elle. Je crois que je ne puis me passer de toi. Nous partirons ensemble. C'est une folie, mais je ne vois pas d'autre solution. J'ignore où nous irons et combien de temps nous pourrons tenir, mais j'aurai de l'argent et des chevaux. Sois demain à Sainte-Colombe, au deuxième coup de la Grosse Cloche, près du baptistère. Dissimule-toi derrière les tentures de fête en m'attendant. Je t'expliquerai tout par le menu. J'allais oublier : il faudra te débarrasser de ton épouvantail à moineaux. Il est trop voyant.

— Scrope nous suivra. Avec lui, je me sens en sécurité. Un vrai chien de garde.

— Comme tu voudras. »

Ils se retrouvèrent le lendemain à l'endroit prévu : une petite caverne de grosse étoffe qui sentait la poussière.

« Regarde, dit Eliza, la femme au chaperon de dentelle qui ressemble à une nourrice... Pierre l'a chargée de me surveiller. Depuis une semaine elle ne me quitte pas d'un pouce. La pauvre! Elle ressemble à une poule qui cherche un poussin égaré. »

Elle remit à Nicolas une bourse et un billet pour un marchand de chevaux situé à la fontaine de Tropeyre, près de la porte Médoque. Scrope se contenterait de l'âne. Ils se retrouveraient sur le chemin de Blanquefort, sous les murs du Palais Gallien. Ainsi, au cas où on les aurait suivis, ils donneraient l'impression de se diriger vers Saint-Estèphe.

Sous le ciel de mai, l'estuaire crépitait de toutes ses vagues. Les paluds de Parempuyre étaient couverts d'échassiers qui se gavaient de grenouilles. Depuis leur départ de Bordeaux, les fugitifs n'avaient pas rencontré dix personnes. Parfois Scrope montait sur un saule et secouait la tête : personne à l'horizon. Ils suivirent longtemps le chemin de terre. De l'autre côté, à un certain moment du voyage, Eliza aperçut la silhouette débonnaire du château de Montferrand; elle songea à Marie de Bedford qui vivait là et qui serait bien heureuse d'apprendre la fuite de sa rivale.

Il fit tout de suite très chaud : une de ces grosses chaleurs de mai qui mettent un grain de folie dans la tête. La terre semblait frémir de bonheur sous le pas des chevaux. Le soir venu, ils s'enfoncèrent dans la palud, non loin de Lamarque. Scrope construisit une cabane de branches et de feuilles où ils couchèrent tous les trois. La nuit sentait la liberté. Ils s'endormirent dans le concert de flûtes des crapauds et le rauque cantique des grenouilles.

Le lendemain, ils embarquaient en amont de Pauliac sur un bac manœuvré par une femme dont le mari avait péri par gros temps et qui parlait au fleuve comme à un fauve. Lorsqu'ils lui demandèrent de prendre terre à l'île Philippe, elle fronça les sourcils et ouvrit la bouche pour poser des questions, mais Eliza la lui ferma par une pièce d'or posée au creux de sa main.

« Vous resterez longtemps ? dit la femme.

— Nous te ferons signe pour le retour, dit Nicolas. En attendant, pas un mot à qui que ce soit de notre présence ici. »

En moins de deux heures, ils firent ensemble le tour de l'île Philippe, antique charpie de terre engraissée par les boues des hauts pays mais agrémentée d'une belle végétation sauvage, de quelques arbres bien ronds et bien fournis, de nuées d'oiseaux, autant qu'en Paradis et – ce fut une surprise – de quelques carrés de choux qui donnaient un air rassurant à cette belle sauvagerie. On se faisait à l'odeur de la vase et de la pourriture végétale du fleuve qui encensait comme un cheval échauffé. Ils cherchèrent à qui appartenait le jardin et tombèrent sur une sorte de sauvage qui déguerpit en les voyant, s'engouffra dans une drôle de cabane faite d'une multitude de planches de navires patiemment chevillées au bois et dont les couleurs délavées par le temps donnaient de idées de jardin à l'automne. L'homme ressortit avec une vieille arbalète à roue qui devait lui servir à chasser les gros oiseaux. Il était barbu jusqu'à la ceinture bien que jeune encore, avec des yeux un peu fous.

« Baisse ton arme! dit Nicolas. Tu ne peux blesser qu'un seul de nous et les autres auraient facilement raison de toi.

– Allez vous faire foutre! hurla le sauvage. Qu'est-ce que vous me voulez! Si c'est pour des plumes, vous en trouverez à Bordeaux, chez maître Andreu, plumassier de la rue Neuve, qui porte une grande plume rouge comme enseigne.

– Nous ne venons pas pour des plumes, dit Eliza, mais pour vivre quelque temps ici. Nous avons eu besoin de changer d'air. Cette île t'appartient? »

Il fit un signe de tête vers la rive. L'île appartenait au fleuve, au Ciel, à Dieu, sûrement pas aux hommes, pour en faire quoi? Eliza ajouta quelques paroles apaisantes : ils ne voulaient de mal à personne, mais ils fuyaient des gens mal intentionnés et n'avaient pas trouvé mieux pour se cacher.

« Pour ça, dit l'homme en abaissant son arme,

il n'y a pas mieux mais, si vous venez de la ville, vous trouverez du changement. Vous allez coucher où et manger quoi ? Et vos chevaux, qu'est-ce qu'ils boufferont ? Il n'y a pas lourd d'avoine dans les parages.

— Nous nous débrouillerons », dit Eliza.

Les fugitifs avaient emporté deux gros sacs d'avoine; lorsque le besoin s'en ferait sentir, l'un ou l'autre pourrait aller en quérir à Pauliac. On avait des sous. De plus, l'île ne manquait pas d'herbe. Rassuré, l'homme leur fit visiter sa demeure. Ce n'était pas un palais, mais elle était pourvue du nécessaire et même d'un brin de superflu : quelques plumes royales accrochées à des planches et une figure de proue, sorte de sirène aux yeux ronds, avec une amorce de queue en écailles. Une soupe cuisait dans une marmite sur un feu placé au centre de la pièce. Le sauvage montra son lit de planche avec orgueil : il avait une couette de duvet — un luxe. Il s'affaira avec amitié, parlant d'abondance comme si sa langue n'avait pas été à pareille fête depuis des années. Il invita même les visiteurs à partager sa soupe et il n'y en eut pas gros pour chacun, mais on y ajouta du vin. Le sauvage expliqua que sa femme était morte noyée durant une traversée, en même temps que le mari de la passeuse; il avait pu repêcher le corps, l'avait enterré dans l'île et avait décidé de s'y fixer; une nuit de gros temps, le fleuve avait arraché le cadavre à la terre et il l'avait retrouvé perché dans un arbre comme un nid de pie : un haillon de chair pourrie; il l'avait laissée où elle était, mais placée entre quatre planches et bien arrimée; elle n'était pas loin d'ici et il lui faisait une petite visite chaque jour.

Le sauvage s'appelait Baudon. Il avait fait un peu de tous les métiers : fustier, regrattier, maître de gabare, faure... Maintenant, il était chasseur pour maître Andreu. Dans la mesure où on lui fichait la paix il n'était pas malheureux. De temps en temps, il voyait passer des navires armés en guerre, tantôt anglais, tantôt français, dont certains jetaient l'ancre dans une crique de l'île Philippe pour attendre le montant ou le jusant, le temps d'une morte-eau. Il savait qu'il y avait de la misère un peu partout, mais ce n'était pas son affaire et ça ne l'empêchait pas de dormir.

Baudon leur prêta des planches, des bâches, des cordes, des pointes et des outils, leur désigna un terrain sec et abrité non loin de son domicile et les aida à édifier deux cabanes : une pour les « amoureux » et l'autre pour Scrope qu'il regardait d'un mauvais œil, et pour les montures. Une journée suffit; il en fallut une autre pour façonner quelques meubles et les disposer sur le sol de terre battue recouvert de rondins sur lesquels on se tordait les pieds. On installa le foyer sur une sole d'argile au milieu de la cabane. Grâce au four de Baudon, on aurait du pain frais.

Il y eut quelques jours de singulière vacuité.

Le temps avait pris soudain une dimension et une qualité insolites. Scrope s'occupait de la substance : essentiellement la chasse et la pêche; il laissait seuls Eliza et Nicolas qui n'avaient souci que d'eux-mêmes. Parfois le souvenir de Lionel revenait comme la souffrance d'une blessure. Eliza lui avait laissé un mot pour l'informer de son départ. Il leur manquait. Depuis leur voyage sur le bassin et leur nuit dans la dune, Lionel était entre eux comme un nœud d'affection, une présence constante dont ils ne semblaient pouvoir se passer. Ils s'installaient dans l'île comme pour une éternité, mais il leur manquait un élément essentiel : leur amour, pour atteindre sa plénitude, avait besoin de la présence et du regard de cet adolescent.

Le printemps lui aussi paraissait devoir durer une éternité. Les fugitifs se levaient chaque matin avec au-dessus de leur tête ce ciel de verre qui annonçait une journée chaude.

Ils se rendaient chez Baudon, l'aidaient à trier plumes, aigrettes et duvets, le suivaient à la pêche d'où il ramenait parfois des lamproies dont il s'amusait à coller la gueule à ses bras où elles laissaient une marque rouge; ils s'en faisaient une fête pour le repas de midi qu'ils prenaient souvent ensemble. Après la sieste dans la grosse chaleur bourdonnante de mouches, la rumeur du vent mêlée à celle de l'estuaire, ils donnaient de l'exercice à leurs montures à travers les petites landes de l'île et s'arrêtaient pour faire l'amour dans les herbes grasses barbouillées de limon sec. Assis sur la berge au milieu des roselières affolées au moindre vent, ils regardaient passer les navires et déchiffraient leur origine. Sur la rive droite s'étendaient des espaces de terre infinis où des charrois de nuages très bleus roulaient au ras de l'horizon, au-dessus des landes et des marécages de Saintonge. Ils se sentaient détachés du monde et si libres qu'ils ne savaient bien souvent que faire de leur liberté, mais ils n'y eussent renoncer pour rien au monde car ils l'avaient payée trop cher.

Lorsqu'ils eurent besoin d'avoine pour leurs montures, c'est Baudon qui se chargea d'aller avec son bachot en acheter à Pauliac. Il ramena une nouvelle : des hommes avaient interrogé la passeuse mais elle n'avait pas soufflé mot des nouveaux locataires de l'île Philippe. Les « amoureux » pouvaient dormir sur leurs deux oreilles. Baudon se chamailla avec Scrope qui lui reprochait d'avoir oublié de ramener du vin, celui du « sauvage » étant piqué.

Un soir qu'il revenait de faire ses dévotions à la

tombe aérienne de son épouse, Baudon dit à Eliza :

« Vous allez rester longtemps ici ?

– Tu es déjà las de notre présence ?

– Ce n'est pas ce que je voulais dire, au contraire. Depuis que vous êtes arrivés, ma vie a bien changé. Auparavant, je traînais sans cesse des idées noires. De temps en temps, l'envie de disparaître me prenait. Je décrochais la corde que tu vois là et je me la passais au cou. Et puis, au dernier moment... Maintenant, je n'ai plus envie de mourir. Mais si vous repartiez...

– Nous repartirons, mais rien ne presse. Nous sommes bien ici. Je suis heureuse. Tu comprends, Baudon ? Heureuse ! »

Il s'essuya les yeux, se leva, alla puiser de l'eau au puits qu'il avait creusé, but à même la cruche d'argile et resta les mains appuyées contre la margelle de bois. Un rapace traversa l'air de son vol épais. On était presque dans l'été; les soirs étaient de plus en plus bleus, de plus en plus riches d'odeurs de jacinthes sauvages et de grappes de robiniers qui faisaient dans le cœur de l'île des forêts toutes blanches.

On ne respirait bien que la nuit. Les veillées s'étiraient dans le chant des grillons sous les premières lunes de juin. Baudon avait toujours quelque bonne histoire à raconter, ayant beaucoup vécu et voyagé; s'il se trouvait à court, il glissait sans effort vers le merveilleux. Eliza et Nicolas se retiraient dans leur cabane dont ils laissaient la porte ouverte malgré les moustiques. Ils restaient nus sur leur paillasse de fougère, côte à côte, la main dans la main; bien souvent ils ne s'endormaient qu'à l'aube, serrés l'un contre l'autre sous une couverture. Lorsqu'ils s'éveillaient le paysage de l'île pétillait de lumière, les oiseaux passaient en rafale, les tourterelles se répondaient d'arbre en arbre et les geais poussaient leur cri de guerre en partant chasser la libellule. La tête vide, le corps dispos, le ventre creux, ils abordaient une journée sans poids qui n'avait d'autre raison d'être que de prolonger ce bonheur auquel ils avaient eu, au début, du mal à s'adapter.

Le jour où Eliza annonça à Nicolas qu'elle était enceinte de trois ou quatre mois, il pleura dans son épaule, partit seul à cheval à travers l'île au grand galop. Une heure plus tard, il était de retour, radieux. De toute la journée qui suivit, il ne put tenir en place. Il aida Baudon à couper des arbres pour agrandir son jardin potager et le suivit à la chasse. Son corps semblait habité d'une énergie toute neuve qu'il ne savait comment dépenser. Il annonça brusquement qu'il allait se rendre à Bordeaux pour parler à Pierre de Montferrand. Eliza eut du mal à l'en dissuader. Il convint de sa sottise, proposa de passer chez les Français où il trouverait sûrement à s'engager. Eliza le laissa dire.

« Nous ne pouvons plus rester ici, dit-il. Je ne suis pas fait pour cette existence, et toi non plus. Je m'ennuie. Une fois en France, je t'épouserai et Pierre sera bien obligé de renoncer à toi. »

Eliza avait beau repousser cette idée, elle devait reconnaître que Nicolas avait raison, mais elle luttait contre cette évidence. Elle en était venue à penser que l'existence dans l'île aurait pu durer indéfiniment. Contrairement à Nicolas, elle ne s'ennuyait pas; les journées n'étaient pas assez longues et les nuits trop brèves. Elle aimait que l'avenir débouchât sur cette vacuité rassurante.

Une autre évidence revenait la torturer : Pierre, quoi qu'il arrivât, ne renoncerait jamais à elle; au moment où on l'attendrait le moins, il surgirait pour la reprendre. Comme à Lesparre.

Rien ne semblait troubler la solennité de l'aube, le silence de cathédrale qui précède les premières lueurs du jour.

Eliza tendit l'oreille. Elle n'aurait su dire si ce qu'elle avait entendu au-dehors était le frôlement d'une sauvagine dans les herbes (il en venait chaque nuit rôder autour des cabanes) ou des pas d'homme. Quelque chose avait bougé, elle en était certaine. Elle avait même entendu hennir un cheval, dans la cabane voisine. Elle ouvrit les yeux, perçut contre sa rétine un mouvement indéfinissable. Elle faillit réveiller Nicolas mais renonça car il dormait le matin comme un enfant. Elle chercha le couteau de Sheffield sous l'oreiller, le tint contre sa poitrine. La peur interposait entre elle et la porte une draperie rouge qui flottait et disparaissait sans cesse. Retenant sa respiration qui lui semblait bruyante comme un soufflet de forge, elle attendit.

Un homme tournait autour des cabanes, elle en était certaine à présent. Plusieurs peut-être. Scrope ? Baudon ? Ils ne se levaient jamais la nuit. Elle allait se lever et s'habiller lorsque Scrope se coula dans la cabane.

« Ils » sont là, dit-il. Trois ou quatre, je ne sais pas au juste. Réveille Nicolas et faites doucement tous les deux.

— Prépare-toi, dit-elle à l'oreille de Nicolas. Nous avons de la visite. »

Ils s'habillèrent tandis que Scrope faisait le guet, l'œil sur ce fil d'aube qui marquait l'horizon d'un trait de feu, où la moindre présence extérieure mordrait inéluctablement. Pour toute arme, il n'avait qu'une faucille, mais elle était redoutable. Nicolas prit le couteau de Sheffield.

« Ils ne se montreront pas avant le jour, dit

Scrope. Ils veulent savoir où ils mettent les pieds. »

Il faisait à peine jour quand le premier visiteur se présenta. Appuyé des deux mains au chambranle, il avança la tête. La faucille de Scrope le cingla à toute volée à la gorge. Il tomba à genoux avec un gémissement. Les autres n'étaient pas loin; ils se précipitèrent, l'épée au poing. Tandis qu'ils s'occupaient à retirer le cadavre de l'entrée, ils furent assaillis par Nicolas et Scrope si brusquement qu'ils n'eurent pas le temps de se mettre en garde. Cela faisait trois cadavres.

« Attention ! » cria Eliza.

Un homme venait de surgir dans la clairière avec un mouvement d'oiseau de nuit accusé par sa cape flottante. Il parut hésiter puis résolut de faire demi-tour vers la cabane de Baudon. Nicolas et Scrope se lancèrent sur sa trace. Ils allaient le rejoindre quand ils le virent sauter sur le bac de la passeuse qui détacha son embarcation du ponton sans se presser. Baudon était attaché à la souche qui lui servait à fendre le bois, un bâillon sur la bouche. A peine délivré, il bondit dans sa cabane, en ressortit avec son arbalète à roue, arma et tira. Il y avait assez de jour pour bien viser; il visa bien et l'homme piqua du nez sur le plancher du bac. La passeuse le fit basculer dans le fleuve.

« Toi ! cria Baudon, reviens, grande garce, ou je vais te chercher. »

Le bac pivota, revint donner du nez contre le ponton. Penaude, la passeuse attendait la semonce. Elle fut sévère.

« Traîtresse ! Vendue ! Tu mériterais que je te saigne comme un poulet !

— Et qu'est-ce que tu aurais fait, toi, si tu avais eu comme moi un couteau sur le ventre et un autre dans le dos ?

– Laisse-la, dit Nicolas. Elle ne pouvait faire autrement. Ils étaient seulement quatre ?

– Aujourd'hui, oui, ils étaient quatre. Demain ils seront plus nombreux. C'est fou ce qu'il y a de brigands qui s'intéressent à vous ! Prenez garde et ne soyez pas fâchés si je suis contrainte de leur faire passer l'eau. »

Avant de repartir, elle expliqua que les allées et venues de Baudon, ses achats répétés d'avoine et d'autres produits à Pauliac, avaient éveillé les soupçons et fait parler les gens.

« Si l'on nous envoie d'autres visiteurs, dit Nicolas, notre compte est bon. Nous ne pouvons pas surveiller tous les mouillages de l'île. Partons dès aujourd'hui. Baudon, tu viens avec nous. S'ils te prennent ici, tu seras considéré comme complice.

– Je m'en fous, dit Baudon avec un regard vers l'arbre au cercueil. Si vous partez, je peux bien crever, mais moi, à votre place, j'attendrais de pied ferme. On ne va pas débarquer une compagnie !

– Attendre... Tomber dans un autre piège... Reste si tu veux. Nous partons.

– Comme tu voudras. »

Baudon héla la passeuse, lui demanda de revenir en fin de matinée.

« Comme ça, dit-il, vous aurez le temps de vous retourner. »

Baudon emprunta l'âne de Scrope pour aller inspecter les deux versants de l'île, longue comme un jour sans pain. Il y passa sa matinée; lorsqu'il revint, ses hôtes étaient prêts. Les trois cadavres avaient été enterrés proprement. Le quatrième devait voguer vers Bordeaux dans sa belle cape noire.

Ils se portèrent avec leurs chevaux et l'âne de Scrope vers le ponton. La rive opposée paraissait calme. Ils virent le bac se détacher, remonter vers Bordeaux puis redescendre gentiment le fil du jusant. La passeuse leur fit en s'approchant un signe de la main pour dire que tout allait bien.

« Adieu, Baudon ! dit Nicolas. Tu es un brave homme et je ne t'oublierai pas.

– Vous allez me manquer, dit le sauvage. Je m'étais habitué à vous, même à cette tête de bois de Scrope ! »

Eliza l'embrassa, lui glissa dans la main quelques pièces qu'il refusa avec hauteur. Il avait de quoi se suffire. Les vrais pauvres comme lui et qui n'ont pas honte de l'être n'ont pas besoin de ces rondelles de métal utiles tout au plus pour caler les pieds de table. La passeuse, elle, ne refusa pas l'argent qu'on lui donna. Il est vrai qu'elle dut faire un bon bout de chemin. Le jusant emporta le bac jusqu'à la pointe aval de l'île, à l'endroit où elle tire une longue langue de vase, et dériva vers la rive saintongeaise où la chaleur de juin faisait trembler des brumes de verre liquide. Elle amarra solidement l'embarcation pour attendre le montant.

« Si c'est la tranquillité que vous cherchez, dit-elle, inutile d'aller plus loin. Personne ne viendra vous chercher ici, mais il faudra vous contenter de manger des grenouilles et des couleuvres. Avant de trouver une nourriture de chrétiens, vous avez bien trois ou quatre lieues à faire. »

Ils campèrent dans un marais à moustiques, repartirent au matin en direction de Saint-Ciers où ils couchèrent dans une auberge de mauvaise apparence. S'ils arrivaient jusqu'à Mirambeau, ils étaient sauvés. Ça sentait les Français dans ces parages. Ils entrèrent dans un aimable pays de forêts et de collines basses. Au fort de la chaleur, ils s'arrêtèrent dans une petite vallée sèche pour se reposer sous un chêne. Ils s'apprêtaient à reprendre leur route quand ils trouvèrent en face d'eux cinq cavaliers.

« Ne fais pas d'histoire, Courtenay, dit l'un d'eux. Tu n'as aucune chance de t'en tirer. Regarde derrière toi. »

Derrière, il y avait un autre groupe de cavaliers.

« Jetez vos bagages, murmura Scrope, et tâchez de prendre le large. Je me charge d'eux et je veille sur Eliza. Tonnerre ! allez-vous faire ce que je vous dis ?

– Je reviendrai, Eliza », dit Nicolas.

Il défit ses bagages pour alléger sa monture, sauta en selle et fonça à bride abattue vers le fond de la vallée. Sautant sur l'autre cheval, Scrope se lança à sa suite puis fit demi-tour, heurtant de plein fouet les premiers cavaliers qui s'étaient lancés à sa poursuite, jouant de la terrible serpe qu'il ne quittait pas. La diversion fit merveille. De toute sa puissance, de toute sa colère, Scrope faisait barrage aux cavaliers qu'il parvint à contenir, le temps pour Nicolas de s'enfoncer dans un boqueteau et de disparaître. Lorsqu'il tomba de cheval, la cuisse transpercée, trois cavaliers mirent pied à terre et s'acharnèrent sur lui à coups d'épée. Il vivait encore lorsqu'on le traîna par les jambes jusqu'au chef qui veillait sur Eliza. Elle prit la main qu'il tendait, se pencha vers lui.

« Nicolas leur a échappé. Merci, Scrope. Je n'oublierai pas. »

Il se débattit encore, parvint à se redresser sur un bras, tâtonnant de l'autre main comme pour chercher son arme. Une lance le cloua au sol.

LIVRE V

1450-1451

I

LA « MALE JORNADE »

(Bordeaux, Formigny, Blanquefort, 1450)

ILS étaient devenus insupportables. On entendait leurs cris et leurs rires dès qu'ils avaient tourné à l'angle de la rue Sainte-Colombe. Ils s'arrêtaient sous les fenêtres des bourgeois ou devant leur boutique lorsqu'elle était ouverte, pissaient sur la marchandise déballée, montraient leur cul lorsque le marchand protestait. Les filles étaient pires : de vraies harpies qui se vengaient des réprimandes en jetant des pierres dans les vitres.

Il n'avait pas été facile de se débarrasser de ces parasites encombrants. Les bâtards d'Oswald formaient une famille dans la famille, plus unie et solidaire que celle qui gravitait autour d'Eliot Blake. Oswald leur avait laissé prendre de mauvaises habitudes. Si les plus âgés avaient fini par se ranger, les autres vivaient comme des larves des maigres biens et revenus de leur père, occupaient les pièces vides de la grande bâtisse des Bagot, pillaient les voultes et les garde-robes, emportaient des bibelots, des bijoux et même des meubles pour les revendre. Sûr d'être molesté à la moindre observation désobligeante, Lionel, durant l'absence de sa mère, avait assisté, impuissant, au pillage; quant à maître Eliot, presque impotent et ne quittant guère son fauteuil percé, il se contentait de menacer et de trépigner sur place en agitant sa canne.

Ramenée par les sbires de Pierre de Montferrand à l'« oustau » de la rue Neuve, Eliza, consciente de ces abus, avait pourtant laissé faire. Son frère Eliot était le maître et savait bien montrer les dents lorsque son lit était trop froid ou sa soupe trop chaude. Sa future maternité lui occupait l'esprit plus que les singeries des bâtards; elle s'efforçait, entre ces deux effigies de la réprobation, Eliot et Lionel, de se recomposer une dignité et une autorité.

Pierre l'y aida. Il faisait comme si rien ne s'était passé, conscient à la fois de ses torts envers Eliza et de sa toute-puissance qui l'incitait à la mansuétude. Même l'annonce de la maternité d'Eliza ne parut pas l'affecter outre mesure. Elle élèverait cet enfant comme s'il était le leur; comme ils avaient élevé Lionel.

C'est Pierre qui conseilla à Eliza de se débarrasser des bâtards.

Autant demander à un paysan d'Afrique de chasser les sauterelles qui dévorent son champ! Il lui confia deux de ses hommes, des brutes qui avaient fait leurs premières armes sous le commandement de Bedford en Normandie, afin de lui prêter main-forte. Une petite guerre âpre, impitoyable, vint à bout de ces gredins. Ils n'étaient hardis que face à la faiblesse et battaient en retraite avec des airs farauds à la moindre résistance, mais pour revenir et revenir sans cesse. Eliza n'y alla pas de main-morte. Les récidivistes, les fortes têtes, elle les fit fouetter dans la cour devant toute la bande réunie qui grondait comme une meute face aux deux brutes de Montferrand qui avaient tiré leur épée et s'en seraient servis. Les bâtards se vengèrent en tentant d'incendier la grange, un exploit qui aurait mis le feu à tout le quartier sans l'intervention d'un palefrenier et d'une providentielle averse de grande allure. Cette mauvaise action les condamna. La porte de l'« oustau » leur fut fermée. Ils se vengèrent en jetant dans la cour des pierres et des ordures, puis ils renoncèrent, s'égayèrent à travers la ville comme des rats chassés des cales d'un navire. On en retrouva quelque temps après au pilori de la place du Marché, chez les truands du quartier Saint-Michel; d'autres allèrent chercher fortune dans les campagnes du Périgord et du Limousin avec les dernières compagnies d'« Ecorcheurs » et on n'en eut plus de nouvelles.

Pas de nouvelles non plus de Nicolas.

« Si je le retrouve devant moi, avait prévenu Pierre, je le tue. » Il l'aurait fait; il en avait fait bien d'autres. Placide au naturel et même généreux, il ne savait pas imposer de bornes à sa rancune. Courtenay se battait sans doute en compagnie de quelques autres « Anglais reniés », déserteurs pour la plupart, dans les bandes qui opéraient autour de cette vieille bâtisse qui montrait ses lézardes : les trêves de Tours, qu'aucune des deux parties ne respectait vraiment. Eliza avait renoncé à espérer qu'il pût resurgir, lui faire tenir un mot, pousser la porte de sa chambre, et même elle repoussait cet espoir car elle n'était pas certaine de pouvoir lui résister. Elle s'efforçait de le détruire en elle et y parvenait mal.

Pierre avait mis un certain temps avant d'essayer de la reconquérir. Trois mois après la naissance de Johanna (l'enfant avait vu le jour dans l'Octave de Noël), il ne l'avait pas encore touchée. Ce n'est qu'au cours d'un séjour chez Simon, à Saint-Estèphe, qu'il s'était décidé à la prendre, et encore avait-il fallu que ce fût dans le décor où ils s'étaient connus et aimés, au premier étage du « bourdieu » reconstruit par Simon et ses compagnons.

Eliza avait changé. La quarantaine proche, elle décida de rompre avec une certaine complaisance de sa nature; elle avait toujours, ou presque, été pour les hommes qu'elle avait connus et aimés, à commencer par son frère Simon, une proie, involontaire ou consentante, mais vaincue d'avance. Elle n'avait résisté qu'à Villandrando mais, seule, désespérée, elle eût sans doute fini par céder à cet homme qui n'était ni plus aimable ni plus haïssable que les autres. Il n'y avait guère que Rockley qu'elle eût vraiment détesté parce qu'il était détestable en tout. Elle entourait sa dignité reconquise de solides résolutions : désormais elle serait maîtresse de sa destinée. Seul Pierre avait prise sur elle, mais, outre qu'il continuait à s'absenter durant de longues périodes, elle lui tenait tête pour les menus conflits de l'existence quotidienne et, si elle faisait mine de céder en certaines occasions, c'était afin de mieux se préparer à réagir. Pierre filait doux et ne protestait que pour l'essentiel. Elle faisait en sorte cependant de conserver une certaine souplesse dans son attitude, persuadée que désormais seul Pierre compterait dans son existence; elle était prête à tout donner d'elle-même pour l'aider dans les tâches difficiles qu'annonçait la fin imminente des trêves.

Pierre l'aimait. Pierre n'avait pas varié d'un iota dans ses sentiments. Il la couvait de ses gros yeux de chien triste comme s'il la découvrait, et elle veillait à ne pas contrarier cette adoration silencieuse. Contrairement à Marie, elle prenait soin de son corps et de sa toilette, refusait la propension propre aux bourgeoises de Bordeaux qui prenaient dès leur deuxième enfant des allures de matrones et confondaient opulence de chair et majesté. Aux messes de Saint-André ou de Sainte-Colombe, les hommes se retournaient sur elle et lui souriaient; elle leur rendait leur sourire mais se dérobait à leur approche. Elle n'avait rien perdu de la fraîcheur de son teint et des grâces de sa jeunesse; elle était fière sans vanité ni ostentation de sa poitrine harmonieuse, de ses hanches qui s'étaient arrondies sans s'alourdir, de sa chevelure qui gardait sa royale opulence. Des gens qui avaient vécu à la cour de France lui trouvaient des ressemblances avec la maîtresse du roi, Agnès Sorel, qui venait de mourir.

L'archevêque Pey Berland l'avait prise en affection. Il avait été sur le point de convaincre Lionel d'abandonner à la fois ses fumeuses rêveries de poète, ses folles amours avec la bâtarde d'Oswald et son goût des armes pour vêtir la robe du clerc et enseigner dans son université. Lionel avait accepté de se rendre à Toulouse pour y perfectionner latin et théologie; il y passa une année ardente et folle, mais n'en tira que peu d'enseignements et aucune conviction en ce qui concernait son avenir : il portait trop de forces en lui – celles des Montferrand et des Blake réunies – pour les laisser se consumer derrière un pupitre. A vingt ans passés, il n'avait soif que de vivre et ne se sentait vraiment en accord avec sa nature que lorsque son père l'emmenait avec lui dans ses tournées d'inspection à travers les citadelles de la Trau ou du Médoc.

Lorsque l'archevêque lui reprochait son « goût immodéré » de l'action au détriment de la réflexion en Dieu, il répondait :

« Plaise à monseigneur de convenir que les temps qui viennent auront besoin davantage d'hommes d'action que d'hommes de réflexion. Lorsque les armées du roi de France seront à nos portes, c'est de soldats dont nous aurons besoin et non de clercs. »

Sensible à cet argument, Pey Berland n'avait pas insisté, lui qui, depuis des années, prêchait la résistance aux Bordelais face à la menace de reconquête des Français, qui assistait aux exercices de tir à l'arc du dimanche et récompensait les champions, qui fulminait contre le relâchement dans les corps de milice, qui réclamait sans relâche des secours à l'Angleterre.

Bordeaux rêvait toujours de cette « grande armée » que le roi avait promis d'envoyer en Aquitaine.

Le moindre convoi de navires battant pavillon anglais jetait sur les graves une foule déjà en proie au mirage, qui voyait scintiller les lances et les pennons d'Angleterre sur les lointains de l'estuaire. La nouvelle de l'arrivée d'un ambassadeur ou d'un capitaine rassemblait la foule dans l'attente d'un débarquement de troupe. Les heures passaient et tous repartaient avec leurs illusions refroidies. Des rumeurs naissaient on ne savait où, faisaient en quelques heures le tour de la Cité, s'éteignaient comme des feux follets ou dégénéraient en incendie. Un capitaine de *ship* ou un patron de gabare avait déclaré avoir aperçu au large de Mortagne une armada de navires fleuris de pavillons aux roses rouges. Quel capitaine, quel patron? On l'ignorait. On attendait au bord du fleuve et le soir tombait sur l'immensité vide.

Pey Berland avait tant maigri, rongé par la maladie, les soucis et la vieillesse qu'on pouvait voir les os de ses mains à travers les flammes des chandelles et du foyer lorsqu'il parlait à la veillée. Quand il s'agenouillait pour la prière, il fallait l'aider à se relever. Dieu l'appelait à lui mais il faisait la sourde oreille. Il confia un jour à Eliza : « Je dois me faire violence pour continuer à vivre car ma tâche n'est pas achevée. Je veux être là le jour où les Français passeront à l'attaque. Cette main que Dieu me tend dans mon sommeil, je refuse de la voir. J'en viens même à me demander si ce n'est pas une astuce du démon. Le pasteur disparu, les brebis deviennent folles ou enragées. Je dois rester. » Il souffrait d'être enfermé plus d'une journée dans son palais; il avait besoin de se mêler au peuple comme s'il y puisait le reste d'énergie qui l'animait, et le peuple avait besoin de sa présence et de ses paroles que l'on se répétait de quartier à quartier, de maison à maison, jusque dans les auberges et les mauvais lieux; elles étaient le vin âpre et fort qui réchauffe le cœur sans troubler la cervelle. Pey Berland était ardeur et raison. Lorsqu'il siégeait aux offices de Saint-André, assis dans son grand fauteuil rouge, on ne voyait que lui; il était comme le cœur de ce vaste corps diffus, tourmenté, en train de glisser vers le découragement et la mort qu'était le peuple de Bordeaux.

Ses médecins le gourmandaient : « Monseigneur, restez au chaud pour aujourd'hui. Voyez comme il pleut et vente! Si vous quittez votre cabinet, nous ne répondons de rien... » Il souriait, commandait sa litière que l'on chauffait d'une bassinoire de cuivre, et il partait à travers la ville, sa longue main pâle écartant les rideaux de cuir pour bénir la foule qui se portait à sa rencontre. Ces promenades lui étaient aussi nécessaires que le pain, le vin ou la prière.

Nicolas Courtenay aurait aimé crier aux Anglais qui se déployaient en face : « Vous faites une sottise! Ce n'est pas ainsi que l'on fait la guerre de nos jours. Regardez nos serpentines et nos canons! Vos palissades de pieux ne tiendront pas contre eux. Nous ne sommes plus au temps de Crécy, de Poitiers ou d'Azincourt. »

Les lourds escadrons du comte de Clermont commençaient à défiler de chaque côté de la compagnie de réserve, composée en partie d'« Anglais reniés », d'Ecossais, de gens des *borders* du nord, d'Irlandais. En les inspectant, la veille, Jean de Bourbon, comte de Clermont, ne leur avait pas caché qu'il n'avait guère confiance dans ce ramassis de déserteurs; on les aurait à l'œil; à la moindre faiblesse de leur part, ils auraient les Bretons pour les encadrer. On les verrait à l'œuvre...

Les deux armées se tenaient en face l'une de l'autre sur l'une des rives du ruisseau de Saint-Louis, tout près du village de Formigny dont les premières masures apparaissaient derrière un bouquet d'arbres, dominées par la pointe du clocher.

Les Anglais de Thomas Kyriel, une armée de six mille hommes : archers, lanciers, fantassins, grossie de quelques escadrons venus de Bayeux, Vire et Caen, avaient déjà conquis le Cotentin et prenaient la direction de cette dernière ville où Somerset les attendait. L'armée du comte de Clermont, gendre du roi de France, qui lui avait coupé la route près de Formigny, était bien inférieure en nombre mais attendait les renforts conduits par Richemont. Un coup d'audace! Que Richemont manque le rendez-vous et c'était la défaite pour les Français...

Des rafales de vent faisaient tourbillonner des voiles de poussière sur les chemins et les prairies sèches. Derrière Courtenay, les hommes commençaient à murmurer; ils en avaient assez de faire le pied de grue, de regarder aller et venir comme dans l'attente d'un secours céleste des groupes d'éclaireurs pâles d'inquiétude devant cet horizon brûlant et vide.

En face, les Anglais avaient décidé d'attendre, sous les bannières de Kyriel et Mathieu Gough, qu'on appelait Matago, une attaque des Français; ils étaient prêts à les recevoir; ils laisseraient s'avancer et s'embrocher sur leurs lances ceux qui auraient échappé à la grêle des flèches – une tactique infaillible! L'aile gauche des vétérans, exposée au grand soleil, donnait des signes d'énervement. Devant eux, archers et hommes de pied creusaient fossés et chausse-trappes pour faire barrage à la cavalerie française.

Ce n'est pas sa cavalerie que Clermont lança à l'assaut mais son artillerie. Il avança ses pièces face aux vétérans anglais et ouvrit le feu. Matago ne lui laissa pas le temps de profiter de son avantage. Une vague de cavaliers prit les canons à revers et les enleva d'un élan sauvage. Maître de la place et des canons, Matago parut hésiter à pousser plus loin pour affronter le gros de l'armée ennemie. Il paraissait pris dans une glu de chaleur et de fatigue. Emportant l'artillerie qu'il venait d'enlever, il regagna lentement ses positions.

Le temps, de nouveau, parut se figer dans la grande torpeur. Pourquoi les Anglais ne tentaient-ils pas de desserrer l'étau et de poursuivre leur route? Ils paraissaient ancrés à la terre derrière leurs retranchements. On entendait le tonnerre du vent lourd dans la forêt voisine, son sifflement lorsqu'il s'échappait pour galoper après ces fantômes de poussière jaune qui couraient les champs.

Une heure avait passé depuis les préliminaires de la bataille, lorsque Courtenay se sentit de la glace dans le dos. Des éclaireurs anglais revenaient au triple galop avec des cris de joie. Ils avaient aperçu, du côté d'Engraville, les bannières de Somerset.

« Qu'est-ce qu'ils ont à crier ainsi? demanda un capitaine français.

– Ils annoncent l'arrivée d'une armée de secours venue de Caen, répondit Courtenay.

– Cette fois-ci, dit le capitaine, mieux vaut tourner bride. Engager la bataille serait une folie. »

Courant vers le comte de Clermont, il croisa un groupe d'éclaireurs, revint au galop vers la compagnie étrangère commandée par Courtenay en levant un bras au ciel.

« Les amis! Ce n'est pas Somerset mais Richemont! Dieu est avec nous! »

Richemont avançait à marche forcée malgré la chaleur, accompagné de la cavalerie de Brézé. On les vit apparaître, se déployer autour d'un moulin sur les hauteurs d'Engraville, en vue de Formigny et foncer à grand bruit vers le lieu de la bataille. Sous le choc des avant-gardes, les Anglais de Matago fléchirent, passèrent précipitamment le pont, se retrouvèrent sur l'autre rive, dans une grande confusion, laissant les pièces d'artillerie aux mains de l'ennemi. Adossés aux premières maisons de Formigny, ils firent face à la marée sauvage qui les assaillait de toutes parts, alliée au vent et à la poussière qui se rabattaient violemment sur eux. Attaqués de face par les gens de Clermont, sur leurs ailes par les Bretons de Richemont, ils se réfugièrent dans les maisons, les jardins, les enclos, cherchant refuge dans les caves et les greniers, pressés de toutes parts, toutes les issues bloquées. Dans un seul enclos, cinq cents archers périrent égorgés par les paysans du village qui étaient sortis de leur cachette en voyant paraître les bannières de Richemont. Ce qui restait de l'armée anglaise – quelque quinze cents hommes – se rendit, avec Kyriel, au comte de Clermont.

Au soir tombant, alors que les pages parcouraient le champ de bataille pour récupérer les flèches, les armes et les équipements prélevés sur les morts, Courtenay donna licence à ses hommes de préparer leur soupe, menaçant de mort ceux qu'il surprendrait à piller – les gens de Richemont s'en chargeaient et il y aurait du butin pour tous.

Courtenay ne ressentait ni joie ni peine, simplement une nausée qui lui montait aux dents et lui faisait détourner la tête devant ces cadavres anglais que l'on enterrait à la hâte et ces files de prisonniers que l'on dirigeait vers Bayeux et d'autres villes où ils seraient vendus comme esclaves. Il avait beau se répéter qu'il n'avait pas choisi délibérément de « tourner français », qu'il n'avait déserté que pour échapper aux conséquences d'une injustice, le même mot remontait en lui, éclatait dans sa tête comme une bulle : « Trahison ! » Il passa la nuit à grelotter dans sa petite tente de campagne, s'éveillant en sursaut lorsqu'il lui semblait entendre des cris de détresse et voir des feux se rapprocher de lui. Il n'était plus qu'un homme solitaire dans un monde hostile, rejeté par les uns, mal accueilli par les autres, banni de tous. Entre la haine et le mépris, il avait du mal à trouver ses limites.

Il repartit en campagne à quelques jours de là, à travers la Normandie, maîtrisant mal l'envie d'échapper à cette marée humaine qui balayait devant elle ses amis, ses frères d'armes, de s'enfoncer dans une forêt et de s'y laisser mourir comme un vieux loup.

La France se reconstruisait; l'Angleterre se détruisait. Un aventurier irlandais, Jack Cade, rameutait les populations des provinces du Surrey, du Kent, du Sussex et les conduisait à Londres que le roi quittait en hâte pour sa résidence de Kenilworth. L'Angleterre, reprise par ses vieux démons, craquait de toutes parts sous la révolte des gueux comme soixante-dix ans auparavant sous les coups de boutoir de Wat Tyler.

Repliée sur elle-même comme un chien malade, l'Angleterre résistait mal à ses agressions intérieures et laissait la Normandie à l'abandon. Le roi de France triomphait. Il allait pouvoir regrouper toutes ses forces et descendre droit sur l'Aquitaine.

Nicolas Courtenay se trouvait à Paris lorsqu'il apprit que les opérations menées en Guyenne par Dunois et Gaston de Foix avaient débuté. L'été tirait à sa fin. La ville macérait dans sa puanteur et il s'y sentait mal à l'aise au milieu de compagnons dont il n'avait pu se faire des amis, tenu à distance par ses chefs qui se méfiaient de son ralliement opportuniste.

Il demanda un commandement en Guyenne et l'obtint sans peine. Il partit en septembre avec l'impression de cingler vers de nouveaux rivages. Il n'avait pas oublié Eliza et il était sûr de la retrouver.

Les milices de Bordeaux arrivèrent dans les parages de Blanquefort environ vers l'heure de midi. En suivant le cours de la Jalle, elles parvinrent en vue des premières défenses du château sans rencontrer âme qui vive. Une vieille paysanne sortit du clapier où elle s'était réfugiée en comprenant que ça risquait de chauffer. Les Français ? Disparus ! D'entre ses lapins, elle les avait vus les uns après les autres dégringoler des remparts comme s'ils avaient le feu quelque part.

« Vous êtes du parti des Français ou des Anglais ? dit la vieille.

– Nous sommes des gens de Bordeaux. Pourrais-tu nous guider à travers la palud ? »

La vieille prit un ton geignard : elle manquait de souffle et, avec sa jambe malade... Lionel Blake s'avança. Il connaissait bien la palud et la lande de Haillan; il y allait jadis pêcher les grenouilles et chasser les perdrix. D'ailleurs les Français ne devaient pas être loin.

« Tu seras donc notre guide », dit le maire de Bordeaux, Gadiffer Shortoise.

Il faillit s'étrangler de colère en constatant que plusieurs compagnies de milice avaient fait irruption sans attendre les ordres devant les premières défenses du château. S'il s'agissait d'un traquenard, si l'armée commandée par Amanieu d'Albret, sire d'Orval, et par l'Ecossais Robin Petit-Loup, surgissait soudain de la forêt ?

« Mon Dieu ! soupira-t-il, nous ne sommes pas au bout de nos peines. Autant commander l'exercice à un troupeau de chèvres... »

Ils étaient partis le matin de Bordeaux comme pour une partie de campagne, harnachés de musettes pleines de victuailles et de vin, encadrés en principe par quatre cents soldats des troupes régulières de l'Ombrière, mais bien décidés à n'en faire qu'à leur tête. Pour l'armement, rien à dire. On avait raflé chez les armuriers tout ce qui était bon à tuer, de quelque manière que ce fût. Quant à la discipline, c'était une autre affaire. Les dizeniers, les capitaines des portes, on les connaissait, on les tutoyait, on buvait le coup avec eux dans les tavernes, le samedi soir. S'ils donnaient un ordre d'un ton un peu sec, on leur criait : « Pour qui te prends-tu ? Pour le roi d'Angleterre ? » Tenir six mille hommes dans ces conditions relevait d'un génie militaire que ne possédait pas le maire de Bordeaux, pas plus que son adjoint, Thomas Gassiot.

Repoussés sous les couverts de la forêt d'où ils

n'auraient pas dû sortir, les miliciens s'installèrent commodément pour boire un coup et casser la croûte. Il faisait un aimable temps d'octobre, avec de jolis nuages ronds comme des seins de nourrice au-dessus de Bruges. Des femmes vendangeaient en silence une petite parcelle; on alla leur dire deux mots d'amitié. Il faisait bon vivre.

Le moment venu de regrouper les corps de milice, ce fut toute une affaire, éparpillés qu'ils étaient dans la forêt. Une reconnaissance avait exploré les alentours du château sans trouver trace des Français; on pouvait donc avancer sans risque de surprise. Les compagnies de l'Ombrière prirent les devants sous la conduite du maire, du sous-maire et de Lionel Blake. Il faisait chaud et la fatigue commençait à se manifester.

La tête de la colonne s'engageait dans la palud, lorsque le cheval de Shortoise se mit à hennir et à croupionner.

« Il a une flèche dans la cuisse! cria Blake. Demi-tour! Ce sont les Français! »

L'avant-garde commençait à se replier sur la forteresse quand un dizenier s'avança, son bonnet à la main. Il expliqua qu'un de ses hommes s'était amusé à tirer sur une palombe en plein vol; il avait manqué l'oiseau, mais pas le cheval du maire.

« Jetez-moi cet homme aux fers! hurla Shortoise, congestionné.

Comme le dizenier n'avait pas de fers sous la main, il se contenta d'une semonce au chasseur maladroit et, le temps pour le maire de changer de monture, le cortège reprit sa route. Le pays était calme et désert. Il fallait regarder où l'on posait les pieds car les dernières pluies avaient noyé les pistes; il fallait surtout garder l'œil et les oreilles bien ouverts. Derrière les compagnies anglaises, les milices traînaient la patte et chantaient pour se donner du cœur au ventre. Il fallut se gendarmer pour les faire taire.

Les troupes d'Orval et de Petit-Loup avaient laissé des traces parfaitement visibles. Il suffisait de suivre leur piste sans s'attarder et on finirait bien par les rattraper. Les avis différaient sur les effectifs ennemis. On convint qu'ils devaient être un millier, guère plus. Comme ils avaient pris soin de capturer une patrouille de reconnaissance conduite par Gaillard de Latour, ils étaient parfaitement au courant de l'importance des troupes qui les talonnaient.

Lionel approcha son cheval de celui de Shortoise.

« Nous allons quitter les paluds, dit-il, pour entrer dans les landes de Haillan. Les Français doivent nous attendre non loin d'ici. Ce n'est pas le moment de regarder voler les mouches. »

Suivi de Shortoise et de deux capitaines anglais, il s'avança en éclaireur à travers ce pays connu. Sous ce saule, au milieu des ajoncs, il avait piégé jadis un lièvre de belle taille; près de ce chêne vert, il avait fait l'amour à une lingère du château. La forêt où ils pénétraient bourdonnait dans la chaleur légère de l'automne. Les traces de la cavalerie française étaient encore distinctes; on trouva même au milieu de la piste un fer de façon écossaise. L'armée avançait lentement, attentive aux moindres mouvements dans les branches des chênes. Pour Lionel, cette progression ressemblait à un jeu mais la peur lui tordait le ventre et lui mettait une étrange brume dans la tête. Il se sentit réconforté lorsque le groupe de reconnaissance sortit de la forêt. Devant lui, s'étendait une jolie lande tapissée de bruyère et de pacages à moutons. Les traces continuaient en direction d'une autre forêt, plus étendue et plus touffue que la précédente, avec même de ténébreuses profondeurs.

« Nos gaillards pourraient bien nous attendre là-bas, dit Shortoise. Si nous n'y entrons pas en force, nous risquons de tomber dans un piège. »

Ils s'entourèrent de quelques compagnies anglaises d'archers et d'hommes de pied et progressèrent à pas comptés dans l'épaisseur végétale. Les traces partaient dans tous les sens, ce qui fit dire au maire que l'ennemi s'était dispersé pour prendre l'avant-garde dans un filet. Les Français n'étaient pas loin; on distinguait des mouvements d'ombres dans les fourrés.

« Je n'aime guère cet endroit, dit Lionel. Une centaine d'hommes pourraient y tenir en respect une armée. »

Les Français et les Ecossais avaient eu tout le temps de s'organiser. Les premiers tirs de leurs archers couchèrent une dizaine d'hommes de l'avant-garde sur le terrain.

« Ripostez ! s'écria Shortoise. Tirez donc ! »

Tirer ? Mais sur qui et sur quoi ? Les assaillants étaient invisibles. On entendait des bruits de feuilles froissées, des sifflements de flèches; on voyait apparaître des silhouettes qui se dissipaient aussitôt. Les chevaux blessés commençaient à semer la panique dans les rangs anglais qui se repliaient.

« Chargez ! criait Shortoise. Délogez-moi cette racaille ! »

Il regarda Lionel avec inquiétude.

« Vous êtes blessé ?

– Peu de chose. J'ai pu arracher le fer de la flèche. La blessure se refermera vite.

– Nous allons attaquer. Blake, allez dire à Gassiot d'encercler cette foutue forêt et de ne laisser échapper aucun de ces gueux. »

A peine revenu à la lisière de la forêt, Lionel comprit que l'affaire était mal engagée. Loin d'attaquer cet ennemi invisible, les archers anglais se repliaient en désordre, entraînant Shortoise dans leur ruée. Blake parvint à rassembler autour de lui un groupe de trois compagnies. Il s'élança à leur tête à travers des étendues de fougères et se trouva soudain nez à nez avec un cordon d'archers écossais qui barraient l'accès aux profondeurs de la futaie sur une trentaine de brasses. Il piqua son cheval. Alors qu'il arrivait au contact, l'épée au clair, il se sentit soulevé dans les airs, arraché à ses étriers par son cheval cabré, un trait fiché dans le chanfrein protégé par une simple plaque de cuir. Il reçut le poids de la bête blessée sur sa jambe droite, sentit ses os craquer et hurla. On le souleva par les épaules et par les pieds pour le conduire vers l'arrière où on essaya de lui faire boire une gorgée de vin. Il perdit connaissance.

« Vous ne pouvez pas vous lever, dit la dame. Nous allons vous aider à descendre jusqu'aux chariots. Votre jambe droite est brisée mais il ne sera pas nécessaire de l'amputer. Ce serait dommage : un si beau garçon... »

La cour était pleine de blessés et de rescapés. Installé à même le sol, sous le châtelet d'entrée de Blanquefort, Lionel reconnut la majestueuse porte du bâtiment central, toute fleurie de sculptures, la petite fenêtre de l'étage, de laquelle il découvrait jadis le large paysage de la vallée.

« Où sont les autres? dit-il. Thomas Gassiot, Gadiffer Shortoise...

— Rassurez-vous : ils sont tous deux vivants. »

Le cœur serré, Lionel apprit la défaite : sur près de six mille hommes il restait à peu près la moitié de rescapés. Les corps de milice avaient été pratiquement anéantis. Français et Ecossais les tiraient comme des cailles et les égorgeaient.

« Nous avons rassemblé quelques chariots pour ramener à Bordeaux les premiers blessés, ajouta la dame. D'autres véhicules vont arriver. Demain tous les soldats, blessés et morts, seront évacués. Nous nous dépensons pour sauver ceux qui peuvent l'être, mais le curé a plus de travail que les infirmières. »

Elle était jolie comme une fleur avec sa poitrine mince, son bandeau serré à l'ancienne autour du visage d'une pureté de lys. Il n'avait pas reconnu la dame de Durfort.

« Je dois rester, dit-il. Il faut que je sois là au cas où les Français et les Ecossais reviendraient.

— Ils ne reviendront pas, Lionel. Il n'y a plus ici que des blessés et des morts. Restez si ça vous chante, mais vous ne pouvez pas vous déplacer seul. »

La jurade envoya une colonne de chariots escortée par une compagnie anglaise armée jusqu'aux dents. Soutenu par la dame de Durfort, Lionel Blake veilla à l'embarquement des blessés. On entassa les morts dans des chariots de vendanges à hautes ridelles.

A une demi-lieue de Bordeaux, Lionel vit apparaître les premiers groupes de femmes. Elles accouraient en relevant le bas de leur robe, se suspendaient aux ridelles, criant :

« Avez-vous des nouvelles d'Arnaud Escolan? Est-il vivant?

— Et Pey Guilhem, le tourneur?

— Et André Bidau, le changeur? »

Personne dans le convoi ne répondait. Qu'aurait-on pu répondre? On montrait l'arrière du sinistre cortège et les femmes s'y ruaient, prenaient les véhicules d'assaut, fouillaient dans l'amoncellement des cadavres. On entendait des hurlements de louves blessées, des appels déchirants, des sanglots qui ressemblaient à des rires de déments. Dans les parages de Saint-Seurin, la foule se fit plus dense; elle criait, injuriait, menaçait. Des gens accueillaient avec des pierres les survivants de la bataille et les archers anglais les laissaient faire. Au carrefour de la croix Saint-Martin, il fallut envoyer un détachement en armes pour dégager le chemin. Le glas sonnait à tous les clochers de la ville. Le soir, dans presque toutes les familles de Bordeaux, on veillerait un mort ou un blessé. C'était une mauvaise journée. Une « male jornade ». La ville semblait touchée à mort. Elle ne respirait plus, elle haletait. Elle dormit mal durant des nuits et des nuits. Il fallut des jours, des semaines pour que l'on réentende les cris de la rue, la chanson d'un ouvrier cordier ou d'une marchande d'eau, que les gens se reprennent à marcher la tête droite et à parler haut.

II

LES « CHIENS ROUGES »

(Guyenne, 1451)

Pierre de Montferrand plaça son épée à l'horizontale devant lui en la tenant entre ses deux poings crispés comme s'il voulait la briser sur son genou. Il resta un moment, la gorge nouée, incapable de proférer une parole, arpentant d'un pas lourd la pièce où reposait Lionel veillé par Eliza. Puis sa colère éclata, soudaine et violente. Pour l'écarter, lui, le gêneur, la mauvaise tête, on l'avait envoyé tenir garnison à Dax! Pourquoi Dax? Rien de pressant ne menaçait cette ville. Qui donc, à la cour de Londres, pouvait le desservir ainsi auprès du roi? A qui portait-il ombrage? A son vieil adversaire, le comte de Huntingdon qui venait de récupérer le fief de Lesparre? La famille de Robert de Rockley cherchait-elle à se venger? Il se prenait la tête à deux mains, tournait dans la pièce en éraflant de ses éperons le bas des meubles. Les Français devaient faire des gorges chaudes! Près de six mille hommes battus par deux méchants capitaines : Amanieu et Petit-Loup et une poignée de gueux de Gascogne et d'Ecosse!

Il se dressait comme un orage au bord du lit, frémissant de colère, écrasant Lionel de son mépris.

« Moi présent, je vous jure que ça n'aurait pas

tourné de cette façon! C'est moi qui aurais dû t'apprendre à te battre et non ce capitaine de deux sous, ce...

– Tais-toi! dit Eliza. Laisse Lionel en paix. Il était encore fiévreux, ce matin.

– Je me tais... soupira Pierre, mais sache que désormais c'est avec moi que tu combattras. Je te veux à ma botte! »

Il sauta à cheval, galopa jusqu'à l'Ombrière pour faire quelques éclats bien dans sa manière. Les portes du connétable et du sénéchal lui restèrent fermées; le gouverneur fit répondre qu'il le recevrait plus tard. Il retourna en ville, la tête dans les épaules, alla frapper à la porte du maire qui le fit carrément éconduire. De guerre lasse, il se rendit au palais épiscopal, espérant y rencontrer Pey Berland. Le chanoine Francis Bagot l'arrêta avant qu'il eût pénétré dans la cour; l'archevêque s'était enfermé dans ses appartements depuis qu'il avait appris la défaite des landes de Haillan et ne s'était pas montré, jeûnant, passant des heures en prière, refusant toute compagnie et toute visite. Il venait tout juste de réapparaître pour assister à la première messe après sa prostration. Inlassablement, la foule attendait sur le parvis de Saint-André, simplement pour l'apercevoir. On avait craint qu'il se laissât mourir et c'est le contraire qui s'était produit : il avait tenu à célébrer lui-même l'office et à donner la communion; il parlait peu mais on le sentait animé d'une détermination rigide.

« Il faut que je le rencontre, dit Pierre. C'est important. »

Pierre n'obtint de rendez-vous que trois jours plus tard, après la messe de dix heures. Il s'attendait à voir un vieillard abattu, maussade, et fut surpris de voir le prélat s'avancer d'un pas assuré et lui souhaiter le bonjour d'une voix ferme.

« Vous semblez surpris! dit-il. Ai-je tant changé?

– Je vous croyais souffrant... balbutia Pierre.

– Je l'étais, mon fils, mais le temps des larmes, de l'abattement, du remords est passé. J'ai pris conseil de Dieu et j'ai reçu de lui mission de continuer la lutte. A l'annonce de cette malheureuse journée, j'ai cru que ma vie terrestre arrivait à son terme et je ne supportais pas l'idée que ce fût à la suite d'une défaite dont je me sentais en partie responsable. Ne protestez pas, Montferrand! C'est moi qui ai encouragé ces gens des milices à prendre les armes alors qu'ils n'y étaient pas préparés. Nous aurions dû attendre qu'Albret et Petit-Loup viennent camper sous nos murs au lieu de les poursuivre en rase campagne. Nous les aurions tenus en respect comme Rodrigue de Villandrando, et nous n'aurions pas ces milliers de morts à déplorer. »

Ils s'assirent sur des coussins, dans l'embrasure d'une fenêtre d'où l'on apercevait le chantier d'une haute tour, sorte de campanile que l'archevêque faisait édifier sur l'emplacement de la fontaine de Divone. Le soleil faisait crépiter des étincelles de pluie sur une toiture rousse.

« Je sais les ennuis que l'on vous suscite à la Cour d'Angleterre, Montferrand, et je les réprouve. Non seulement on vous prive de vos domaines sans raison valable, mais encore on vous exile comme si votre présence pouvait nuire à la défense de la Guyenne. Sans flagornerie, je prétends que nous avons besoin de vous. Etes-vous décidé à vous battre?

– Monseigneur!

– Bien... Bien... Ne vous offensez pas. Vous et moi, nous nous battrons mais d'abord contre nos alliés anglais qui ont tendance à croire qu'ils défendent une cause perdue d'avance. Je ne crois pas aux causes perdues. Tout est affaire de foi et de courage.

– La foi... Le courage... où sont-ils aujourd'hui ? Dans quels êtres se sont-ils réfugiés ? Lorsque je regarde cette ville, j'ai l'impression de me trouver dans un cimetière et de voir la terre se tasser autour des tombes. Je ne vois que des gens abattus, prêts à ouvrir leurs portes aux Français qui ne vont pas tarder à réapparaître.

– Ils ne sont pas loin, c'est vrai. Albret et Petit-Loup continuent à battre le pays et à faire du dégât au point que, dans le haut pays, les gens hésitent à vendanger et vivent dans la terreur. Le vin de cette année aura le goût des larmes. »

Le visage du prélat s'animait en parlant. Il lui montait même aux joues un rose d'émotion. Maigre encore, et pâle, il semblait possédé de l'intérieur par une énergie indomptable que trahissaient ses gestes vifs et précis et son regard d'un gris de fer. De temps à autre, il portait la main à sa poitrine brûlée par le cilice, cette rude chemise de crin qu'il portait par souci de mortification.

« J'attends une visite qui me comble de joie, dit-il gaiement. Celle de Courtebotte. Cela vous étonne ? Je trouve que c'est bon signe.

– Le roi des ribauds ?

– Lui-même ! Et je devine ce qu'il vient me proposer. »

La truanderie bordelaise avait élu domicile depuis des temps immémoriaux dans les quartiers bas de la ville proches du port de la Lune, entre l'église Saint-Michel et l'abbaye bénédictine de Sainte-Croix. Les ribauds vivaient là, tassés dans plusieurs rues, ruettes et « andranes », dans une harmonie précaire avec les artisans du port, charpentiers, fustiers, cordiers, braymen... On y trouvait de tout monde, et pas du meilleur : déserteurs, brigands échappés du pilori, contrebandiers, « écorcheurs » reconvertis dans la maraude, bâtards de petites et grandes familles, faux clercs prévaricateurs ou simonistes, vendeurs d'indulgences à l'abonnement, faux aveugles, faux stropiats, chanteurs de rues et hercules de foire avec leurs complices tire-laines et coupe-bourses, résidus de noblesse fin de race, vrais et faux idiots, tueurs par nécessité ou par vocation, et toute une légion de femmes de mauvaise vie, vestiges de bordels et reliquats d'étuves. Galiot Courtebotte régnait sur ce joli monde en potentat, maître des destinées, rigoureux mais juste, prompt au châtiment comme à la récompense, redouté mais estimé, sinon aimé, de ses sujets. Seuls des groupes de marins en goguette et des patrouilles de francs-archers se risquaient dans ce coupe-gorge. Le prévôt fermait les yeux sur cet abcès où se concentraient les humeurs de la cité.

Galiot Courtebotte s'était senti peu à peu de la tendresse pour cette ville où il s'était fixé quelques années auparavant, après avoir traîné ses grègues de déserteur dans tous les mauvais lieux d'Europe. Ces menaces qui se précisaient autour de Bordeaux l'empêchaient de dormir. Après la « male jornade », loin de baisser pavillon comme la plupart des Bordelais atteints dans leur fierté et dans leur chair, il s'était dit qu'il ne lui était plus possible de se confiner dans son cloaque à ciel ouvert et d'attendre qu'un orage providentiel vînt disperser l'ennemi. Les Français maîtres de Bordeaux, c'était la fin de son petit royaume marginal, une nouvelle errance en perspective, et, l'âge venant, il ne s'en sentait ni le courage ni le goût. Il venait tout bonnement proposer ses services au peuple de Bordeaux par l'intermédiaire du plus populaire des Bordelais : Pey Berland.

« Voyez-vous, Montferrand, dit le prélat, Bordeaux est une sorte de nuage qui change de forme et de consistance au gré des vents. Un nuage, ça peut n'être qu'un peu de vapeur qui se déplace en faisant de beaux effets dans le ciel et disparaît. Ça peut être beaucoup plus, à condition qu'il soit chargé de pluie ou d'orage. La pluie qui fait s'épanouir les cœurs et ouvre à Dieu les fleurs de l'âme, c'est mon domaine; l'orage qui peut semer la terreur chez l'ennemi, c'est peut-être le vôtre, si vous le désirez. A nous deux, nous pourrons faire que Bordeaux sorte de sa torpeur et de sa désespérance, qu'elle s'arme de foi et de courage. Le voulez-vous sincèrement ? »

Pierre hocha la tête, s'inclina pour baiser l'anneau du prélat.

« Non, mon fils, dit Pey Berland, c'est votre main d'homme que je veux. »

L'hiver venu, le pays avait retrouvé son calme.

Renonçant à poursuivre son avantage, Amanieu d'Albret s'était retiré en compagnie des Ecossais de Robin Petit-Loup dans ses terres de Nérac, chargé du butin pris en Guyenne. Bordeaux respirait; on oubliait la chute de Bergerac, de Bazas, des places importantes du Périgord où les compagnies d'Albret avaient passé comme une tornade. Le trafic avait repris sur les fleuves et l'estuaire. Les vins de Bordeaux et du bas pays avaient pu être livrés aux marchands anglais et ceux du haut pays commençaient à descendre vers Bordeaux à pleines gabares. L'Angleterre se montrait insatiable ! Si elle gardait encore quelque attachement à ses territoires continentaux, c'était surtout dans la crainte de devoir un jour se contenter de cidre ou de bière.

Les premières flottes du vin venues des ports de la Manche avaient réveillé la ville. On n'y croyait plus; on se disait que les côtes de Bretagne et de

Saintonge allaient libérer des escadres de navires de guerre pour s'opposer au trafic et acculer Bordeaux à la ruine; et voilà que les nefs ventrues, les petits *ships* nerveux, les gabares de mer arrivaient, plus nombreuses que d'habitude, que les chais s'étaient vidés et commençaient à s'emplir des futailles de Dordogne, de Garonne et d'ailleurs !

Pierre de Montferrand ne quittait pour ainsi dire plus Bordeaux. Il avait installé dans sa modeste demeure de la rue d'Enfer des services dignes d'un ambassadeur; il avait là son chancelier, son trésorier, ses messageries (trois courriers attendaient en permanence, prêts à emporter des plis à destination de toutes les citadelles de la Guyenne). Toujours à court d'argent, il s'endettait chez les juifs et les Caorcins, leur promettant la lune pour le jour où il retrouverait la jouissance des terres qu'on lui avait confisquées.

Sur ses instances, Marie de Bedford avait quitté Montferrand pour venir le rejoindre avec leur fils cadet, Joannet, l'aîné, Pierre, étant mandaté à la garde de la forteresse. Elle avait accepté de mauvaise grâce et s'accommodait mal de la pièce où Pierre l'avait reléguée, sous les combles, avec seulement une servante. Elle était obligée de réclamer un cheval lorsqu'elle partait en promenade et de mendier les quelques sous nécessaires à sa subsistance et à son entretien. Elle ne rencontrait Pierre que dans les couloirs qu'il arpentait de son pas lourd et pressé ou lors des conseils auxquels elle avait obtenu d'assister, à condition de ne pas intervenir. Elle n'était pas autorisée à recevoir de visites si ce n'est celle d'Eliza Blake. Dissipées leurs vieilles acrimonies, elles avaient renoué sans entrain mais sans rancune avec une amitié qui était devenue guindée et pleine de réserves. Elles vivaient sur une montagne de petits secrets qui auraient pu, si elles s'en étaient donné la peine, alimenter et pimenter leurs tête-à-tête. Elles se contentaient de savoir ces secrets bien au chaud; économes, elles les gardaient en réserve pour les jours de grande amitié qui pourraient venir.

Un jour, sans consulter Pierre en tournée d'inspection dans les citadelles de l'estuaire – Bourg et Blaye que tenaient ses frères Bernard et François – elles poussèrent jusqu'en Médoc, accompagnées d'un commis qui s'y entendait à voyager.

Il y avait plus de deux mois qu'Eliza n'avait pas revu Simon et Cécile. Ils vivaient comme au cœur d'un cocon dans leur nouveau « bourdieu » de la tour dont la construction était presque achevée. C'était un édifice de vastes dimensions, d'aspect disparate avec son rez-de-chaussée en belle pierre calcaire équarrie au plus fin, son étage fait de colombages et de torchis, sa toiture partie en tuiles anciennes, partie en tuiles neuves faites de la terre des paluds. La tour du vieux Stephen, qui dominait le paysage de ses trois étages, donnait de l'allure à l'ensemble. Le couderc planté de pommiers, bordé de tamaris, était vaste, peuplé de volailles et de porcs noirs mâtinés de sangliers. Le vignoble avait pris de l'extension et donnait le meilleur vin du pays, que se disputaient les marchands de Bordeaux. Sans être riche, le ménage vivait dans l'aisance. Sagement, pour les années de disette, Simon avait ensemencé une parcelle en céréales, planté des noyers et organisé un potager. Il s'était rendu acquéreur d'un moulin proche de Saint-Corbian, qui rapportait des revenus modestes mais réguliers.

Elles trouvèrent Simon en train de labourer la terre fumante, avec une traîne d'oiseaux de mer derrière lui, toute blanche sur le fond ténébreux de la forêt. C'était maintenant un homme rude, anguleux, solide comme un baliveau mais toujours aussi taciturne. Il embrassa Eliza sans effusion, comme s'ils s'étaient quittés la veille, ôta son bonnet pour saluer Marie, cracha dans ses mains calleuses et reprit les mancherons de l'araire avec un cri pour relancer l'attelage.

Cécile mit davantage de jovialité dans son accueil. Elle sonna le rassemblement de la marmaille (trois enfants et le quatrième dans son ventre). Jolie encore, avec son drôle de visage rond et rose, son petit menton pointu, elle n'était pas très soignée et les enfants donnaient l'impression d'être allés se rouler dans les « jaougues » à grenouilles, mais tout en elle respirait la santé et la belle humeur. Des odeurs vertes venaient d'une resserre au plafond tapissé de camomille sèche, où Cécile, toujours un peu sorcière et qu'on venait consulter de fort loin, rangeait ses herbes. Elles s'entassaient sur des étagères, des tables, jusque sur le plancher. Une poussière impalpable dansait dans le soleil au moindre souffle d'air.

« Simon voulait que je renonce à soigner par les plantes, dit-elle, mais j'ai tenu bon. En fait, il est très jaloux. Lorsqu'on me réclame pour aller poser un emplâtre, administrer un sirop, un électuaire ou un lavement, c'est pour lui comme si j'allais à un rendez-vous galant. »

Lorsque Cécile revenait d'herboriser, il y avait toujours quelques fleurettes pour la tombe de Stephen et d'Agnès que l'on avait laissées au rez-de-chaussée de la tour. Cécile ne prenait aucune décision de quelque importance sans leur demander conseil. Elle savait s'y prendre, disait-elle : il y a une manière de parler aux morts à laquelle ils ne résistent pas, mais cela n'est pas donné au premier venu. Pour Cécile, ces deux-là étaient des « voyageurs immobiles », perdus dans l'immensité du temps mais qui se présentaient au premier signe et lui racontaient des histoires à l'oreille.

« Dans cette famille comme dans celle des Bagot, dit Eliza, il y a des êtres privilégiés qui connaissent un jour un bonheur sans faille. Le vieux Stephen nous parlait souvent de William et de Ponsa Bagot, qui vivaient à Bergerac comme dans un autre monde. Marie, ce bonheur-là n'est pas et ne sera jamais notre lot. Celui que nous connaissons, nous le ramassons par petits morceaux dans la boue et le sang et nous n'arrivons pas à lui donner corps. Pourquoi, Marie ?

– Parce qu'on ne nous a pas appris la modestie, la simplicité. Nous sommes toujours en train de courir après quelque chose qui finit par nous écraser. Peut-être aussi que nous ne sommes pas faites pour ce bonheur-là. »

Elles passèrent au « bourdieu » trois journées légères comme des nuages, à courir à travers les vignes rousses de novembre, à chasser l'oiseau en compagnie de l'aîné des enfants, à s'enivrer le soir de paroles et de vin, à dormir dans le bruit du vent. S'arracher à cette image du bonheur, c'était renoncer pour soi-même à le connaître jamais avec une telle intensité et se condamner à n'en recevoir que les reflets.

La difficulté pour Pey Berland et Pierre de Montferrand, c'était de mobiliser les Bordelais, de les sensibiliser à la résistance. Le présent seul importait à ces gens; ils se satisfaisaient de cette trêve de plusieurs mois, d'une relative prospérité, de la promesse d'une force expéditionnaire. L'alerte passée, les morts enterrés, les larmes taries, la vie reprenait ses droits, avec une propension à croire que toutes les armées d'Europe ne pourraient venir à bout des citadelles et des forteresses de Guyenne. Ces gens ne prenaient conscience de l'orage que lorsqu'il était au-dessus de leur tête.

Une rude tâche était échue à Pierre de Montferrand : faire de la centaine d'hommes que Galiot Courtebotte avait ramassés dans les bas-fonds de vrais soldats. Il faillit renoncer. Libre de punir à sa guise les fortes têtes, il n'y allait pas de main-morte, faisait fouetter ou pendre les fautifs, mais ils n'étaient sensibles à cette forme de justice que lorsqu'elle les touchait directement. Leur solde en poche, dotés d'un équipement impeccable, certains s'éclipsaient. A l'Ombrière, où le gouverneur avait fini par tolérer leur présence, ils se conduisaient comme en terrain conquis, pillant les réserves de vivres, volant des chevaux, se querellant, se battant au couteau. Courtebotte haussait les épaules : qu'on parvienne à les mâter et ils feraient d'excellentes recrues, aptes aux opérations les plus hardies. Ils n'en prenaient guère le chemin.

« Tu t'y prends mal, lui dit un jour Lionel. Tu les toises de trop haut et tu les punis trop sévèrement. Tout ce qu'ils voient de toi c'est la pointe des souliers qui va leur botter le cul. Tu les traites comme des chiens galeux et ils n'aiment pas ça. S'ils pouvaient te tuer, ils n'hésiteraient pas.

— Crois-tu donc pouvoir réussir à les mâter ?

— J'aimerais essayer.

— C'est trop risqué. On te retrouverait un jour avec un poignard dans les reins.

— C'est un risque qui ne m'effraie pas. »

Guéri de sa blessure d'Haillan mais souffrant d'une légère claudication, Lionel prit son commandement au début de janvier. Il ne chercha pas à s'imposer d'emblée à cette chiourme mais plutôt à s'y faire admettre. L'ambiance de Bordeaux ne lui paraissant pas favorable, il obtint du sénéchal la permission de les conduire au château de Montferrand, chez son demi-frère Pierre, où ils n'auraient pas la tentation de faire le mur pour rejoindre leurs « fillettes » ou d'aller faire du scandale dans les auberges et les bordels.

Il partit de Bordeaux avec cent vingt hommes et n'en trouva que quatre-vingts à l'arrivée; au moins, ceux-là, il pouvait compter sur eux. Des chariots amenèrent par la suite une dizaine de femmes destinées à maintenir les hommes sur place et à s'occuper des menus travaux de la garnison.

Le soir de leur arrivée, Lionel organisa une beuverie, se soûla, coucha avec une fille qu'il partagea avec d'autres et dormit sur la paille avec ses hommes. Ceux qui, au début, le regardaient de travers finirent par considérer avec une certaine sympathie ce « petit monsieur » qui ne faisait pas de manières.

Quelques jours suffirent à Lionel pour désigner dans sa compagnie trois hommes qui avaient l'étoffe de chefs. Ce n'étaient pas des enfants de chœur mais des brutes capables de tuer de sang-froid père et mère. Lionel sut discerner en eux un petit sentiment qui ressemblait vaguement au sens de l'honneur et d'une justice élémentaire; il leur fit confiance et n'eut pas à s'en repentir. Les autres filaient doux. Sensibles à la relative liberté dont ils jouissaient en dehors des heures d'exercice, considérés mais sans ostentation, bien pourvus en vivres mais sans excès, ils commençaient à croire que la vie militaire valait bien celle des truands de Saint-Michel. En quinze jours, trois d'entre eux seulement prirent la clef des champs.

Lionel ne quittait pas ses hommes. Il se trouvait jour et nuit au milieu d'eux, partageant avec eux le pain, le vin, les femmes et l'amitié, parlant leur argot avec aisance. Insensiblement, sans heurts, avec habileté, il leur inculquait le sens de leur mission qui était de se battre pour la liberté. La plupart étaient des désespérés qui avaient trouvé dans le mal une forme de suicide; il s'efforça de leur redonner l'espoir. Il fit de cette tourbe querelleuse un bloc solidaire.

Il fut plus difficile de leur faire admettre qu'ils devaient se distinguer par un nom et une tenue. Un sergent avança une appellation : « Les Chiens rouges ». Pour célébrer ce baptême, Lionel annonça une grande beuverie. Transformés en chiens, les hommes ivres galopaient à quatre pattes, aboyant, se mordant et se déchirant à coups d'ongles.

Lionel se rendit à Bordeaux et en ramena un plein chargement d'étoffe rouge que les « fillettes » de la garnison façonnèrent en forme de chasubles avec, dessinée en noir, une tête de dogue. Les jurats firent expédier à la compagnie des cottes de maille. Un peintre de village exécuta trois pennons rigides pour les trois sergents. Les chevaux reçurent un harnachement complet et de jolies housses armoriées offertes par le chapitre de Saint-André.

Le printemps approchait. Les hommes commençaient à trouver le temps long et à s'ennuyer. Leur mauvaise humeur dégénérait parfois en batailles au couteau; lorsqu'ils descendaient au village, les gens se barricadaient dans leurs demeures. Les fièvres du printemps leur brouillaient le sang. Le « petit monsieur » lui-même n'échappait pas à leur hargne; il dut même se battre contre un soudard pris de vin qui le provoquait et eut du mal à le maîtriser et à lui régler son compte de deux coups de poignard au flanc. Cette démonstration manquait à son autorité. On l'aimait bien; désormais on le respecta.

« Ça ne peut plus durer, dit l'un des sergents,

Escoban. Mes compagnons m'ont chargé de te dire que, si tu nous as amenés ici pour un bal costumé, ils se sont bien amusés mais qu'ils vont te tirer leur révérence.

— Je leur parlerai », dit Lionel.

Après la soupe du soir, il les réunit devant la grande cheminée de la salle d'armes au-dessus de laquelle on avait croisé les pennons des sergents. Ils voulaient se battre ? Lui aussi. Ça ne tarderait guère. Qu'ils patientent encore une semaine. Ce délai passé, ils seraient libres de repartir si aucune occasion ne s'était présentée.

Il s'en présenta une quelques jours plus tard.

Un moine mendiant s'arrêta pour une nuit au château. Il avait fait un brin de route, quelques lieues plus au nord, avec une compagnie française qui paraissait se diriger vers Bordeaux sans grande hâte. Il les avait quittés dans les parages de Cubzac où il avait pris le bac pour passer la Dordogne. Ils devaient y être encore, en train de s'interroger, inquiets de ce qu'ils allaient trouver sur l'autre rive. C'était l'avant-garde d'une armée plus importante qui paraissait se diriger vers les citadelles de Bourg et Blaye pour en faire le siège. Elle était commandée par Jacques de Chabanne, seigneur de La Palisse, Grand Maître de l'hôtel du roi.

Lionel envoya un courrier à Montferrand pour le prévenir de cette attaque imminente et une reconnaissance de trois hommes chargés de repérer les positions de l'avant-garde et d'attendre le gros des « Chiens rouges » à une demi-lieue en amont de Pont-de-Peyre. Il ne tenait plus en place. Une heure avant la nuit, il passa la revue de ses hommes. Il n'en manquait pas un; même les deux bougres soignés par les femmes à la suite d'une bagarre étaient présents derrière les trois pennons des sergents : Escoban, l'Anglais Filling et un Espagnol du nom de Padre Vino, ancien moine amateur de vin.

Le départ eut lieu peu avant l'aube en silence et en bon ordre, pour ne pas donner l'éveil. Lionel chevauchait devant et maintenait une bonne allure, si bien qu'on arriva en vue de la Dordogne avant midi en passant par les marais, guidés par l'un des soldats qui se flattait à juste titre de bien connaître le pays. On ne mit pas longtemps à retrouver les trois « Chiens rouges » envoyés en reconnaissance. Dès leur arrivée, ils avaient interrogé un pêcheur : les Français se tenaient toujours sur la rive droite, au nombre d'une cinquantaine dans l'attente de l'armée; ils étaient campés dans des masures de pêcheurs que l'on distinguait entre des bosquets de saules.

« Si vous voulez les surprendre au nid, dit le pêcheur, remontez le fleuve d'un quart de lieue environ. Vous trouverez un bac tenu par un certain Bidau qui aime les Français comme le choléra. Il vous fera passer l'eau gratis quand il connaîtra vos intentions, et même il vous donnera un coup de main. »

Ils trouvèrent Bidau en train de réparer un ponton démantibulé par une crue. Il écouta Lionel et répondit :

« Vous les voulez vivants ou morts ?

– Nous les voulons, répondit Lionel. Morts ou vivants, ça fait une différence pour toi ?

– Une fameuse. Les Français ont tué ma femme et deux de mes enfants, il y a trois ans. Si vous voulez les avoir vivants, je vous dépose sur l'autre rive et vous vous débrouillerez seuls. Si vous les voulez morts, je suis votre homme jusqu'au bout et je ne ferai pas de quartier.

– Ça dépend de leur accueil, mais ça m'étonnerait que mes « Chiens rouges » leur donnent motif de nous faire des gentillesses.

— Alors comptez sur moi. »

Il pénétra dans sa cabane, en ressortit harnaché d'un superbe baudrier portant une épée et une masse d'armes, s'accrocha au col une jolie hachette de Bretagne suspendue à une chaîne, qu'il montrait fièrement : elle avait abattu dix Français; il lui en fallait dix de plus.

Les « Chiens rouges » passèrent le fleuve en deux fois avec leurs chevaux, ne laissant sur la rive gauche qu'un sergent et trois hommes pour parer à toute surprise et donner éventuellement l'alerte. Une fois à terre, ils se répandirent dans les paluds sous la conduite de Bidau, contournèrent le camp des Français qui n'avaient pas pris soin de poster des sentinelles et se resserrèrent sur lui en prenant appui en amont et en aval sur la berge où des barques pourrissaient, le ventre au soleil. C'était la fin de la sieste. Des hommes torse nu se rafraîchissaient dans un baquet d'eau; d'autres buvaient sur le seuil des cabanes, jouaient de la flûte, disputaient une partie de dés. Sous une haie, les chevaux étaient rangés à la corde.

Lionel décida de ne pas finasser et d'attaquer brutalement pour en finir au plus vite, de crainte de voir arriver les bannières de Jacques de Chabanne. Il fit passer le mot : au troisième cri de la pie, les gars fonceraient, l'arme au poing. L'idée de la pie, c'est Bidau qui l'avait eue; il imitait à la perfection le ricanement de cet oiseau. C'est lui aussi qui eut le premier Français : un jeune brunet à la chemise échancrée qui vint en faisant des grâces pisser pour ainsi dire sur ses souliers.

Les Français n'eurent pas le temps de se ressaisir. Suivant la consigne, les « Chiens rouges » opérèrent en silence, se glissant derrière les haies, les cabanes, les barques au sec, bondissant sans un cri sur leur proie, tranchant les gorges et tirant la tête de leur victime en arrière pour bloquer la plainte au fond du gosier. Postés à peu de distance, quelques archers harcelaient les fuyards. Les premiers éléments des « Chiens rouges » pénétrèrent ensuite dans les cabanes où des soldats faisaient encore la sieste, en ressortaient comme ivres en tenant à la main des têtes coupées et des trophées plus hideux. Le carnage ébranlait les murs de planches, faisait éclater les fenêtres et les portes; son tumulte, débordant les limites du hameau, paraissait prendre possession de la terre et du ciel, et ce n'était pas un bruit d'hommes en train de se battre mais des râles et des cris de bétail mal égorgé.

Revêtu d'un hoqueton fait de trois ou quatre épaisseurs d'étoffe avec une grande croix armagnaque cousue sur la poitrine, Padre Vino faisait des coquetteries.

« Cesse de parader, lui dit Lionel. Il reste encore de l'ouvrage. »

En fait, le gros de l'« ouvrage » était fait, et si bien fait qu'on fignolait, jouant de certaines victimes comme des chats d'une souris. Les hommes d'Escoban avaient attaché un joli petit chevalier à un arbre, à quatre pattes, et le sodomisaient à tour de rôle avec de gros rires chaque fois qu'il hurlait sous leurs assauts. Malgré les consignes et les menaces, une femme de pêcheur avait été violée, éventrée, et son enfant empalé à un pieu. Les trois ou quatre pêcheurs qui s'étaient présentés pour la défendre gisaient, le visage contre terre, et un soldat leur piquait la nuque de la pointe de sa lance chaque fois qu'ils bougeaient.

Bidau ressortit d'une cabane, radieux, éclaboussé de sang, portant par les cheveux une poignée de têtes coupées qu'il jeta aux pieds de Lionel.

« J'avais dit une dizaine. J'ai tenu parole, en comptant ce jeunot qui venait me narguer en pissant sur mes bottes. Maintenant, à ta santé ! Il y a une futaille au frais sous les tamaris. J'ai une soif du tonnerre de Dieu ! »

Un seul Français en réchappa, un « vieux cuir » au visage buriné qui avait tenu à distance trois « Chiens rouges » et auquel Lionel avait fait grâce en comptant qu'il lui parlerait des intentions de Jacques de Chabanne. C'était un de ces « écorcheurs » occasionnels, jetés dans l'errance et le crime après avoir été licenciés à la suite des trêves; il avait opéré en Périgord avec André de Rives, participé à la prise de Bergerac avant de rejoindre les troupes régulières qui fonçaient sur la Guyenne. Pour lui, Français ou Anglais, c'était du pareil au même; il aurait combattu pour le diable s'il ne l'avait pas payé en monnaie de singe. Pour une surprise, c'en était une que cette attaque ! Les Français comptaient pénétrer dans le pays les mains dans les poches, une chanson aux lèvres, et voilà qu'ils tombaient sur des enragés. Ils avaient bien de la chance, les « Chiens rouges » ! Les Français se trouvaient tout au plus à une lieue et devaient passer l'eau en force le lendemain, mais une partie de l'armée seulement, l'autre ayant reçu l'ordre de se porter sur Bourg et Blaye et de s'assurer de l'estuaire; ils auraient atteint leur objectif d'ici deux ou trois jours; Dunois arriverait par la suite.

« Dunois ! s'exclama Lionel. Le bâtard d'Orléans ? L'ami de la « sorcière » ?

— Lui-même, avec son joli chapeau rond à aigrettes. Tu sais qu'il ne fait pas bon l'avoir pour ennemi. Si vous voulez mon avis, faites disparaître vos victimes dans le fleuve au plus vite. Si les Français tombent sur ce carnage, ce sont eux qui deviendront enragés. Et amenez les pêcheurs avec vous si vous ne voulez pas qu'ils racontent ce qu'ils ont vu. Moi, je ne vous quitte plus. »

Ainsi fut fait.

Les « Chiens rouges » avaient perdu seulement trois hommes et ne comptaient que deux ou trois blessés. Ils repartirent avec deux pleins chariots de butin et les chevaux des Français sur lesquels les archers jouaient les seigneurs. Passé le fleuve, on laissa Bidau à son bac pour reprendre la route de Montferrand. Le sol paraissait plus léger sous les pas des chevaux, l'espace plus ouvert et plus large.

Le printemps était là. Le printemps et la guerre.

Pierre de Montferrand attendait Lionel. Mis au courant par une estafette de l'« affaire de Cubzac », il avait peine à y croire. Il pressa son fils contre sa poitrine, fit un peu de théâtre devant les « Chiens rouges », promettant des baronnies aux soldats, des principautés aux sergents pour le jour où les Français auraient repassé la Loire, jurant qu'il les mènerait à Londres, Lionel Blake en tête, pour les présenter au roi. Les gueux se poussaient du coude en rigolant, avec des clins d'yeux au capitaine Blake et aux trois sergents.

« Moi et mes amis, dit Lionel avec une pointe d'ostentation, nous sommes prêts pour de nouvelles missions. Lorsqu'il s'agira de se battre, les « Chiens rouges » seront au premier rang.

– Hourra ! hurlèrent cent voix.

– Eh bien, vous n'aurez guère à attendre », dit Pierre de Montferrand.

Cette fois, ce n'était pas une mince affaire.

L'objectif principal du roi Charles, sa préoccupation essentielle, l'unique souci de ses jours et de ses nuits, c'était la conquête de la Guyenne.

On le surprenait à se coucher à l'aube mais ce

n'était pas comme jadis à la suite d'une nuit de débauche. La mort de sa favorite, Agnès Sorel, l'avait laissé face à lui-même et à sa véritable nature qu'elle avait occultée ou transcendée; brutalement, il était retombé dans les excès, s'était donné comme compagne une femme de mauvaise vie, Antoinette de Maignelais, mais n'avait pas tardé à reprendre conscience de sa mission et, pressé par les événements, talonné par ce vieux sanglier de Richemont, il avait secoué de son manteau royal les poussières et les miasmes pour partir en guerre contre lui-même d'abord, contre l'Anglais ensuite. Il se permettait encore quelques privautés d'amour et de musique car il était fort porté sur l'un et l'autre, mais en veillant à ce que ni les femmes légères qui suivaient la cour ni les musiciens qui leur emboîtaient le pas ne lui amollissent le cœur.

Le moment était propice pour entrer en campagne.

L'Angleterre sortait à peine d'une crise qui avait failli faire tomber le sceptre des mains du roi. On s'était étripé sur le pont de Londres. Le chef des rebelles, Jack Cade, éliminé, les querelles sanglantes avaient repris de plus belle entre les deux factions : celle du roi Lancastre, auquel Marguerite de Bourgogne avait donné un fils; celle des York, qui visait à détrôner le roi idiot. Comme son grand-père Charles VI de France, Henry de Lancastre sombrait dans la folie; hanté par l'image de sa mort, il n'était plus qu'un corps tassé sur sa peur, gorgé de lymphe, incapable de monter à cheval et de paraître en public. Il passait le plus clair de son temps à prier, à se faire lire des récits d'aventure et la Bible qu'il méditait interminablement. Il était l'eau croupie et sa femme, Marguerite, le feu; il avait fini par lui céder le pouvoir et lui, l'homme de paix replié en Dieu, sentait monter l'orage de la guerre avec des sentiments de réprobation et d'angoisse.

Divisées en cinq corps d'armée, les compagnies d'ordonnance dont le connétable était justement fier, passèrent la Loire en avril.

Dunois fut dirigé vers les marches de Saintonge pour y attaquer Monguyon, une forteresse tenue par le comte de Saint-Jean et, de là, se porter vers Blaye. On confia au comte d'Armagnac et à Poton de Xaintrailles mission d'attaquer la forteresse de Rions, entre Langoiran et Cadillac, à quelques lieues de Bordeaux, une forte position qui commandait le cours de la Garonne. Jean de Blois, comte de Penthièvre, reçut l'ordre de prendre et de tenir ferme la ville et le château de Castillon, clef de la Dordogne et du Périgord. Pour se rendre maître de Dax et de Bayonne on désigna trois brillants capitaines : Amanieu d'Albret, Gaston de Foix et l'Ecossais Robin Petit-Loup. Jacques de Chabanne devait enfin aller prêter main-forte à Dunois devant Blaye. Le grand maître de l'artillerie, Jean Bureau, irait d'une place à l'autre pour veiller à ce que tout le matériel de siège fût bien en place, les pièces astiquées et la poudre franche.

Courtenay avait compris très vite que l'on n'avait pas confié à Dunois et à Chabanne la mission la plus facile et la plus agréable.

Le lendemain de son arrivée devant Blaye, alors que les premiers contingents de Dunois se mettaient en place sous une de ces pluies de printemps qui semblent devoir durer une éternité, il poussa en aval, seul, par les paluds, en direction de la Belle-Etoile et de Saint-Androny, jusqu'au niveau de l'île Philippe.

Elle semblait endormie sous une couette de brume et de pluie, charpie de terne verdure et de terre molle découverte par le jusant. Une fumée s'écrasait au-dessus des cabanes de Baudon le sauvage. Il se donna une petite fête de souvenirs, de soleil et d'amour. Tout cela, c'était d'un autre temps et d'un autre monde, mais si présent derrière ce rideau de pluie qu'il lui suffirait, pensait-il, de passer l'eau pour retrouver le lumineux visage d'Eliza, la trogne de Scrope, l'amitié rugueuse de Baudon. Il s'en retourna, le cœur barbouillé de tristesse. Qu'étaient devenus Lionel, Eliza et cet enfant qu'il avait eu d'elle et dont il ne savait rien ?

« Où diable étiez-vous passé? » lui demanda Dunois.

Jean, comte de Dunois, bâtard d'Orléans, avait grossi mais gardait un visage irrigué d'ardeur et de jeunesse. Il avait remplacé son chapeau rond à aigrettes par un bonnet de cuir sous lequel son visage ruisselait de pluie. En proie à des humeurs de dogue, il parcourait à cheval l'étendue des remparts de Blaye, de la barbacane du château à celle de la ville qui défendait la porte Saint-Romain. C'était une des plus fortes citadelles de la province. Assise sur la rive du fleuve, elle présentait vers la terre des défenses solides; son château s'accrochait à une énorme gibbosité rocheuse. La garnison semblait importante et peu disposée à baisser les ponts.

Et Chabanne qui n'arrivait toujours pas, occupé qu'il était à fouiller le pays d'alentour, vers Cubzac, à la recherche d'une troupe de cinquante hommes qui s'était volatilisée ! Il arriva peu après, la tête basse, perdu dans ses brumes de pensées, persuadé que le détachement qu'il cherchait était passé à l'ennemi. Il prit position à la Maladrerie, près de la rivière qui coule vers l'estuaire. Il lui passait parfois de drôles d'idées dans la tête et il fallait répéter deux fois les questions avant qu'il se décide à répondre.

« Notre décision est prise ! dit fermement Marie de Bedford, et rien ne pourra nous y faire renoncer.

– Je refuse de vous amener ! s'écria Pierre de Montferrand. Cette expédition n'est pas une partie de plaisir. Restez à Bordeaux. Vous y serez en sécurité.

– La sécurité... dit ironiquement Eliza. Comme si c'était là l'important. Si Blaye cédait, l'ennemi serait deux jours plus tard aux portes de Bordeaux. Où est-on en sécurité, Pierre ? Si tu refuses de nous faire embarquer, nous louerons une gabare pour te rejoindre, mais alors nous serons moins certaines de passer entre les mailles du filet si, comme on le dit, les Français occupent la rive droite. »

Pierre écarta les bras d'un geste d'impuissance. Elles se tenaient debout devant lui en costumes sombres, leur balluchon à leurs pieds ; Marie tenait par la main Joannet et Eliza sa fille Johanna, une belle enfant de sept ans qui avait les yeux clairs et les cheveux blonds de Nicolas Courtenay.

« Soit... soupira-t-il. Au fond, je le reconnais, il me plaît assez que vous soyez près de moi. Il me semble que je me battrai mieux si je vous sais présentes, mais ne me faites pas le coup de l'héroïsme. Ne restez pas trop aux fenêtres et gare aux boulets quand vous vous promènerez sur les remparts ! On dit que Bureau a fait installer une bouche à feu à chaque brasse.

– Nous ferons ce que toutes les femmes doivent faire en pareil cas, dit Marie. Il faudra quelqu'un pour veiller à l'intendance, soigner les blessés. C'est un travail de femmes. »

Conduit par Pierre de Montferrand sur qui reposait maintenant la défense de la province, le corps expéditionnaire comprenait un détachement de milice et de troupes régulières anglaises sous la conduite du maire, Gadiffer Shortoise et de son adjoint, Thomas Gassiot, héros malheureux des landes de Haillan.

Les navires prirent le large en profitant du jusant et parvinrent sans encombre devant Blaye par un après-midi de beau soleil. Il était temps. Quelques jours plus tard, la flotte française de Jean Le Boursier jetait l'ancre devant la citadelle et bloquait le mouvement des navires. Désormais les gens de Blaye ne pouvaient compter que sur eux-mêmes et vivre sur leurs réserves, à moins que la « grande armée » – à laquelle plus personne ne croyait – parvînt jusque-là.

Marie et Eliza trouvèrent tout de suite à s'occuper.

En comptant les « Chiens rouges » de Lionel Blake, la garnison se montait maintenant à six cents hommes. L'ouvrage ne manquait pas. Aidées par les femmes de la ville qui s'étageait en contrebas jusqu'au fleuve, Marie et Eliza faisaient régner l'ordre dans l'intendance et s'occupaient aux cuisines. Il n'y avait rien à redire à leur travail et Pierre ne regrettait pas d'avoir cédé à leur supplique. Les quelques « fillettes » que les « Chiens rouges » avaient tenu à amener avec eux travaillaient le jour comme des servantes ordinaires et faisaient de leurs nuits ce que bon leur semblait.

Le premier soin des deux femmes, dès leur arrivée, fut de recenser les vivres. François de Montferrand, qui n'attendait pas une affluence aussi importante n'avait amassé que le strict nécessaire. Tout compte fait on pouvait, en se serrant la ceinture, tenir une semaine, guère plus. Les vivres réquisitionnés dans la ville et le château furent rassemblés dans l'énorme tour des Rondes sous une garde constante et les habitants comme les soldats eurent chaque jour leur comptant, ni plus ni moins. On envoya demander des vivres à Bordeaux, sans beaucoup espérer qu'ils arriveraient à bon port; cinq navires prirent le jusant et tombèrent entre les mains des Français. C'était la disette à brève échéance.

Pour comble, les Français ne paraissaient guère pressés d'attaquer. En face des deux barbacanes orientales, ils creusaient des défenses, plantaient des pieux pour abriter leur camp des sorties éventuelles. Bien leur en prit. Avec ses « Chiens rouges », Lionel leur mena la vie dure à plusieurs reprises, fonçant comme des damnés, de jour et de nuit, ravageant le campement comme une tornade, tuant hommes et chevaux. Jean Bureau fit donner ses canons et ce fut l'enfer dans la citadelle.

On était au cœur du mois de mai. La chaleur était étouffante pour la saison; on ne respirait bien que la nuit lorsque les alertes ne jetaient pas les défenseurs aux murailles. Du haut des remparts du couchant, l'estuaire n'apparaissait plus comme une image de liberté mais comme un boulevard de la mort; les habitants qui avaient tenté de fuir en barque avaient coulé à pic sous les boulets de la flotte française. Des odeurs obsédantes montaient certains soirs des espaces libres jusqu'à la citadelle et les hommes se demandaient qui, des Français ou des Anglais, boiraient le vin de la future récolte.

Marie et Eliza s'endormaient l'une près de l'autre avec l'odeur de la mort sur la peau et le sang des blessés sous les ongles. Elles dormaient mal, s'éveillaient dans la nuit, parlaient sans avoir rien à se dire, afin de mieux se sentir présentes l'une à l'autre. Elles ne rencontraient Pierre que pour des affaires de service ou lorsqu'il faisait l'inspection de l'infirmerie aménagée dans les étages inférieurs de la tour de Diane où l'on enfermait auparavant les prisonniers. Lionel venait aussi mais restait peu de temps; les « Chiens rouges » commençaient à lui donner du souci; depuis leur dernière sortie au cours de laquelle, outrepassant les consignes, ils avaient perdu une vingtaine des leurs parmi lesquels les sergents Escoban et Filling, ils demeuraient consignés dans leur cantonnement, montrant les crocs, parlant de déserter et de piller les réserves de vivres.

La petite Johanna restait en permanence dans la haute salle de la tour des Rondes sous la surveillance de Joannet et d'une vieille servante à demi infirme. Une semaine après le début du siège, avant toute tentative sérieuse d'assaut, Dunois demanda à parlementer. Le pont de la Barbacane, entre la tour de la Décharge et celle de l'Horloge, s'abaissa devant un groupe de trois messagers. Pierre de Montferrand les reçut sans cérémonie dans la cour, appuyé à la margelle du puits, en compagnie de Lionel et de François, son frère. En reconnaissant Nicolas Courtenay, il se redressa et porta la main à la fusée de son épée.

« Tu viens me narguer, gredin! »

Nicolas le prit de haut, répliqua qu'il ne faisait qu'obéir à la réquisition de « messire Jean » qui le tenait en bonne amitié. Le message était succinct :

« Vous n'avez aucune chance de vous en tirer, dit Nicolas. Rendez-vous et vous pourrez quitter la place avec les honneurs.

– Comment oses-tu parler d'honneur, déserteur! répliqua Montferrand. Va dire au bâtard d'Orléans que nous attendons des secours imminents de Bordeaux et d'Angleterre. »

Nicolas se tourna vers Lionel pour l'interroger du regard.

« Tu peux te retirer, dit Lionel. Mon père a raison. Je n'ai rien à ajouter à ce qu'il a dit. »

Le lendemain, l'artillerie de Bureau, installée sur deux rangées, recommença de battre les remparts et les tours. En pure perte. Pour ébranler cette montagne il aurait fallu quelques bombardes de la taille de l'*Angela* d'Oswald Bagot. Les assiégés travaillèrent de nuit à colmater les brèches avec l'aide des femmes. Le lendemain, des rafales de pierre et de métal recommençaient sans plus de résultat et Dunois se dit qu'il faudrait bien, de guerre lasse, se résoudre à prendre la citadelle par escalade. Il en discuta avec ses capitaines. L'opération fut décidée pour le lendemain, qui était le 21 mai.

Lorsqu'on vint le prévenir que les Français avançaient leurs échelles aux alentours de la porte Saint-Romain, Pierre de Montferrand quitta le maigre souper qu'il partageait avec Lionel et François pour faire sonner l'alerte et se précipiter vers la ville. Alors que les premières rumeurs montaient des remparts, il réunit la population, la plaça devant un choix : se replier sur la citadelle ou attendre les Français sans bouger. Tous ou presque choisirent de rester dans leurs demeures; là-haut, dans la citadelle, on commençait à mourir de faim.

« En abandonnant la ville, dit Pierre à Marie qui se portait à ses devants, j'ai choisi la solution la plus sage. Nous ne sommes pas suffisamment nombreux pour une si vaste étendue de remparts. Quelques centaines d'hommes affamés contre toute une armée... Combien reste-t-il de jours de vivres ? »

Marie ouvrit des yeux étonnés. Il savait bien qu'il ne restait rien ou presque : trois ou quatre sacs de farine et autant de fèves ! On avait sacrifié toutes les montures, sauf les plus précieuses, celles qui valaient une fortune, et elles rongeaient le bois de leurs mangeoires.

« De toute manière, dit Pierre, nous ne pouvons plus résister longtemps. Ni Bordeaux ni l'Angleterre ne viendront à notre secours. »

Gadiffer Shortoise et son adjoint Thomas Gassiot avaient beau répéter aux défenseurs que les jurats ne laisseraient pas prendre une forteresse qui garantissait la sécurité de Bordeaux, on ne les écoutait même plus. Une flottille armée se présenta pourtant, livra bataille en aval de Blaye à celle de Jean Boursier, mais elle dut se replier précipitamment sur le port de la Lune. Impuissants, désespérés, les défenseurs de la citadelle assistèrent à la déroute.

Le lendemain, les troupes françaises forçaient la porte unique ouvrant sur la vaste esplanade qui dominait l'estuaire et se répandirent autour du château où les défenseurs s'étaient rapidement repliés. Par des prisonniers, Dunois savait que la famine menaçait les gens de Montferrand. Il fit battre les murailles par l'artillerie pour susciter la terreur et se fit apporter sur place un copieux repas.

A peine la nuit venait-elle de tomber dans les éclairs rouges des bombardes et des veuglaires, l'alerte sonna dans le camp des Français. Les soldats vêtus de chasubles rouges portant dessinée une tête de chien venaient de surgir dans la flamme des bivouacs, cuirassés de maille, armés jusqu'aux dents, le visage animé d'une ivresse de colère. Profitant de l'effet de surprise, ils sautaient au milieu des groupes qui se préparaient pour la nuit après avoir suspendu leurs armes à l'étrier, fauchaient à tour de bras, de l'épée et de la hache, daguaient ceux qui n'avaient pas le temps de courir aux armes, se ruaient vers les sentinelles qui gardaient la porte qu'ils parvinrent à forcer. Ils se battaient déjà dans les premières rues de la ville que Dunois n'avait pas encore eu le temps de réunir une compagnie pour mener la chasse.

Les « Chiens rouges » s'étaient regroupés sur une petite place et s'apprêtaient à donner l'ultime assaut à la porte qui ouvrait sur l'estuaire qui soufflait ses odeurs de liberté au-dessus des murailles quand ils trouvèrent en face d'eux un groupe d'archers conduits par Nicolas Courtenay, qui avaient élu domicile à la porte Saint-Romain. Les archers s'installèrent posément sur deux lignes et tirèrent. La première volée de flèches abattit une dizaine d'hommes. Ceux qui restaient valides se jetèrent contre cette muraille vivante mais durent battre en retraite sous la deuxième volée de traits. Pressés par la compagnie que Dunois amenait à la rescousse, ils firent front puis rompirent pour chercher une autre issue. Toutes étaient bloquées. Regroupés en hérissons sous les ordres du capitaine Blake, ils s'apprêtaient, dans la lumière des torches tenues par les Français, à forcer un barrage en direction de l'estuaire, lorsque retentit la voix de Courtenay :

« Lionel ! Lionel Blake ! rends-toi ! »

Lionel arrêta l'élan de ses hommes et, la main levée, seul, il s'avança vers le groupe des archers qui abaissèrent leurs arcs. Courtenay fit quelques pas vers Lionel.

« Tu es courageux, dit-il, mais c'est un courage inutile. Dis à tes gens de jeter leurs armes et je leur promets la vie sauve.

– Nous rendre ! ironisa Lionel. J'avoue que cette idée ne m'était même pas venue. N'est-ce pas toi qui m'as appris qu'un soldat doit se battre jusqu'à la limite de ses forces? Je t'offre un marché. Nous nous battons, toi et moi. Si je suis vainqueur, nous pourrons sortir sans être inquiétés.

– Je n'ai pas le droit de trancher. Il faut que j'en réfère au " batard ". »

Homme d'honneur, Dunois accepta le marché. Courtenay revint, la tête basse.

« Eh bien, dit-il, puisque tu y tiens... »

Il évita de justesse la lame qui fendit l'air à un doigt de son visage, recula pour prendre le temps de se ressaisir et attendit de pied ferme. Lionel ne lui laissa pas le temps de se reprendre; il se jeta sur lui comme un fauve, balafra la jaque de cuir, acculant Nicolas contre le barrage des archers, immobiles, la flèche dans l'encoche, visages de pierre dans la lueur des torches. Par quelques moulinets maladroits, Courtenay se dégagea à grand-peine de ce mauvais pas et prit appui contre le vantail d'une boutique de cordonnier. La dureté du bois le rassura; il se défendit mieux, parvint même à repousser Lionel et à le blesser au genou mais, pour respirer un peu, il renonça à poursuivre son avantage.

« Sois plus calme, dit Nicolas en retrouvant le ton de leurs joutes de jadis, dans la salle d'armes de l'Ombrière. Tu frappes comme si nous étions dix en face de toi. Tu t'épuiseras vite. Ton genou?

– Une chiquenaude sans gravité. »

Il pria Courtenay de se détacher de cette boutique car il lui semblait « se battre contre son ombre ». Courtenay s'exécuta à regret. Ils gagnèrent le centre de la place sans se quitter de l'œil.

« Ton poignet droit était jadis un peu raide, dit Courtenay. Tu as appris à t'en servir.

– J'ai appris beaucoup de choses tandis que tu faisais campagne contre nous en Normandie. On m'a enseigné quelques bottes dont tu n'as pas idée, mon maître!

– Voyons un peu... »

Ce diable de Lionel n'avait pas menti. Il fignola une botte bulgare qui commençait par des mouvements de bûcheron pour gagner en finesse et s'achever par une pointe subtile qui fit basculer Courtenay les quatre fers en l'air et projeta son arme à six pas.

« Tu peux te relever, dit Lionel. Je répugne à avoir mes adversaires par surprise quand je me bats à la loyale.

– Où as-tu appris ce coup, vaurien? Dans les landes de Haillan?

– Tu as tort de me rappeler ce mauvais souvenir, Nicolas. A la prochaine occasion je ne te ferai pas de cadeau. »

Ils tombèrent en garde, leurs épées pointe contre pointe au ras du sol. Encore étourdi par sa chute, Nicolas résista gauchement à l'attaque de pointe qui suivait deux moulinets fulgurants. Il bascula de nouveau, l'épaule traversée de part en part.

« Ton épée! cria Lionel. Jette ton épée. C'est ta dernière chance de t'en tirer.

– Viens donc la chercher, gamin! »

Lionel s'avança vers lui, l'épée brandie au-dessus de sa tête. Il s'apprêtait à l'abattre lorsqu'une flèche partie des rangs des archers lui traversa la gorge. Il lâcha son arme, porta la main à sa blessure, tenta vainement d'arracher le trait. Avant de tomber sur les genoux, il eut le temps de voir en face de lui la ruée des archers, d'entendre leur piétinement lourd, leurs cris de guerre dominés par la voix de Nicolas :

« Qui a tiré? Qui a osé? »

Puis il se fit en lui une grande nuit paisible.

« Tu as encore faim ? dit Nicolas. Tiens, il reste un peu de pain et de fromage. »

A moitié endormie, Johanna regarda sa mère, puis cet homme très pâle accroupi devant elle dans la lumière du quinquet et dont l'épaule saignait abondamment. Eliza hocha la tête; la fillette prit le pain et le fromage et se détourna pour cacher sa voracité.

« Tu en laisseras un peu pour Joannet, dit Eliza.

— D'ici une heure, dit Nicolas, vous aurez tous de quoi manger à satiété. »

Il se releva, prit Eliza par les épaules et lui dit d'une voix blanche :

« Me pardonneras-tu la mort de Lionel ? Je te jure que je n'y suis pour rien. C'est lui qui m'a défié et il a été tué par quelqu'un d'autre, je ne sais qui, mais je le saurai. Les hommes étaient comme fous de rage, à commencer par ces « Chiens rouges » qui ont tous été massacrés par mes archers. J'aimais Lionel comme un frère, tu le sais, mieux même. Je l'aimais autant que j'ai pu t'aimer, toi, plus que ma vie. Jamais je n'oublierai.

— Je ne t'en veux pas, dit Eliza. Depuis que Lionel a pris le commandement de cette compagnie, il n'était plus le même. Il ne vivait que pour se battre et pour tuer. Il n'aurait pas vécu longtemps, de toute manière. »

Elle ajouta à voix basse :

« Regarde comme Johanna te ressemble. Tes yeux, ta bouche, tes cheveux... »

Un vent tiède soufflait par bouffées sur la terrasse de la tour de Diane où s'étaient réfugiés les enfants et faisait éclater des bouquets de printemps sur l'estuaire. Des mouvements de nuages bouleversaient le paysage de la nuit qui paraissait vivre et se retourner dans son sommeil. Au milieu de la cour, autour des feux, on alignait les cadavres des Français et, de l'autre côté de la porte de ville, d'autres cadavres : ceux des « Chiens rouges ». On avait installé le corps de Lionel Blake dans la salle de garde, sur la table de pierre autour de laquelle avaient été allumées de grosses chandelles de cire rouge. Il paraissait très grand; à travers ses paupières mal fermées, il semblait fixer les trois pennons des sergents, rassemblés en faisceau au-dessus de la cheminée, comme à Montferrand, jadis. Pierre, son père, le veillait assis sur un escabeau, entouré de Shortoise et de Gassiot.

A l'aube, on placerait le corps dans une gabare et le montant l'emporterait vers Bordeaux avec les siens.

La citadelle de Bourg, défendue par Bernard de Montferrand, capitula quelques jours plus tard. Les défenseurs purent se retirer sans être inquiétés vers Bordeaux, Dunois ayant promis que la « reconquête » se ferait sans violences inutiles. Il dit à Pierre de Montferrand :

« Nous sommes des gens de bonne volonté qui ne souhaitent ni vous écraser ni vous humilier, mais chasser vos anciens maîtres. Ils n'ont plus rien à faire en France. Désormais, nous vivrons sous un seul roi et la Guyenne a tout à y gagner. »

Pierre de Montferrand sursauta.

« Si vous teniez ces propos devant des gens de Bordeaux, ils vous riraient au nez s'ils avaient envie de rire. Oubliez-vous que c'est la ruine qui guette nos provinces si notre vin ne part plus pour l'Angleterre? N'est-ce pas là, de votre part, une forme de violence? »

Dunois resta muet et songeur. Ramener les problèmes de la paix et de la guerre à quelques flottes chargées de futailles, voilà qui le dépassait. Les problèmes des bourgeois de Bordeaux lui étaient aussi étrangers que ceux des marchands de Barbarie. Il se dit qu'il devrait s'en informer s'il voulait négocier avec eux dans de bonnes conditions.

« Je compte sur vous, Montferrand, dit-il, pour le jour où je devrai traiter avec les jurats. J'ai reçu du roi l'ordre de vous ménager car vous êtes le seigneur le plus puissant et le plus sage de toute la province. Charles a décidé de ramener votre rançon à dix mille écus. »

Montferrand leva les bras au ciel. On lui avait tué son fils, enlevé les citadelles dont il avait la garde ou qu'il possédait. Ces dix mille écus, où les trouverait-il ? Le visage de Dunois se durcit. Les lois de la guerre...

« Nous avons un choix à vous proposer. Renoncez à défendre les intérêts du roi d'Angleterre et, au lieu de nous donner dix mille écus, c'est nous qui vous en donnerons trois mille. »

Montferrand cligna des yeux, s'approcha de Dunois, le fixa intensément. Somme toute, on lui proposait de trahir contre argent ? Il parla très fort des trente deniers de Judas, s'emporta, jura que jamais, lui vivant, on ne pourrait lui reprocher une telle félonie.

« Je vous comprends, soupira Dunois, et je ne vous estime que davantage. Nous devrons donc faire preuve envers vous de la rigueur ordinaire. Un cachot vous attend à Vincennes et vous y finirez sûrement vos jours car ce ne sont pas vos amis anglais ou bordelais qui vous en tireront. Les premiers se moquent bien de vous et les seconds n'ont pas de quoi payer votre rançon. »

Pierre demanda à réfléchir. Il s'enferma dans la salle haute de la tour du Trésor avec ses amis, ses conseillers, ses capitaines, leur demandant leur avis, prenant feu chaque fois que le mot de « déshonneur » était prononcé, menaçant de jeter tous ces gens dehors et de prendre lui-même la décision. C'est ce qu'il fit.

« Tout ce que je puis vous promettre, dit-il à Dunois, c'est ma neutralité. Trois mille écus, c'est peu payé, mais je n'en fais pas une question d'argent. Mon ralliement vous coûterait beaucoup plus cher, mais n'y comptez pas.

– Si vous cherchez à nous berner, Montferrand, vous risquez d'être déçu. L'Angleterre se désintéresse du sort de la Guyenne. Elle préférera boire son cidre et sa bière plutôt que de livrer un combat qu'elle sait perdu d'avance. Vous êtes en train de gâcher vos chances, mon ami, et le roi sera furieux de vos hésitations. On n'est pas généreux deux fois de la même manière. Vous avez un mois pour réfléchir. »

L'étau se refermait inexorablement sur Bordeaux.

Libourne et Saint-Emilion avaient envoyé des émissaires au roi Charles pour négocier leur reddition. La forte citadelle de Fronsac, placée sous la garde du capitaine Strangeway, supporta un siège de trois jours et capitula. Cette victoire lui ouvrait les portes de Bordeaux. Rions, Castillon, Dax, tombaient dans le même temps.

A la saison des vignes en fleurs, alors que la campagne de juin embaumait, Dunois reçut la visite d'un vieil homme qui se présenta avec beaucoup de déférence. Gaston de Grailly, captal de Buch, venait de la part des Bordelais demander les conditions d'une capitulation honorable. Bien qu'il vécût retiré dans sa résidence du Puy-Paulin, sur les hauts de Bordeaux, il était encore à ce qu'on disait « presque un roi en Aquitaine », le pair et l'égal de Pierre de Montferrand, mais à sa manière, qui était celle d'un sage qui ne confondait pas la sérénité du désenchantement avec l'abandon du devoir. Il ne venait pas apporter des propositions formelles et demander l'assentiment des Français; il voulait gagner du temps. « Fabius cunctator »... Ce temporisateur à cheveux blancs fit à Dunois une telle impression qu'il consentit à négocier dans l'honneur et même à traiter avec une certaine faveur la condition particulière du vieil homme.

Jean Bureau se rendit à Bordeaux pour une entrevue avec le maire et les jurats. Accueilli et traité comme un prince, il eut droit, pour visiter le port de la Lune, du couvent des Chartreux aux paluds de Sainte-Croix, à la barque fleurie réservée aux visiteurs de marque; il soupa avec l'archevêque, écouta les ménétriers chanter des airs dans la langue du pays, assista aux messes solennelles célébrées en son honneur. Le vertige dissipé, il se disait qu'on le bernait et que la « grande armée » aux roses et aux léopards que toute la province attendait dans la fièvre allait peut-être surgir.

Bureau obtint que le traité fût signé le 12 juin. Il comportait une clause singulière : si Bordeaux ne recevait pas le secours attendu dans les dix jours qui suivraient, la ville capitulerait.

Le jour venu, solennellement, un héraut monta en présence des autorités sur la tour de l'Arbalesteyre, à l'Ombrière et, par trois fois, lança le dernier appel de détresse : « Secours de ceux d'Angleterre pour ceux de Bordeaux ! » Ceux d'Angleterre restant muets, et pour cause, on amena les pavillons. Le captal de Buch fit une dernière tentative pour temporiser : il en appela de certaines clauses et obtint une reprise des pourparlers. Excédé, Poton de Xaintrailles, qui avait accompagné Bureau, frappa du poing sur la table. On laissait une semaine de plus aux Bordelais, mais ce serait le dernier délai.

Lorsqu'il eut franchi l'estey d'Audeyola par la tour Saint-Georges, au nord de la ville, Pierre de Montferrand resta médusé. Devant le couvent des Chartreux perdu au milieu de ses potagers encore couverts de brumes, s'étendait l'armée des Français, en position de bataille, ordonnée avec rigueur derrière ses bannières et ses pennons, immobile et colorée comme une haie fleurie de printemps. Il fit signe aux jurats qui le suivaient à cheval et en tenue de cérémonie, d'avancer à sa hauteur. Il faisait un temps radieux, avec de belles risées de soleil sur le fleuve. Au loin, sur l'autre rive, les blanches falaises de Lormont dormaient sous leurs cyprès. Des vols de passereaux filaient en rafales sur la palud où paissaient des moutons et des chèvres.

Dunois s'avança à son tour, entouré de Jean Bureau et de Poton de Xaintrailles. Il montait un cheval blanc, avait revêtu une tenue de même couleur et coiffé son chapeau rond à larges bords dont les aigrettes, retombant sur le pourtour, faisaient des ombres mouvantes sur son visage gras et rutilant.

« Vous revoilà, Montferrand ! dit-il en avançant. Il semble que vous ayez enfin opté pour la raison. Etes-vous des nôtres ?

— Nous sommes ici pour vous livrer les clefs de la ville, répondit Montferrand avec hauteur. Les voici. Selon la formule consacrée, vous en ferez selon votre plaisir. »

Un jurat remit les clefs symboliques posées sur un coussinet de velours vert à Dunois qui les tendit à Bureau en disant :

« Au nom du roi, veuillez prendre possession des porteaux et des tours de ce havre. »

Il ajouta à l'intention de Montferrand :

« Par Dieu, mon ami, j'ai la gorge sèche !
– Une table vous attend avec du vin frais, messire. Désormais, vous pourrez en boire à satiété. »
Les barrières levées, ils prirent côte à côte la tête du cortège et pénétrèrent dans la ville, précédés par les douze cents archers de Joachim Rouhault. Derrière eux, conduite à la main par un écuyer, une haquenée blanche couverte d'une houppelande de velours cramoisi portait le sceau du roi dans un petit coffre d'argent posé sur un coussin de velours bleu semé de fleurs de lys brodées. Suivaient les chevaliers de France et, juché sur une mule, le grand chancelier Juvénal des Ursins, un gros homme qui suait abondamment sous ses vêtements d'apparat.
Dans la lourde matinée de juin, le cortège se rendit à la cathédrale. Après l'office célébré par Pey Berland, Dunois, que l'archevêque avait conduit par la main jusqu'à l'autel, dut jurer sur les Ecritures de rester fidèle à la parole donnée, et toute l'assemblée dut jurer avec lui.
« Je ne vois pas le captal de Buch, dit Montferrand. Serait-il souffrant ?
– Vous ne le verrez pas, dit Dunois. Ce vieil homme a plus de bon sens et d'habileté que vous. Il a traité pour son compte. Ses biens resteront sa propriété et c'est son petit-fils qui en héritera. »
Ils se tenaient sur le parvis de la cathédrale. Les fleurs de lys rayonnaient dans la lumière de midi.
« Voyez comme l'histoire est capricieuse, dit le bâtard avec un sourire. Hier, c'étaient les roses de Lancastre qui flottaient sur Bordeaux. Le vent a fait place nette et aujourd'hui ce sont les lys de France.
– Les vents de Guyenne sont imprévisibles, messire, répondit Montferrand. Qui sait ce qu'ils nous amèneront demain ? »

LIVRE VI

1452-1453

I

LE « ROI TALBOT »

(Bordeaux, 1452-1453)

IL revenait plusieurs fois par semaine, frappait poliment à la porte, gardait son bonnet à la main pour demander à Eliza s'il ne l'importunait pas, s'il pouvait rester, et elle le regardait avec un sourire de pitié tortiller la grosse laine bleue entre ses doigts.

« Tu ne m'importunes pas, Nicolas, mais pourquoi reviens-tu ? Tu sais bien qu'il n'y a plus rien à espérer.

– Lionel... »

Elle haussait les épaules, lui répétait qu'elle savait bien qu'il n'était pas responsable de sa mort, qu'elle ne lui en tenait plus rigueur, qu'il cesse de se tourmenter mais qu'autant qu'ils vivraient cette ombre serait entre eux avec cent visages de Lionel, mille sourires, dix mille souvenirs et des bouquets d'émotion comme des buissons d'épines qui ne les laisseraient plus jamais dormir en paix.

« Tu comprends, Nicolas ? Lionel est là et sera toujours là à nous regarder, à nous juger peut-être. En ce moment même, quelque chose me dit qu'il n'est pas loin et qu'il nous observe. La nuit, je vois bouger des ombres blanches autour de ma couche, j'entends ses pas, les gémissements qu'il poussait en dormant, jadis, les petits cris de plaisir qui suivaient la fatigue des jeux. Il vaut mieux renoncer. Je ne serai jamais ta femme et je ne ferai plus l'amour avec toi. »

Elle ajoutait sur un ton jovial :

« Veux-tu voir Johanna ? »

Une servante allait chercher la petite. Elle se trouvait généralement en compagnie de Joannet de Montferrand, le fils de Pierre et de Marie. On disait d'eux : « Ça finira par un mariage. » Ils étaient devenus inséparables. Johanna accourait aussitôt, se laissait patiemment caresser du regard et des mains par son père. On avait beau lui répéter qu'elle était sa fille, cet homme se tenait en marge du petit monde familial, n'y pénétrait jamais que sur la pointe des pieds et pour repartir aussitôt avec des mines de voleur. Il avait toujours quelque cadeau pour elle : une pâtisserie de chez la « Gensetta », une poupée, un anneau, des rubans, une image sainte; elle remerciait d'un léger hochement de tête et d'un baiser rapide. Elle avait dix ans, déjà un port de princesse et de vagues idées d'amour dans la tête.

Nicolas Courtenay ouvrait son sac, en retirait une boule de pain, des oignons, du fromage, parfois un quartier de viande. « Tu ne devrais pas, lui disait Eliza. Tu risques de te faire prendre. » Il riait; c'était un jeu pour lui et cela lui faisait plaisir de subvenir dans une modeste mesure à la subsistance de cette famille qui était un peu la sienne, surtout depuis que Pierre de Montferrand avait quitté Bordeaux pour Londres.

« Les Français vous volent tant, disait-il, que j'ai l'impression de faire acte de justice en vous aidant. C'est pitié de voir ces gens mendier leur pain à l'Ombrière et devant le palais de monseigneur l'archevêque. Les greniers sont vides mais ils espèrent toujours un miracle. Ceux des Français, en revanche, sont bien garnis. J'en ai honte.

– Repars pour l'Angleterre! Personne ne se souvient que tu as déserté jadis. Pourquoi ne pars-tu pas?

– Pourquoi? Tu le sais bien. »

Elle avait parfois envie de s'asseoir en face de lui, tout contre lui, de prendre ses mains, de le regarder droit dans les yeux, de lui dire : « Ecoute, Nicolas! C'est la dernière fois. Il ne faut plus revenir. Tu vois bien que ça te fait du mal, et à moi aussi. Tout serait si simple si tu acceptais de disparaître. » Elle renonçait et il revenait. Pour ainsi dire chaque jour. Et il demandait à voir Johanna.

Depuis le retour d'Angleterre de Ralph Blake, fils de maître Eliot, la vie avait changé dans la maison de la rue Neuve.

On l'avait vu débarquer un jour avec un petit corps expéditionnaire commandé par le bâtard de Somerset. Il trônait devant une montagne de bagages sur lesquels étaient juchés sa femme et ses enfants, les six gosses insupportables qu'il avait eus de sa deuxième épouse, Molly, une fille d'auberge un peu sotte mais rieuse et qui paraissait très amoureuse de lui. Les aînés qu'il avait eus de sa première femme étaient restés à Londres avec de bonnes charges à la cour. C'était un homme dans la cinquantaine, encore très vif, vaniteux, retors dans ses affaires mais avec une passion de patriarche pour sa tribu dont il n'excluait ni Eliza ni Johanna. Il détestait les Français, ce qui lui ôtait tout scrupule de traiter avec eux d'affaires plus ou moins louches et de les rouler. Le vin n'était pas son affaire et il se sentait incapable de tenir tête à la bourgeoisie vinadière; ses voultes et ses chais ne sentaient plus le moût; il y entassait des laines, des armes, du pastel de Toulouse. Sous le couvert d'une honorabilité sans tache, il édifiait avec une patience d'écureuil une de ces fortunes qui plongent leurs racines dans la boue et font s'épanouir des fleurs de notoriété. Il serait bientôt membre du Conseil des Trente, puis jurat et il rêvait des éperons dorés de chevalier sans avoir le goût des armes. Le sang Bagot de sa mère, Joan, avait cessé de lutter contre celui des Blake, race de soldats; il en avait triomphé.

Sans quitter l'« oustau », Eliza vivait séparée de la tribu dans une aile des écuries qu'elle avait coquettement aménagée quoique avec une grande économie de moyens car elle n'avait pas de fortune. La misère de la ville et de la province l'atteignait peu; Nicolas l'aidait de son mieux; lorsqu'elle se sentait dépourvue, elle se rendait auprès de Molly qui lui ouvrait parcimonieusement sa huche avec un bon rire et une incontinence de paroles auxquelles elle ne comprenait pas grand-chose car la jeune femme ne parlait que l'anglais. Ces démarches lui laissaient un sentiment de veulerie car elle ne connaissait que trop bien l'origine de cette aisance. Ralph n'était riche que de la misère savamment exploitée du menu peuple et de la petite bourgeoisie désarmée devant les exigences des Français, leurs réquisitions autoritaires, le carcan des réglementations imposées au commerce et à l'artisanat.

Au moins la vie était facile dans l'« oustau » de la rue Neuve. La disette n'y était guère sensible et son ambiance de turbulence changeait des silences de crypte qui avaient succédé au renvoi des bâtards d'Oswald Bagot et à la mort de maître Eliot. Réservés dans les premiers jours de l'installation du ménage, Johanna et Joannet n'avaient pas tardé à se mêler aux jeunes chenapans de la tribu, à leurs facéties, à leurs jeux, à leurs expéditions sur les rives du Peugue où ils jouaient à la guerre avec les vauriens des bas quartiers.

Des personnages importants fréquentaient l'« oustau ». Le sénéchal Olivier de Coetivy était de ceux-là. Il remplaçait le gouverneur de la ville, le comte de Clermont, qui était souvent absent.

Coetivy était un personnage assez inquiétant. Maigre, de petite taille, il donnait volontiers de la voix, gesticulait, dressé sur ses « pointes » pour tenter, sans y parvenir, de faire illusion sur ses insuffisances physiques. Eliza avait très vite surpris son manège. Il trempait avec Ralph Blake dans des trafics d'armes qui sentaient la corde. C'était le personnage le plus haï de Bordeaux; il s'était mis en tête de faire rendre gorge à tous ces « bourgeois arrogants » qui, disait-il, « criaient misère pour mieux cacher leurs réserves ». Il trônait dans un réseau de connivences comme une araignée au milieu de sa toile, happant les bons bourgeois que Ralph poussait dans ses rêts pour leur sucer jusqu'à la moelle. Il minaudait en présence d'Eliza qui avait du mal à tenir son sérieux, repoussait ses avances et riait de le voir s'entortiller dans ses galanteries.

Depuis le départ de Pierre de Montferrand pour Londres, le domicile de la rue d'Enfer était placé sous une surveillance permanente des Français. Marie ne pouvait le quitter qu'accompagnée, et les entrées et les sorties des visiteurs étaient sévèrement contrôlées. Elle vivait seule avec une servante, dans un état proche du dénuement, son fils aîné, Pierre, qui avait obtenu de demeurer au château de Montferrand, ne lui adressant que de rares subsides. Eliza lui rendait fréquemment visite mais son temps était autoritairement contrôlé. Comment, dans ces conditions, Pierre parvenait-il à lui faire transmettre des messages?

Marie n'en disait rien. Elle semblait se préparer, précédée de tout un cortège de maux, à une vieillesse solitaire et sans histoire.

Et pourtant...

Elle se rendait avec Eliza sur une petite terrasse donnant sur une placette qui respirait largement, avec en son centre un gros ormeau abritant la fontaine des Juifs et une sorte de lavoir peuplé de ménagères et pavoisé de linges multicolores : le seul endroit de la demeure où elles étaient certaines de pouvoir parler sans être entendues.

« Tout va mal à Bordeaux, disait Marie. C'est le signe que tout va bien. Même ceux qui ont accueilli les Français avec des fleurs et des sourires commencent à se dire que l'air qu'ils respirent a une drôle d'odeur. Si demain on annonçait l'arrivée de la « grande armée » d'Angleterre, la ville et la province se soulèveraient pour chasser ceux qui nous oppriment. Je vais te paraître odieuse, mais je me réjouis des malheurs de Bordeaux car je sais qu'au fond de la misère il y a la révolte et qu'elle ne tardera guère.

— La révolte! protestait Eliza. Avec quelles armes nous battrions-nous contre des garnisons tenues par les meilleurs capitaines français?

— Des armes? Nous en avons plus que tu ne peux l'imaginer. Je sais des « voultes » pas loin d'ici où tu trouverais pour dix barriques de vin une de poudre. Les bourgeois, les artisans, les gens du peuple dorment avec leurs arcs et leurs épées. Sous des tas de sarments s'abritent des couleuvrines et des boulets. Quant aux garnisons, elles sont commandées par des sous-fifres. Les « meilleurs capitaines », comme tu dis, n'ont pas moisi longtemps en Guyenne. Ils sont à Bourges ou à Paris. Lorsque monseigneur Pey Berland est allé, le mois dernier, protester auprès du roi, à Bourges, contre la sévérité de l'occupation il en a rencontré quelques-uns qui avaient préféré la houppelande d'hermine à la cotte de mailles et qui n'ont guère envie de réentendre parler ce gascon qui, disent-ils, leur écorche le tympan.

– Seuls, même avec des armes, nous ne pouvons rien.

– Qui te dit que nous serons seuls ? J'ai reçu des nouvelles d'Angleterre. Pierre a tant fait auprès du roi et surtout de la reine Marguerite que nous verrons bientôt surgir la « grande armée » dont rêve toute la province. Il court les tavernes de Londres où l'on ne sert plus que de la bière et du cidre et parle avec beaucoup de passion des vins de Guyenne, des chais gorgés de futailles, des navires qui attendent dans les ports de partir au vin, et ça fait son petit effet. Toute l'Angleterre a la gorge sèche. Il y a des hommes qui tueraient pour un pichet de vin du Médoc. »

Pierre, accompagné du comte de Candale, était arrivé à Londres au bon moment. Il complotait sur du velours. Le roi était dans une de ses rares périodes de lucidité; il regardait un peu moins vers Dieu, un peu plus vers les hommes et baignait avec ravissement dans une trêve prolongée entre les York et les Lancastre, entre les roses blanches et les roses rouges qui avaient moucheté leurs épines pour ne plus échanger que leur parfum. Accusée d'avoir par impéritie laissé conquérir la Normandie et l'Aquitaine, la reine Marguerite voyait dans une intervention en Guyenne le moyen de racheter ses erreurs. Pierre était parti en août; l'automne approchait.

« Il est trop tard, disait Eliza. Une expédition ne pourrait quitter l'Angleterre avant le printemps. »

Marie souriait, lui prenait les mains.

« Je ne puis t'en dire plus, Eliza, mais le jour approche. »

« Ils n'oseront pas », avait dit Pey Berland. Ils avaient osé.

Non seulement le roi Charles avait éconduit la délégation bordelaise mais il avait signé de sa main le décret que chacun redoutait sans trop y croire : une taille serait levée sur toute la province pour l'entretien des garnisons françaises. Le carcan se resserrait; la Guyenne étouffait. De nouvelles protestations auprès du roi demeurèrent lettre morte : il répondit que ces garnisons étaient nécessaires à la paix et à la sécurité des gens de la province qui devaient consentir ce sacrifice.

Ce jour du début d'octobre où Eliza vint rendre visite à Marie, elle la trouva dans un état d'excitation qui l'intrigua. Traînant ses jambes lourdes, elle passait d'un siège à l'autre, ouvrait portes et fenêtres sans raison, buvait quelques gorgées de vin, serrait avec force ses bras croisés sur sa poitrine.

« Es-tu souffrante? s'enquit Eliza.

– Je suis malade de joie. « Ils » sont partis. Avant la fin de ce mois « ils » seront devant Bordeaux. Tu n'y crois pas? J'avais moi-même peine à y croire. Et pourtant... »

Partis de Londres le 17 octobre, les navires avaient touché terre dans une crique, près de Soulac. L'armée progressait à travers le Médoc vers Lesparre qui, par miracle, avait échappé à la conquête française et que tenait un fils de Robert de Rockley. Ignorant qu'il pût s'agir de combattants anglais, les paysans fuyaient devant cette marée humaine et se retranchaient dans les bois. Lorsqu'ils apercevaient les étendards, qu'ils reconnaissaient la croix rouge, les léopards et les roses, ils abandonnaient leurs armes et fêtaient leurs libérateurs en ouvrant leurs caves.

Ce n'était pas une petite armée. Elle comptait cinq mille hommes. Pour la commander, on avait désigné non pas un de ces nobliaux qui portent de la dentelle sous la cotte de mailles et se donnent à la guerre pour l'honneur ou pour le plaisir, mais le plus rude guerrier d'Angleterre, un vieillard de près de quatre-vingts ans : John Talbot, comte de Schrewsbury.

Il paraissait avoir pris racine là, sur ce modeste tertre du mont des Juifs d'où l'on dominait les deux énormes portes Dijeaux et Saint-Symphorien que le couchant barbouillait d'une étrange lumière lilas venue on ne savait d'où, peut-être de ce regard de soleil entre deux lourdes paupières de nuages couleur d'encre. La fatigue le tenait tassé sur son cheval au point que la tête rentrait dans les épaules et qu'il semblait s'appuyer au pommeau de la selle pour ne pas sombrer dans le sommeil. Mais Sir John Talbot n'avait pas envie de dormir. Il regardait cette ville qui s'enfonçait peu à peu dans ses brumes et ses fumées, ces remparts où scintillaient des éclats de métal et où palpitaient des bannières, cette ligne mince et lumineuse au loin, vers l'orient, qui était le fleuve couleur de vin. Il avait connu cette ville dans sa jeunesse et il l'avait aimée comme une femme; il la retrouvait des dizaines et des dizaines d'années plus tard et elle était toujours aussi belle. Le moindre souvenir lui faisait chaud au cœur et dans le ventre. Elle donnait, comme une jeune maîtresse, envie de s'allonger près d'elle dans le frais du soir, de se réchauffer à ses grosses veines de populace qui battaient dans les rues et sur les places, de lui faire l'amour comme un ruffian à une garce. Il songeait, rivé à son cheval, le regard fixe : « Je livrerai là ma dernière bataille. Si Dieu me donne la victoire, je jure de rester ici et d'y mourir. Comme il doit être agréable de vivre derrière ces murs, entre le fleuve et les vignes, de se façonner une existence de bourgeois maître de son royaume et plus fier de son manteau de jurat que César de la pourpre impériale! » Sir John Talbot, dans ce soir d'octobre qui faisait flamber des lumières de phosphore aux quatre coins de l'horizon, préparait le nid douillet où s'allonger sous les hautes courtines des souvenirs, derrière deux fenêtres : l'une donnant sur l'orient et sur le fleuve, l'autre sur l'occident et sur les vignes.

Il vint une odeur bouleversante de vendanges et il songea aux moines de Saint-Seurin que, tout à l'heure, il avait vus foulant les grappes à la lueur des chandelles, chantant des « deo gratias » face à ce vieux soldat plein de « dies irae » qui chevauchait un cheval noir, le poing au creux de sa hanche et qui portait sur son écu des roses de fer.

« Monseigneur, dit le vieux Thomas Evringham, son écuyer, il se fait tard. Devons-nous dresser le camp? L'endroit vous paraît-il favorable?

— Vas-tu te taire, vieille baderne? »

Il repoussa le vieux serviteur d'un coup de pied, soupira. Il était en train de se souvenir de la dernière femme qu'il avait possédée mais il ne savait plus si c'était son épouse, la jeune Marguerite de Beauchamp, fille du comte de Warwick, ou cette fillette qui était venue lui servir le déjeuner au lit sur la route de Bristol, mais il se disait qu'on peut éprouver à soumettre une ville autant de plaisir qu'à jouir d'une femme. Son vieux sexe le gênait sous la dure braguette des cuissardes; il se déplaça sur sa selle pour lui laisser un peu de liberté. Le bien-être gagnait son ventre, lui montait au cœur et à la tête. Il se retourna, cria :

« Montferrand! L'endroit me paraît propice. Qu'en pensez-vous?

– On ne saurait trouver mieux, monseigneur. En cas de sortie nous pourrions nous replier sur Saint-Seurin.

– Il n'y aura pas de sortie, Montferrand. Les Français sont en train de mouiller leurs braies. Nous dormirons sur nos deux oreilles. »

Il fit signe à Montferrand d'approcher. Qu'il lui trouve une fille pour la nuit. Deux même. De celles que l'avant-garde avait dispersées dans les vignes comme une volée de perdreaux. Elles auraient encore des odeurs de vendanges sur la peau, les doigts violacés par le jus et sur les joues les roses du soleil d'octobre.

« Et faites-moi porter du vin, mon petit Montferrand. Pas du « pimpin » comme vous dites. Ces moines doivent bien en cacher quelques fûts dans leurs caves. »

La nuit tombée, dans la lueur des torches et des feux de bivouac, le camp prenait des allures de kermesse. La belle humeur du lieutenant général du roi Henry en Guyenne s'était communiquée à toute l'armée. Ce soir, tout semblait permis. Le « roi Talbot » fermerait les yeux. Ce soir on célébrait les noces d'un homme et d'une ville, d'un conquérant et de sa conquête. Le camp ordonné et monté en un tournemain, les chevaux parqués à la corde et pourvus d'avoine, de grasses cuisines de soldats fumèrent aux quatre coins de la ville de toile et de chariots. Trois puissantes futailles vinrent trôner devant la tente de Sir John et les hommes passaient devant elles en se mouillant les lèvres du bout de la langue, le gobelet à la ceinture, prêts à se battre pour être les premiers à la grande pissée du vin. *By God!* cette nuit serait une grande nuit et on en parlerait dans toutes les chaumières du Chester, le pays de Sir John, et dans toute l'Angleterre. Une soif énorme les possédait. Il semblait que ce fût la grosse poule noire de la nuit qui eût pondu au milieu du camp ces trois œufs gigantesques et que tout le bonheur du monde dût en ruisseler. Leurs regards se portaient des futailles à ces groupes de vendangeuses qui se pressaient hardiment derrière les cordes; ils songeaient aux tristes guerres d'Angleterre, à ces batailles de chiens dans la brume et la pluie avec comme compagne la gourde de bière aigre ou de cidre piqué. Quel spectacle est plus réjouissant que celui d'une futaille que l'on met en perce, sinon peut-être celui d'une femme qui ouvre sa source chaude?

Dans la tente de Sir John, la fête avait commencé. On entendait les gros rires du « roi »; on voyait passer dans la lumière des chandelles son ombre gigantesque de grand singe brisé par l'âge mais encore dévoré de désirs.

C'est lui-même, sortant nu sur le seuil de sa tente, qui donna l'ordre de mettre les fûts en perce. Lorsque fusèrent dans les gobelets pressés les trois jets clairs, un immense *hurrah!* monta de l'armée et déferla jusqu'aux murailles de Bordeaux. On entendit rouler du côté de Saint-Seurin des batteries de tambours, grincer des cornemuses et des violons, chanter des flûtes et des harpes.

C'est alors qu'on permit aux femmes d'approcher.

Les bourgeois chez qui logeait Nicolas Courtenay étaient de braves tisserands qui vivaient un peu de leur métier et beaucoup de l'air du temps. Il entretenait avec eux des rapports très courtois. La nuit qui avait succédé à l'arrivée de l'armée de Talbot sous les murs de Bordeaux, ils avaient heurté à la porte de sa chambre.

« Pardonnez-nous de vous réveiller, dit le tisserand, mais il se prépare quelque chose d'inquiétant. Je vois des torches aller et venir dans la rue. Des gens frappent aux portes. Je n'aime pas ça. Puisqu'il n'est pas trop tard, vous devriez filer. Je raconterai que vous avez passé la nuit à l'Ombrière, auprès du sénéchal. Puisque vous savez où aller, ne perdez pas de temps. »

Nicolas remercia le brave homme qui était au courant de ses visites à l'« oustau » de la rue Neuve. Il avait rangé ses bagages, pris le temps de faire son lit au carré pour ne pas laisser croire à une fuite. Il avait fallu louvoyer par des ruettes et des « andranes » noires et puantes pour éviter les bandes armées de Bordelais qui recherchaient les soldats français hébergés chez l'habitant, que ces derniers n'hésitaient pas à livrer car la plupart de ces locataires se conduisaient en maîtres. Pour pénétrer dans l'« oustau » sans éveiller la maisonnée, le capitaine Courtenay dut escalader une muraille entre le jardin et les écuries, juste derrière le bâtiment où Eliza, Johanna et Joannet demeuraient avec une vieille servante un peu dure d'oreille.

« Pourquoi ne t'es-tu pas réfugié à l'Ombrière ? demanda Eliza.

– Parce que j'aurais été fait prisonnier comme tous ceux qui s'y sont précipités. »

La garnison française de Bordeaux se montait à soixante-dix hommes et ils avaient contre eux presque toute la population. Dans ces conditions, on met l'honneur sur son siège et on s'assied dessus.

« Tu peux rester ici le temps nécessaire. Lorsque Sir John Talbot sera entré dans la ville, j'irai lui conter ton histoire. Il te fera grâce, car c'est un homme généreux. Ainsi, tu pourras retrouver tes véritables compagnons d'armes.

– Tu oublies Pierre. S'il me trouve ici...

– J'en fais mon affaire. C'est sa faute si tu en es là. D'ailleurs, il a d'autres préoccupations. »

Lorsque l'armée de Talbot était apparue à l'horizon des marais, le capitaine Courtenay avait été un des premiers à prévenir le sénéchal, en le priant d'envoyer des crieurs rappeler à la population son serment de fidélité au roi de France. Olivier de Coetivy avait haussé les épaules. Ce n'était pas à un Godon, déserteur de surcroît, de lui apprendre ce qu'il avait à faire. Il n'avait rien fait ou presque. Le lendemain, il était pris comme un rat dans le jardin où il se cachait et les Bordelais l'avaient traîné sur un char à travers la ville. Il hurlait : « Attendez le retour des Français, rebelles, traîtres, et il vous en cuira ! » On avait failli le pendre dans la traversée du cimetière de Saint-Mexant mais la milice était intervenue à temps. Depuis, il languissait dans une geôle de l'Ombrière avec ses capitaines, prisonniers comme lui. Rançonné, il avait été vendu à des capitaines anglais qui l'avaient cédé à Talbot, lequel comptait en tirer une belle rançon.

Dehors, à travers la ville, c'était la fête. Des convois de vivres avaient suivi l'armée de secours et la population, qui avait enfoncé les greniers des Français, mangeait à sa faim.

Le vieux Talbot grogna dans sa barbe. Logiquement, pour ce capitaine Courtenay, c'était la corde réservée aux déserteurs, mais il convenait que le bougre avait des excuses et qu'il n'avait pas eu le choix. Etait-il prêt, au moins, à se battre pour le roi Henry ? Eliza hocha la tête : il n'espérait pas tant de bonne grâce. Bien... Bien... Où se cachait-il ? Eliza mentit : il se cachait en Médoc; elle le ferait prévenir.

« Tu n'as pas confiance en ma parole? grogna Talbot.

– Si, monseigneur! Mais un mot d'écrit...

– Ne t'a-t-on pas dit que je ne sais ni lire ni écrire? Ton protégé, tu serais fort capable de le cacher sous tes jupes.

– Je vous l'amènerai sans tarder, mais j'aimerais avoir la certitude que Pierre de Montferrand ne fera pas obstacle à votre volonté. »

Elle avait touché juste. Le vieux lion rugit : il était le maître et ce Montferrand n'était qu'un jean-foutre! Sa colère s'enlisa dans de grosses injures qui firent rougir Eliza.

« Crois-tu, dit-il plus doucement, en lui prenant les mains, que je pourrais trahir la parole donnée à la fille de mon vieux compagnon Stephen Blake que j'ai vu combattre à Azincourt alors que j'avais à peine du poil au menton, et à la sœur de ce Simon Blake qui a fait des prodiges devant Orléans? »

Il s'arrêta brusquement en voyant Johanna pleurer dans la robe de sa mère. Il se leva, la hanche lourde, attira la fillette vers lui, la fit grimper sur son genou. Il lui trouva le nez « anglais », fit grasseyer dans son oreille un rude refrain du Chester, la renvoya en lui glissant une pièce d'or dans la main, puis il regarda en silence cette femme encore belle dans sa tenue modeste de bourgeoise, cherchant à deviner ce qu'il y avait en elle d'anglais et d'aquitain.

« Et celui-là qui a envie de mordre et qui se cache derrière toi?...

– C'est Joannet, le fils de Pierre de Montferrand et de Marie de Bedford. Ces deux enfants s'aiment comme frère et sœur et je crois bien qu'ils ne se sépareront jamais. »

Le capitaine Courtenay se présenta le lendemain à l'Ombrière avec armes et bagages, sur son cheval qu'il était allé chercher aux écuries avec un billet de l'intendance. Talbot l'accabla de reproches pour finir par lui donner l'accolade et lui confier le capitanat d'une porte importante : celle de Brisson qui ouvrait sur le port de la Lune.

« Tu y seras plus près de ta bien-aimée, mais tâche de ne pas faillir au service. Je ne pardonne pas deux fois ! »

Les places reprises par les Français quelques mois auparavant s'étaient rendues, sauf Fronsac tenue avec six cents lances par Joachim Rouhaud, mais, à Bordeaux, on ne se faisait guère d'illusions : dès le printemps le roi de France dresserait un nouveau plan de campagne; il ne pouvait accepter de perdre une province si durement reconquise et surtout de laisser impunie la trahison des Bordelais. Déjà, par petits groupes, il renforçait ses positions. Attaquer les dernières places tenues par les Français ? Talbot y songeait mais quelques tentatives infructueuses le firent renoncer. Il finit par en prendre son parti.

On lui annonçait des secours d'Angleterre pour le printemps.

Plusieurs fois, dans le courant de l'hiver, Pierre de Montferrand se rendit à l'« oustau ».

Il avait appris avec fureur le retour en grâce de Courtenay à la suite des démarches d'Eliza, et tenait rigueur à cette dernière d'avoir renoué avec lui. Leurs rapports étaient devenus froids et même cérémonieux. Pierre n'avait pu obtenir le retour à son foyer de Joannet qui refusait de quitter Johanna même pour une journée. Lorsqu'il se rendait au domicile de la rue d'Enfer où Marie vivait comme une recluse, Joannet amenait sa compagne avec lui et ne la quittait pas du regard de crainte qu'on la lui arrachât à son insu. Elle le suivait même chez les chanoines de Saint-André pour y apprendre l'écriture, le latin et l'anglais, ce qui faisait rire les garçons. Lorsque son père se présentait à l'« oustau », Joannet sentait son cœur se serrer; à la façon dont il descendait de cheval sous le tilleul, ôtait ses gants et secouait son manteau de pluie, il devinait son humeur. Rarement bonne. Ils allaient se cacher le plus secrètement possible, Johanna et lui, pour qu'on mît longtemps à les retrouver, si bien que son père avait tout juste le temps de l'embrasser.

Un jour, Pierre resta plus longtemps que d'habitude. C'était peu avant Noël et il tombait sur la ville un aigre crachin mêlé de gros postillons de neige. Pierre prit la main de son fils, l'entraîna dans un cabinet voisin de la grande salle où l'on remisait les affaires de la table. Des miettes de pain craquaient sous leurs pas; ça sentait le graillon et le pain rassis. Ils s'assirent côte à côte sur le coffre aux nappes.

« Joannet, dit Pierre, tu es assez grand pour comprendre ce que j'ai à te dire. Tu as oublié que je suis ton père et qu'Eliza et Johanna ne sont rien pour toi. Moi, je n'oublie pas. Un jour qui ne tardera guère, je viendrai te chercher et tu me suivras. Il est temps de songer à ton avenir et il se fera à mon côté. Il faudra te battre, car tu es né pour ça. Quand on a dans les veines du sang de Montferrand et de Bedford, on ne perd pas son temps et ses forces dans le gynécée. A ton âge, j'avais déjà rompu des lances dans les tournois et je portais des blessures dont j'étais fier. As-tu seulement touché un arc? Prends-tu plaisir à assister à des joutes? Tout cela va changer et tu dois t'y préparer. Pour commencer, tu viendras habiter chez ta mère qui néglige un peu ton éducation. Ainsi je t'aurai plus près de moi. »

En voyant les larmes de Joannet, Pierre était entré dans une de ses grandes fureurs. Il avait appelé Eliza, lui avait reproché de donner à son fils une éducation de demoiselle. Eliza avait baissé la tête; Pierre avait raison; elle n'avait aucun droit sur cet enfant; c'est Marie qui aurait dû veiller sur lui mais elle ne se sentait aucune vocation de mère et les turbulences de la jeunesse l'excédaient.

« Tu es le maître, dit-elle. Joannet t'appartient. Fais en sorte qu'il te ressemble puisque tel est ton désir.

— Tel est mon désir ! Joannet, tu vas me suivre.

— Non ! dit Joannet. C'est ici que je veux vivre. »

Ebranlé par la gifle paternelle, il se réfugia dans le fond du cabinet, saisit un couteau à pain et attendit, le feu aux joues.

« Voilà qui est bien ! s'exclama Pierre. Je n'en attendais pas tant. Oserais-tu frapper ton père ? »

Joannet hocha la tête.

« De mieux en mieux ! Voilà ce que je souhaitais apprendre. Mon fils peut faire autre chose que jouer à la poupée. Rends ce couteau ! Je te donne une heure pour te rafraîchir le museau. Tu as des traces de confiture sur la joue. Ne me fais pas attendre. J'ai laissé une troupe devant Blaye et je dois la rejoindre.

— As-tu bien réfléchi ? dit Eliza. Tu veux vraiment séparer ces enfants ? Ils vont être très malheureux.

— A leur âge, le bonheur, le malheur, on n'en a qu'une vague idée. Mais ils apprendront vite. Ils sont doués. »

Eliza le regarda fixement. Elle se souvenait de leurs amours dans le « bourdieu » du Médoc lorsque le vieux Stephen travaillait à sa tour et qu'ils étaient seuls dans la maison. Alors rien d'autre ne semblait compter pour lui que la présence d'Eliza, l'amour qu'ils faisaient jusqu'au vertige, le simple contact de leur peau. Il se déplaçait nu dans la pénombre du matin, droit comme une gerbe, et blond, et lisse comme les statues de marbre du palais Gallien. Il poussait la fenêtre, inspectait sur l'horizon brumeux des vignes le « pied du temps ». Et maintenant... Cette tête couturée de rides, sans cou, qui paraissait rentrer dans les épaules, cette mauvaise barbe qui ne parvenait pas à blanchir tout à fait, ce corps tassé par l'usage du cheval, ces lourdes cuisses écartées : tout en lui inspirait la crainte plus que l'amour. Lorsqu'il lui avait demandé, avec sa magnifique insouciance, de reprendre leurs rapports elle l'avait éconduit sans ménagement. C'était au lendemain de l'entrée des troupes anglaises dans Bordeaux. Il n'avait pas insisté. Maintenant, ils savaient tous deux que tout était fini.

Nicolas était revenu.

Le capitanat de la porte de Brisson était une sinécure. Nicolas n'y passait que le temps nécessaire au service. Il était secondé par un sergent qui, lui, faisait du zèle et, de son observatoire, se prenait pour la roi du monde.

La porte se composait de deux tours rondes balafrées de meurtrières cruciformes. Un passage libérant une herse les unissait, enjambant le Peugue par où remontaient vers le cœur de la ville et en descendaient les embarcations qui effectuaient le plus gros trafic du port. Le système défensif se complétait au sud par la porte Saint-Jean et la barbacane poussant sa rotonde de bois verdi sur les graves; au nord par la porte de Cailhau, de plus modestes dimensions, qui ouvrait d'une part sur le fleuve et de l'autre sur les avenues de l'Ombrière.

C'était le domaine de Nicolas. Il s'y plaisait. Entre la Monnaie et la rue de la Coquille, il y avait une petite place toute fleurie d'auvents de toile où se tenaient les marchandes de poissons et de crustacés et d'où montaient des rumeurs de peuple en joie. Les affaires avaient repris depuis le départ des Français; les flottes de vin étaient reparties chargées jusqu'au pont; les chalands se pressaient devant les éventaires et ne lésinaient pas sur la dépense. Lorsqu'un pêcheur ramenait un esturgeon, c'était du délire, comme s'il venait de pêcher un trésor et on se disputait les bons morceaux.

Nicolas n'avait que peu de chemin à parcourir pour se rendre rue Neuve. Du haut des tours, il apercevait la masse sombre, sorte de Léviathan de pierre, de l'« oustau » de la Lande, à quelques dizaines de brasses de celui des Bagot et des Blake. Il remontait à pied, les mains dans sa ceinture, la rue animée du Pont-Saint-Jean. Parvenu devant l'hôpital, il tournait à main gauche, saluait l'aubergiste de la *Lamproie Rouge* qui se tenait devant sa porte au milieu de ses futailles vides. Il ne se pressait pas. Il savait qu'Eliza et Johanna l'attendaient. Le temps de dire deux mots d'amitié à Ralph toujours emberlificoté dans des réseaux d'affaires suspectes – il trafiquait avec les Anglais comme il l'avait fait avec les Français, sans se départir de sa bonne conscience – Nicolas traversait le jardin, poussait la petite porte ornée d'un bouquet de fleurs séchées et respirait un air de famille qui lui mettait du baume au cœur. La maison, pourtant, baignait dans la tristesse; Johanna avait mal accepté le départ de Joannet; le temps des larmes passé, elle avait sombré dans l'indifférence, refusant toute nourriture, fermant sa porte aux enfants de Ralph et de Molly. Jour après jour, elle avait renoué avec ses habitudes et repris goût à la vie mais il lui restait de ses épreuves une sorte de gravité dans son comportement et sur son visage. Elle ne demandait jamais de nouvelles de son « frère » et n'en recevait pas; Pierre de Montferrand avait confié son fils à un capitaine archer, vestige glorieux des batailles de Normandie et de Guyenne, qui le tenait par un fil à la patte, le raccompagnait chaque soir chez Marie de Bedford, rue d'Enfer, et se couchait comme un chien en travers de sa porte.

Avec la permission de Sir John Talbot, Nicolas passait la plupart de ses nuits à l'« oustau ».

Entre Eliza et lui, ce n'était plus la passion de jadis mais un amour paisible et sans phrases, nourri par l'épreuve et par le sentiment. Ils savaient maintenant que plus rien, ni les événements ni les hommes, ne pourrait les séparer. Ils s'installaient dans une vie commune comme si le temps autour d'eux s'était figé.

Peu après l'Epiphanie, profitant de la douceur du temps, ils poussèrent jusqu'à Saint-Estèphe.

L'occupation française avait laissé à la famille de Simon Blake de mauvais souvenirs. Apprenant les états de service de Simon, Olivier de Coetivy avait installé à demeure, sous prétexte de surveillance, trois estafiers qui se conduisaient en maîtres, essuyaient leurs bottes crottées avec le linge de maison et pissaient dans la cheminée. En apprenant l'arrivée des troupes de Talbot, Simon et ses commis les avaient égorgés. Cécile avait beaucoup changé; violée par ces gueux, elle avait gardé de cette épreuve une blessure secrète; elle herborisait encore, soignait les malades et les blessés; devenue grasse et presque impotente, elle avait accouché quelques jours avant Noël d'un enfant mort-né.

Au retour, Nicolas et Eliza apprirent de Pey Berland, au cours d'une réception à Saint-André pour la nomination d'un chanoine – l'un des fils de Ralph – des nouvelles de France. Elles n'étaient guère rassurantes.

On savait maintenant que le roi Charles n'attendrait pas l'été pour lancer ses armées sur l'Aquitaine.

II

L'ULTIME BATAILLE

(Castillon, 1453)

QUATRE mille combattants anglais arrivèrent en mars, embarqués sur quatre-vingts navires. Ils apportaient des vivres, notamment des barils de lard, de harengs et de la farine. Le commandement avait été confié à un fils de Sir John Talbot, Lord Lisle, homme vif et généreux, qui brûlait d'affronter les Français. On avait pendu la veille trois gueux qui faisaient courir des bruits alarmistes sur un prochain retour vers l'Angleterre du corps expéditionnaire de Talbot. D'excellents capitaines avaient passé la mer avec Lord Lisle : Robert Hungerford, Roger de Camoys, Jean, bâtard de Somerset... A peine avaient-ils débarqué, le vieux Talbot courait mettre le siège devant Fronsac qui résista pour l'honneur et se rendit.

A Bourges, où se concentraient les préparatifs de la nouvelle offensive, Jean Bureau, l'éphémère premier magistrat de Bordeaux, grand maître de l'artillerie, avait passé la majeure partie de l'hiver à faire fondre des boulets, à expérimenter de nouveaux modèles de canons, à préparer dans le secret des laboratoires, en compagnie d'un savant juif venu d'Allemagne, de nouvelles poudres. Il expliquait avec beaucoup de conviction que les guerres de l'avenir se gagneraient avec l'artillerie. Il disait encore :

« Il faudra livrer en Guyenne une guerre impitoyable. Nous avons été trop bons avec ces gens. Ce sont des rebelles et nous les traiterons comme tels : l'épée dans les reins et les fers aux pieds. Ce n'est plus en adversaires que nous irons vers eux mais en ennemis. »

Le roi décida qu'il chevaucherait avec l'armée, comme jadis dans les plaines de Tartas. Il avait promis à Olivier de Coetivy, prisonnier à Londres, de le réinstaller à la tête de la sénéchaussée de Guyenne et de lui donner la main d'une des bâtardes qu'il avait eue d'Agnès Sorel : la petite Marie de Valois. Il se trouvait dans une de ces périodes où la force du destin le soulevait, où il se sentait désigné pour commander aux hommes et aux armées par la grâce de Dieu. Passées ses années d'épreuve et de doute, il avait appris à maîtriser les événements, à ne pas les laisser se faire et se défaire en dehors de lui, entre des mains étrangères, souvent hostiles ou néfastes. Ce long apprentissage de la royauté terminé, il se sentait encore parfois accablé par le doute et l'angoisse, mais il les dominait obstinément au cours de batailles secrètes contre cette part de lui-même qui rêvait d'exil, de solitude, d'abandon en Dieu. Malade de ses faiblesses et de ses insuffisances, il se torturait pour les affronter ou les nier, mais il avait fini par les accepter comme des compagnes d'éternité.

« Les Français ont pris Chalais, dit Nicolas. La guerre commence mal. »

Il avait chaud et transpirait abondamment. Eliza lui servit une cruche de vin frais qu'il coupa d'eau. Il revenait de l'Ombrière où se tenait un conseil de guerre. Des messagers étaient arrivés deux heures auparavant, harassés par une longue course à travers la chaleur de mai. Chalais n'avait pas tenu quatre jours face aux canons de Joachim

Rouhault, après une résistance héroïque. Les soldats de Guyenne avaient été décapités dans la cour du château et les anglais renvoyés dans leur pays sous promesse de rançon.

« Une invasion..., soupira Nicolas. Nous sommes menacés d'une véritable invasion. Cet hiver, les Français n'ont pas perdu leur temps. On les disait pourtant à bout de souffle et de ressources. »

On avait eu tort de ne pas prendre au sérieux ces concentrations de troupes aux frontières de la province. On pensait que les places solidement pourvues en hommes et en matériel seraient suffisantes pour contenir l'assaut. Et maintenant Bordeaux devait faire face sur tous les fronts. Jean de Blois, comte de Penthièvre, tenait la Dordogne avec les maréchaux Jalognes et Lohéac; le comte de Clermont remontait la Garonne; au sud, dans le pays de Labourd, opérait le comte de Foix; un quatrième corps se tenait en réserve en Saintonge sous la conduite personnelle du roi.

« Sir John a beau faire le fanfaron, rouler les épaules, parler haut, l'angoisse le ronge. Je l'ai vu tout à l'heure s'éponger le front et blêmir comme s'il venait de recevoir un coup de lance au flanc. »

Nicolas avait surpris peu après une conversation entre Pierre de Montferrand et Pey Berland. « Ce vieil homme va s'effondrer, disait Montferrand, ou il commettra quelque bévue qui compromettra le sort des armes. Il n'a plus toute sa tête. » « C'est à vous, répliquait l'archevêque, de lui faire entendre raison. » « C'est impossible ! il est têtu comme un mulet d'Espagne. La manière dont s'engage cette guerre ne me dit rien qui vaille. Nous partons battus... »

« Si la guerre tourne à l'avantage des Français, dit Eliza, que feras-tu ?

– Si j'en réchappe, je partirai pour l'Angleterre

et vous me suivrez, toi et Johanna. J'aimais pourtant ce pays et je me battrai pour lui jusqu'au bout de mes forces parce qu'il m'a tant donné que ma vie est peu de chose en comparaison, mais je veux vivre pour vous deux. »

Il parla avec émotion de ce modeste manoir dans les collines du Devon que Sir John avait promis de lui faire obtenir du roi. Quelque chose qui ressemblait au bonheur les attendait là-bas.

« Je n'aime pas t'entendre parler ainsi. Tu t'exprimes en vaincu et ce n'est pas dans tes habitudes. Songe à l'assaut avant d'envisager la retraite. Les mauvais jours, s'ils doivent venir, seront là bien assez tôt. »

Le lendemain, les contingents anglais envoyés au secours de Chalais sous la conduite du comte d'Anglade refluaient sur Bordeaux en désordre et la tête basse. Ils entraient dans la ville comme s'ils avaient eu un orage au-dessus de leur tête. A l'Ombrière, on délibéra pour savoir si les Français allaient se rendre maîtres des places fortes qui se trouvaient sur leur chemin. Dans la journée on apprenait que Jean Bureau avait massé son armée devant Castillon, sur la Dordogne, à moins de dix lieues de la capitale. Cette ville prise, c'était la voie ouverte vers Bordeaux que le raz de marée heurterait de plein fouet.

« Laissons-les approcher ! rugissait Talbot. C'est ici qu'il faut les attendre. En rase campagne nous n'avons aucune chance, car ils sont plus nombreux que nous. En revanche, ils se casseront les dents sur nos remparts. Citez-moi un conquérant qui ait pris d'assaut cette ville ! »

On se taisait. On laissait passer l'orage en se disant qu'après tout, c'était peut-être le « roi Talbot » qui avait raison. Dans la population, on entendait une autre chanson. C'était une province qu'il fallait défendre; pas une ville! Que pourrait Bordeaux le jour où la France entière en ferait le siège, où cent mille combattants, dix mille bouches à feu, tous les maréchaux du royaume, camperaient sous ses murs, où une armada de deux cents navires investirait le port? Des rassemblements bloquaient rues et places dans les parages de la citadelle. On accueillait les entrées et les sorties des officiers anglais ou aquitains avec des cris et des suppliques : que Sir John décide d'agir et dix mille hommes des milices seraient prêts à se porter au-devant des Français! Les femmes étaient les plus enragées : elles ne seraient pas les dernières à se jeter contre les pétoires de Bureau et les francs-archers de Joachim Rouhault! Pressés par la populace, les jurats demandèrent audience à Talbot, le priant d'intervenir, lui rappelant sa promesse de défendre la province. Il les renvoya en les menaçant de les faire enfermer. Peu après, troublé malgré tout, il fit appeler Montferrand et le captal de Buch pour demander leur avis. Il était de mauvaise humeur; ses os lui faisaient mal à hurler, le temps ayant changé.

« Il faut agir, dit Montferrand, sinon ce ne sont pas seulement les Français que nous aurons contre nous mais la population. Nous ne pouvons pas courir le risque d'une rébellion.

– Portez-vous sans délai sur Castillon, dit le captal. Si vous brisez les reins des Français avant qu'ils se jettent sur Bordeaux, les Anglais seront encore ici dans un siècle.

– Chienne de ville! grogna Sir John. *By God!* qu'est-ce que ces gens ont dans la peau? On les entend d'ici! On dirait qu'il leur tarde de recevoir une pile comme dans les landes de Haillan. J'ai bien envie d'envoyer leurs milices se faire étriller par les Français...

– N'en faites rien ! protesta le captal. Ces gens ne sont pas des mercenaires; ils se feraient tuer pour leur ville. Il fallait les entendre ce matin, lorsque Pey Berland leur a parlé, sur le parvis de la cathédrale. Ils n'avaient qu'une seule âme et un même cœur. »

L'armée anglaise quitta Bordeaux le jour de la Sainte-Madeleine, par un temps sec et chaud de juillet, en direction de Libourne. Dix mille hommes suivaient une avant-garde de cavalerie conduite par Talbot, tassé sur sa selle, replié sur ses douleurs et ses humeurs de dogue. Les vignes étaient belles; sous les pampres épanouis commençait la nouaison : de petites perles de verjus couleur d'émeraude qui grapillonnaient. Le printemps avait été doux, peu chargé en pluie, et juillet s'annonçait chaud et sec. Les vendanges seraient opulentes.

Des gens de Bordeaux avaient passé l'eau en foule et avaient suivi l'armée jusqu'à Cenon en chantant et en brandissant des rameaux comme pour l'arrivée du Christ à Jérusalem. L'arrière-garde parvenait à Artigues qu'on voyait encore, à travers des nuages de poussière, s'agiter une forêt de feuillages.

A la halte de midi, dans une vaste forêt de chênes des environs de Beychac, Montferrand dit à Sir John :

« A quoi bon prendre les devants avec notre cavalerie ? Rien ne presse. Nous allons fatiguer inutilement nos chevaux et il n'est pas prudent de se couper de ses arrières. Imaginez que nous trouvions des Français avant Libourne... »

On avait aidé Sir John à s'allonger sous un chêne, au milieu d'une fête de fougères où le vent d'est faisait bouger des fruits de soleil. Le vieux soldat laissa son écuyer défaire le haut de sa chemise où buissonnait un lichen d'un gris de sel. Il était rouge; de petits ruisseaux de sueur sillonnaient ses rides et sa barbe. A la gourde qu'on lui tendait, il but une eau tiédasse, la rejeta, réclama du vin. Montferrand l'entendit grogner :

« Vous ne comprenez rien à l'art de la guerre! Nous allons tomber comme la foudre sur les Français. La surprise est mon arme favorite; elle m'a toujours réussi. D'ailleurs, nos archers et gens de pied ne sont pas loin. Regardez! »

On apercevait sur l'horizon qui tremblotait dans une gelée de chaleur un mouvement de vague et un nuage de poussière dorée. La soif et la faim au ventre, les hommes pressaient le pas.

« Montferrand, quelque chose me dit que je vais livrer ma dernière bataille. J'en ai la conviction depuis que j'ai posé le pied sur le sol de votre Médoc de merde. Croyez-vous que je vais risquer de la perdre en agissant à la légère? *God damn!* Je veux revenir en Angleterre le front haut. C'est un homme couvert de lauriers comme les légionnaires de Rome que ma jeune épouse attend dans mon manoir du Chester et non un cadavre conservé dans le vin ou confit dans le miel. »

Il rit très haut en ouvrant grand sa bouche noire, avala quelques gorgées de vin, congédia son entourage et piqua un petit somme près du vieux Thomas Evringham qui chassait les mouches de son visage et de Lord Lisle qui dormait écartelé dans les fougères.

L'avant-garde arriva à Libourne tôt dans la soirée. Talbot envoya des émissaires vers Castillon pour annoncer aux assiégés l'arrivée imminente de l'armée de secours. Après un solide souper, on se remit en marche, le temps de laisser souffler les montures, à la nuit tombée. L'avant-garde prit les devants, laissant à l'arrière les archers, les gens de pied et l'artillerie, Sir John étant plus que jamais persuadé que l'effet de surprise que causerait son irruption allait foudroyer les Français. Les gens de pied arriveraient bien assez tôt pour la curée...

Il n'y avait guère que trois lieues de Libourne à Castillon. La nuit était chaude et claire, palpitante de vols et de cris, avec un ramage de nuages argentés épanoui sur presque toute l'étendue du ciel. Les premiers rangs de l'avant-garde entamèrent une chanson de route du Pays de Galles; le vieux Talbot mêla à la leur sa voix tremblotante puis il les fit taire parce que les éclaireurs avaient aperçu des feux sur la berge de la Dordogne que l'on avait retrouvée après une heure environ de marche : ce n'était qu'un groupe de pèlerins du Périgord qui allaient prendre à Bordeaux la mer pour Compostelle. La cavalerie reprit la route en silence; les soldats s'endormaient sur leur selle et parfois chutaient lourdement avec un bruit de chaudron renversé.

Sir John commanda une brève halte de nuit dans les parages de Saint-Emilion, au milieu d'un guéret délimité par des murs de haute futaie noire. Montferrand venait de s'allonger dans sa couverture, quand il vit une forme debout près de lui.

« Ne craignez rien, Pierre. C'est moi, le capitaine Courtenay. J'ai envie de bavarder un peu. Je n'ai pas sommeil.

– Moi, si. Bonsoir. Nous parlerons demain si tu y tiens.

– Je crains que nous n'en ayons pas l'occasion. Laissez-moi vous dire simplement que, la guerre terminée, Eliza et moi partirons pour le Devon. J'ai l'intention de m'y établir, d'avoir sous mes sabots, comme dans ma jeunesse, une bonne terre grasse. Eliza est d'accord pour me suivre avec Johanna.

– Qu'attends-tu de moi ? Ma bénédiction ? Eh bien, tu l'as. Maintenant, laisse-moi dormir et fais-en autant. Nous avons juste une heure pour nous reposer.

– Vous n'aimez plus Eliza. Vous ne l'avez jamais aimée. Vous la preniez pour le plaisir, entre deux procès ou deux campagnes. Avez-vous seulement aimé l'enfant qu'elle vous a donné ? Lionel se posait parfois la question. Il lui arrivait de vous détester. »

Pierre écarta violemment la couverture, se dressa.

« Tu fais injure à Eliza en prétendant que je ne l'ai pas aimée. Qui pourrait, l'ayant bien connue, ne pas éprouver de passion pour elle ? Cette passion, je l'ai ressentie, et plus fort que tu ne l'imagines. Le malheur a voulu que mon existence ait connue des traverses de toutes sortes : procès, guerres, complots... Je puis bien t'avouer, puisque cette conversation est la dernière, que cette série d'échecs a été le drame de toute ma vie. J'ai perdu Eliza par ma faute. Mon mariage avec Marie a été une duperie. En politique, je suis en train de jouer ma dernière carte; si je perds et que je tombe aux mains des Français, je sais ce qui m'attend. Après la reddition de Blaye, ils ont acheté ma neutralité trois mille écus et je les ai trahis. J'ai beau me dire qu'on ne trahit pas un ennemi, je n'ai pas la conscience en repos et je suis décidé à me battre à mort pour dissiper cette lie au fond de moi. Pars avec Eliza, mais cesse de croire que je ne l'aime pas. Mon regret et mon remords, c'est d'avoir épousé sans amour Marie de Bedford et d'avoir abandonné celle que j'aimais. Tu n'avais nul besoin de me mettre le nez dans mes erreurs; elles me harcèlent suffisamment. Et maintenant, capitaine Courtenay, tâchez de dormir. C'est un ordre ! »

Il n'avait fallu qu'un instant à Sir John pour comprendre sa méprise. Arrivée à l'aube en vue de Castillon, l'armée prit position dans un bois dominant la cité et le château qui dormaient encore dans les brumes, au bord de la Dordogne où des barques de pêcheurs laissaient filer de longues traînes de lumière frisée. En compagnie d'un petit détachement, Sir John avait parcouru les alentours. A une demi-lieue de la ville, entre la piste de Castillon à Bergerac et la Dordogne, les Français avaient établi un camp retranché entouré de fossés et de parapets, disposant les chariots comme des remparts supplémentaires et complétant les défenses par des rangées d'épieux qui rendaient la redoute invulnérable à une charge de cavalerie. On se serait cru devant une de ces bastides d'Orléans qui faisaient jadis la fierté de Talbot. La place était pourvue en artillerie; on distinguait sous les couvertures de feuillages l'échine des bouches à feu dormant sur leurs affûts de bois.

« Il n'y aura pas d'effet de surprise, dit amèrement Montferrand. Les Français nous attendent de pied ferme. »

Sir John serrait les dents, l'œil sombre.

« Sans doute... Sans doute... Mais leur position n'est pas fameuse. Nous la dominons de trente pieds et pourrons la canarder à notre aise.

– A condition que notre artillerie arrive à temps. Elle est encore loin. De plus, regardez ces fossés. Ils sont disposés de manière à alimenter le camp avec l'eau de la Lidoire. Nous aurons du mal à déloger les Français. »

L'ennemi semblait être partout : autour de l'abbaye Saint-Florent, à peu de distance au nord de la ville, dans les futaies, sur le mont Horable qui dominait la ville au nord, où l'on voyait trembler des feux.

« Retournons sur nos pas, Sir John, dit Montferrand. Nous sommes trop loin de notre cavalerie. L'alerte donnée, nous n'aurions pas le temps de nous replier.

– Vous avez raison, dit Talbot. Dès notre retour, nous attaquerons l'abbaye. C'est vrai que les Français nous attendaient, qu'ils nous ont tendu un piège, mais il est éventé car nous arrivons plus tôt que prévu. »

L'abbaye de Saint-Florent ne payait pas de mine avec ses murs sinistres, son clocher qui menaçait ruine, son enclos à salades. Elle avait été transformée en forteresse par Joachim Rouhault qui y avait concentré huit cents archers commandés par un certain Pierre de Beauvais. Elle semblait sommeiller encore comme une poule à demi enfouie dans la poussière lorsque Sir John engagea l'assaut.

Il faisait à peine jour. Le soleil parvenait mal à se dégager d'un cocon de nuages rosâtres qui annonçaient une journée de grande chaleur. On était le 17 juillet. La campagne soufflait ses odeurs sèches sur les prairies jaunes piétinées durant des jours par les hommes et les chevaux. Le matin était tiède comme une chambre.

Après avoir inspecté la bâtisse, Talbot décida qu'on attaquerait à l'endroit où le mur révélait une brèche mal colmatée avec des fascines et de vieilles futailles. Si l'on parvenait sans donner l'éveil à franchir cet obstacle, la place était prise. Il envoya quelques hommes s'assurer que l'on pourrait rapidement dégager et élargir la brèche de manière à y laisser passer les chevaux. La chose était possible. Lentement, les deux mille cavaliers de Talbot quittèrent le couvert de la forêt et se mirent en position de charge.

« Sir John, dit Montferrand, vous n'allez pas...

– Participer à l'attaque? Vous me connaissez mal! Je vous laisse quatre cents cavaliers pour intervenir en cas de besoin. »

Sir John fit signe au vieil Evringham qui leva son bâton, le baissa, donnant le champ libre à la charge. Elle tomba comme la foudre sur les défenses françaises, les éventra, mais la brèche était si étroite que deux chevaux seulement pouvaient passer côte à côte. Le temps de rassembler autour de Talbot un groupe suffisant pour lancer une attaque à travers les salades en direction du muret au-dessus duquel dansait un ballet de lances et de casques, Rouhault était dans la cour du cloître et rameutait à coups de gueule ses hommes qui fuyaient en tous sens, pris de panique, demi-nus, les paupières encore collées par des chassies de sommeil, cherchant leurs chefs et leurs unités. Heurté de plein fouet à l'épaule par une lance anglaise, Rouhault tomba de cheval et roula dans la poussière. Des archers l'ayant aidé à se relever, il sauta de nouveau en selle, l'épée au poing, cueillit d'un beau revers un cavalier qui alla s'ouvrir le crâne contre un pilier du cloître. Cabré à mort, son cheval le jeta de nouveau à terre; cette fois-ci, il crut sa dernière heure venue. Une voix timbrée d'un fort accent anglais lui cria de se rendre. On lui amena un autre cheval. Il sauta en selle, la tête encore pleine de vertiges, parvint à rassembler quelques cavaliers autour de lui et à foncer droit sur les assaillants. Il faillit se faire embrocher par une lance qui lui arracha le haut du garde-corps. Où donc étaient les archers de Pierre de Beauvais? Il cria quelques noms de capitaines, vit des ombres bouger sous les galeries du cloître, entendit le feulement des traits qui, dans la confusion, ne faisaient pas de distinction entre Français et Anglais.

« Beauvais, nom de Dieu ! Cessez ! A l'épée et au couteau ! »

Les Anglais continuaient à déferler à gros bouillons dans le jardin d'où montait une âcre poussière. Ils pouvaient être plusieurs centaines, si pressés qu'on aurait dit une forêt balayée par la tempête.

Rouhault parvint à rejoindre Beauvais qui combattait nu-tête.

« Si nous nous accrochons à cette nasse, dit-il, nous sommes foutus. Il faut battre en retraite par la porte donnant sur le Rieu-Bert et gagner au plus vite la redoute.

– Impossible ! répondit le chevalier. Les Anglais bloquent toutes les issues et ils ont des réserves en lisière du petit bois.

– Nous allons tout de même essayer. A la grâce de Dieu ! »

Ils laissèrent pour tenir tête aux assaillants un rideau d'archers et de piquiers sacrifiés et se replièrent en direction du Rieu-Bert et de la Dordogne qui scintillait maintenant d'un feu rose. Ils abandonnaient une centaine d'hommes sur le terrain. Formés en carrés, au pas de course, forçant les cavaliers qui les chargeaient à se replier, ils parvinrent à franchir le chemin de Bergerac et la Lidoire. Le camp était tout proche, ses portes ouvertes pour les accueillir.

« Père, dit Lord Lisle, pourquoi laissez-vous les Français battre en retraite sans les harceler jusqu'au bout ?

– Je tiens à ménager mes cavaliers. Nous aurons besoin d'eux lorsque nous sonnerons la charge contre la redoute. Tous seront de la fête !

Maintenant, ils sont fatigués. Une nuit passée le cul en selle, et maintenant cette chaleur... »

Talbot avait sommé l'abbé de Saint-Florent d'ouvrir ses caves. Les moines en remontèrent de menues futailles que l'on mit en perce séance tenante. Le vin était frais, pas trop gâté, un peu rude à la langue. L'air avait une odeur de victoire. Les Anglais n'avaient à regretter que la perte d'une dizaine des leurs.

Sa pinte de vin au poing, assis sur le muret, son écu aux roses de fer près de lui, Sir John discourait d'abondance sur les effets de la surprise en matière de stratégie. Il rêvait en parlant, précipitait des armées dans ses pièges, jouait les Judas Macchabée, trônait sur des montagnes de cadavres, coupait ses récits, vrais ou imaginaires, de bribes de chansons du Chester qu'il chantait d'une voix aigre. Il était un peu ivre mais ressemblait à un dieu avec sa barbe blanche où ruisselait le vin, sa crinière de lion et sa casaque de velours rouge qu'il portait à même la peau, sans cotte de mailles ni cuirasse. A le regarder, à l'entendre, les hommes reprenaient confiance et courage. Le « roi Talbot », le « brave des braves », l'« Achille de l'Angleterre »...

Il attaquait sa troisième pinte quand un homme de Castillon se précipita dans la cour de l'abbaye. Les Français décampaient ! Un nuage de poussière signalait leur retraite hors du camp retranché.

« Par l'épée de Josué ! s'exclama Talbot, il ne sera pas dit que je laisserai ces gueux me fausser aussi cavalièrement compagnie. Le temps d'assister à la messe et nous leur courons aux fesses.

— La messe, dit Lord Lisle, nous l'entendrons ce soir, et ce sera un office d'actions de grâces. Il faut d'abord couper la retraite à l'ennemi.

— Bien raisonné, fiston ! Nous revenons sans

tarder, l'abbé. Je veux une belle messe, avec de la musique et des chants. »

Précédés d'étendards portant inscrites des formules injurieuses pour les Français, ils se lancèrent sur la route de Bergerac en direction du camp retranché. Talbot bloqua l'élan de son cheval et jura. Les Français étaient toujours dans la place ! Ce que l'homme de Castillon avait pris pour une retraite n'était qu'une sortie des palefreniers et des pages qui conduisaient les chevaux à bonne distance hors de la redoute. Après avoir libéré sa colère, Talbot se détendit lorsqu'on lui annonça l'arrivée prochaine des gens de pied et de l'artillerie. Ils avaient bien marché, les bougres ! Il est vrai que c'étaient les meilleurs archers du monde, des gens que César aurait mis à la tête de ses légions.

« Sir Thomas, dit Talbot, faites sonner les clairons et battre les tambours. Nous attaquons.

— Pardon, messire, dit le vieil Evringham qui portait la bannière du général. Ai-je bien entendu ? Vous comptez jeter votre cavalerie sur les trois cents canons de Jean Bureau ?

— Débouche tes oreilles, vieille mule ! J'ai dit : « Fais sonner l'assaut. » Et tiens ma bannière bien droite ! Tu ne vois pas qu'elle penche ? »

— Messire, je ne donnerai pas un tel ordre. Je préfère me retirer.

— Tu es un traître, Evringham ! »

Il leva son épée et, du plat de la lame, frappa le vieil homme au visage.

« Cessez, père ! dit Lord Lisle. Sir Thomas a raison. Si nous attaquons, nous courons au massacre. »

Sir Thomas revint à la charge, suppliant qu'on laissât au reste de l'armée, et surtout à l'artillerie, le temps d'arriver et de se mettre en position. Il fallait encercler la redoute, affamer les occupants.

Rien ne pressait. Sir John le foudroya du regard et, tourné vers l'avant-garde, prononça un discours très héroïque et un peu dément.

« Pied à terre, tous ! cria-t-il en terminant. Je ne veux plus voir un cavalier en selle. C'est avec vos deux jambes et votre épée que vous allez m'enlever cette bicoque, pour l'Angleterre et pour le roi !

– Saint George ! Talbot ! » gronda l'avant-garde.

On entendit le roulement féroce des tambours, la déchirure des clairons d'un bord à l'autre de la masse humaine qui, débarrassée de ses chevaux que les pages conduisaient vers la Dordogne, se regroupait autour de Talbot qui seul avec son fils était resté à cheval car il se sentait si las que ses jambes ne l'auraient pas porté. Le vin chantait encore dans sa tête et lui soufflait de ces paroles qui mettent le feu au cœur des hommes. Les sujets du roi Henry ne craignaient pas les canons, *by Jove* ! Il fit sonner aux oreilles de ses soldats quelques noms de batailles puis se tourna vers les Français pour leur crier des injures mais sa voix se noua dans sa gorge. Il trouva tout juste assez de souffle pour lancer une première vague d'assaillants : une centaine d'hommes d'élite qui partirent au pas de course, enlevèrent les premières défenses d'un seul élan et se retrouvèrent sur un parapet où ils se regroupèrent pour se jeter dans le fossé de la Lidoire. Lorsqu'ils virent, à travers les fentes des palissades, voleter les petites flammes il était trop tard pour se mettre à l'abri. Cent bouches à feu les couchèrent, dispersant les membres, arrachant les têtes, faisant voler des quartiers de chair jusqu'aux pieds de Sir John qui sembla ne rien voir. Les Français avaient tiré pour ainsi dire à bout portant. A travers la fumée, on voyait encore bouger sur le parapet des blessés qui hurlaient et se débattaient. Quelques rescapés s'abattirent, tirés à la couleuvrine, au veuglaire ou au ribaudequin.

« Eh bien, dit Lord Lisle, êtes-vous satisfait ?

— Je vous l'avais bien dit, messire, chevrota le vieil Evringham. Ils vont nous hacher menu.

— Imbécile ! Pleutre ! C'est que ces chiens de Français n'ont pas encore vu ma bannière. Tu vas aller la leur mettre sous le nez. Montre-nous que la vieille baderne que tu es n'a pas du sang de navet dans les veines et qu'elle sait mourir en beauté.

— Votre vieux serviteur..., dit Lord Lisle. L'envoyer ainsi à la mort !

— C'est un cadeau que je lui fais. A son âge, pouvait-il espérer mourir plus noblement ? Regarde comme il galope malgré sa jambe courte ! Regardez-le, le bougre ! Il peine pour escalader le parapet mais il y arrivera. Regardez bien, vous autres, comment meurt un soldat anglais ! »

Marchant à quatre pattes, embarrassé de sa bannière, Sir Thomas avait accédé au parapet. Il s'arrêta pour respirer et faire en arrière un signe de la main auquel Talbot répondit courtoisement.

« C'est bien ! Sir Thomas. C'est très bien. Plante-la bien droite cette bannière, que tous les Français puissent la voir ! »

Evringham piqua de toutes ses forces la pointe de fer dans la terre meuble. Il partit dans un discours où il était question de Dieu, du roi, de l'Angleterre, de son épouse qui l'attendait. La poitrine enfoncée par le plomb d'une couleuvrine, il battit des bras et bascula dans le fossé de la Lidoire.

« Maintenant, dit Talbot, nous allons passer aux choses sérieuses. Toi, fiston, tu vas aller sur le bord de la Dordogne voir si j'y suis. Tu n'as pas l'habitude de ce genre de combat et tu es trop jeune pour mourir.

– Pardonnez-moi, père, ma place est près de vous. »

« Talbot, dit Pierre de Montferrand, quel vieux fou ! Il va faire tuer inutilement tous ses hommes. Qu'est-ce qu'il est encore en train de manigancer ?

– Il va faire former la « tortue » comme les Romains, dit Courtenay. C'est une technique d'assaut que nous employons parfois en Angleterre. Cela réussit assez souvent !

– Lorsqu'il n'y a pas de canons en face ! Nous devrions intervenir. Sir John tué, ce sera la débandade dans nos troupes.

– Lui, tué ? On voit bien que vous ne le connaissez pas ! »

L'annonce de la nouvelle formation de combat avait couru toute l'armée. La première « tortue » se forma sous les yeux de Sir John. Hungerford passait pour un maître en la matière. En quelques coups de gueule et coups de pied au cul il parvint, en faisant lever les boucliers sur les têtes suivant un certain angle, à faire d'une compagnie une sorte d'énorme bestiole à cent pattes, à la carapace bien carrée, sous laquelle cliquetaient et scintillaient des griffes et des crocs de métal. Lorsque la première « tortue » se fut ébranlée, Hungerford commanda à une autre compagnie d'observer la même manœuvre. Et ainsi de suite. En peu de temps, l'espace de prairie qui descendait vers la Lidoire se couvrait de carapaces mobiles sous lesquelles les gars rigolaient comme des bossus. On allait bien voir si les pétoires de Bureau pourraient arrêter ces machines de guerre !

Les premières « tortues » franchirent la Lidoire en aval du camp et se portèrent sur trois des côtés de ce quadrilatère mal bâti qu'était le camp retranché. Au signal de Talbot, plusieurs centaines d'hommes avaient attaqué, forçant les premières défenses, abrités des décharges des petites pièces par les écailles sur lesquelles ricochaient les balles mais bloquées dans leur élan par les boulets de bombardes qui creusaient des vides sous les carapaces.

Les premiers éléments de défense balayés, les assaillants franchirent le fossé et se retrouvèrent sur le parapet où ils reformèrent leur dispositif d'attaque. Portés par leur élan, fous de vin et de fureur, ils escaladèrent les palissades au milieu des balles qui leur sifflaient aux oreilles. On tenait l'entrée de la redoute. A l'intérieur, la panique dispersait les hommes en tous sens et les maréchaux de Jalognes et de Loheac leur couraient aux fesses pour les ramener aux palissades. Jean Bureau avait fait décrocher les petites pièces qui ne choisissaient pas leurs victimes. Le temps de laisser refroidir le métal, les Anglais étaient sur les défenseurs et arrachaient leurs bannières aux écuyers.

« Messire, dit Montferrand en s'approchant de Talbot, regardez un peu vers Capitourlan ! Les compagnies du duc de Bretagne viennent de se mettre en marche.

— *By god!* rugit le vieux lion, voilà qui n'arrange pas nos affaires. Je crains ces gueux de Bretons comme la peste. Il faut que nous nous soyons rendus maîtres du terrain avant qu'ils arrivent. Vous et Courtenay, rassemblez vos archers. C'est le moment de montrer qu'ils ne sont pas manchots. »

Montferrand et Courtenay rassemblèrent leurs hommes derrière les pennons, les disposèrent en quatre corps qui, d'un même élan, à grands cris, submergèrent ce qui restait des défenses, pataugèrent dans le fossé, de l'eau jusqu'à la ceinture, remontèrent jusqu'au parapet. Dans la redoute, ce qui restait des « tortues » se battait à l'arme blanche contre des grappes de Français groupés autour des maréchaux. Ils débordèrent les archers de Joachim Rouhault et s'apprêtaient à prendre position pour attendre, leur *longbow* bandé, l'attaque des réserves lorsque Montferrand leur donna brutalement l'ordre de se replier. Derrière le rideau d'hommes qu'ils s'apprêtaient à attaquer, il avait vu se dessiner d'inquiétants éclats de métal. A peine avait-il donné l'ordre de repli, les premiers rangs de Français s'écartaient sur une dizaine de couleuvrines. Les dix gueules crachèrent en même temps. Les Anglo-Gascons reculèrent en désordre, se reprirent, reformèrent leurs rangs, foncèrent pour réoccuper leur position.

Courtenay avait repris la bannière de son écuyer qui venait de s'effondrer, la tête arrachée. Il la piqua dans ses étriers et lança son cheval au galop. Embrochée sur une hallebarde, sa monture cabra pesamment et bascula sur le côté. Meurtri par sa chute, Courtenay s'arracha à ses étriers et pointa en terre la pointe de fer de l'emblème, puis il se dirigea au pas de course vers Montferrand affronté dangereusement à un groupe de piquiers.

« Gare aux couleuvrines ! » cria-t-il.

Montferrand sauta de cheval, s'aplatit au sol près de Courtenay. La rafala tonna au-dessus d'eux.

« Tu as l'œil ! dit Montferrand. Sans toi, j'aurais du plomb dans le corps. »

Ils s'enfoncèrent dans les rangs français où quelques-uns des leurs avaient effectué une trouée. Le sang battait furieusement les tempes, la poussière et la fumée brûlaient les yeux, leur visage ruisselait de sueur mais ils se sentaient habités d'une puissance et d'une ardeur qui réduisaient l'univers à leur épée et à cette masse humaine qui grondait férocement autour d'eux.

Talbot se retourna pour regarder vers le plateau du mont Horable : les gens du duc de Bretagne ne se trouvaient plus qu'à quelques portées de flèche du camp retranché. La moitié environ de cette troupe d'élite était montée, sous les bannières de La Hunaudaye et de Montauban mêlées à celles de Bretagne. Ils franchirent bientôt le chemin de Bergerac, puis la Lidoire, se répandirent sur les flancs latéraux du camp, se resserrèrent sur les arrière-gardes de Talbot qui se formèrent en carré autour de leur chef.

« Père, dit Lord Lisle, ce que nous redoutions est arrivé. Si ceux qui restent des gens d'Hungerford, du bâtard de Somerset et de Montferrand ne se replient pas sur nous, la bataille est perdue.

– Tu as voulu rester, fiston ? Eh bien, tu vas voir ce que vaut une épée quand elle est tenue par ce bras-ci. Tu vois cette devise gravée sur la lame : *Sum Talboti pro vincere inimico meo ?* Elle s'applique parfaitement à la situation. Ne te laisse pas abuser par les apparences. Nous sommes encore maîtres des événements. Les traînards qui nous amènent de l'artillerie ne sont plus loin. »

Au milieu des éclairs, des fumées, des flèches qui partaient on ne savait d'où, de la poussière qui floconnait d'abondance, Talbot se prenait pour le dieu des Armées. Sa haquenée dansait une gigue qui paraissait donner du plaisir au cavalier. Elle portait un joli chanfrein armorié aux roses de fer, tout comme l'écu que Sir John venait d'accrocher à son bras gauche. Lorsque les Bretons se jetèrent sur ses compagnies il fit front, lui premier, semblant soudain possédé par un regain d'ardeur et de jeunesse. Au fort de l'action qu'il ponctuait de jurons, de défis, de bribes de chansons d'Angleterre, il lançait des conseils à son fils : « Gare à ta droite ! laisse du champ à ce grand pendu ! Reviens sur lui à l'épée! Tiens ton cheval moins serré, ça l'énerve! »

Talbot venait de fendre le crâne d'un colosse qui lui avait donné du mal et soufflait un peu en regardant sa victime laisser échapper son sang et sa cervelle dans la poussière, lorsqu'un cavalier, fonçant sur lui l'épée haute, lui porta un coup de taille au visage. La lame glissa sur le casque mais la pointe entama la joue, mettant à nu l'os de la pommette.

Talbot repoussa son fils qui se précipitait vers lui. On n'allait pas faire un drame de cette égratignure! Il se tourna vers Castillon et blêmit en constatant que l'artillerie n'était toujours pas en vue. Et celle de Bureau qui poursuivait ses ravages dans le camp! Il avait appris d'un prisonnier que les Français possédaient la perle rare, le *nec plus ultra* en matière de canonniers : un maître de pièce nommé Girault; tous ses coups portaient et c'était chaque fois un groupe de trois ou quatre hommes qui, démembrés, paraissaient s'envoler. Cela lui rappela les exploits de ce Lorrain, maître Jean, qui, durant le siège d'Orléans, s'amusait à canarder à l'improviste des Anglais et faisait le mort pour les berner. Cette fois-ci, il sentait bien que les événements le dominaient; une énorme lassitude pesait sur ses épaules; son bras répondait mal à sa volonté et son épée pendait, inerte, contre sa cuisse. *Sum Talboti...* Il ouvrait la bouche pour lancer un ordre et les paroles restaient comme engluées dans sa gorge. Entre sa peau et sa chemise, il sentait la tiédeur gluante du sang qui coulait à travers sa barbe. Au moins, rester droit sur sa selle et ne donner aucun signe de faiblesse. Il vit refluer vers lui les compagnies du bâtard de Somerset, de Roger de Camoys, d'Edward Hull, connétable de Bordeaux, mêlées à des Aquitains : les sires de Blanquefort, de Lalande, de Candale qui avaient réussi à sauver leurs bannières. Une à une, les compagnies engagées dans la redoute se repliaient sous les aboiements féroces des canons.

Talbot eut un dernier regard vers l'horizon vide par où il aurait aimé voir apparaître le reste de sa troupe avec l'artillerie. Il songea : « C'est la fin. Il n'y a plus d'espoir qu'en Dieu. » Il tourna ses regards vers le fleuve qui brasillait sous le soleil de la matinée derrière ses saules et ses peupliers. Non de loin de là, au pas de Rozan, il y avait un gué favorable à une retraite sans risques.

Sir John allait appeler Hungerford lorsqu'il sentit une douleur fulgurante à la jambe : une balle de couleuvrine lui avait arraché trois pouces de chair avant de pénétrer dans l'encolure de sa haquenée qui fit un bond et s'effondra, foudroyée. Il fallut achever la monture qui se débattait encore, avant de pouvoir dégager le cavalier qui avait perdu connaissance. Talbot entendit une voix venue de très loin qui criait : « Père, nous avons du renfort! L'artillerie est en vue! » mais il crut être le jouet de ses désirs. Du fond de sa nuit, du creux de cette paume de ténèbres qui ressemblait aux mains de Dieu réunies pour un présent, Sir John vit s'agiter une épaisse glu d'hommes et de chevaux animés de lourds mouvements qui n'arrivaient pas à les faire avancer d'un pouce. Il avait beau hurler, tendre les bras vers ce grouillement de larves, la vision se figeait peu à peu comme du lait noir qui cesserait de bouillir, une crème grenue se formant à sa surface, de laquelle montait par moments, crevant la pellicule, une tête, un bras, un cri. Il sentit une douleur fulgurante le traverser de part en part, puis il n'y eut plus que la face resplendissante, la voix d'orgue et le rire énorme de Dieu.

Montferrand battait en retraite avec quelques compagnies décimées, lorsqu'il aperçut un groupe agenouillé devant deux cadavres : ceux de Sir John Talbot et de Lord Lisle. Le bâtard de Somerset se signait et pleurait; Hull gémissait comme un enfant; Camoys frappait la terre du poing tandis qu'autour d'eux la lutte se poursuivait.

« Pierre, dit Courtenay, partez ! Si les Français vous prennent, ils vous tueront sur-le-champ, sans même chercher à tirer rançon de votre capture. Passez le gué et allez dire aux gens de Bordeaux que tout est consommé, qu'ils s'apprêtent à recevoir les Français et que cette fois ce sera pour de bon. Lorsque vous verrez Eliza, dites-lui que j'ai livré mon dernier combat en pensant à elle et à Johanna.

— Tu ne me suis pas ?

— Vous avez une bonne raison de fuir. Moi pas. »

Il fit signe à Hull que la bataille faisait encore rage sur la plaine, entre la Dordogne et le camp retranché et qu'il serait toujours temps de prier pour l'âme de Sir John.

« Vous avez raison, dit Hull en se levant. Nous n'en avons pas fini. »

Aveuglés par la poussière, marchant comme dans un nuage, ils se jetèrent au-devant d'un petit groupe d'Aquitains de la compagnie de Blanquefort, qui s'acharnaient sur un groupe de cavaliers portant la croix blanche et les fleurs de lys.

Ils allaient leur prêter main-forte lorsque, devant eux, un archer anglais poussa un cri. Ils se retournèrent. Un groupe d'une centaine de Bretons fonçait sur eux.

III

L'AUTRE RIVE

(Bordeaux, 1453)

IL détourne la tête, cligne des yeux pour cacher ses larmes et ce tremblement des lèvres qu'il voudrait transformer en sourire, mais il ne sait plus sourire et il semble bien qu'il ne saura jamais plus. Son regard va des graves où reposent des barques carénées de vase et de coquilles au petit *ship* acheté à bon compte par Ralph Blake à un armateur anglais et réquisitionné par Roger de Camoys, le nouveau lieutenant du roi Henry en Guyenne : la *Mary de Bristol.* Il glisse sur le visage de Johanna, petite boule de chair blanche, dure, qui semble se resserrer sur le silence des lèvres. Il sait qu'elle ne pleurera pas — elle ne pleure jamais — et qu'elle ne dira rien car il y a tant d'émotion en elle que le moindre mot la ferait crever comme une source. Il aimerait lui prendre la main mais il n'ose pas. Il se tient debout dans son manteau de voyage, son sac de cuir roux à ses pieds, sa chevelure noire piquée de petites étincelles de soleil. Il a grandi; sa poitrine s'est épanouie. Sous les lacets de la cotte de grosse étoffe, Johanna distingue un petit flocon de chemise et un triangle de peau claire. Elle a envie de lui dire, comme jadis : « Viens jouer! Secoue-toi un peu, paresseux! » mais les mots ne lui viennent pas. Elle tient sa robe verte pincée au niveau des cuisses, relevée sur deux amours de « pointes » en étoffe pailletée, et elle reste immobile, la tête basse, coiffée d'un bonnet de loutre. Elle songe : « Va-t'en! qu'on en finisse! Tu ne comprends pas que cette attente est ridicule? »

« Ne restez pas trop longtemps à Bordeaux, dit Marie de Bedford. Des cas de peste ont été signalés à la Rousselle, pas loin de chez vous. Tu obtiendras facilement un laissez-passer pour le Médoc. Malgré la présence de Robin Petit-Loup et de ses Ecossais, le pays semble calme. Il est préférable de n'être pas là quand les Français feront leur entrée.

– C'est bien mon intention, dit Eliza. Ralph et moi, nous nous sommes disputés. Il tresse déjà des guirlandes pour les Français. Il leur fait des sourires et des avances. Il a déjà traité des marchés de pastel avec un conseiller du roi Charles. »

Le roi s'est installé à Montferrand. Durant la bataille de Castillon, il était cantonné avec des troupes de réserve sur les marches de Saintonge. Montferrand lui plaît avec sa vue profonde sur le fleuve, les pays plats entre la Garonne et la Dordogne, avec dans un flocon de brume, au loin, cette ville de Bordeaux qui lui fait peur. Montferrand, le « château du traître »...

« Rien ne presse, dit Eliza. Roger de Camoys est bien décidé à faire traîner les négociations. Elles durent depuis deux mois et dureront sans doute un bon mois encore à ce qu'on dit. Il attend que le roi d'Angleterre se reprenne et envoie des renforts.

– Illusion! J'ai reçu un message de Pierre il y a quelques jours. L'Angleterre ne bougera pas. Elle a cessé de rêver à la double couronne et au maintien de ses conquêtes sur le continent. Elle n'est plus qu'une île et s'en console difficilement. Il lui reste Calais, mais pour combien de temps ?

– Nous partirons aux vendanges et ne retournerons pas à Bordeaux. J'aimerais me fixer dans l'ancien « bourdieu » de mon père, là où je suis née, là où ma mère et le vieux Stephen sont morts, là où Pierre et Nicolas... »

Pierre a quitté Bordeaux dans une rumeur de colère après avoir répandu dans la ville l'annonce de la défaite de Castillon et de la mort de Sir John Talbot. L'Angleterre était son seul refuge, sa terre d'exil; il y complotait pour un retour offensif en Guyenne; il n'y croyait pour ainsi dire plus, mais c'était sa passion et il ne renoncerait qu'une fois mort.

On n'avait pas retrouvé le corps de Nicolas. On avait dû l'enfouir sur place, dans une fosse commune, avec des centaines d'autres corps piétinés par les chevaux, démembrés par les bouches à feu, saignés à blanc par le couteau des Bretons, lardés de coups de lance par les piquiers. Il ne devait pas se trouver loin de Talbot, mêlé à la fleur de la chevalerie anglo-gasconne qui s'était regroupée pour un dernier combat autour du cadavre du vieux soldat. L'archer qui avait tué Sir John et son fils Lord Lisle ne les avait pas reconnus; Talbot ne portait ni cuirasse, ni cotte de mailles. Le soldat était demeuré sourd à la prière du vieil homme qui lui proposait une grosse somme pour l'épargner. Il lui avait enfoncé son épée jusqu'à la garde dans le fondement et elle était ressortie par la gorge.

On arrive à la fin de la morte-eau. Le fleuve se retourne dans le sommeil de la lourde matinée de septembre et commence à glisser vers l'estuaire dans un joli friselis de vagues. Le *ship* d'Angleterre se dandine comme une pouliche, minaude dans le vent et les vagues. Sur le pont, le capitaine surveille les sacquiers et les braymen rouleurs de tonneaux qui achèvent l'embarquement des derniers ballots de pastel et les barils de résine à galipot que maître Ralph Blake expédie à ses comptoirs de la Tamise.

« Lady Marie de Bedford ? demande un homme de bonne apparence.

– C'est moi. Que voulez-vous ?

– Un pli de Mgr l'évêque pour votre époux et un autre pour Sa Majesté le roi Henry. Monseigneur compte que vous ferez diligence. »

L'espoir n'a pas abandonné le cœur du vieux prélat. Il sait que ses jours sont comptés, que, malgré l'amour de tout le peuple de Bordeaux, il devra partir, renoncer à son palais de Saint-André, à son titre, accepter qu'un autre prélat ami des Français prenne sa place. Depuis la déroute de Castillon, il n'est plus le même. Cette ardeur qui l'animait lorsqu'il complotait s'est résorbée. Désormais, il sort rarement à travers la ville, mais jamais, une fois dehors, il ne se dérobe au contact de la foule qui l'entoure, le presse de questions, cherche, derrière l'homme de religion, à découvrir l'homme politique bien informé des événements. Que dire aux gens de Bordeaux ? Que Camoys lanternait les Français, qu'on espérait encore, contre toute logique, un sursaut de l'Angleterre ?

« Il est temps, dit Marie. Adieu, Eliza. Ce sera miracle si nous nous revoyons. A Londres, je continuerai de penser à toi et de regretter que cette guerre nous ait séparées. Cette guerre et tant d'autres choses.

– Prends bien soin de Joannet. Ne lui fais pas trop respirer les odeurs de la guerre. On sait comment cela finit. Ces deux-là, lui et Johanna, je serais étonnée qu'ils ne se retrouvent pas. Ils font plus que s'aimer : ils ont un même corps, un même cœur et nous sommes en train de les déchirer. La plus belle chose qui soit au monde, nous en faisons de la charpie. »

Elles s'embrassent longuement tandis que le maître d'équipage donne de la voix et du sifflet par-dessus le bastingage du château arrière. Le beaupré caresse de sa pointe de petites nuées orageuses au-dessus de Lormont où blanchoient des pentes de craie.

« Les enfants, dit Marie, embrassez-vous et priez Dieu qu'il vous rassemble de nouveau. »

Ils échangent un baiser très froid, lèvres serrées, en évitant de se regarder, puis ils se détournent l'un de l'autre.

« Ton balluchon ! dit Marie. Tu allais l'oublier.

– Vous aurez du gros temps avant ce soir, dit Eliza. Regarde cette couleur de l'eau en aval.

– C'est un bon navire et le capitaine est l'un des plus habiles du port de Londres. Il saura nous tirer d'affaire le cas échéant. »

Elles devinent qu'elles parlent maintenant pour ne rien dire. Elles se séparent sur un signe de la main. On a retiré la passerelle. Très vite, le navire prend de la vitesse. Avec le jusant, il filera ses six ou sept nœuds et pourra être à Londres dans les dix jours si les Saintongeais et les Bretons ne lui donnent pas la chasse.

« Partons, mère, dit Johanna, je t'en prie. »

Elle entoure de ses bras la taille d'Eliza, l'attire vers le haut des graves. Eliza résiste. Ce navire la fascine; il sera dans quelques jours dans les eaux de la Tamise, abordera ce grand Londres où Nicolas avait promis de l'amener et qu'elle ne connaîtra jamais; il accostera devant les entrepôts de Ralph Blake et Pierre sera là, drapé dans sa grande cape sombre dont il ne se sépare plus; il tendra la main à Marie pour l'aider à descendre du canot et il la serrera contre sa poitrine.

« Attends, Johanna. Un moment. Juste un moment encore. »

Elle voit le paysage du fleuve comme à travers une vitre mouillée et soudain elle entend Joannet, debout sur le château arrière, près de la grande bannière aux roses rouges. Il lève les bras, il crie :

« Je reviendrai, Johanna ! Je te le jure ! Attends-moi ! Attends-moi ! Attends-moi ! »

A travers l'étoffe de sa robe, Eliza sent le souffle fiévreux de Johanna, le mouvement de sa bouche qui s'ouvre et se ferme comme pour crier ou pour mordre, et elle entend le bruit sourd des sanglots mal étouffés mêlés à une voix qui retentit en elle comme si c'était son propre corps qui se révoltait et hurlait.

« Ma petite fille. Ma Johanna. Tu le reverras. Il l'a juré. Il t'attendra à Londres. Je sais qu'il t'attendra. Dans quelques jours, nous partirons pour le Médoc. Il est temps de penser aux vendanges. C'est toi qui conduiras le dernier char, comme l'an dernier, tu te souviens ? Avec ta couronne de pampres, tu ressemblais à une petite reine. »

Johanna se détache d'elle d'un geste rageur, court vers les remparts où embaument les fumées de résine des calfats, se laisse tomber contre le ventre d'une barque.

« Attends-moi ! » crie Eliza.

La *Mary de Bristol* a presque disparu. Ce n'est plus qu'une petite tache claire qui se fond insensiblement dans la colère verte du fleuve.

L'histoire n'en finit pas de faire semblant de mourir pour toujours renaître.

Bordeaux a attendu trois mois le retour des armées d'Angleterre, refusant avec hauteur la clause du traité qui voulait qu'on livrât aux conquérants des otages que l'on savait condamnés à la corde ou au billot. Le roi Charles, enfin, a cédé. Avec ce qui restait de son armée décimée par la peste, il est entré dans la ville rebelle pavoisée aux étendards de France. Il a donné aux derniers soldats anglais qui tenaient la ville la liberté de retourner en Angleterre. Avec un écu pour le voyage.

Malgré les supplications de la foule, l'archevêque Pey Berland a dû renoncer à son titre; il s'est retiré pour y finir ses jours au collège Saint-Raphaël qu'il a fondé à Bordeaux.

Volontairement ou par nécessité, des seigneurs et des bourgeois se sont exilés en Angleterre. Marie de Bedford s'est associée à des négociants de Normandie et s'est lancée dans le commerce maritime; des déboires l'ont conduite à la misère; cette petite-fille d'un roi d'Angleterre vivra dans sa vieillesse de la charité de la Couronne; à Pâques et à la Saint-Michel, le receveur de la Couronne lui versera une pension de quarante livres.

Le captal de Buch s'est retiré dans son domaine de Castille, laissant ses biens aux mains des Français. Gaillard, sire de Blanquefort, est devenu armateur à Londres où s'est constituée une colonie de gens d'Aquitaine.

Pierre de Montferrand, lui, n'a jamais renoncé à la reconquête. Avec l'assentiment du roi Henry, il a débarqué en Médoc avec un petit groupe de volontaires afin de soulever une nouvelle fois la province. Les temps étaient favorables; l'occupation française pesait de plus en plus lourdement sur le pays. Capturé, soumis à la question, Pierre a été condamné à mort. Un chroniqueur de l'époque écrit avec un humour peut-être involontaire : « Il fut délivré au bourreau, lequel lui trancha la moitié et le moule de son chaperon, c'est-à-dire la teste. » Un autre chroniqueur ajoute : « Le corps fut écartelé en six pièces... pour cause de trahison. » Cela se passait à Poitiers. On suspendit les « quartiers » au-dessus des différentes portes de la ville.

Joannet et Johanna se sont mis en route l'un vers l'autre, par la pensée, après avoir été séparés. A vous de dire s'ils sont parvenus à se rejoindre. Nous croyons quant à nous qu'il n'y a pas au monde de puissance comparable à l'amour.

Pour « tenir le fer au dos » des rebelles, Charles VII a décidé de faire construire deux forteresses au nord et au sud de la ville : le château Trompette et le fort de Hâ.

Et l'ombre de la paix française est descendue sur Bordeaux.

ANNEXES

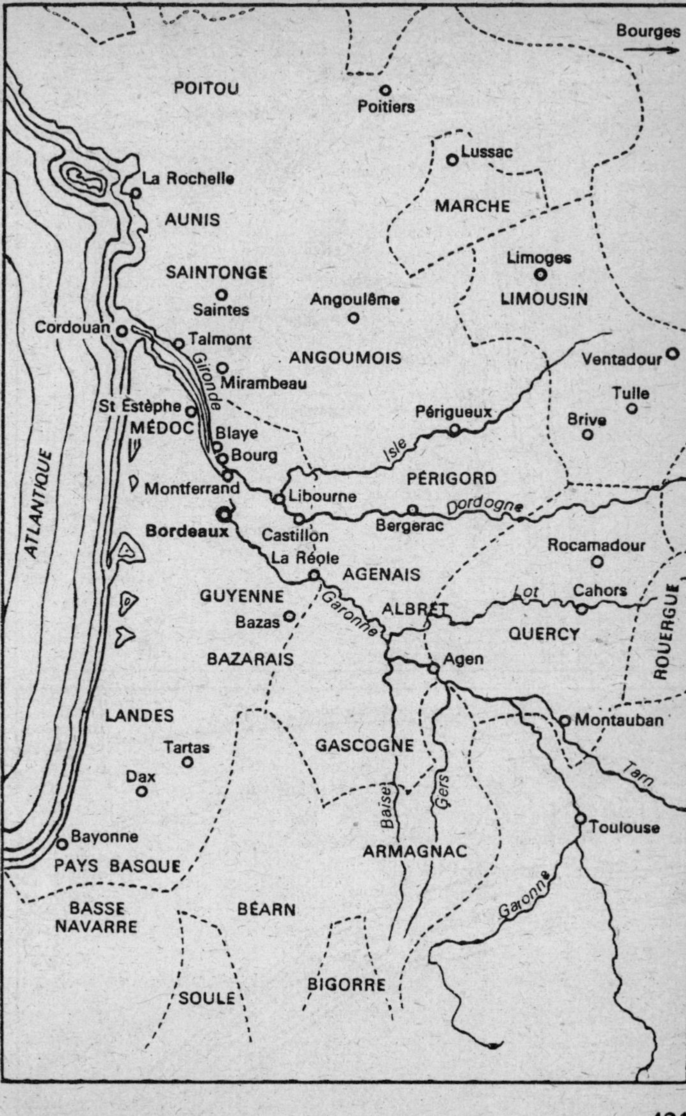
Bourges
POITOU
Poitiers
Lussac
La Rochelle
AUNIS
MARCHE
Limoges
SAINTONGE
LIMOUSIN
Saintes
Angoulême
Cordouan
Talmont
Gironde
ANGOUMOIS
Ventadour
Mirambeau
Tulle
St Estèphe
Périgueux
Brive
MÉDOC
Blaye
Isle
Bourg
PÉRIGORD
Montferrand
Libourne
Dordogne
Bergerac
Bordeaux
Castillon
ATLANTIQUE
Rocamadour
La Réole
AGENAIS
Lot
Cahors
GUYENNE
Garonne
ALBRET
Bazas
QUERCY
ROUERGUE
BAZARAIS
Agen
LANDES
Montauban
Tartas
GASCOGNE
Tarn
Dax
Baïse
Gers
Toulouse
Bayonne
ARMAGNAC
PAYS BASQUE
Garonne
BASSE NAVARRE
BÉARN
BIGORRE
SOULE

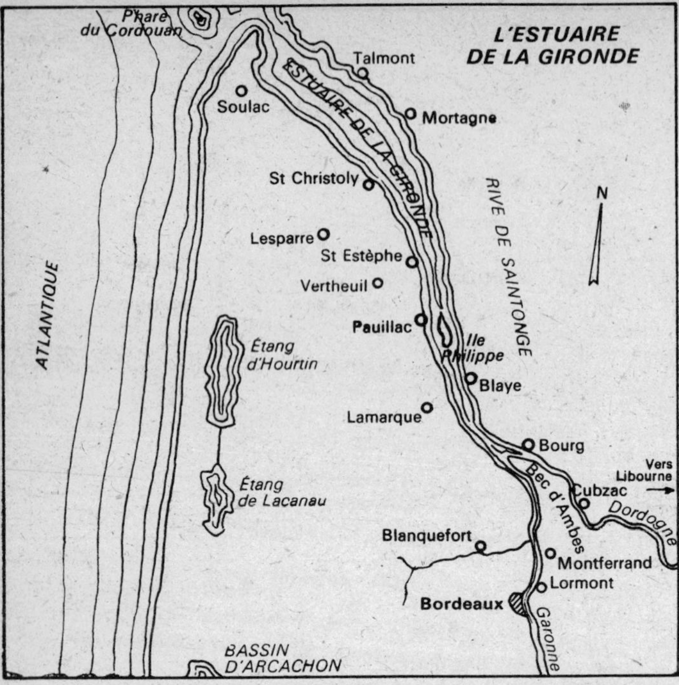
L'ESTUAIRE
DE LA GIRONDE
Phare
du Cordouan
Talmont
Soulac
ESTUAIRE DE LA GIRONDE
Mortagne
St Christoly
RIVE DE SAINTONGE
N
Lesparre
St Estèphe
Vertheuil
ATLANTIQUE
Pauillac
Étang
d'Hourtin
Ile
Philippe
Blaye
Lamarque
Bourg
Vers
Libourne
Bec d'Ambes
Étang
de Lacanau
Cubzac
Dordogne
Blanquefort
Montferrand
Lormont
Bordeaux
Garonne
BASSIN
D'ARCACHON

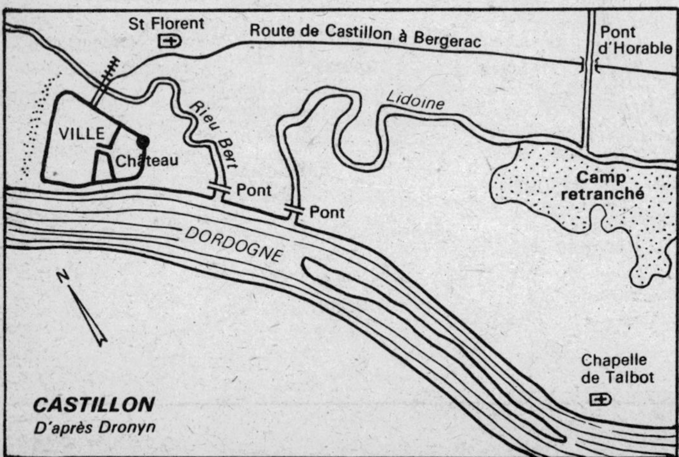
St Florent
Route de Castillon à Bergerac
Pont
d'Horable
Lidoine
Rieu Bert
VILLE
Château
Pont
Pont
Camp
retranché
DORDOGNE
N
Chapelle
de Talbot
CASTILLON
D'après Dronyn

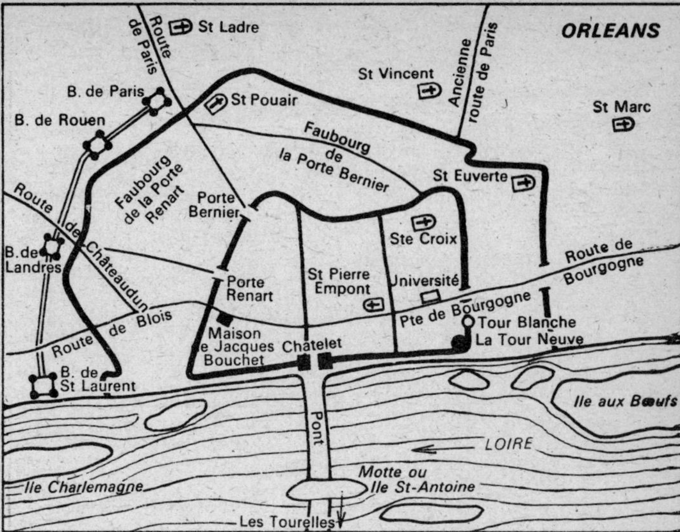
ORLEANS
St Ladre
Route de Paris
St Vincent
Ancienne route de Paris
St Marc
B. de Paris
St Pouair
B. de Rouen
Faubourg de la Porte Bernier
St Euverte
Faubourg de la Porte Renart
Route de Châteaudun
Porte Bernier
Ste Croix
B. de Landres
Route de Bourgogne
Porte Renart
St Pierre Empont
Université
Route de Blois
Pte de Bourgogne
Tour Blanche
La Tour Neuve
Maison de Jacques Bouchet
Chatelet
B. de St Laurent
Ile aux Bœufs
Pont
LOIRE
Motte ou Ile St-Antoine
Ile Charlemagne
Les Tourelles

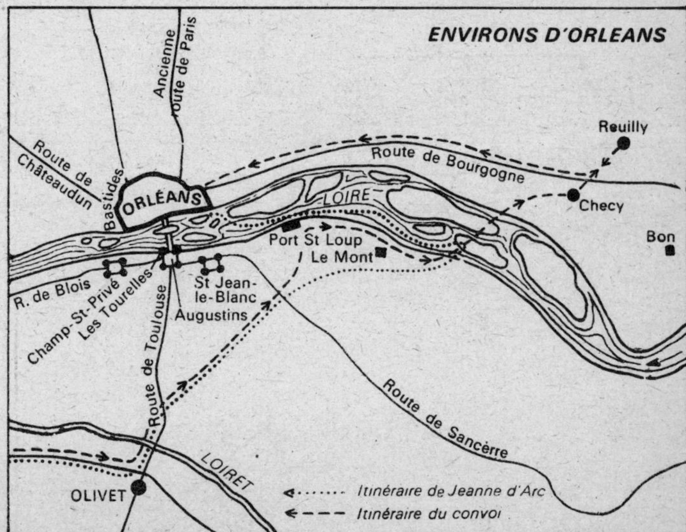
ENVIRONS D'ORLEANS
Ancienne route de Paris
Reuilly
Route de Bourgogne
Route de Châteaudun
Bastides
ORLÉANS
LOIRE
Checy
Port St Loup
Le Mont
Bon
R. de Blois
Champ-St-Privé
Les Tourelles
St Jean-le-Blanc
Augustins
Route de Toulouse
Route de Sancerre
LOIRET
OLIVET
Itinéraire de Jeanne d'Arc
Itinéraire du convoi

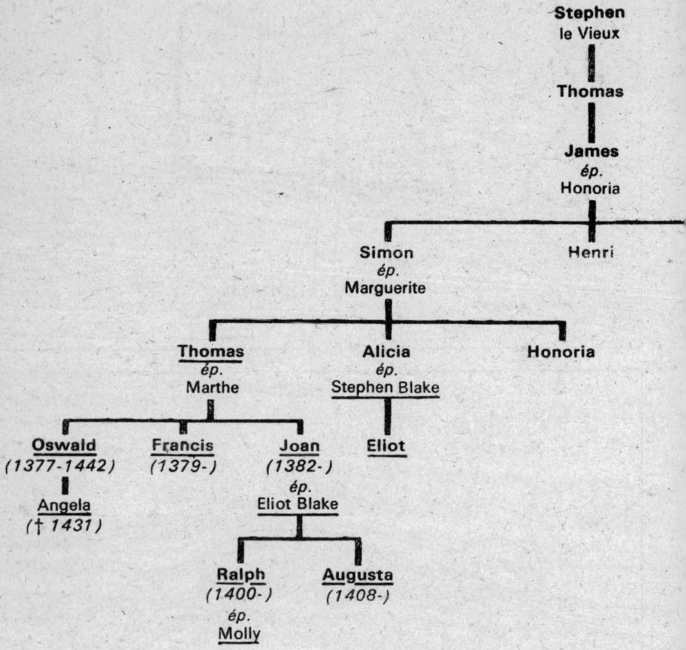
Stephen
le Vieux
Thomas
James
ép.
Honoria
Simon
ép.
Marguerite
Henri
Thomas
ép.
Marthe
Alicia
ép.
Stephen Blake
Honoria
Oswald
(1377-1442)
Francis
(1379-)
Joan
(1382-)
ép.
Eliot Blake
Eliot
Angela
(† 1431)
Ralph
(1400-)
ép.
Molly
Augusta
(1408-)

FAMILLES BAGOT-BLAKE

Nevile
ép.
Flore *qui ép. en secondes noces* **David Blake**

- Nevile et Flore :
  - **William** *ép.* Ponsa
    - Adèle
    - Olympe
    - Jaufré
- Flore et David Blake :
  - **Stephen** *(† 1487)* *ép.* **Alicia Bagot** *puis* Agnes
    - Stephen et Alicia Bagot :
      - **Eliot Blake** *(1378-1451)*
    - Stephen et Agnes :
      - **Simon** *(1406-)* *ép.* Cécile
      - **Edward** *(1408-1420)*
      - **Eliza** *(1410-)*, *de* :
        - Pierre de Montferrand *(† 1454)* : **Lionel** *(1428-1451)*
        - Nicolas Courtenay *(† 1453)* : **Johanna** *(1446-)*

POUR MÉMOIRE

1420 : Les Anglais à Paris. La France a deux rois : Charles VI et Henry V. La peste sévit à Bordeaux. Par le traité de Troyes, Henry V d'Angleterre est reconnu héritier de la couronne de France.

1422 : Le roi Henry V meurt prématurément, en août; il est suivi de peu par son beau-père, Charles VI, en octobre. Bedford devient régent de France pour la couronne d'Angleterre et Gloucester régent pour ce dernier pays. Le dauphin de France, Charles, s'établit au sud de la Loire.

1423 : Désordres, misères, guerres en France. Premières visions de Jeanne d'Arc.

1424 : A Paris, on présente la « Danse de mort » au cimetière des Innocents. Guerre de partisans en Normandie contre Bedford. Campagne des compagnies d'André de Ribes en Guyenne; il rançonne Agen.

1425 : Conflit à Londres entre Gloucester et le cardinal de Winchester; Bedford doit retourner en Angleterre. Jeanne d'Arc entend des voix.

1426 : Conflit à Limoges entre les bourgeois et Jean de Laigle.

1427 : Petite guerre à Bourges où est établie la

cour du dauphin de France, entre le connétable Arthur de Richemont et le favori La Trémoille. Le dauphin s'enfonce dans la débauche et l'impuissance, malgré sa belle-mère, Yolande d'Anjou, reine de Sicile. Richemont en disgrâce.

1428 : Durant l'été, Salisbury commence à construire des bastides pour assiéger Orléans; il meurt d'un éclat de couleuvrine au début du siège; Bedford le remplace.

1429 : Journée des Harengs; le comte de Clermont battu près d'Orléans par Falstaff. En avril, Jeanne d'Arc arrive dans Orléans. La ville est délivrée et le dauphin de France sacré roi à Reims. Jeanne d'Arc blessée devant Paris en octobre; elle est mal soutenue par le roi. Prospérité à Bordeaux qui a recouvré l'intégralité de son domaine.

1430 : Jeanne d'Arc capturée à Compiègne, en mai. En décembre, Bedford fait sacrer Henry VI à Notre-Dame de Paris. De nouveau, la France a deux rois.

1431 : Retour à Londres de Henry VI. Jeanne d'Arc brûlée à Rouen. Agnès Sorel (la « Dame de Beauté ») devient la favorite de Charles VII. Rodrigue de Villandrando opère en Auvergne avec ses compagnies et prend Aigueperse.

1432 : Alerte à Rouen et à Paris; les Français se ressaisissent. Villandrando dévaste l'Anjou avec La Trémoille.

1434 : Insurrection de la Normandie contre Bedford.

1435 : Mariage de Pierre de Montferrand avec Marie, bâtarde de Bedford. Mort de Bedford. Villandrando et ses « Ecorcheurs » en Limousin et devant Bordeaux. Mort d'Isabeau de Bavière, la « Reine Vénus », veuve de Charles VI. Paix (« fourrée ») d'Arras. Réveil de Charles VII.

1436 : Richemont entre dans Paris. Les Bourguignons alliés des Français assiègent Calais. Huntington arrive à Bordeaux avec des forces anglaises importantes.

1437 : Riposte anglaise en Normandie, avec York. Villandrando en Auvergne et en Guyenne. Charles VII entre (enfin) dans Paris; il y reste trois semaines et revient à Bourges.

1438 : Villandrando devant Bordeaux avec Albret; il échoue. Charles VII à Limoges et Guéret; il prend Tartas aux Anglais, mais passe au large de Bordeaux.

1439 : Nouveaux renforts de Huntington, lieutenant du roi d'Angleterre en Guyenne; la ville est investie par les Français; ravages des « Ecorcheurs » dans le Médoc. Etats d'Orléans; à l'ordre du jour : la détresse du royaume.

1440 : Praguerie à la Cour de France : les féodaux soulevés par le dauphin (le futur Louis XI) s'en prennent au roi. Les Anglais prennent Amiens et brûlent trois cents paysans dans une église. Epidémie de peste dans toute la France. Début de la construction de la tour Pey-Berland, à Bordeaux.

1441 : L'archevêque de Bordeaux, Pey Berland, fonde une université. Les Anglais reprennent Tartas. Charles VII reprend Pontoise aux Anglais; il entre de nouveau dans Paris.

1442 : Nouvelles menaces sur Bordeaux. Charles VII reprend Tartas et Dax. Voyage de Charles VII à travers ses possessions. Mort de Yolande d'Anjou.

1443 : Echec de l'expédition de Somerset en Normandie. Les Bordelais réagissent.

1444 : Mariage de Henry VI avec Marguerite d'Anjou (mariage de l'eau et du feu...) Trêves de Tours (« fourrées »). Troubles en Angleterre.

1449 : Début de la reconquête de la Guyenne par les Français après la rupture des trêves de Tours. Rouen chasse les Anglais qui abandonnent peu à peu la Normandie.

1450 : Dunois, bâtard d'Orléans, devant Bordeaux; les Bordelais battus dans les landes de Haillan (la « Male Jornade »). Les Anglais défaits à Formigny. Insurrection de Jack Cade en Angleterre.

1451 : Première capitulation de Bordeaux; Blaye, défendu par Montferrand, ouvre ses portes. Dunois entre dans Bordeaux.

1452 : Talbot, capitaine anglais, reprend Bordeaux qui s'est insurgé contre les Français. Délégations des Bordelais en Angleterre (Pey Berland, Montferrand, Candale) pour demander des secours.

1453 : Fin de la guerre de Cent Ans. Offensive spectaculaire de Charles VII contre la Guyenne. Défaite anglaise à Castillon; Talbot est tué. Deuxième capitulation de Bordeaux. En Angleterre, la folie de Henry VI ouvre la guerre des Deux Roses. Marie de Bedford et de nombreux seigneurs et bourgeois de Bordeaux partent pour l'Angleterre.

1454 : Retour de Pierre de Montferrand en Guyenne pour soulever la province contre les Français; il est pris et supplicié.

CE QUE L'HISTOIRE NOUS EN DIT

Charles VII, né en 1405, mort en 1461. Roi en 1422, à la mort de son père, Charles VI le fou. « Roi de Bourges » avant d'être roi de France. Indolent, taré, il tarde longtemps à se réveiller pour reconquérir son royaume sur les Anglais. Jeanne d'"Arc lui donne conscience de sa mission, le fait sacrer roi et meurt abandonnée de lui. Avec le concours d'anciens chefs de compagnies et d'« Ecorcheurs » : Dunois, La Hire, Poton de Xaintrailles, Gilles de Rais, il reconquiert la Normandie et la Guyenne. Il épouse Marie d'Anjou et a d'elle un fils qui deviendra roi sous le nom de Louis XI.

Henry VI (1421) 1422-1471. Fils de Henry V et de Catherine de France, petit-fils de Charles VI. Proclamé roi en Angleterre et en France sous la régence de Gloucester à Londres et de Jean de Bedford à Paris, ses oncles. Il épouse en 1444 Marguerite de Bourgogne, une femme forte, qui contraste avec sa nature faible. Sous son règne, l'Angleterre perdra toutes ses possessions en France, sauf Calais. C'était, disait-on, « une âme prête pour l'autre monde ».

Arthur de Richemont (1393-1458), comte de Bretagne, connétable de Charles VII. D'abord allié à

Bedford, s'en détache très vite pour mettre son épée à la disposition de Charles VII. Il combat l'influence des favoris : La Trémoille, Giac, Camus de Beaulieu. Il est le grand réorganisateur de l'armée et on lui doit, après la victoire de Formigny, la reconquête de la Normandie.

Dunois, bâtard d'Orléans (1402-1468). Fils naturel de Louis d'Orléans et frère du poète Charles d'Orléans, il est élevé par Valentina Visconti. Débute à vingt-deux ans par une victoire sur les Anglais, à Rouvray. Il accueille Jeanne d'Arc à Orléans et l'aide à libérer la ville du siège des Anglais. Il est l'un des vainqueurs de Formigny, victoire qui a contribué à la libération de la Normandie. Il a chassé les Anglais de Bordeaux. Une belle figure de notre histoire.

Jeanne d'Arc (1412-1431). Quelques repères : fille de paysans aisés de Domrémy, en Lorraine, elle eut des apparitions de saint Michel et entendit des voix l'inciter à se porter au secours de la France occupée par les Anglais. Présentée au dauphin Charles à Chinon, elle le persuade qu'il est le véritable roi. Quelques mois plus tard, elle fait lever le siège d'Orléans et fait sacrer Charles à Reims. Abandonnée (trahie, dit-on), elle ne peut poursuivre sa mission et tombe aux mains des Anglais qui, après un procès interminable, la brûlent à Rouen.

Yolande d'Anjou (1379-1442). Fille du roi d'Aragon, reine de Sicile, elle marie sa fille, Marie, au dauphin Charles, sur lequel elle exerce une influence autoritaire mais bénéfique au moment où il est la proie de ses maîtresses et de ses favoris. Elle impose au roi une maîtresse digne de lui : Agnès Sorel, révèle Richemont et Jacques Cœur. Elle est la véritable mère de Charles qui l'appelle sa « bonne mère ». C'est la

« douceur angevine et la fermeté aragonaise ». Elle ne néglige rien pour arriver à ses fins. Cette fille de Saragosse régnait sur quatre royaumes : Sicile, Naples, Aragon et... Jérusalem.

Agnès Sorel (1422-1450). C'est la Dame de Beauté (Sur Marne). Poussée dans les bras de Charles par la belle-mère de ce dernier, Yolande, elle a sur le souverain une bonne influence. Elle lui donne quatre enfants. Le dauphin Louis (Louis XI plus tard) l'aurait fait empoisonner. Vrai ? Faux ? On ne prête qu'aux riches...

Jean de Bedford (1389-1435). Jean Plantagenêt, duc de Bedford, est le troisième fils du roi Henry IV et le frère de Henry V. Régent de France, il y affermit les possessions anglaises. Jeanne d'Arc l'oblige à lever le siège d'Orléans et c'est le début de ses déboires. Il la poursuit de sa haine jusqu'à la mort. Il a épousé Anne de Bourgogne, sœur de Philippe le Bon, puis Jacquette de Saint-Pol. Marie de Bedford est une fille naturelle de ce personnage.

Jean Talbot (1373-1453). Premier comte de Schrewsbury. Après une campagne en Irlande en 1414, il sert en France et participe au siège d'Orléans. Peu après, il est capturé à Pathay par Xaintrailles qui le renvoie sans rançon (Talbot lui rendra la pareille quelque temps plus tard). Lutte implacablement contre Charles VII. Il a livré (et perdu lamentablement) sa dernière bataille à Castillon. Il est vrai qu'il avait quatre-vingts ans...

Rodrigue de Villandrando (1385-1458 ?). Gentilhomme de Castille. Vient très jeune combattre en France. Il opère dans des bandes et devient un des plus (tristement) célèbres « Ecorcheurs ». Il reçoit du roi de France le château de Talmont, en 1432, en récompense de ses actions contre les Anglais. Il épouse Marguerite de Bourbon. Avec son fidèle compagnon, Salazar, il dévaste le Médoc, met le siège devant Bordeaux, terrorise toute la province. Riche comme Crésus (on l'appelait l'« empereur des pillards »), il se retire dans ses terres de Castille vers 1439, disgracié par le roi. Il était comte de Ribadeo et apparenté à la famille des Bègues de Villaines.

Pierre de Montferrand (?-1454). L'un des plus puissants seigneurs de Guyenne. Il prend le titre de « Soudan de la Trau », « nom illustre mais pauvre seigneurie des landes bordelaises qui ne peuvent suffire à l'ambition de son maître » (Drouyn). Ambitieux, Pierre de Montferrand l'est assurément. Il passe son temps à plaider pour récupérer le domaine de Lesparre que le roi d'Angleterre lui a enlevé. Il épouse Marie de Bedford, toujours par ambition, et en a deux enfants : Pierre et Joannet. Il s'est beaucoup battu contre les Français. Exilé à Londres après la capitulation de Bordeaux, il revient au pays pour le soulever, se fait prendre et exécuter.

Pey Berland (1375?-1458). Primat d'Aquitaine, archevêque de Bordeaux. « Le véritable chef de la résistance aux Français. » Il est né dans le Médoc, d'une famille relativement aisée. Chanoine de Saint-André en 1410, secrétaire du cardinal Ugoccione, il voyage ensuite en Terre sainte. De retour à Bordeaux, il participe activement à la défense, se rend en Angleterre pour demander des secours. En 1441 il fonde une université à Bordeaux. Il est nommé archevêque en 1430. Pey, en gascon, signifie Pierre.

SI VOUS VOULEZ EN SAVOIR PLUS...

Sources anciennes

FROISSART : *Chroniques.* Lire aussi *Batailles et brigandages en Auvergne,* de Henri Pourrat (Albin Michel) qui reprend en les commentant les chroniques ayant trait aux régions du Centre et du Centre-Ouest.

Sources modernes

MICHELET : *Histoire de France.*
LAVISSE : *Histoire de France* (bien détaillée en ce qui concerne la guerre de Cent Ans).
MAUROIS : *Histoire d'Angleterre* (Fayard).
FILON : *Histoire d'Angleterre* (Hachette).
PERROY : *La Guerre de Cent Ans* (Gallimard).
FABRE-LUCE : *La France pendant la guerre de Cent Ans.*
FOWLER : *Le Siècle des Plantagenêt et des Valois.*
CALMETTE : *Le Moyen Age* (Fayard).
CONTAMINE : *La Guerre de Cent Ans* (P.U.F.).
CONTAMINE : *La Vie quotidienne pendant la guerre de Cent Ans* (Hachette).
MOLLAT : *Les Pauvres au Moyen Age* (Hachette).

BIRABEN : *Les Hommes et la Peste* (Mouton).
GABOURD : *Histoire de Paris* (Gaume, 1864).
BORDONOVE : *La Guerre des six cents ans* (Laffont).
PERNOUD Régine : Tous ses livres sur le Moyen Age sont à consulter, principalement ceux qui ont trait à Jeanne d'Arc.
Journal d'un bourgeois de Paris (Horizons de France).
JEAN FAVIER : *La Guerre de Cent Ans* (Fayard).
TUCHMAN W. Barbara : *Un lointain miroir (le XVIe siècle des calamités)* (Fayard).
CONTAMINE : *Azincourt* (Julliard, collection Archives).
CAMBI : *Richard II* (Plon).
CHAUCER : *Contes de Canterbury* (Livre de Poche).
DE BERTINER : *Le Tir à l'arc.*

Sources régionales

FLAMMARION : *Histoire de Bordeaux* (à lire avec circonspection).
MOISANT : *Le Prince Noir en Aquitaine.*
RENOUARD : *Histoire de Bordeaux* (Capital).
CHASTENET : *Les Grandes Heures de Guyenne* (Colbert).
SOYEZ : *Quand les Anglais vendangeaient l'Aquitaine* (Fayard).
GRADIS : *Histoire de Bordeaux.*
DUCOURNEAU : *Guienne historique et monumentale.*
RENOUARD : *Le Grand Commerce des vins de Bordeaux.*
GALY : *Bordeaux.*
BERNARD Jacques : *Navires et gens de mer à Bordeaux.*

ESCANDE : *Histoire du Périgord.*
BOISSONADE : *Histoire du Poitou.*
CAPRA : *Séjour du Prince Noir à Bordeaux.*
HIGOUNET-NADAL Arlette : *Périgueux aux XIVe et XVe siècles.*
LACOSTE : *Histoire du Quercy.*
ESCANDE : *Histoire de Sarlat.*
Chroniqueur du Périgord et du Limousin.
SUFFRAN : *Histoire de l'Aquitaine.*
MONTAIGU : *Histoire secrète de l'Aquitaine.*
VERCEL : *Du Guesclin.*
POURRAT : *Batailles et brigandages en Auvergne* (Albin Michel).
LABROUE : *Bergerac sous les Anglais.*
DROUYN : *Bordeaux vers 1450.*
BRUNET Gustave : *Journal de voyage d'un ambassadeur à Bordeaux.*
MALVEZIN : *Histoire des Juifs à Bordeaux.*
DROUYN : *La Guyenne anglaise.*
RIBADIEU : *Histoire de la conquête de la Guyenne par les Français.*
QUICHERAT : *Rodrigue de Villandrando.*
JEAN DE BUEIL : *Le Jouvencel.*
BOUTRUCHE : *Crise d'une société.*

On consultera également avec intérêt les bulletins des diverses sociétés historiques et archéologiques de la région.

Il va sans dire que la bibliographie que nous indiquons est sommaire et très incomplète, et que nous avons eu recours, durant les recherches nécessaires à la composition de cette suite romanesque, à des documents, à la Bibliothèque de Bordeaux notamment, dont la liste serait fastidieuse. Qu'on nous excuse de ne pas les mentionner.

TABLE DES MATIÈRES

LIVRE PREMIER

(1422)

LIVRE II

(1424-1428)

LIVRE III

(1428-1429)

LIVRE IV

(1436-1442)

LIVRE V

(1450-1451)

LIVRE VI

(1452-1453)

ANNEXES

DU MÊME AUTEUR

Grand Prix de la Société des Gens de lettres pour l'ensemble de son œuvre.

PARADIS ENTRE QUATRE MURS (Laffont).
LE BAL DES RIBAUDS
(Laffont, collection « Couleurs du temps passé »).
LES LIONS D'AQUITAINE
(Laffont et Club des Libraires, prix Limousin-Périgord).
DIVINE CLÉÔPÂTRE
(Laffont, collection « Couleurs du temps passé »).
DIEU M'ATTEND À MÉDINA
(Laffont, collection « Couleurs du temps passé »).
L'AIGLE DES DEUX ROYAUMES
(Laffont, collection « Couleurs du temps passé »).
LES DIEUX DE PLUME (Presses de la Cité, prix des Vikings).
LES CENDRILLONS DE MONACO
(Laffont, collection « L'Amour et la Couronne »).
LA FILLE DES GRANDES PLAINES (Laffont, collection « Best-sellers », prix de l'Académie du Périgord).
LE RETABLE (Laffont).
LE CHEVALIER DE PARADIS (Casterman, collection « Palme d'or »).
L'ŒIL ARRACHÉ (Laffont).
LE LIMOUSIN (Solar, Solarama).
L'AUBERGE DE LA MORT (Pygmalion).
LA PASSION CATHARE/1. LES FILS DE L'ORGUEIL (Laffont).
LA PASSION CATHARE/2. LES CITADELLES ARDENTES (Laffont).
LA PASSION CATHARE/3. LA TÊTE DU DRAGON (Laffont).
SENTIERS DU LIMOUSIN (Fayard).
LA LUMIÈRE ET LA BOUE/1. QUAND SURGIRA L'ÉTOILE ABSINTHE
(Laffont, Grand Prix de la Ville de Bordeaux
et prix Alexandre Dumas, 1980).
LA LUMIÈRE ET LA BOUE/2. L'EMPIRE DES FOUS (Laffont, 1980).

POUR LA JEUNESSE

Éd. Robert Laffont (collection « Plein Vent »)

LA VALLÉE DES MAMMOUTHS (Grand Prix des Treize).
LES COLOSSES DE CARTHAGE.
CORDILLÈRE INTERDITE.
NOUS IRONS DÉCROCHER LES NUAGES.

ÉDITIONS DE LUXE

AMOUR DU LIMOUSIN (illustrations de J. B. Valadié),
Plaisir du Livre, Paris.
ÈVES DU MONDE (illustrations de J. B. Valadié),
Art Media, Paris.
BRIVE, commentaires sur des gravures de Pierre Courtois,
éd. R. Moreau, Brive.

« Composition réalisée en ordinateur par IOTA »

IMPRIMÉ EN FRANCE PAR BRODARD ET TAUPIN
7, bd Romain-Rolland - Montrouge - Usine de La Flèche.
LIBRAIRIE GÉNÉRALE FRANÇAISE
ISBN : 2 - 253 - 02924 - 6